那一方土地，
那祖祖辈辈讲给我们的故事，
我们不该忘记。

放缓脚步，
去故事里闻一闻乡土气息，
重拾遗失的美好记忆。

丛书

中国民间文艺家协会　组织编写

总主编/罗杨　本卷主编/朱立文

河北 保定

新市区卷

知识产权出版社

全国百佳图书出版单位

↑ 一亩泉烈士陵园

↑ 清朝大戏楼

↑ 一亩泉遗址
→ 真武庙遗址

↑ 龙潭寺

↑ 晒纸刷
↓ 麻斧、麻墩

↑ 麻纸

↑ 保定三宝：铁球、面酱、春不老

← 腰鼓
↓ 扇舞

↑ 太平车
→ 狮子舞

↑ 小驴会

人类不能没有故事（序一）

罗 杨

故事，是人类对历史的记忆，它记叙和传播着社会的文化传统与价值观念，引导着社会性格的形成，构建着社会的文化形态。具有五千年文明底蕴的古老中国，是一个充满故事的国度，有着悠久的讲故事的传统。那些"夸父逐日""嫦娥奔月""精卫填海""愚公移山"等神奇的故事，至今仍散发着迷人的魅力，澎湃着感人的生命张力。作为先人创造和遗留下来的宝贵文化财富，民间故事中充满了民族的智慧和生命的记忆，它传承了朴素的文化血脉，是民族文化得以认同的载体。

我们每个人都是听着故事长大的。那些爷爷奶奶、爸爸妈妈讲给孩子们的故事，对于生命尊严的守护和价值观的养成，甚至比上学读书带来的影响力还要绵久和强大。民间故事中蕴含着的历史文化、理想信仰、价值观念、情感道德、生活知识等丰富内容，具有精神娱乐、知识传播和教化启蒙三重作用，不仅给人以知识和智慧，也给人以启迪和力量；不仅传播着社会价值理念，也构建着美好的精神家园。

纵观中华民族的文明文化史，我们的祖先讲着"女娲补天"的故事，开创了华夏民族的创世纪元；伟大领袖毛泽东讲着脍炙人口的故事"愚公移山"，带领中国人民推翻了三座大山；改革开放大潮中，我们又讲着春天的故事，跨入了豪迈的新时代。一个有故事的人生是辉煌的人生，一个有故事的民族是充满希望的民族。故事，始终伴随着我们的民族走向成熟，也伴随着我们的国家走向强大。

伟大的民族不能没有故事，强大的国家不能没有故事，复兴的时代不能没有故事。那些美妙动人的民间故事，在世代的传承中，已经内化为我们的民族精神，融入中华儿女的品格中。然而，在文明更迭、社会转型的年代，很多优秀的民间故事正面临着失传的危险。把祖先留下的精神遗产抢救下来、保存下来，完整地交给后人，是几代民间文艺工作者的责任和使命。为此，中国民间文艺家协会把对民间故事的抢救和传承作为一项长期工作延续了半个多世纪，并将《中国民间故事丛书》列入中国民间文化遗产抢救工程重点项目，常抓不懈。

除了中国，哪个国家还能有如此丰富的故事，并有如此众多的故事传承人和听众！作为一种民间文学样式和娱乐方式，民间故事或许会被人们冷落，但我相信，作为中华文明的血脉，民间文化的基因始终流淌在亿万人民的血液里，它的根不会断。

人类没有故事将会平淡无奇，世界没有故事将会索然无味。随着社会发展和文明进步，我们越来越需要倾听那些本真的、自然的，充满着文化多样性魅力的故事。让我们把祖祖辈辈流传下来的美好故事世世代代地讲下去，让中国的崭新故事向人类倾诉更多的精彩。

2014 年 4 月

（作者系中国民间文艺家协会分党组书记，驻会副主席）

河北的故事（序二）

郑一民

河北，因地处黄河下游之北而得名，古称"燕赵"。称燕赵，是因为春秋战国时代这里为燕、赵二国的政治、经济、文化中心和大部疆域所在。自元至今为京畿之地。

追溯历史，考古学家发掘的规模宏大的阳原泥河湾古人类遗址表明，早在 200 万年前这里便是东方人类的故乡，至今尚存的新石器时代的仰韶文化遗址遍布太行山东麓各地，在武安磁山文化遗址发掘出的人类八千年前从事农牧生产和打制工具留下的粟坑、陶窑和鸡骨遗骸堪称世界之最，数以百计标志人类已进入四千年前父系社会的龙山文化遗址发现更给这块大地带来无穷奥秘。炎黄蚩三大部族在这里发生"涿鹿之战""阪泉之战"后又于釜山举行部族会盟，首次在中华大地创建多民族统一理念，并筑黄帝城于涿鹿矾山，更使这块大地增添了追宗究祖的无穷魅力。尧帝封侯于唐邑（今唐县），建都隆尧县柏人城，形成"唐尧遗风"传世。大禹治水自此始，以山川大势划九州，冀州为首。商族由此发迹，十四代祖祖乙立国于邢（今邢台市）。春秋战国时为七雄中燕、赵之都所在地，还有中山、代、孤竹等国并存。秦始皇统一六国后为历代郡、道治辖，元、明、清建都北京又成为京畿胜地。纵观河北历史长河，既是历代争王称霸厮杀硝烟不断的战争走廊，又是孕育和滋生中华文明的重要源泉，战争虽给劳动人民带来无尽的灾难，却也涌现了伏羲、女娲、黄帝、炎帝、蚩尤、嫘祖、尧帝、扁鹊、荀况、赵武灵王、燕昭王、廉颇、蔺相如、李牧、董仲舒、刘备、张飞、赵云、李世民、魏征、苏烈、赵匡胤、关汉卿、张之洞、纪晓岚、李大钊等数以千计的政治、经济、军事等民族先贤和精英，如此厚重与灿烂的文化积淀，奠定了河北在中国历史上的重要地位。

有人的地方就有故事，历史悠久、重大史实事件众多、民族精英众多的地方故事就更丰富、更精彩。梳理总结河北在这种壮阔的历史演变中产生的民间故事特色与影响，可分为神话传说、人类传说、史事传说、科学文化（技艺）传说、地方人文景观传说、生活故事、动植物传说、鬼狐精怪传说等八大类。阅读这种充满浓郁乡土气息和民情民风的作品，每个人都会被燕赵人民那种厚重的文化素养、聪明才智、慷慨忠贞、英雄豪气、勤劳勇敢精神所折服。故事中那些奇巧的构思、绝妙精伦的语言、爱憎分明的情感、博大深厚的内涵，绝非文人能杜撰得出来的！如果用现代词语来评价河北民间故事的价值，可以说很讲政治、讲正气、讲道德，是中华民族珍贵的重要文化财富和精神食粮。它虽是世代劳动人民的口传嘴承之作，却向我们叙述了一部生动形象的民族发展史，展现了中华五千年文明沧桑的画卷，堪称研究燕赵大地历史和文化的口头百科全书。其中虽有良莠并存现象，但良远大于莠。这些佳作在一代又一代传颂中，陶冶了燕赵人的品行，塑造了燕赵人的形象，积沉出坚强不屈、勇于担当和创新奉献的民族精神，至今仍在发挥着传递与教化文化血脉和中华品貌的作用，是构建社会主义核心价值观的重要基石。从这一现实看，收集整理和编辑出版《中国民间故事丛书》河北各县卷，是一件功在当代、利在千秋，建设文化强国的基础文化工程。

借此，向各位编辑出版《中国民间故事丛书》河北各县卷而辛勤劳作的朋友们表示衷心的敬意与谢忱！感谢你们为文化大省建设作出了新贡献！

2015 年 12 月

（作者系中国民间文艺家协会原副主席，河北省民间文艺家协会主席）

保定民间故事的历史光辉（序三）

晏文光

　　保定是国务院命名的国家级历史文化名城，有着深厚的历史文化和璀璨的民间文化。

　　保定地处河北省中部，西部太行山巍峨壮观，东部白洋淀碧波粼粼，广袤的冀中平原坦荡无垠。保定位于京、津、石三角的中心位置，素有"京畿重地"和"兵家必争之地"之称。这里公路如网，铁路如织，横贯南北，连通东西，交通和区位优势得天独厚。这里地域广阔，物产丰富。保定市辖管 25 个县（市）、区（3 区 4 市 18 个县），总面积 22000 多平方公里，人口达 1100 多万，是全国著名的人口大市。

　　保定历来有"古城"之称谓，可谓名副其实。据考古发掘证实，早在四五十万年前，这里便有人类居住。近 10 年来，仅新石器时代的文化遗址保定就发掘出 3 处，即徐水县南庄头遗址（2001 年公布），易县北福地遗址（2006 年公布），曲阳县钓鱼台遗址（2006 年公布）。容城县上坡村发掘的磁山文化遗址进一步表明，早在 7000 多年前，我们的祖先就在这块土地上从事农牧业生产，他们打制工具留下的粟坑、陶窑和冶炼炉，曾受到世界的关注。后来，黄帝族东迁涿鹿，并与九黎族首领蚩尤发生"涿鹿之战"，又与炎帝部落在这里发生

"阪泉之战"，在徐水釜山举行部族会盟，在涿鹿建黄帝城，在易县后山建祖庙，拉开了易县后山文化的序幕，首次在中华大地创建了多民族大统一的理念。保定是尧帝的故乡，尧的封地在唐，故称唐尧。在顺平、唐县、满城、望都一带，至今还存有很多当年尧舜活动的遗址和优美动人的传说。

保定文物古迹众多，易县的燕下都遗址、荆轲塔、清西陵，曲阳的定窑遗址、北岳庙，满城汉墓中举世罕见的"长信宫灯"和"金缕玉衣"，涿州的三义庙，定州的开元寺塔，安国的药王庙以及保定市区的莲池书院、大慈阁、直隶总督署、钟楼、天水桥等众多的文物景观都从不同的角度昭示着保定底蕴丰厚的历史文化。据文物部门统计，保定市目前有国家级文物保护单位 47 处，省级文物保护单位 111 处，县（市）级文物保护单位 511 处，数据说明，保定是个名副其实的文物大市。这些以文物和景观形成的文化圈，展示了保定厚重的历史和壮美的山河。

保定是革命老区，在近代的革命史上，一直站在时代的最前沿，为古城的历史文化谱写下浓墨重彩的篇章。保定是义和团和北方辛亥革命的重要发祥地之一，从新城的义和团运动到高阳布里的留法勤工俭学补习学校，特别是中国共产党成立之后，革命先驱邓中夏点燃了保定的革命火种。从此，在辽阔的冀中大地上，处处风雷激荡，斗争如火如荼：潴龙河畔的"高蠡暴动"、顺平县的"五里岗暴动"、保定二师的"七六学潮"以及名震中外的"冉庄地道战""白洋淀雁翎队""黄土岭战役""敌后武工队""保定外围神八路""狼牙山五壮士"。这些惊天地、泣鬼神的英雄壮举，为保定演绎了一曲曲雄浑豪壮的革命乐章，也为保定人民赢得了荣誉和自豪。

保定古称燕赵之地，自古就有"燕赵多慷慨悲壮之士"之说。在中国长达几千年的文明史中，"物华天宝、人杰地灵"的保定不仅涌现出众多有理想、有抱负、有才华、有作为的历史人物，还产生了一批批名垂青史、彪炳千秋的思想家、政治家、军事家、艺术家以及才智过人的文臣武将和民族英雄，真可谓武林豪杰荟萃，文坛英才辈出。"风萧萧兮易水寒，壮士一去兮不复还"，壮士荆轲一曲撼天动地的千古绝唱，冀中大地随之走出了燕国大夫郭隗，赵国名臣蔺相如、武将廉颇，汉昭烈帝刘备，宋太祖赵匡胤，东晋名将祖逖，明代英雄孙承宗、名臣杨继盛，数学家祖冲之，地理学家郦道元，文学家刘歆，戏剧作家关汉卿、王实甫以及义和团首领张德成等。作为历史人物，他们在不同的历史时期，为华夏文明和历史的发展做出了巨大的贡献，他们的所作所为不仅体现了中华民族顽强奋进、锲而不舍的思想品格，也展现了保定人民慷慨悲壮、威武不屈的精神风貌。

在谱写保定壮丽史诗的同时，我们的祖先还结合自己的生活经历和丰富的想象，创作了大量优美动听、脍炙人口的神话、传说和故事。这是一笔无法估量的精神财富，她宛如璀璨的群星，在浩瀚的天宇中放射着绚丽多彩的光辉。

流传在保定的民间故事浩如烟海，其蕴藏量极为丰富。仅在 20 世纪 80 年代的民间文学普查中，保定各县（市）、区编纂的民间文学资料就有上千万字，内容之丰富，范围之广泛，篇目之浩繁，在保定的历史上还不曾多见。天上地下、山川河流、土特名产、民俗风情，凡是民众生活劳动所涉及的诸多方面，故事卷本中可谓无所不及，堪称保定民间文化的"百科全书"。这些故事有情节、有人物、有来因、有去果，形象生动，结构完整。就是这些看起来挺不起眼的口传心授的民间故事，千百年来不知曾点燃多少民众的爱恨情仇，曾融化多少民众心中的坚冰。它如同一股清凉之风，吹散了民众心中的阴霾，扬起了民众心中的风帆。

流传在保定的民间故事，千百年来之所以能够家喻户晓，久传不衰，我以为主要有以下几个特点。

一、凝重的阳刚之气是保定民间故事的灵魂

历史上的保定地处中原北部，是汉族与少数民族的交界地区，而历代的民族战争大多发生在北方。于是，保定便成了战争的前沿，辽阔的冀中大地便成了战火纷飞、硝烟弥漫的古战场。在天灾人祸、兵荒马乱的磨砺中，在侵略与反侵略的厮杀中，在血与火的洗礼中，保定人民与天斗、与地斗、与人斗，在逆境中抗争，在苦难中求生，从而铸就了一种保定人特有的阳刚之气。

表现之一：不畏强暴，不惧邪恶，勇于抗争，不屈不挠。"荆轲刺秦王""杨家将的故事""民族英雄孙承宗""铮铮铁骨杨继盛"以及"高蠡暴动""五里岗暴动""二师学潮"等故事都从不同的角度反映了历史上的保定人民慷慨悲壮、大义凛然的阳刚之气。尤其是抗日战争的故事，"冉庄地道战""雁翎队的传说""黄土岭大捷""狼牙山五壮士"，这类故事充分展现了保定人民在抗日战争最艰难、最残酷的岁月里，英勇顽强、机智果敢的大无畏精神和他们敢于斗争、不屈不挠、视死如归的思想品质。聆听这些故事，似乎看到了狼牙山上漫卷的红旗，似乎听到了冉庄村头土地雷爆炸的声响，保定人的阳刚之气表现得淋漓尽致。

表现之二：匡邪扶正、豪侠刚直、忠义果敢、疾恶如仇。"桃园三结义""刘备和大树楼桑""张飞和张飞庙""廉颇的晾甲石""武林奇侠孙禄堂"等故事都表现了这一特点。刘关张的故事虽然发生在涿州，但在保定各县均有流传。保定西郊的廉良村据说是赵国大将廉颇的故里，"廉颇的晾甲石"曾在保定广为流传。清末民初，望都县出了一名闻名中外的武林奇侠孙禄堂，当地至今还流传着许多关于他的武艺高强、豪侠仗义、济困扶危的故事。这类传说故事虽然主要反映他们英勇善战、匡邪扶正、豪侠刚毅、疾恶如仇的思想品质，但阳刚之气同样流淌在每个人的血管里。

表现之三：重义守信、侠肝义胆、见义勇为、谦恭礼让。此类内容的传说故事在保定市区的"胡同传说"里非常普遍，其中"荷包营""秀水胡同""唐家胡同""元宝胡同"等篇目中表现得尤为突出。这类故事虽然看不到战场上的炮火硝烟，听不到阵地上的战马嘶鸣，但在人际交往、睦邻关系的处理上表现出的宽宏大度、谦恭礼让、重义守信、侠肝义胆的风范和情怀，同样昭示着保定人淳朴厚道、义重如山的阳刚之气。

二、浓郁的地域特色是保定民间故事的生命

地域特色是传说故事的生命，有了地域特色，人们才感到亲切可信，才感到真实有趣，故事才有生命力。这个特点在众多的人物传说和地方风物传说中尤为突出。比如"杨家将的传说"中，杨六郎镇守倒马关、杨六郎大战祁家桥、杨六郎冰冻遂城、杨六郎大战白石精等。杨六郎镇守的三关，据说"草桥关"就在今天的高阳，"瓦桥关"在今天的雄县，而雄县至今还保留着当年杨六郎为了防御、屯兵、存粮而挖的地道，如今已成为珍贵的文物。故事中提到的这些地名都在我们身边，人们都耳熟能详，听起来更加亲切可信，从而发挥了民间故事的感染教育作用，增强了民间故事的生命力。除此之外，还有许多人物、地名和地方风物传说，同属这一类型。

三、深厚的文化内涵是保定民间故事的根脉

提到保定，人们首先会想到她"深厚的文化底蕴"，而底蕴之深，究竟深在何处？这里仅举一个小小的例证。在保定市区众多的胡同里，有一条叫"荷包营"。胡同里住着一户鞋匠，一户秀才，两家相处亲如手足。一次秀才要出外谋生，便把家中的大事小情托付给鞋匠照看。时间一长，秀才妻子整天无事可做，难免东家走，西家串，游手好闲起来。鞋匠怕有闪失，引起是非，对不起秀才，便提出让她绣荷包去卖。尽管秀才妻子很不情愿，怎奈丈夫不在身边，也无可奈何。实际上她绣的荷包并没有卖给别人，而是全部被鞋匠托人买去了。三年后，秀才回家知道了内情，对鞋匠万分感激。秀才妻子也深受教育，从此更加勤奋。此事传出后，人们都愿意到这里来买荷包，久而久之，这条小胡同就被叫成了"荷包营"。这个故事可说是邻里关系的典范。故事虽然很短，但它厚重的文化内涵却意蕴悠长，千百年来，留给后人无穷的回味和遐想。一滴水可以折射出太阳的光辉，小小的"荷包营"如同从历史的长河中撷取的一朵浪花，折射着保定古城的生活景况和厚重的文化内涵。

流传在保定大地上的民间故事，是保定历史文化的重要组成部分，是一笔珍贵的"原生态"非物质文化遗产，是老祖宗留给我们的不可再生的文化资源。它蕴含着优秀的文化价值观念和审美观念，凝聚着保定文化的深层文化基因，闪耀着保定历史文化的灿烂光辉，为保定文明的薪火相传发挥着重要作用。

为了保护和传承这些珍贵的文化资源，留住祖先的文化记忆，繁荣民族民间文化，中国民间文艺家协会决定在全国范围内以县为单位编辑出版《中国民间故事丛书》。此举功在当代，利在千秋，体现了国家对民间文化工作的高度重视。在各级领导的重视下，在众多编纂人员的努力下，保定市25个县（市）、区紧跟中央部署，在20世纪80年代编纂的民间文学三套集成资料的基础上，又进一步普查、收集、加工整理，充实提高，完成了《中国民间故事丛书》保定市各县卷本的编辑出版任务。当前，在建设社会主义先进文化、构建"和谐保定""文化保定"的热潮中，此书的编辑出版，对繁荣发展保定市民间文化，保护非物质文化遗产，对加速保定市"文化大市""文化强市"的建设，必将发挥积极的促进作用。

2015 年 10 月

（作者系河北省民间文艺家协会副主席，保定市民间文艺家协会主席）

神 话

传 说

风 俗 传 说

名 特 产 传 说

风 物 传 说

人 物 传 说

故 事

笑 话

新市区卷 河北 保定 中国民间故事丛书

神話

月亮和太阳

讲述：刘兰芹 女 52 岁 保定颉庄乡康庄村农民
记录：高爱英
1986 年 6 月采录于保定西郊

在很早以前，世界上还没有人的时候，白天和黑夜分不出来，满世界都是灰蒙蒙的。

也不知过了多少年，一天突然亮了起来，把一切都照得白晃晃的。玉帝大惊，忙睁开眼一瞧，见下界山坡上，两个童儿，一男一女，正在玩耍，他们头上各自顶着一个大火球。玉帝掐指一算，原来昨晚下界的一座黑山崩了，从火球中跳出了两个童儿，是兄妹俩。玉帝瞧这两个童儿，长得活泼可爱，就让天将把两个童儿带到天上。一打听天、地的事，都对答如流。玉帝很高兴，笑着说："有一重任想托付你兄妹，不知你们愿不愿意？""陛下有话请讲。"玉帝说："百年后，天下会有人间，要有白天黑夜之分。你兄妹可各值一班，白天光强，由哥哥值班；夜晚光弱，由妹妹值班。"兄妹二人谢恩后答应了。

第一天，太阳哥哥早早地上班了。他辛勤地工作了一天。黑间，月亮妹妹接了班，也认真地工作了一宿。就这样，日子平静地过着。慢慢地，土地上长出了花草、树木，兄妹俩高兴极了。不久，有了狼虫虎豹，随后又有了人。

这天夜里，月妹刚从天边走出，就听见虎狼瘆人的嚎叫，月妹吓得一激灵，赶紧躲进了云里，向四下里一看，黑乎乎的，她更胆小了。太阳哥哥觉得很奇怪，妹妹这几天总是愁眉苦脸，怎么回事呢？经一再追问，月妹才说出因由。太阳哥哥笑着说："没事，我和你换换。"第二天，月妹一大早起来就披上鲜红的衣裳替哥哥值班了，可一到晌午，她热得把衣裳脱了，露出白嫩嫩的身子，这样人们总是抬头看她。月妹被人们望得臊坏了，直劲儿地往云里躲。天好不容易黑了，月妹向哥哥学说了这事儿，哥哥心疼地说："你咋不把花针带上，人们一望，你就刺他们的眼睛，他们就不敢瞧你啦！"

从那以后，哥哥变成了月亮，妹妹变成了太阳。人们一看太阳就被刺得眼疼，人们没法儿，就不敢随便看太阳了。

赶山鞭

讲述：王印泉 76 岁 保定大韩将村农民
记录：肖钦鉴
1987 年 2 月采录

秦始皇修长城的时候，抓来民夫四百万，整天让他们抬砖、抬土、抬石头，没日没夜地干活，慢了鞭子抽，死了填大沟。

这事惊动了天上的神仙。南海大士摇身一变，变成了一个白发苍苍的老婆婆，一步一颤地来到了人间。看见一个民夫累得昏了过去，便走过去说："大兄弟，歇歇脚吧！"民夫流着泪说："老奶奶，不能歇呀，叫监工看见，要被活活打死的！"老婆婆说："我给你想个办法。"说着拿出拂尘，用牙咬断一根马尾，拴在扁担上。民夫问："拴这干啥用？"老婆婆说："把它拴在扁担上，抬石头就不重了。"你说怪不怪，一抬，真的不重了。先头抬起石头像座山，如今跟拿根鸡毛一样。

就这样，好心的老婆婆用一根根马尾拴在每个民夫的担子上，一把拂尘，千根万根马尾，一排几十里远，抬得又多，走得又快，长城修得又坚实又好。

监修长城的是奸臣赵高的亲信。他一看，别的时候抬砖抬石头抬不动，如今个个走得很轻快，这是怎么回事呢？心里纳闷，他问谁谁也不说。

这家伙心眼子歪，鬼点子多，扮成个民夫，混在人群里。后来也不知是谁嘴快，把拴马尾的事说出来了。这个歪心眼的家伙赶快把这事说给了赵高，赵高出来一看，果不其然，个个担子上都绑着马尾呢！

赵高叫手下的人把马尾全都解下来。于是，人们抬石头又抬不动了。赵高一想，噢，这马尾是宝贝呀！他为了巴结皇上，便把收上来的马尾，全部献给了秦始皇。

秦始皇马上命人把这些马尾编成了鞭子。用鞭子一打石头，那石头就"唧唧"地叫唤，骨碌骨碌地往前跑。

秦始皇抡起鞭子赶山，山也忽悠忽悠地动起来。把长城修好以后，他把这儿的山全都赶进了海里。山被赶进海里后，眼看就要把龙宫给压塌了。龙王着了急，忙派人去打听，才知道秦始皇有赶山鞭。他想弄清这赶山鞭是从哪来的，又派人细查问，才知道是南海大士赠给人间的，是为了人们抬石头轻巧，并不是叫秦始皇赶山填海的。

龙王没法子，就派龙女到人间去找这赶山鞭。龙女上了岸，变成了一个农家姑娘，一个村一个村地打听，才知道秦始皇早死了，赶山鞭失落到了民间。

龙女走啊走啊，走到一个村边，见前头一闪一闪的。细一看，是一个赶脚的后生，轰着一头小毛驴，腰里插着小鞭子，嘴里哼着小调，走了过来。

龙女心想，这人真怪，鞭子插在腰里，驴子就那么听话地走，这鞭子一定有来历，本想向人家要，又不好意思，只好雇他的毛驴骑。龙女骑着驴，后生拿着鞭子在后边走，小毛驴忽悠忽悠地走得真快。

走到海湾的地方，龙女说："赶脚的哥哥，俺快到家了。您真是个好心人啊！"说得赶脚后生心里美滋滋的。龙女又问："赶脚哥哥，你那鞭子是哪儿来的？"

后生说："俺爷跟秦始皇当兵时，秦始皇热死在沙丘山，俺爷爷逃走时，在路上拾得这根鞭子。"

龙女说："好心的哥哥，俺拿这串珠子换你这根鞭子行吧？"

赶脚的后生笑了："妹妹喜欢它，一根鞭子算啥，还值得拿珠子换！"说着，顺手把赶山鞭递给了龙女。

龙女拿着鞭子，跳下毛驴，说了声："好心的赶脚哥哥，俺忘不了你！"说完，飘入了大海。赶脚的后生一看，才知道这个村姑是龙女。龙王得了赶山鞭，又把海里的荒山轰了出来，把宝山给留到海里了。如今好些宝贝净出在海里，就是这么来的。

龙生虎奶的楚霸王

讲述：阮焕章 79 岁 退休工人
记录：刘正祥
1984 年 8 月采录

楚霸王项羽，生来力大无穷，能拔山，能举鼎，有万夫不当之勇。可他哪儿来的这么大力气呢？传说，他是龙生虎奶长大的。

秦始皇统一中国后，为了修筑万里长城，到处征调民夫，很多人到了工地，不是被活活累死，就是被活活饿死。人们为了逃避这个苦差事，故意让男人们砸断胳膊碰断腿，宁愿变成终身残废，也不愿去修长城。秦始皇见长城总修不起来，民夫又不好征调，就想出一个办法来。

他找来一只石头羊，让士兵们挨门挨户地放到每家门前，如果石头羊在谁家门口一叫唤，就免除谁家修城的差役；如果不叫呢，那就外甥打灯笼——照旧（舅），就是残废了也得去修长城。世上谁听说过石头羊能叫唤，这不是明摆着让人们死心塌地地给他修城卖命吗！可天下之大无奇不有，偏偏这个奇事儿让秦始皇碰上啦！

黄河沿儿上有这么一家子：娘儿两个，每天靠儿子下河捕鱼过活。一天，老娘听说要让儿子去修长城，哭得死去活来，她死死抱住儿子的一条腿说："儿啦，你要真的走喽，剩下我这把老骨头可怎么过哟！"

小伙子见老娘哭得伤心，也不由得痛哭起来。娘儿俩也不知哭了多久，忽听屋门"嘎吱"一声，进来个白胡子老头儿，说道："你们母子不要哭啦，我送给你们一件宝贝吧！遇到危难之时，只要拿它往上一举，就能逢凶化吉。"说完，老头儿把宝贝递给小伙子。小伙子仔细一看，哟，像个小小的鞭子，鞭杆闪闪发亮，鞭穗红得耀眼，还怪好玩儿呢！小伙子刚要向老头儿道谢，一转身，老头儿早不见了。

第二天，几个士兵搬着石头羊来到他家门前，士兵说："奉万岁旨意，把石羊放在你家门口，我喊一二三，如果石羊能够叫唤，就免除你家修长城的差役；如果不叫，那就乖乖地跟我们走吧！"士兵说完，刚刚喊了一个"一"字，只见小伙子手握鞭子冲石羊一举，嘿，真没想到，那石羊居然"咩咩"地叫了起来。这一叫不要紧，可把士兵们吓坏了，他们有的钻进屋里，有的跪在地上直向石羊磕头：真是怪事，串了这么多家儿，还是头一次听石羊叫唤哩！

这件怪事像风一样，很快刮进秦始皇的耳朵里。他立刻派人把这个小伙子叫进皇宫，要看一看小伙子的宝贝。

小伙子生来憨厚诚实，从不说谎，就顺手把鞭子递给秦始皇。秦始皇一看，哎哟，这不是真武大帝的赶山鞭吗，怎么会落到这小子手里呢？他沉思片刻，对小伙子说："念你献宝有功，免除你家修长城的差役。"说罢，就打发小伙子回家了。

秦始皇得到了赶山鞭，十分高兴。那工夫，大地上到处是山，山连山，山套山，没有多少种庄稼的地方。秦始皇想：要这么多山有啥用？还不如把它赶进海里，腾出地方种庄稼哩。于是，他拿出赶山鞭，冲着大山一举，乖乖，那么多险要的崇山峻岭立时都被赶进海里去啦！从此，大地上才出现了大片大片的平原，人们才有了种庄稼的地方。

群山被赶进海里，龙王可受不了啦。过去，宽阔的海底平坦如镜，虾兵蟹将们练兵习武，自由来往，要多方便有多方便；如今，一架架大山阻挡了水族的道路，哼，这怎么行？想着想着，气得龙王牙根都疼。

这天，他把三公主叫到身边，对她小声嘀咕了几句。三公主说："孩儿遵听父王之命，待孩儿去去便回。"说罢，向龙王拜了三拜，一眨眼的工夫，便来到海边。龙女摇身一变，就见一个体态轻盈、风流俊俏的渔家姑娘飘飘悠悠地向渔村走来。

这工夫，正逢秦始皇广选天下美女，村里的地方官一看，立刻就把她送进了皇宫。虽说秦始皇有三宫六院七十二嫔妃，可他哪儿见过这天仙一般的美女呢？秦始皇简直像丢了魂儿似的，对龙女百般宠爱。

这天清早儿起来，龙女正为秦始皇梳头。忽见他头发里有个闪闪发光的东西掉在地上，龙女问道："万岁爷，您头上掉下的东西是什么呀？还闪闪发光哩！"

秦始皇连忙捡起来，说道："你新来乍到的，还不知道，这是我的一件宝贝，名叫赶山鞭。这玩意儿很珍贵，怕放在别处不保险，才把它藏在头发里。你今后梳头可要小心呀！"龙女点了点头，暗暗记在心里。

龙女奉了龙王旨意，进皇宫就是来盗秦始皇的赶山鞭的，这下无意中发现了赶山鞭的秘密，甭提有多高兴啦。从此，龙女处处留心，总想找个机会把赶山鞭盗走，可秦始皇的警惕性很高，龙女几次想下手，都没能成功。

一晃，几个月过去了。这天，龙女趁秦始皇酒醉在床上躺着，慢慢从他头发里拔下赶山鞭，逃出皇宫，向大海奔去。走着走着，她突然感到肚子像针扎似的疼痛，黄豆粒大的汗珠子唰唰直掉。刚刚挣扎着走到海边，猛然间又一阵剧痛，顿时昏了过去。

过了一会儿，忽听"哇哇"地小孩儿在哭，原来龙女生下个黑乎乎的胖小子。她刚想把孩子抱起来，突然，秦始皇派来的追兵赶到了，龙女怕他们抢走赶山鞭，也顾不上自己的孩子啦，"扑通"一声便扎进了大海。

那孩子"哇哇"地在海边哭闹着，一个追兵抱起孩子刚要扔进大海，突然，传来一声山崩地裂似的吼叫，随着叫声，一只斑斓猛虎"噌"地蹿了出来。追兵们一见，像丢了魂儿似的，急忙放下孩子，撒丫子就跑。你说怪不，那猛虎谁也不追，谁也不赶，而是爬在孩子身边，把奶头儿对准他的小嘴儿，喂起奶来。这孩子在老虎的喂养下，慢慢长大成人了。传说，他就是后来的楚霸王项羽，因为他是龙生虎奶长大的，所以才力能拔山，勇猛过人。

保定府的大列瓜

讲述：阮焕章　　王印全
记录：赵忠义　　张军平
1982 年采录

"沧州狮子定州塔，保定府的大列瓜"，这首民谣流传甚广，所歌咏的，正是那久负盛名的河北三大古迹。翻看国务院有关文件，"大列瓜"并非国家重点保护文物，但它众口皆歌，民望极高，一直在被人传颂。

列瓜石看上去不过是一块普普通通的青石头，很不显眼地坐落在保定市南大街路西便道的墙角下。相传在遥远的过去，保定这一带渺无人烟，是一块肥沃的平地，不知是何年何月，从南方来了一个神仙，路经此地，发现这里气候适中，四季分明，风光宜人，景象非凡，满地奇花异草，香气扑鼻。看青山不远，绿水长流，望百兽竞存，万鸟争鸣。他不觉连声赞叹："妙哉！妙哉！真乃宝地也！"一天，这位仙长躺在地下歇息，正当他昏沉欲睡时，突然觉得脑袋下面有个硬东西直往上拱，就急忙爬起身来，定眼一看，惊奇不已。原来在他脑袋枕着的地方长出了一块青石头，而且还在长。这时，仙长飞起一脚，照准石头踢了一下。说也怪，那石头就再也不长了。那石头就是如今的大列瓜。那时战争时起时伏，连绵不断，燕赵两国交兵也是时打时停。在一次讲和谈判中，"大列瓜"就被立为两国的界石，疆界从此划定。这次谈判讲和后，双方又曾派人偷凿界石，迁埋它处，好为讨伐敌国再造借口。谁料，这块宝石被凿下后，第二天又长成原样。这就成了东周列国之时的界石，被后人称之为"列国石"，久而久之，人们传成"列瓜石"进而又习惯地叫成"大列瓜"。

据传，在乾隆年间，"大列瓜"恰好处在南大街店铺的下面，这里由于"大列瓜"的传闻，游客络绎不绝，自然使这里的买卖更加兴隆，特别是"大列瓜"安居的那家店铺，每日不知要有多少人前去观瞻和询问，这使店里忙个不休。不久，老板便想了个办法，借重修门脸儿之机，将"大列瓜"封盖起来，仿制了一个假的埋在门外，应付过往游客。

　　军阀曹锟任直隶总督时，听到"大列瓜"的传说，也去观看并说道："什么'大列瓜'，我倒要看看是个什么东西。"当天就派了一连人去挖，结果越往下挖越大，一直挖到十八丈深也没挖到根，后来，连地下水都无法外排，才下令把它填上了事。

中国民间故事丛书

河北 保定

新市区卷

傳說

风俗传说

腊八粥的来历

讲述：阮焕章
记录：刘正祥
1986年12月采录

农历腊月初八这天，家家户户都要喝腊八粥，多少年来，已成了风俗。这个风俗是怎么来的呢？

传说在古时候，有个天竺国。天竺国的国王有五个太子，五个太子中，属四太子释迦牟尼最宽厚仁慈，心地善良，所以，老国王就想把王位传给他。四太子想：自古以来，王位都是传给长子，我是老四，上边还有三个哥哥，怎能接受王位呢？不接受吧，又是抗旨不遵。他想来想去，左右为难，实在没辙了，就跑到深山老林里去了，国王派了好多当兵的到处找，也没有找到。

四太子从小信佛，他到了深山老林里，除了每天念佛以外，就到处化缘维持生活。人们有的给点米，有的给点豆，有的给点枣，他就把这些东西熬成粥来喝。腊月初七这天，他觉得自己快要成正果啦，正在打坐念佛，突然一阵心血来潮，他掐指一算，哎呀不好，五弟有难，得赶紧救他。

原来，他的五弟叫韦驮，和他的关系最好，自从他出走之后，韦驮到处打听他的下落。这天，韦驮来到一座深山，拐过来绕过去的，说什么也找不着路咧。眼看天色要黑，前不着村，后不着店，这可怎么办？韦驮正在着急，往左一拐，眼前忽然出现一座宅院，绿树遮掩，青堂瓦舍。再一看，门口还有门灯、门铃、上马石、下马石，嗬，真够阔气的。他来到门口，对把门的拱了拱手说："这位大哥，因为迷了路，想在贵府借宿一夜，不知行不？"

把门的说："你先等等，我去通报一下。"工夫不大，那把门的出来说："我们主人有请。"

韦驮走进院子，只见假山怪石，奇花异草，十分讲究。这时，丫鬟将门帘一挑，把他领进正屋。屋当中坐着一位姑娘，韦驮一看，嗬，那真叫闭月羞花之貌，沉鱼落雁之容，甭提多俊气啦。姑娘问："你是从哪儿来的？叫什么名字？"

"我是天竺国的五太子，叫韦驮。因找我的四哥迷了路，这才来到贵府。"姑娘听说他是位太子，就像鱼儿见了水似的被他迷住了。"你四哥干什么去啦？"

"外出修行念佛去了。"

"唉，修行念佛有什么用，不是自找苦吃吗？"停了一下，她又说，"既然你四哥不回去了，你赶紧回去接你父王的王位吧。"

"那可不行。找不着四哥，我是至死不回去的。"这时，丫鬟摆满了一桌子极为丰盛的饭菜，姑娘劝了半天，韦驮说："我从小忌荤，只吃点素食就行咧。"姑娘又让拿来好酒，韦驮连看都不看。姑娘见他既不动荤，又不动酒，只好用眉目传情，用言语挑逗。怎奈韦驮心如磐石，没有半点邪念。后来，干脆闭上眼睛，连看都不看她一眼。姑娘见挑逗起不了作用，顿时又心生一计："你来了半天，怪口渴的，请喝杯茶吧。"韦驮还真有点口渴了，他端起茶杯一喝，嗨，坏咧，他哪里知道，这茶是乱心思的，茶水一喝下去，当下就把不住劲儿了。两个人心猿意马，正在不可收拾的工夫，四太子释迦牟尼到了。他一看那姑娘，立时火起："你这孽障，不但不思悔改，还敢挑逗童男，看我非处置你不可！"

原来，这姑娘就是佛教中的摩登佳女，原是一个天女，因犯罪被打下凡尘。她见释迦牟尼来了，赶紧跪地求饶。释迦牟尼说："从今把你打入欧美地界，你要在那里安守本分。"于是，摩登佳女便到了西方。西方雕塑的那些"摩登女郎"就是这么来的。

释迦牟尼见了五弟韦驮，不由抱头大哭。释迦牟尼说："明天就是我成正果的日子，你也和我一起去吧。"韦驮点了点头。第二天，正好是腊月初八，清早起来，哥儿俩喝了用米、豆、枣熬成的粥，便修成正果，得道成佛了。这释迦牟尼就成了西天如来佛，韦驮叫护法韦驮。人们为了纪念释迦牟尼得道成佛的日子，每到腊月初八这天，家家户户都喝用米、豆、枣熬成的腊八粥。

端午节插艾的来历

讲述：阮焕章
记录：中流
1982 年 5 月采录于讲述人家中

冀中一带乡村，每逢端午节，家家门前都要插上一束艾草，据说能够逢凶化吉。说起来还有一段故事。

传说唐朝末年，僖宗当政时期，朝政腐败，官逼民反，冲天大将军黄巢率众起义。起义军攻城占地，杀富济贫，所到之处，穷苦百姓纷纷响应，富户豪绅闻风丧胆。

有一次行军，黄巢发现逃难的百姓中，有一个中年妇女，手里拉着一个四五岁的孩子，背上却背着一个十几岁的孩子，仓皇而逃。他很奇怪：为什么背着大的，却牵着小的？经过打问，才知那妇女牵着的是自己的亲生儿子，背着的却是邻家的一个孤儿。黄巢很受感动。接着又询问了她的姓氏和村庄。最后，黄巢说："起义军不几日就要攻打你的家乡，等义军到达之时，你在门上插个记号，保证你家不受损失。"说罢，扬鞭催马而去。那中年妇女回村后，立即把这一消息偷偷告诉了她的左邻右舍和穷苦百姓。恰逢五月五日端午节这天，黄巢大军攻破了这个村。黄巢人马冲入村内，只见有些门口插着艾草，随即下令："凡门前插艾草者不许骚扰。"大军进入村内，对门前插艾草者秋毫不犯。没有插艾草的人家，自然都是一些富豪大户，起义军没收了他们的财产，开仓济贫。

消息传开后，众百姓齐声欢呼，不少人当场参加了起义大军，黄巢的队伍迅速扩大，威震大半个中国。

人们为了纪念黄巢起义军的重大胜利和那位贤惠、善良、关心穷苦乡亲的中年妇女，每逢端午节时，家家门前都插一束艾草。这种习俗，一直流传至今。

"姜太公在此，诸神退位"的由来

讲述：张发
记录：张体才
1988 年 2 月采录

冀中一带有个习俗，农村百姓翻盖房屋，都要用红纸写上"姜太公在此，诸神退位"几个字，或者是在正对路口的房山上立垒一块砖，上刻"姜太公在此"几个字，这到底是怎么一回事呢？

传说姜太公辅佐武王伐纣，灭殷朝，建周朝，奠定了周朝八百年基业。在大功告成之日，元始天尊降旨，命姜太公立封神台封神。把伐纣时所有在战场上阵亡的将士，按功劳大小，册封为各路神仙，享受人间祭祀，得成正果。

姜太公接旨后，在正式封神之前，他把一个最好的位置偷偷留给了自己。想等把别的神封完之后，再封自己。这样，既可叫诸神仙没有话说，又显得他先人后己。反正封神的名单在自己手心攥着，别人谁也不知道。

可他万万没有想到，智者千虑，必有一失。就在他把三百六十五路神仙封完了三百六十四路，刚要张口加封自己的时候，"嗖"的一下，从他坐着的椅子底下又钻出一个人来。这个人是谁呢？正是大将黄飞虎。只见他朝姜太公一抱拳说道："太公，还有我呐！""啊？！"姜太公一看，心里这个气就大啦！该死！真是该死。你早干什么去了？偏偏这个时候冒出来讨封。姜太公此时虽说心中有气，可又没法说不封人家。因为元始天遵命他封三百六十五路正神，正好还缺一个呐，只好忍痛把留给自己的那个好位子让给了黄飞虎。

姜太公怎么办呢？他只好去找元始天尊。元始天尊也没有辙呀！所有的位子都坐满啦！他只好又下了一道旨意："今后，只要姜太公走到哪里，哪里的神仙就得把位子让出来，请姜太公去坐。"所以，后世才流传下来"姜太公在此，诸神退位"的传说。

打幡和打狗棒的来历

讲述：顾增贵 46 岁 保定市南大园乡五里铺村农民
记录：张立军
1986 年 9 月采录于保定市东南郊

在过去，人死后为什么要打幡又拿打狗棒呢？这里有这样一段传说。

宋朝年间，金兵大举南下，掳走了徽、钦二帝，赵构继位，起用岳飞为元帅。徽、钦二帝因病死在北国，金兵元帅金兀术与军师哈密蚩想出了一个毒计，要致岳飞、赵构于死地，于是命人到南宋下书。宋皇赵构见书上写着："徽、钦二帝已故北国，如你们想北上运尸，不许带任何兵器，三日为限。"岳飞等人明白，这是金兀术想一举歼灭宋兵的毒计。但众将官你看看我，我看看你，又拿不出好的办法来。两天后，岳飞帐下军师诸葛英向宋皇赵构献上了一策，赵构龙颜大悦，立即命手下人按计策行事。

第二天，宋朝将士一个个穿白戴孝，岳飞扛着一个白色大棒，外边裹着很多白纸条儿，众将士每个人也都拿着一个白色棒棍，浩浩荡荡地来到北国。金兀术一看宋军果然中计，假装客气地迎上前来，双方寒暄一阵后，金兀术借故溜了出去。这时，只听金兵营中一声号炮，四面伏兵一跃而起，把宋军团团围住。说时迟，那时快，只见岳飞把手中的大棒一抖，只听"刺啦"一声，露出了宝枪——沥泉神矛，其他兵士也立刻脱去外衣，撕去棍棒上的白纸，露出了锋枪利矛，和金兵大战起来。经过激烈的厮杀，大败金兵，获胜而归。

后人为了纪念岳飞和众将士杀敌报国的功绩，便将岳飞手中高举的白色棍棒称为幡，意思是带头的号令，而把将士手中的东西叫打狗棒。后来，谁家死了人便沿用这种方式，给死人送殡。

三媒六证的来历

讲述：阮焕章
记录：刘正祥
1987 年 3 月采录于讲述人家中

早年间，人们都把结婚称做"秦晋之好"，还要在桌子上摆上一杆秤、一个斗和一把尺子，这个风俗是怎么来的呢？

传说，很久以前，陕西有个姓秦的员外，家大业大，骡马成群，人丁兴旺，四世同堂。这年过年，秦员外在大门上贴了一副对联，上联是：天下第一家；下联是：要啥就有啥。人们看了都撇着嘴说："哼，你秦家再富，也不能说要啥就有啥呀？"可巧这事被天上的日游神知道了，回到天庭就禀报了玉皇大帝。玉皇大帝气得把龙书案一拍："呸，他好大的口气，全天下只有我才称得上是天下第一家，就连人间的皇上都不敢夸这个海口，甭说是他一个土财主咧！"说罢，他立刻让人叫来了太白金星、太阴金星和南极仙翁，对他们说："你们三位到凡间去会会那个秦员外，给他出个难题儿，憋憋他，也好让他知道知道马王爷三只眼。"三位天神奉旨来到人间，摇身一变，变做三个老道。太白金星首先来到秦员外家的门口，家人见了问道："你这老道想化缘吗？""对，贫道是想化缘。""你想化点什么？""想化个馒头。""好，你等等。"说话那家人就要回屋去取。太白金星忙拦住说："哎，你先别急呀，你知道我要多大个儿的吗？"家人问："你要多大的？""我想要泰山那么大的。"家人一听，愣了，只好到上房回禀秦员外。秦员外说："这简直是瞎胡闹，哪有那么大的馒头？这不是成心想憋我吗？"他气曛曛地来到门口，见那老道长得仙风道骨，不像一般之人，就说："道长不是想化个馒头吗？""对呀，我想化个泰山那么大的馒头。"秦员外听了刚要说什么，一看自个儿门口贴的对联，就像油条掉进开水里，一下子软咧。"好吧，你三天以后来取吧。"

秦员外送走老道，正在屋里发愁呢，家人禀报说："门外又来了个化缘的老道，说要化杯酒喝。"秦员外没好气地说："你给他杯酒喝不就结了吗，还禀报个什么劲儿？"家人说："他说要化南海的海水那样多的一杯酒。"秦员外没辙了，只好硬着头皮走出来，看了看老道说："你也三天以后来取吧。"

秦员外刚把第二个老道打发走喽，还没进屋哩，第三个老道又来了。秦员外问道："莫非你也想化缘吗？""对，是想化缘。""不知你想化点什么？""贫道想化点布做个道袍。""这好办。"说话就要让家人去取，老道说："施主且慢，你知道我的道袍需要多少布吗？""需要多少？""得有蓝天那么大的布才够哇！"秦员外皱了皱眉头，说："也好，三天以后你们一块儿来吧。"

三个老道走了，秦员外可真的发开愁了，直劲儿后悔不该贴那副对联。他正在屋里闷闷不乐地叹气哩，忽见他的小重孙子秦雄一蹦一跳地跑了进来。这小孩儿也就有个十来岁，长得虎头虎脑的挺机灵。他问明了老太爷发愁的原因，就说："咳，这点小事还不好办？也值得你老人家发愁？"秦员外心想：自个儿吃亏就吃在吹大话上，没想到这孩子也学会了这一套，便说："去，去，小孩子家懂个啥，外头玩去吧。"小秦雄却说："这是真的，我能帮老太爷想个法子。"秦员外本来正在无计可施，一见重孙子那副认真的样子，也只好顺水推舟，由他去试试了。

三天头儿上，小秦雄见三个老道都来了，便说："既然道长们全来了，那就请拿出来吧。"三个老道不由一愣："让我们拿什么呀？"小秦雄说："拿六证啊，只有你们拿出六样凭证来，我才能给你们泰山那样重的馒头，南海那样多的酒，蓝天那样大的布哇。"三个老道说："唉，小小年纪净说瞎话，让我们到哪儿去拿六证啊？""怎么是瞎话？告诉你们吧，山西有个晋员外，他能给你们六样凭证。"

三个老道一听，立刻驾起祥云，来到山西地界，找到晋员外的门口一看，嗬，也是青堂瓦舍、宽宅大院的。晋员外见三个老道慈眉善目，仪表不凡，便问道："三位道长来至寒舍，不知有何见教？"老道说："我们想在施主这里化个六证。"晋员外一听，丈二和尚摸不着头脑："什么叫六证啊？"三个老道也答不上来呀，只好把小秦雄说的话又讲了一遍。晋员外说："道长净开玩笑，我们这里哪有六证啊？"正说着，从外边跑进来个小丫头，也有个十来岁，进门就说："你们要找六证吗？有，有，我给你们拿去。"

原来这个丫头叫晋英，是晋员外的重孙女儿，长得活泼可爱，聪明过人，不到片刻，她便拿来了三样东西，往桌上一放："给，你们拿去吧！"三个老道一看，咦？这不是一杆秤，一个斗和一把尺子吗？她怎么说是六证呢？小丫头见他们像钻进了闷葫芦，便笑眯眯地解释起来："这秤是约（称）

东西的，它能证明东西的轻与重；斗是量东西的，可证明东西的多与少；尺子也是量东西的，可以证明东西的长与短。能证明轻重、多少与长短的这三件物品，不就是六证吗？"

三个老道一听，茅塞顿开，立刻谢过晋员外和小晋英，拿起那三件东西，直奔秦员外家。小秦雄见他们拿来了六证，微笑着点了点头，然后对太白金星说："你不是要泰山那么大的馒头吗？请拿这秤先把泰山约（称）一约，看有多重，我再照着分量给你蒸馒头。"说完，又对太阴金星说："你先用斗量一量南海，它有多少斗海水，我就给你准备多少斗酒。"最后，又冲着南极仙翁说："你拿这把尺子量一量蓝天，看蓝天有多长，我马上给你准备多长的布做道袍。"

三个老道一听，来了个张飞纫针——大眼瞪小眼啦。心里话：想不到俺这堂堂的天神，愣让这么俩不起眼儿的小毛孩儿给涮了，真是人不可貌相，海水不可斗量啊！

三位天神虽说被两个孩子难住了，可心里对他俩却挺佩服，越琢磨越觉得秦、晋两家条件相仿，门当户对。于是，三位天神就说明了自个儿的身份，并主动提出为秦雄晋英做媒，使两家结为秦晋之好。秦晋两家一见三位天神给他们做媒，就高高兴兴地答应了。这三位天神就是人们所说的福禄寿三星。后来，人们结婚时，都要拜福禄寿三星图，桌子上还摆上一杆秤、一个斗和一把尺子。这就是秦晋之好与三媒六证的来历。

名特产传说

名菜肴的传说

讲述：任云章　赵鹤年
记录：肖钦鉴　要志明
1988年10月采录

抓炒鱼

传说，一个进京赶考的举子路过保定，到了饭庄，想吃一种鱼，问掌柜的会不会做。

掌柜的笑着说："客官，里边请吧！煎炒烹炸溜，尽管开口。"

举子笑笑说："南京到北京，路走得不少，鱼吃得也不少，烧出来的鱼都是趴在盘子里边。今儿个咱们来个鲤鱼跳龙门烧个飞鱼吧！"

掌柜的一听作了难了，赶快跟厨师商量。厨师非常聪明，眼珠一转，有了主意，说了一声："稍等，马上上菜！"

只见他伸手抓了一条活蹦乱跳的鲤鱼，唰唰几刀，刮鳞去鳃，开膛破肚，又在鱼的两边剌上几刀，放在油里一炸，炸出来跟飞的一样：鱼头仰天，鱼尾翻卷；浇上香喷喷的汁儿，不一会儿，端了上去。举子一看非常高兴，问掌柜的这叫什么菜，掌柜笑着说："抓炒鱼！"

保定府的"抓炒鱼"后来吃客越来越多，名声越来越大，大小宴会上，也少不了这道名菜。

这个"抓炒鱼"别处没有，它在保定真成了老爷庙的旗杆——独一份了。

后来别的地方才传开了。

宫保鸡丁

传说，有一个姓丁的贵州人，在四川做官，他最爱吃青椒炒鸡丁了。

一天，他在酒楼上一边喝酒，一边吃青椒炒鸡丁，楼下一阵香气飘到楼上。姓丁的问："掌柜的，楼下做的是什么？好香啊！"

掌柜的说道："老爷，楼下是一家油炸花生仁的。"

"来一盘尝尝。"姓丁的说。

"来啦！"一会儿的工夫，跑堂的端上一盘焦黄酥脆的油炸花生仁。

姓丁的吃吃青椒炒鸡丁，又吃吃油炸花生仁，笑着说："掌柜的，干脆把这两样菜给我炒到一块儿吧！"

"好喽！"只听厨师的勺儿当当几下，一盘又酥又脆、清香可口的油炸花生仁鸡丁端上来了。姓丁的一吃，味道非常好，边吃边叫好。从此，饭馆里就常做这个菜了，吃的人也越来越多，这道名菜便很快传开了。

后来，李鸿章在保定做直隶总督，非常爱吃这道菜，大小宴会回回不能缺少。因为李鸿章号称李宫保，所以这道名菜就叫"宫保鸡丁"了。

"麻婆豆腐"和"相先生豆腐"

传说，四川有个卖豆腐的老婆婆，脸上有几个碎麻子，人称"麻婆"。她做的豆腐麻、辣、香、嫩，可有名了。

平时，她每天只做一锅豆腐，卖完就收摊，多一点也不卖。吃过她做的豆腐的人，都说豆腐好吃。就这样，越传越广，来吃豆腐的人也越来越多。因为豆腐是麻婆做的，传来传去，把她做的豆腐就叫成了"麻婆豆腐"。

清末民初，保定东关有个军官学校，有个姓相的四川学生，会做麻婆豆腐，他把这个手艺传给了保定厨师。保定的厨师手可真巧，把刚做好的豆腐用油煎煎，加点牛肉末儿，再加点本地名产望都辣椒油，炒出来的豆腐，除了麻、辣、香、嫩，还有点牛肉味，吃起来别有风味。这菜是相先生从四川传来的，保定人就把这道菜叫"相先生豆腐"了。

花子鸡

相传，明朝开国皇帝朱元璋，从小家里挺穷，他才十来岁时就和小花子们一块儿要饭。一天，有个小花子偷了一只鸡，想和他的伙伴们一块儿解解馋。怎么个做法呢，连个锅也没有。

小花子们围成一圈儿，你看我，我看你，一个个都发了愁。朱元璋从小就是机灵鬼，一对黑眼珠子滴溜溜转，一转就是个鬼点子。

朱元璋眉头一皱，跳了起来，一拍手说："有啦，有啦！咱们这么这么办。"说着小花子们就动起手来，和了一堆黄泥，把鸡身子糊成了个大泥团，架在火上慢慢地烤了起来。这一烤不要紧，鸡渴得咯咯直张嘴。朱元璋叫小花子们把偷来的盐化成水，一口一口地往鸡嘴里灌。

一会儿，鸡不叫了，泥团烤焦了。打开泥团，鸡烤熟了，一股股香气直扑鼻子。小花子们高兴得你争我夺，大口大口地吃起鸡来。真是又香又嫩，别提有多好吃了。

后来，朱元璋当了皇帝，老是想着小时候吃鸡的那种滋味。有一天，朱元璋要大摆酒筵，大清早就吩咐：今天筵席上要上一道美味鸡，鸡肉要淡粉色，吃起来又嫩又香。御厨师一听，可犯了愁：怎么才能做出这种颜色淡粉、又嫩又香的鸡来呢？急得他抓耳挠腮，也想不出办法。正在这时，来了一个赴宴的将军。这将军是当年和朱元璋一块儿要过饭的伙伴，和御厨师也认识。他见御厨师为此发愁，就把做鸡的方法偷偷地说给了厨师。厨师一听，吓得面色如土，说："这个法子行吗？"将军笑嘻嘻地说："行，行，你就这样做吧，错不了！"说完嘿嘿笑起来。

酒筵上，大家喝得正高兴，朱元璋心里来了火："为什么还不见那鸡上桌呢？"他正要叫人去催，只见厨师端上来四个焦黄的泥团。打开泥团，鸡肉清香扑鼻。朱元璋吃了一口，哈哈大笑起来。从此，"花子鸡"这道菜就传开了，直到今天它仍是酒筵上一道名菜。

"古井贡酒"的传说

讲述：周长明 42 岁 河北蠡县干部
记录：孙佐培
1986 年 8 月采录

谁都知道"古井贡酒"是有名的佳酿，流传至今，很受人们欢迎。但此酒当初并不叫这个名字，这是为什么呢？有这样一段传说。

从前，有一位老人很会酿酒，他酿的酒远近闻名，很快被皇帝知道了，便专门派了两个差役抬着一个坛子给皇帝取酒。从此以后，年年如此。这年，两差役又去抬酒，当时正是三伏盛暑，气候炎热。在返回途中，二人口干舌燥，筋疲力尽，便在一棵大树下乘凉歇息。

这时，有个差役说："咱俩给皇帝抬了十多年酒，可咱从未尝过是什么味道。今日天热口渴，又无水喝，咱哥俩喝它几口，一来解解渴，二来品品滋味，就是死了也不冤枉。"说罢，二人即把坛口打开，嘴对着坛口轮流喝了起来。

两个差役不知不觉喝了半坛酒，正要起身走，忽然想到：把皇上的酒喝了这样多，回去如何交代呀？如不想个好法子应付，就是违犯圣命，定成死罪。想着想着，有个差役忽然发现一旁有口井，便乐呵呵地说道："办法有了，那边有口井，用井水把坛子灌满不就行了吗？"二人过去一看，原来是个多年不用的枯井，因下雨存了一些水，蚊虫很多，又黑又脏。因没有提水的家什，有个差役急忙脱下一只鞋，鞋子里边汗渍泥土很多，还散发着臭味，就说："用它代替水桶吧！"于是他们把自己的腰带，鞋带全都解下来联结在一起，一头拴上鞋子，而后一点一点地往上提水。不一会儿把酒坛灌满，抬了回去。

皇上一喝，觉得这次抬回的酒比以往任何一次的酒都好喝，心中大喜，便把两个差役招来想问个究竟。两个差役听说后不禁大惊，生怕皇上知道后被定成死罪，便回答说仍是原来的酒。皇上心里纳闷，便派人到烧锅（酒厂）去询问。烧锅的人回答说，原料和制作方法都未改变。皇上不信，便又把那两个抬酒的差役招来盘问，他二人仍说不知道。皇上以为他俩故意不说，便叫人将他们痛打一顿。两个差役受刑不过，只好把事情的经过讲了出来。皇上派人到枯井那里察看了以后，高兴得眉开眼笑，立即加封了那两个差役。皇上说："这口枯井，果真是口宝井。"传旨今后每次去抬酒，定要到此加水，并把这种酒封为珍奇贡品。此后人们就把这种酒称作"古井贡酒"了。

造纸的传说

讲述：李孝 富昌屯村人　　杨树义 富昌屯村人
记录：赵忠义
1983 年采录于保定郊区

抄纸村与蔡侯节

造纸是我国古代四大发明之一，也是世界历史上的重要发明。周秦以前，绘画书写用竹帛。西汉中期，宫廷中出现了一种丝质的纸，薄而小，叫"赫蹏"（xìtí 戏蹄）。继而出现了麻类和其他植物纤维纸张。东汉和帝时，宦官蔡伦改进了造纸方法，扩大了造纸原料，造出了又薄又白、韧性强、拉力大的"蔡伦纸"。从此，造纸方法得以推广，蔡伦被后世尊为造纸的发明祖师，北京城的祖师庙里，曾塑有蔡伦神像。

保定城西十二里，坐落着两个东西相连的村庄，东为富昌屯，西为富昌村，这便是远近闻名的抄纸村。两村百姓，相当一部分人家，是二百多年前从山西省洪洞县鸡爪子山老鸹村搬迁来的，并带来了蔡伦的抄纸术。由此，世代相传，这两个村几乎家家会抄纸，男女老少，差不多人人可以上阵干活。两村抄纸，技艺高超；各种纸张，物美价廉，行销南北，受人赞颂。特别是那白成文纸，拉力大、柔软平滑，包裹东西极为便利；用于裱糊，美观结实；糊在窗户上，白里透亮；写仿彩绘，吸墨不洇。

从前抄纸，每家都要打井、立陷、挖蓄水坑、抹白灰墙。人们推着小车儿，往墙上晒纸。大碾、小碾、料堆、萝箍布满全村，洗麻剁麻争亮奇技，抄纸晒纸各显神功，搅陷对唱，水声哗哗，唱腔悠扬，好一派新颖别致、繁忙兴盛的动人景象！如今，自然环境变迁，造纸工艺大有改进，基本上实现了半机械化。但旧有的一些反映抄纸景象的俏皮话，如"富昌屯的人——家家有景（井）"，"富昌屯的墙——有指（纸）望"，"富昌屯的屋子——有限（陷）"等，还依旧流传着。

相传，农历三月十七是蔡伦的生日，十月初十是他的忌日。富昌两村，这两天过节，称"蔡侯节"，这也是抄纸村、抄纸户的传统节日。从前每到这俩节日，人们穿新衣，摆宴席，请亲接友，在蔡伦神位前烧香上供；纸工放假，照发工资；并常聚在一起交谈纸艺，叙旧论新。这些特有的习俗，自合作化后，有所改变，三月十七节多与三月十五刘守庙合并于一起过庙，如今又有恢复。

富昌两村，历来尊崇蔡伦为纸神。每逢过年，陷房贴对联，设摆香案供桌，在神位处的墙上竖写神签三行大字：中为"蔡伦祖师之神位"，两边对联为"汉朝科甲第""钦封御廷侯"。如哪家创业请抄纸师傅，或有人去外村建摊儿传艺，立陷时吃立陷饭，开业时吃开张饭，既摆供纪念蔡伦，也表示对纸业和传艺师傅的尊重，自然也是一种长久形成的行业风习。

蔡伦造纸

相传，东汉时，朝廷里有个小官儿叫蔡伦。他聪明好学，爱动脑子，为人正直，写的字还挺棒。只可惜权臣争斗，小人陷害，年纪轻轻被扣上"欺君犯上"的罪名打入监牢。

蔡伦平白无故的受冤，在牢里日夜苦熬，孤零零一个人，憋闷得慌。他又气又恨，常常把铺着的草和绳子弄碎，甚至撕扯衣裳，填进嘴中嚼磨，嚼烂后便吐在墙上。时间一长，墙上竟疙疙瘩瘩地连贴成了一片。他好奇地看来看去，又特别小心地慢慢揭下，不觉眼前一亮，又惊又喜。就见贴墙的那面，光滑平展，既柔软又有拉力。蔡伦的心直翻过子，热泪扑簌扑簌地落在手上，心里想：要是用这东西写字，比竹板和绸子布得强百倍。多年来想制造的东西，没承想竟在这受屈的地方意外地出现了。人生太短，我怎能再白费光阴？他狠力咬破中指，在墙壁上写下了鲜红的四个血字："事在人为"。从这以后他像着了魔一样，将铺草、破席、碎绳、衣布都嚼烂，一口口地吐在墙上。就这样，嚼了吐，吐了嚼，干了揭；有时饭菜都忘了吃，嘴里血糊糊的。看狱的还以为他得了疯病儿。时间一天天地过去了，墙片越吐越平，越来越薄，有时他又像看宝贝一样，翻来覆去地看那墙片儿、贴在胸脯儿上想，舍不得放下。

天有不测风云，人有旦夕祸福。蔡伦在苦难中赶上了新继位的皇上赦免，他捧着那墙片儿走出牢房，重见了天日，出狱不久，他给墙片儿起名叫

"纸"，并亲手做了一套抄纸的家伙就抄起来了。抄抄改改，越抄越好。

后来，蔡伦把抄出的纸献给皇上，皇上大喜，下旨在全国赶快推广。就这样，蔡伦的造纸手艺越传越广，传遍了天下。蔡伦也被人们尊称为造纸的祖师。

妇女抄纸的由来

蔡伦刚发明造纸，每天抄出的纸，总要按刀① 过数，亲自点清，根本不让别人沾边儿，把得可严了。

过了几天，蔡伦发现纸总是少，心里很纳闷儿，以为招了贼，便暗里留神盯着。后来发现是他媳妇偷了，每去茅房就撕下一大块，可把他心疼坏了。这天，他媳妇又去偷纸，手刚沾纸边，就被蔡伦抓住。他瞪着两眼，数落起来："好哇！你竟敢偷拿我的宝纸去糟蹋，小心我打断你的手……"他媳妇满脸涨红，低头不语。蔡伦猛地将媳妇儿的手一甩，他媳妇差点闹个仰巴跤。到晚上躺下，两口子才说开了体己话："唉！你总该想想，我花费了多少心血，才造出这宝纸，你可真舍得呀！""是纸出的太少，才这么金贵。我看你都累瘦了，总想下手帮你，可你就是不让，总怕别人弄坏。只你一个人，一年才出多少？你也太死心眼儿了。你哪里知道我的心呐。"蔡伦听了心里热乎乎的。说着说着又问："你怎么偷拿我的纸呢？""你们男人就是心粗；又看不起我们，我们什么不干？你哪儿知道我的苦楚。上炕不说②，一到经期多么难受！谁知一用你的纸，就舒服得多，可就是差点没挨打。"媳妇不由得哭起来。蔡伦这才明白几天来丢纸的事，心里挺不是滋味儿。

第二天，吃着早饭，蔡伦就对媳妇儿说："我错怪你了。从今天起，我要多带徒弟，让更多的人学会抄纸，让宝纸和抄纸的手艺传遍天下。你今天也下手吧，你来想法造手纸。"媳妇一听，高兴极了，就跟着进了陷房。她边看边用手比划，加上平日里早就留神，现在更看出了门道。她抽空儿便动手抄几张，心里有了主意。她找出蔡伦剩下的竹板，根据自己的身材和气力，按蔡伦纸帘的一半，打了一种长条的新帘。等蔡伦夜间睡觉后，她就用新帘抄起纸来，这就是最早的手纸。经蔡伦指点，她在新帘中间加了一根木条，成了俩小方块儿，大大减少了麻棉等精料，这样造出的手纸，又软和又

---

① 刀：数量词，当地数纸术语，一百张为一刀，一千张为一令。
② 上炕：这里特指生孩子。

便宜，更好使了。后来，她听了一个医生的说法，将纸料蒸煮或加白灰消毒后洗净，抄出了妇女专用纸。很快，蔡伦的抄纸手艺就在妇女中也传开了。

如今，抄纸村、抄纸户的女人家，和男人一样，进陷能抄，上墙能晒，那可真能干呀！

皮匠的祖师

讲述：王印泉
记录：肖钦鉴
1986 年采录

皮匠的祖师为啥是孙膑，这里面有一段传说故事。

孙膑和庞涓是师兄弟，前后到魏国做事。庞涓妒忌孙膑的才能，设计砍断了孙膑的双脚，孙膑没法儿，在好心人的帮助下逃到齐国。

有一年，楚国给齐国进贡了两条活鱼，想刁难一下齐王。楚国的使臣说："齐国要是知道这两条鱼叫啥名字，我们就年年进贡，岁岁称臣。要是不认得这两条鱼，你们就得给我国年年进贡，岁岁称臣。"

齐王把这两条鱼盛在盆里，摆在金殿上，众臣子围着鱼盆转来转去，发起大愁来了。

孙膑到了齐国，待在一个朋友的家里。他的朋友也是齐国的大臣，回来把这事儿给孙膑说了。孙膑问这两条鱼是什么模样？他的朋友说："白底，黑肚，形状像脚，嘴巴又大又圆。"

孙膑说："这叫靴子鱼，你在旁边拍三拍，这条鱼能从水里蹦出来。"

孙膑的朋友把这事告诉了齐王，齐王一听非常高兴，照着孙膑的说法试了一试，一点也不错。这样一来，楚国只好认了输，继续给齐国称臣进贡。

过后，孙膑的朋友对齐王说："大王，这种鱼我也不知道叫什么，是我朋友孙膑告诉我的。"接着又把孙膑在庞涓那儿受害的事儿说了一遍。齐王一听，赶忙派人把孙膑请来，以礼相待。

齐王一看，孙膑没有了双脚，无法走路，连忙用双手去扶他。

齐王问孙膑需要啥，尽管说话。孙膑说："大王，您把这两条靴子鱼赐给为臣，求鞋匠师傅用这鱼皮给我做双靴子。"

齐王非常高兴，就让鞋匠用鱼皮做了两只靴子。说也奇怪，孙膑套在腿上，不大不小，非常合适，走起路来和原先一样轻松利索。

从那以后，人们也就学着孙膑做起皮靴子来了。于是，鞋匠、皮匠师傅就把孙膑供为祖师了。

保定府头号财主"袜子孙"

讲述：戴维时
记录：张工　李国栋
1986年采录

早先，保定人流传着这么一句话："袜子孙的钱儿数不清，有钱的最数袜子孙。"那么，袜子孙到底是谁？又是怎么发财的呢？这里还有一段与冯玉祥有关的故事哩。

那是清末民初的时候，还没有线袜子，人们穿的都是布袜子。保定城内有一个姓孙的寡妇在税务局旁边开了个小门脸儿，靠做布袜子为生，她做的活儿既结实，又美观，货真价实，穿着挺舒服，因此很快出了名，人称"袜子孙"。

有一天，冯玉祥转悠到了袜子孙门脸里，向袜子孙问道："你的袜子多少钱一双？"

袜子孙回答："'实纳帮'十五个铜子一双；'明缉脸儿'十七个铜子一双；'鳖虎①上山'二十个铜子一双。"

冯玉祥一听觉得挺新鲜，心想：一双布袜怎么这么多名堂？连什么'鳖虎'也上来了，这是怎么回事儿？就对袜子孙说："你拿'鳖虎上山'来我看看。"

袜子孙伸手拿了一双布袜子递给冯玉祥，他一边摆弄着袜子仔细看，一边问："贱点卖不？"

袜子孙以十分肯定的口气回答说："老总，你甭跟我还价，卖多少钱儿是多少钱儿，塌价儿我不卖，我这袜子货真价实，不同于别家的！"

"你这袜子好在哪里？这么值钱儿？"冯玉祥不觉好奇地又问了一句。

袜子孙很有兴趣地给他介绍说："我的袜子分三种，每种都有讲究：第

---

① 保定人对蚂蚁称为鳖虎。

一种叫'实纳帮'，就是把袜子四周袜帮子都纳了；第二种叫'明缉脸儿'，又叫'大缉面'，它不光是纳了袜帮子，还把袜子的脚面上都一针对一针的缉了；第三种叫'鳖虎上山'，这一种袜子纳了袜帮、缉了脚面，又把袜子的脚后跟儿纳得特别细密，密密麻麻的小针角儿数也数不清，如同好多好多的'鳖虎上山'。"袜子孙边说边把"实纳帮"和"明缉脸儿"各拿一双递给冯玉祥，还不停地接着讲："您看，这三种袜子的袜底都一样，都是'围罗针织'，纳得针角儿好像很多罗圈儿，大圈套小圈儿，一圈挨着一圈儿，看着顺眼儿，穿着也舒服，人们把话说白了都叫他'温乐君子'。"袜子孙瞧了冯玉祥一眼又加重语气说："我卖的袜子保管结实，这袜子都是里、表、底三新，错了我不要钱儿……"

"行啦，我买了这双。"冯玉祥说完就从随从赵德义的腰间皮带下抽出刺刀，嚓嚓几下子把"鳖虎上山"顺着袜筒连袜底给拉开了，仔细一看，的确是里、表、底三新，袜子孙说得一点儿也不差。

"给她钱吧。"冯玉祥对赵德义一边吩咐一边把拉了的布袜子递给他。

又过了两天，冯玉祥派人给袜子孙送去一批钱。派去的人对袜子孙说："我们冯军长让你给做三万双'鳖虎上山'……"袜子孙一听，可愁死了，赶忙说："老总，我一个人可做不了这么多……"

派去的人回来把情况给冯玉祥汇报后，冯玉祥又亲自找袜子孙商量说："你能不能想办法先给做一批，如果大伙穿着满意，以后我全军只穿你的布袜子。"

袜子孙琢磨了一会儿说："要是我雇人做袜子，亲自验活，亲自收货，保证质量行不行？"

"行啊！"冯玉祥同意后袜子孙就雇了百十号工人，办起保定府第一家联营工厂，大量生产布袜子。

嘿！这一下儿，袜子孙可发了大财啦。不光冯玉祥的几万人穿上了她的布袜子，还有北京的、天津的、山东的、山西的、大西北的……各行各业的人们都纷纷来买她的布袜子。从此袜子孙成为当时保定的"四大商号"之最，"四大绅士"① 之首。

因此，当时人们传说："保定活财神，就是袜子孙。"

---

① 四大商号和四大绅士是指：当时保定的袜子孙；乾益面粉厂的东家王占元；槐茂酱菜的东家赵根深；庆丰义百货的东家王老习。

风 物 传 说

南大门和守门官

讲述：赵金波
记录：赵忠义
1985 年采录于保定新市区大汲店村

古城保定，地处京南，素有"北京南大门"之称。

相传明朝迁都北京后，朱棣皇帝把京城所在地的直隶省看得特别值重，并把总督府设在京南重镇的保定。清承明制，而且还御封保定为"北京南大门"。其守门官为"门斗"，曾在古莲池办过公。凡全国进京赶考的文武举子，你就是北京城的也好，都必须到北京南大门——保定，到门斗那里登记，带着那里盖印的执照，方可进京赶考。由此，保定这个历史上兵家必争的战略要地，这个历史悠久的文化古城，就叫起了北京南大门。保定城里还有主管金、银、物资的"北司"，主管司法的"南司"和主管交通的大清河道道署。各地进京的金、银、物资，官司要案，都得有保定的通行公文。保定有这么多的衙门和官僚，难怪那清苑唐知县被歧视为"七品芝麻官"了。

传说到了咸丰年间，保定城西大汲店村刘洛怀曾做过一任门斗。任职期间，他写出"布施"文告，不管他在与不在，都要以"为北京南大门行好"的名义，向通过这里的文武举子化布施，实际上就是要钱。当他即将离职调任时，不幸两个眼里都长了肉瘤，疼痛难忍，看不了东西，不得不回家养治。眼看到了双目失明的境地，忽听门外有人高声叫喊，敲门讨饭。开门之后，见一白发道人，要见宅主。刘洛怀也是有病乱投医，想那贫僧野道，兴

许能治病，便请进屋去。那老道看了看刘洛怀的眼说："无量佛，你的眼病
好厉害，须吃我的仙丹妙药，才能好转，还要积德行善，方保痊愈。"说完，
拿出随身的一包小药丸，递给刘洛怀，边递边说："三天一粒，半月见好，
积德行善，切记切记。"刘洛怀忙叫家人拿出金、银和饭食酬谢，老道摇头
摆手，不吃不要，飘然而去，再没回头。

半月一过，刘洛怀的眼病果真见好。为保痊愈，积善于民，便把任期化
布施的钱全部拿出，在自己村子里，在那九省通行的半驿站大汲店，盖了一
座戏楼，戏楼对过盖了一座菩萨庙，又在小清河上修了两座大桥，最后把剩
下的钱，买了一顷八亩地，交给村中公用。至今，刘洛怀所留之物尚在，南
大门的传说流传村里。

一亩泉

讲述：张志远 75 岁 原拔丝厂厂长
记录：尤文远
1978 年采录于保定市区和满城

一亩泉原叫西塘泊，是保定八景之一"鸡距环清"的源头。满城县西
部的界河，原是四季清水常流，直通东海，后来，从东海蹿来一条蛟龙，一
见这里风光优美，就住了下来，每天要向沿河人家讨个小孩吃，弄得人心惶
惶。每逢日落天黑，这一带家家户户门窗紧闭，孩子们连哭都不敢出声。不
少青少年立志除掉这条恶龙，但与它一斗，都被恶龙吃掉了。

有一年，山洪暴发，恶龙想借水势冲掉河岸的村庄，在这儿兴建龙宫。
只见风助水势，水借风威，平川地成了一片汪洋。这时，杨延昭正好巡察边
关经过这地方。他看见这一惨景，便奋身入水大战蛟龙。双方激战了二十回
合，不分胜负。历经半生戎马生涯的杨六郎，深知力敌不如智取，就施了个
假败脱身计，恶龙狠狠追来。杨延昭转手杀了个回马枪，恶龙再想躲也来不
及了，顿时倒地而死，沿河的老百姓都跑来感谢杨六郎。

谁料隔了一夜，蛟龙又活了。它每天要吃俩小孩，如果不给，就洪水漫
村。杨延昭不顾安危，再次入水斗龙。恶龙吼道："咱一无冤，二无仇，你
杨延昭欺我太甚！"杨延昭怒目喝道："畜生住口！你糟蹋百姓，天理不容，
还不跪下就擒？"话音未落，蛟龙兴风作浪，杨延昭被巨浪卷入河底。待他

浮出水面，蛟龙张着血口扑来。杨延昭见它来势凶猛，将身子轻轻一闪，蛟龙扑了空，就返回来再扑。杨六郎挺枪便刺，恶龙又死在枪下。

这回，杨六郎不顾劳累，伏在岸堤上观察恶龙有什么变化。半夜，只见蛟龙在水中动了起来，慢慢地又活了。等到清早，蛟龙更加猖狂，它要沿河村庄每天供给它三个小孩食用。沿河的百姓更加恐惧。杨延昭决心为民除害，戴好金盔，穿上银甲，腰挎宝剑，手持钢枪，又跳进水中三战蛟龙。恶龙口吐黑水，腾起恶浪，闪电般扑来。幸亏延昭机灵，他翻身出水，挺枪便刺。恶龙张开大嘴把杨六郎吞入口内。但杨延昭有金盔、银甲护身，恶龙咬又咬不动，吐又吐不出。杨延昭在龙腹内用枪乱捅，疼得恶龙一蹿蹿到岭西和支锅石村之间。杨延昭用剑割破龙腹，刚刚钻出来，龙肚子又合上了。恶龙回过头来又吞杨延昭。杨延昭没等它缓过劲儿来，就用尽平生之力，一枪把它的身躯穿透，定在河心里。接着，他又挥剑把龙头、龙身和四肢割下，扔到陆地上。又用枪冲着铜帮铁底的界河底戳去，边戳边喝令："潜流五十里，孽龙永绝迹！"从此，河水顺着枪眼流走了。至今岭西村以上的河水仍哗哗地奔流着，岭西至界河尾则全是干河套。再看岭西周围的山峰，圆形的像龙头，长条形的像龙的身躯，弯形的像龙的胯骨和大腿。

龙害从此根除了，而界河的水从地底下流了五十里，又从一个泉眼涌出，这个泉就是一亩泉。

卧牛石

讲述：赵子全 保定大车村人 初中
记录：赵忠义
1957 年采录于满城及保定西郊

抱阳山北山顶上，有一块青黄色儿的大石头，看上去，就像一头老牛卧在那里，人们都管它叫卧牛石。这可是抱阳山的一景，说起来，还有一番来历呢！

很早很早以前，抱阳村有个放牛的小孩儿，都十二啦，也没个名儿，人们只知他叫牛娃。牛娃养了一头又肥又壮的大黄牛，一有空，他就牵到山坡上放，除了让牛吃草，他还常常把自己的干粮省下来给牛吃，渴了就到滴水塘去饮。牛娃每天给牛刷呀洗呀，牛身上油光发亮。有时牛娃坐在牛背上，吹起笛子，老牛尾巴一甩一甩的，高兴地连脑袋也不住地摇晃，像是在夸赞主人那好听的笛声。回到家里，牛娃和牛一起吃住，天一冷，他就偎在牛身边，一起盖上破被子，他们俩呀，就别提多好了。

有一天，牛娃又去北山上放牛，他趁牛正吃草的当儿，走到东崖边去摘酸枣。忽然，背后不知叫什么东西挂住，他以为是葛针，扭身想拽，没承想全身都被挂住，用手一抓，又把手给粘住了。他这才看清，浑身都粘在蜘蛛网上，动弹不了。就在这时，从崖缝里钻出一个青灰色的大蜘蛛，叉巴着脚咻咻地爬上来，紫红色的大血嘴一张一张的，露着又弯又尖的黑牙，嘶嘶地吐着灰丝，头上还直个劲地冒蓝光，太瘆人了。原来，这是一个蜘蛛精，活了四百多年，它能爬会飞，能织八卦粘丝网，会摆阴阳迷魂阵。它吃遍了飞禽走兽还不算，又吃了九十多个活人，今天它来到抱阳山，想再吃几个，凑够一百，好变成人形，在这里称王称霸。这回牛娃成了它要吃的头一个，吓得牛娃直喊："救命呀！救命！"这下儿可惊动了大黄牛，它一抬头，见是自己的小主人要被那黑家伙吃掉。气得它眼一瞪，"哞儿"地一叫，就冲了过去，用犄角顶，用脚踩，很快就打乱了蜘蛛精的阵脚。蜘蛛精连织了几次大网，都被老牛给撞坏了，老牛身上也粘满青乎乎的一层胶丝。蜘蛛精舞动着叉巴脚，龇着弯儿巴牙，一抓又抓，折腾了一阵子，结果折了三只脚，只好舍下牛娃，逃回崖缝中去了。老牛却紧追不舍，又照准崖缝顶进去，再用犄角那么一挑，轰隆一声，一块大石头被挑到了山下，蜘蛛窝也挑去了半层。蜘蛛精又赶紧向西逃跑，一头钻进了一个洞中。老牛一见更急了，它冲着山洞猛力一顶，一下子插了进去，连脑袋都扎进了半截子，牛角尖从山顶冒了出来。它还不解气，又抽出犄角，跑上了山顶，一看，山顶捅透的洞口流出一大片黑血，还有一块块蜘蛛肉。这时，再看老牛已累得浑身汗湿、呼呼地直喘气，扑腾一声倒在了洞口边。

牛娃跑上来一看，老牛卧在那里不动弹了，用手一摸，牛身上冰凉棒硬。原来老牛早已死去，变成了一块青色的大石头。牛娃心疼地一个劲儿哭。这时只听头顶上空在说话："小主人，别哭了，黄牛除妖有功，我领它见玉皇大帝受封去了。"牛娃抬头一看，天上一朵彩云上站着个白胡子老头儿，旁边立着自己那个大黄牛，慢慢向东飘去。他赶紧哭喊着追赶，追到一个大石壁前，老头儿用拂尘一指，石壁哗啦一声大开，斜么着通向天空有无数阶天梯，天梯尽头，有一座金光闪闪的宝殿。

后来，人们都说那老头儿是南极仙翁，那石壁是通往灵霄宝殿的南天门，大黄牛成了天上的金牛星，它变成的大石头成了镇妖压邪的卧牛石。人们还根据牛娃的传说，在山上修了一道上天梯呢。

曹仙洞的石龙

讲述：张老汉 70 岁 满城县曹家佑村农民
记录：肖钦鉴
1986 年 7 月采录于满城县曹仙洞

提起曹仙洞石龙，得先说说曹仙洞。保定往西七十多里的大展山腰，一行行碧绿的柿子林里，藏着一个神奇的溶洞，这个大山洞可大得出奇。别看不大的洞口，里面可大啦，光大厅就有十丈宽，三尺高，洞深一里多长哩！

一进大厅，两根石笋有一搂多粗，跟水晶宫的大石柱子差不多。石壁边的高台上，喷出一股凉飕飕、甜丝丝的泉水，顺着石壁弯弯曲曲地流过，人们称它是"小天河"。天河边盘着一条长长的石龙，仰着头，把清凉的泉水吐到天河里。石壁下有一片数不清的小石龙，有的似飞，有的似睡，有的仰首，有的戏水，真好像进了东海龙宫。提起曹仙洞的石龙，还有一段动人的传说故事呢！

相传明朝年间，河南八府大旱。只旱得地裂了缝，井干了底，庄稼颗粒不收。俗话说：不怕减年，就怕连旱，老百姓可受不了哇！这件事传到曹仙洞石龙的耳朵里，它们再也待不住了，就一起商议，打算腾云驾雾，到河南去解救旱情。

曹仙洞的石龙，领着一群小石龙，腾云驾雾，来到了河南。摇身一变，变成了十几个精明强壮的小伙子。高个头，大眼睛，脚蹬山岗子鞋，身背小包袱，短衣短裤小打扮。拿着铁锨，扛着锄头，住在一个村子里，说是来打短工的。

石龙在村头，见到一个七十多岁的老爷爷。老爷爷一看是一群打短工的，知道是穷得没法子了，出来找口饭吃。就把他们叫到家里，让他们坐下，先歇歇脚。老爷爷东家借，西家跑，弄了点粮食，唤来老伴，张罗着给他们烧水做饭。

老爷爷噙着泪水，把连年大旱，颗粒不收的事儿一件件、一桩桩的说了一遍。

石龙憨笑着，说道："爷爷，别发愁，我们会浇园。"

老爷爷叹了一口气，说："唉！能浇园有什么用，井都干得露了底儿，一点水也没有。"

小伙子们扛起铁锹，对老爷爷说："让俺们来试试吧！"

老爷爷拦住他们，说："别忙，别忙，先歇歇，吃完饭再去。"石龙非出去不行，笑着说："我们浇完园回来再吃饭。"

石龙扛着铁锹，带着大伙儿，来到了井台上。把铁锹往井台上一放，坐了下来。

等啊！等啊！等到落了晌，地里面的人都回去了，只剩下石龙他们。石龙头一个"扑通"一声跳进井里。眨眼间，一个个小石龙都扑通地跳进了井里。

说也怪，井里的水都突突地往外冒起来了。不到一个时辰，地里都有水了。

老爷爷做好了饭，早等急了。正在这时候，老爷爷的小孙孙从外边跑了回来，急急忙忙地对爷爷说："爷爷，人家都上村子外边去看了，村子外哪儿都是水了，咱们街头都漫上水来了。"

老爷爷一听，笑着摸了摸白胡子，说："会有这种事，我活了一大把的岁数，还没有听说天上没一丝云彩，地上哪会有遍地水呢！"孙孙拉住老爷爷，一个劲地说："真的！真的！不信你去看看。"老爷爷没法儿，只得跟孙孙出了门。一到街头，啊！可不是吗，街上人山人海，老爷爷横眼一望，惊呆了，村外哪儿都是水。

村子里的人们一看到水，可高兴得了不得啦！老爷爷猛地想起打短工的一群小伙子，知道他们不是平常人。连忙把这事告诉村子里的人，谁知跑到家里一看，连个人影也没了，问谁谁也不知道。还是孙孙眼尖，发现他们丢下的一个包袱儿，打开一看，上面写着四行大字：

> 家住保定府，
> 城西七十五，
> 无母又无父，
> 曹仙洞里住。

老爷爷一看，明白了八九分。说也奇怪，不光这个村，河南各州府县，大大小小的村子里，都出了怪事，井里都"咕嘟咕嘟"地往外冒清水。

原来大石龙命令小石龙，逢井跑井，逢河窜河，走遍了村村落落，解除了河南八府的旱情，才腾云驾雾，回到了曹仙洞。

再说村子里等水一撒，老百姓就赶快整地播种。这一年可真是个好收成啊！天不旱了，庄稼一串串地往上长。谷穗长成狗尾巴，玉米长成黄金塔。人们高兴得不得了，这时，老爷爷拿出那几个打短工的包袱皮儿对大伙说："俗话说：吃水不忘打井人，今年咱们得了好收成，可不能忘了人家打短工的小伙子啊！"

大伙说："对！对呀！可上哪儿找呢！"

老爷爷说："别发愁，咱顺着包袱皮儿说的地方去找。"

大伙都说："对，对，就是千山万水，也要找到他们。"

老爷爷领着头儿，推着一辆辆花轱辘车，车上装得满满的：一坛坛喜庆酒，香气扑鼻；一车车新粮食，赛黄金，似珍珠；瓜果梨桃，赛过翡翠玛瑙；碗口大的柿子，赛过大元宝。推着花轱辘车，咯噔咯噔，走一路，问一路，穿州过县，千里迢迢，来到了保定府，往西走了七十五里，一打听，大展山腰真有个曹仙洞。

老爷爷走到山洞里，见到石壁上"小天河"边盘着一条长长的石龙，石壁下无数小石龙，明白了当年打短工的小伙子们就是石龙变的，感激地流下了泪水。

老爷爷亲手把喜庆酒洒到了天河边的泉水里，从此，泉水就更甜了。

老爷爷领着人们，把带来的瓜果梨桃大柿子的种子，种遍了洞边的沟沟坡坡，如今曹仙洞长满了各种各样的果树；把粮食的种子撒遍了山坡，现在每年山坡上都长满金灿灿的谷子和玉米。

如今，你若来到这个神奇的山洞，一眼就会看见"小天河"边的石龙和石壁下数也不数不清的小石龙，它们正向你点头呢。

黄鹤楼的传说

讲述：阮焕章
记录：刘正祥
1986 年采录于讲述人家中

很早以前，在浩浩长江岸边，巍巍蛇山脚下，有一座钱家酒馆。这酒馆虽说不大，但它地处交通要塞，南来北往的游人、客商终日不断，再加上钱掌柜精明能干，善于经营，因此，小酒馆的生意很是兴隆。

一天，酒馆里来了一位道人，进门就说："掌柜的，给来碗酒喝。"店小二一看，这道人身披破破烂烂的道袍，足踏歪歪扭扭的布鞋，满面污垢，邋里邋遢，于是就给他安排了个下等座，端上一碗酒。老道接过酒碗，"咕咚"一声一饮而尽，接着又要了一碗。两碗酒下肚后，老道说："掌柜的，今天就施舍了吧，贫道身上没钱。"店小二一听就火了："我说老道，刮风下雨你不知道，有钱没钱你还不知道吗？"

"今天确实没钱。"

"没钱就不该喝酒。"

这时，正赶上钱掌柜从上房出来，听说老道拿不出酒钱，就十分慷慨地说："两碗酒钱嘛，小意思，今后，只要道长走到这里，不管有钱没钱，尽管来喝。"

老道一听，这掌柜的很讲义气，就试探着说："我可爱喝酒哇！"钱掌柜说："你再爱喝，凭道长一人，还能把我喝穷喽？"

"如此，多谢施主。"说完，老道告别而去。

从此，那老道果真经常来这里喝酒，先是十天八天一次，慢慢地隔三岔五一次，到后来干脆每天三顿来喝。店小二实在看不下去了，就对钱掌柜说："像这样厚脸皮的人，白喝蹭酒喝到几时？"钱掌柜笑笑说："小意思，小意思……"

一转眼三年过去了。这天，老道又来到酒馆，对钱掌柜说："贫道在这里喝了三年酒，明日就要外地云游去了，临别之时，给施主留个纪念吧。"说完，老道从怀中取出笔砚，用酒和墨汁一兑，那漆黑的墨汁立时变成杏黄色。这工夫，只见老道大笔一挥，顷刻之间，画了一张仙鹤，嘿，那仙鹤跃然纸上，如闻其声，就和真的一模一样。钱掌柜一看，真不敢相信自己的眼睛："万没想到，道长的画技如此高超，真乃神笔，神笔呀！"这时，前来参观的酒客越聚越多，大家看了都齐声喝彩。

钱掌柜得了仙鹤，十分高兴，马上为老道备酒宴饯行，并以纹银五十两相赠。老道推辞说："施主不必客气，出家人不爱财，让贫道再给施主留个纪念。"于是，老道又在墙上画了一只仙鹤，然后用酒一喷，那仙鹤马上双翼起舞，声声鹤唳不绝于耳。众人闻听，纷纷前来观赏，把酒店挤得水泄不通。

这功夫，老道对钱掌柜说："施主，何时想看仙鹤起舞，何时想听鹤唳声声，只需用酒一喷即可。"钱掌柜一一点头记下。说着，他们来到酒馆后院，那老道见院中有口深井，就顺手将作画所剩酒墨泼入井中。钱掌柜看在眼里，腻在心头，他想：我做酒全凭这口井的甜水哩，如今老道把酒墨泼入井中，我还怎么做生意呢？虽说心中不悦，但也不便明说，只好暗暗叫苦。

第二天，店小二从井里打水，忽觉得有股酒味，他用嘴一尝，哟，怎么井水一下子变成酒啦？真是怪事，他立即跑去告诉了钱掌柜。钱掌柜闻听，半信半疑，马上来到井边，经过仔细品尝，确认这井水味道醇美，甘甜可口，比他这酒的质量还要高几成。钱掌柜喜出望外，每天让人从井里打水去卖。谁知这井水却很受顾客的欢迎，许多人都争先恐后地到他的酒馆去买。这样一来，钱掌柜的生意一下子就兴旺起来了，酒馆门前整日门庭若市，热闹非凡。时间不长，他就发了大财，不仅扩大了营业门脸，而且在门前盖起了一座雄伟壮观的高楼。因酒馆靠道人赠鹤发迹，故起名叫黄鹤楼。

一晃又是三年。这天，钱掌柜正在房中闲坐，忽见店小二兴冲冲地来到上房，说是那位道长又回来了。钱掌柜急忙置酒宴，为老道接风。老道说："几年不见，施主一定发财了吧？"

钱掌柜说："小店能有今日，全靠道长神力，这几年不知道长到何地去了？"

"四海之内，到处云游，哪有个准地方呢？"

钱掌柜又说："自那日道长走后，不知怎么的，这井里的水突然变成了酒，味道醇美可口，很受顾客欢迎，咱们今日所饮，就是井中之水，请道长品尝。"

老道端起酒杯，呷了一口，说道："确是上等好酒，如今施主还有什么不满意吗？"

钱掌柜说："井水变美酒，举世罕见，只是没有酒糟①了，还得去买猪食。"老道听了，沉思片刻，说道："那也容易，我用笔写个字条就解决了。"说完，顷刻写好字条：

> 此酒不算高，没有人心高，
> 卖酒还不算，还嫌没有糟。

---

① 酒糟，指做酒剩下的渣子，可做猪食。

钱掌柜笑嘻嘻地接过字条一看，不禁大吃一惊，转身再看老道，早已不知去向。他急忙端起酒杯一尝，咳，美酒又变成了井水。用酒再喷仙鹤，谁知那仙鹤却又复活了，只见它张开双翅，鸣叫数声，扶摇直上，飞向南天。于是，这才引出了唐人崔颢的"黄鹤一去不复返，白云千载空悠悠"的著名诗句。

据说，钱家酒馆又恢复了原来的老样子，只是门前那座黄鹤楼，虽然空空荡荡，但却依然雄伟壮观，它披着历史的风雨，伴着长江的浪花，给后人留下了很多美妙动人的传说。

龙潭庙

讲述：李清华 60 岁 保定苑七里店村农民　　顾洛厚 62 岁 满城张辛庄村农民
记录：赵忠义
1982 年 4 月采录

二月二，龙潭庙会，每年这个时候，保定方圆百里的人们都来保定西南郊赶庙会。说起这龙潭庙会的来历，还有一个动人的传说呢。

相传很早以前，满城县张辛庄有一对恩爱夫妻，年近五十，仍无儿女，老两口常为此事发愁。一天，丈夫张洛仁下地干活，妻子在炕上做鞋。忽然狂风大作，乌云翻滚。她刚站起来要关窗户，猛不防一股云气扑面，随即昏倒。醒来时，倾盆大雨，哗哗直下。自此，她身怀有孕。不到半年，生下一子，可乐坏了老两口和众乡亲。那孩子面如锅底，喜好玩水，不满六岁，村里村外的水坑沟壕，就玩了个遍。越是下雨，他就越爱出外玩耍。因长得粗黑高大，身强力壮，所以人称"大老张"。

大老张十二岁那年，开春大旱。二月初二，他随父去田里浇地。张洛仁累得够呛，半天浇不了一个畦，"大老张"却躺在地上边玩边看水。张洛仁生气地说："我累得这般模样，你却躺着玩耍，也不说帮我一下。""大老张"笑着回答："爹，你回家去吧！我定在午饭前将地浇完，你就别回来了。"张洛仁气呼呼地瞅了儿子一眼，心想：你吹什么，干干就知道了。一赌气停下轳辘便回家喝水去了。他在家歇了一会儿，放心不下，当再回到地里看时，惊得目瞪口呆：所有的垄口全开着，三亩麦地早已浇完，井上的柳罐放在一边，儿子却无影无踪了。他好奇地走近井口，只见井口哗哗地向外流着水，还有一个肉乎乎、带鳞甲的怪物正在井边摆动着。他急忙抄起铁锨用力朝那怪物戳去，顿时鲜血飞溅，那东西掉落井里，井口喷出水柱，夹着血色，顺势东流成河。张洛仁见此情景，不知如何是好，正在惊慌，他妻子来送吃的。妻子听了张洛仁说的过程，止不住放声哭喊起来："你害了咱们的儿子，你个老糊涂，我那儿呀……"张洛仁后悔莫及，当即昏死过去。张妻哭喊间，忽见井中伸出个龙头，眼泪汪汪地说："父母保重，儿身形已现，再不能久居此地，我要远去东海。为报父母乡亲们的养育之恩，儿定帮家乡解除旱涝之忧！"说罢，井口高翻浪花，一条青龙，顺水东游。张妻紧追不舍，又哭又喊，一直追到苑七店村东北的大深洼，那青龙才回身抬头，对早已累坏的母亲哭着说："娘啊！您快回去，我不忍再往前走，幸好此处可以容身，每年今日，娘可以来此一见。"说完，伸前爪，拜了三拜，便潜入深水之中。

这件事很快传遍了附近村庄。后来，人们称那条龙行水冲击形成的河为"候河"，候河上游的人们在张辛庄村西的张家井处，建起了龙王庙，俗称"秃尾巴老张庙"，把龙王塑成了"大老张"模样。下游的人们把那个藏龙的大洼叫青龙潭；为求雨防涝，又在龙潭东北高地上修建了"龙潭庙"，把张洛仁妻尊为龙母，塑成正神是一农家妇女模样。每逢二月初二，人们云集而来，求龙王降福。于是，形成了二月二龙潭庙盛会。

桂花娘娘庙

讲述：李王氏 女 90岁 小学
记录：刘继敏
1986年2月采录于清苑县草桥村

每年的农历四月二十八，古运河岸边的清苑县草桥就起庙会，搭台唱戏，交流农副产品和各种农具。三里五乡的人们这一天就像过节一样，穿新衣，邀朋友，上庙赶会。要说起这草桥庙的来历，还有一段美好的传说呢。

相传在很早很早以前，在草桥洼景家园一带，住着一对中年夫妇。两口子互敬互爱，勤劳度日，只是四十多岁膝下还无儿无女。

草桥洼，一片汪洋。常言说，靠山吃山、靠水吃水。丈夫每天到洼里捕鱼捞虾，拿到集市上去卖，换些银两，或换些布帛粮米，维持生活。妻子不但贤淑美貌，而且勤劳节俭。每日到洼边捡些柴草，背回家中，把个不大的小院堆得满满的。

过了些天，妻子突然觉得身怀有孕，就悄悄告诉了丈夫。中年得子，好生欢喜。从此，丈夫不准妻子再到洼边干活了，让她安安生生地养身子，唯恐身体有个闪失。

一朝怀胎，十月分娩。胎儿生下来，是个惹人喜爱的女孩。两口子高兴得脸上都乐开了花，你亲亲，我抱抱，把孩子在手中来回传递着。妻子说："你给孩子起个名吧。"

丈夫不假思索地说道："我去请个识文断字的秀才，给孩子起个好听的名儿。"妻子拦住说："还是爹娘起的名儿叫着亲热。"丈夫一听，妻子说得有理，自己就低头反复琢磨了起来，可就是想不出起个什么名才好。

丈夫走出屋门，站在院当中，看看波光闪闪的大洼，又抬头看看蔚蓝的天空，想从中找到女儿的名字，突然，一位鹤发童颜的道人出现在门口，只见他手托拂尘，神采奕奕，朗声大笑："哈哈……你家出贵人了！"说着把手中的拂尘向着小院连甩几下，就飘然而去了。

孩子的爹边往院里走，边回想着那道人的话。忽然，他发现院当中不知什么时候长出了一棵桂花树，一寸多高，绿生生的，叶子上还带着水气儿，在微风中轻轻地摇动着。他伏下身，用粗糙的大手抚摸着。他怕这棵小树被谁踩了，就用小树棍儿扎起了一个圈。丈夫兴冲冲地走进屋里，对正在喂奶的妻子说："这孩子就叫桂花吧！"

桂花和桂花树一年年长大。桂花长得很像她娘，修长的身材，清秀的面目，水汪汪的杏眼，走起路来像飞一样轻盈婀娜，乡亲们都说桂花像月中美丽的仙女。

村里的姑娘们都愿意和桂花一起玩，打柴、挖野菜都喜欢和桂花挨着。因为桂花长得漂亮，待人和气，乐意帮助别人，常常把自己打的柴和挖的野菜分给那些打得少的姑娘。

有一天，姑娘们正在桂花树下做针线活，说笑话。一个叫香翠的姑娘不小心，用剪刀把手划破了，殷红的血直往外流，疼得姑娘"哎哟，哎哟"地哭起来。大家都你看我、我看你，急得束手无策。还是桂花机灵，急中生智，伸手从桂花树上将下一把叶子，捂在香翠的手上。过了一会儿，香翠的伤口就不痛了，张开手一看，奇怪了！桂花叶子不见了，伤口也不见了，就像没有划破过一样。看到这奇事，姑娘们都惊呆了，桂花姑娘站在一旁也迷惑不解。

第二年，景家园发了大水，汹涌的大水就像猛兽一样，吞没了庄稼和很多茅屋。这里的地势本来就很洼，水流打着转转在这里汇聚。乡亲们拖儿带女，无家可归。奇怪的是，在桂花树周围的一大片地方，竟滴水未进，湍急的水流到这里就绕着圈子拐到别的方向去了。好心的桂花和她的爹娘，把乡亲们都接到了自己家中，使全村老少得了救。

一连数日，大水不退。一天，只见从村北方向驶过来一只大船，等走近一看，船上尽是官宦人家的公子小姐及亲眷。当大船行驶到离桂花树不远，这些人一看这块地方没水，是个落脚的好地方，便把船驶过来，想抢占为己有。船靠近桂花树，有几个打手似的人从船上跳下来，驱赶村民，并把部分乡亲们打落水中。乡亲们与之争辩，又从船上跳下一帮人，见乡亲就打。桂花姑娘眼看着乡亲们遭难，心急火燎。一气之下，伸手从桂花树上折下一根树枝，朝官府的打手们抽去。顿时出现了奇观：桂花每抽打一下，就有一个打手倒在水中。最后，桂花索性向那只大船抽去，只见那只大船像风吹似的向远方退去。乡亲又一次得救了，人们都把桂花当做救命恩人。

不久，大水退了，桂花树的传闻在三里五乡也就传开了。说景家园有棵神树，能扶正压邪，还能包治百病。打那儿以后，每天都有成群结伙的人前来围观。有的还跪下向桂花树磕头，为亲人求福免灾。还有的人偷偷摘下几片桂花叶子，装进自己的口袋，然后像得了宝贝似的走了。

一天，当围观的人群走后，那位鹤发童颜的道人又飘然而至，他将桂花爹唤到一旁，说道："这桂花树乃广寒宫桂树落的一籽。吴刚每日在宫中伐桂，隔百年震落一粒桂籽落到人间。你家要出贵人了，要好生照看。"说完，道人又悄然不见了。

桂花爹娘听了这个消息，又惊又喜又怕，不知是真是假，是福是祸。这贵人难道就是桂花？为防出现差错，爹娘每日把桂花关在屋里，不再让她出门。活泼可爱的桂花，勤快惯了，那儿受得了这闲坐的罪，急得她在屋里团团转，她不明白，爹娘为什么不让她出去和伙伴们玩，也不让她到洼边拾柴挖菜。

一天，桂花姑娘正在屋里做针线，忽听门前有车轱辘和马的叫声。她隔门一看，原来有好几匹高头大马，拉着一辆大车，停在门口。旁边站着一帮穿着阔气的官府公子，正指着桂花树嘻嘻哈哈地议论着。桂花仔细一看，啊！这不是发大水时大船上那些人吗？这时，只见一个三十多岁穿官衣的人大声说："刨！快刨！"几个拿镐头的人向桂花树走过去。这时桂花才明白，这些人是来刨桂花树的。她心里急得不知如何是好，盼着出外做事的爹娘快点回来。

"咔嚓！"一个黑大个举起镐就刨。随着这一镐下去，只听屋里的桂花"哎哟"一声。那穿官衣的人听到屋里传出女子的声音，就让打手们把门砸开。穿官衣的人进屋一看，是个美貌的姑娘，顿生歹意，就说："你就是人们传说的桂花姑娘吧，今日有缘，算你有福分。"说着就上前去抱桂花。可他追过来捕过去，怎么也抓不住桂花。气得穿官衣的人满口吐脏话，气急败坏地走出屋，对打手们说："给我快刨。"你一镐他一镐地刨着桂花树根。每刨一镐，桂花在屋里都钻心地痛，最后，她捂住双眼昏了过去。

等这伙人把桂花树装上大车刚要走，桂花的爹娘和乡亲们赶到了。桂花爹急步上前质问那穿官衣的人："你们凭什么刨我家的桂花树？"没等穿官衣的人说话，一个随从抢先开了腔："这就是专管你们的老爷，这桂花树是老爷的，你穷小子没这福分。"说着推了桂花爹一把。桂花爹毫不退让："老爷也得讲理。"一把拉住穿官衣的人不让他走。穿官衣的人把袖子一甩："放肆，反了。"话音刚落，一个随从抢起镐头向桂花爹砸去，桂花爹当即身亡。那伙人跳上大车，便扬长而去了。

乡亲们进屋一看，桂花已昏倒在地上。香翠几位姑娘将桂花扶到炕上，大声把她唤醒过来。可是，桂花双目失明了。

丈夫被害，桂花失明，对桂花娘打击太大了。她一个人苦扒苦拽地照看着桂花，邻居们也都省吃俭用，帮补这可怜的娘儿俩。

有一次，桂花娘正在野外打柴，突然下起了瓢泼大雨。桂花娘连柴也没顾得背，撒腿就往家跑，因为桂花还在院中哩。等她跑进家门一看，只见桂花端坐在原来长桂花树的地方，可她身上一滴雨水也没有，圆圆的一块地方干干的。也是这年的冬天，桂花娘出门做事，天下起了大雪。当她回到家中时，桂花仍在那地方坐着，周围一片雪花也没有。桂花娘这时候想起了那道人说过的话，难道桂花真的是贵人么，可她没有了双眼啊！

过了不久，桂花娘连累带愁病倒了，而且一病不起。一天夜里，那道人突然出现在桂花娘面前。桂花娘想说什么，可已经没力气开口了。道人安慰说："不必为桂花姑娘担心。你家桂花是下凡的娘娘，被那伙官府人给冲了，成不了事了。本指望她为穷苦人分忧解愁，不想却遭了横祸。"桂花娘听完道人的话，就咽气了。乡亲们把桂花娘与桂花爹合了葬。

道人带着桂花，找到那伙作恶多端的仇人，施展神力，惩治了他们，为桂花爹娘报了仇。那棵被刨的桂花树顷刻之间化作了一粒桂花籽，放在桂花姑娘的手中。

桂花姑娘来到爹娘的坟前，跪倒大哭了一场，随后把那粒桂花籽埋在了坟前。每天晚上，乡亲们都听到姑娘的哭声，从坟前传到村里。等大伙到坟前一看，却不见桂花的影子，只见坟前又长出了一棵桂花树。

人们为了纪念桂花姑娘，就在桂花树旁修了一座庙，叫"娘娘庙"，就在这一天举行祭典活动，慢慢形成了庙会。

浪水娘娘庙

讲述：依民 45 岁
记录：尚友朋
1980 年 8 月采录于安新县

在涞水县境内，有座庙叫浪水娘娘庙，是给一个年轻的媳妇修的。传说这个媳妇很受婆婆的气。婆婆每天叫她到很远的一个山坡下担水，并且这担水挑到家后，婆婆只要前边的，不要后边的，说是后边的水脏。有天这媳妇担着水走到半路，一个赶车的老人，非要用这担水饮他的马。媳妇为难地哭了，把自己受婆婆气的事跟这个老人说了一遍。老人很同情这个媳妇，对她说："不要紧，我给你一个马鞭，把它插在水缸里，水少了就往上提一下。可千万记住，不要把鞭子拔出来。"说完，那老人就不见了，那辆马车也没有了。这媳妇担着水，拿着马鞭回了家，就按着赶车老人说的话，把鞭子插在了水缸里。她试着把鞭子往上提了提，还真灵，水随着鞭子一起往上涌，鞭子提得少，水就冒得少，提得多，冒出的水就多。这媳妇可高兴了，打这以后，她就不再从老远的地方去担水了。婆婆不见媳妇去担水，可水缸里老是满满的，就多了心。这一天，婆婆故意把水缸里的水用完了，叫媳妇去挑水，婆婆在一边躲起来看着她。只见那媳妇走到水缸跟前，把鞭子往上轻轻一提，就回屋去了。婆婆看得真切，走到水缸前一看，水缸的水满满的，才知道原来是这鞭子在作怪，她一气，就把鞭子拔出来扔在地上。这一下可坏了事，那水缸就像一个大喷泉，水一个劲儿地往外涌，一会儿水就淹了院子，又往大街上流，村子也很快被大水淹没了。这媳妇听到大水的声响，赶紧从屋里跑出来，她不顾一切，一屁股坐在缸口上，用自己的身子堵住了泉水口，老乡们得救了，这个媳妇却被大水淹死了。后来，人们为了纪念这个媳妇，就给她修了个庙，叫浪水娘娘庙。

虫王庙

讲述：李保华 45 岁
记录：张海江　宋海
1986 年采录于保定南奇村

保定西郊有个南奇村，村里有个虫王庙，每年七月十二为庙会。

相传，有一年河南一带闹蝗虫，满地的庄稼被吃了个精光，乡亲们正愁得没法儿，忽然来了个白胡子老僧，带着一只小狗。这老僧左一棍、右一棍，那小狗左边追、右边赶，不到一个时辰，蝗虫全被赶跑了。经询问，老僧是保定府南奇人氏，后来这个老僧一晃便无影无踪了。

河南的乡亲们为感谢老僧的大恩，备了厚礼，于七月十二日来到南奇村寻找救命的恩人。打听来打听去，总找不到下落，后来有人在村北头儿的小庙里找到了，原来是庙里的两尊石雕：老僧手拿木棍，那只小狗吐着舌头蹲在庙门前，和要找的恩人一模一样。消息传开，河南一带来烧香还愿的人成群搭伙，庙内日日香火不断。人们为纪念这位为民除害的老僧，把他尊为"虫王"，并把七月十二定为"虫王庙"庙会。

据说，从立庙到今，周围村落曾闹过几次蝗虫，但是蝗虫从来不敢沾南奇的地边儿。

金疙瘩坟

讲述：李洛常 72 岁 农民 小学
记录：赵忠义
1980 年夏采录于保定李七店村

保定市西郊一溜七里店中，有个李七里店，村里曾有过一座"金疙瘩坟"。

相传很早以前，朝廷里总管银粮的大官儿叫李大任。他忠心报国，清正廉洁，公私分明。这一年，河南、山东遭受了大水灾，朝廷派李大任为钦差，去灾区巡察，放粮赈济。李大任的亲朋好友，妻子儿女，深感去此灾涝之地，是桩艰难困苦的险事，都要跟随前往，分担他的劳累和忧愁。李大任好言安慰大家伙儿，只带了随身官员和侍从。他一到灾区，就和当地官员深入村落，体察民情，发放钱粮，回到住地，还要思虑压手、急办的种种事儿。他为人正直慷慨，秉公疾邪，受到灾区民众的称赞。

京城里的妻儿老小，一直对他放心不下。走后月余，李大任的妻子就打发儿子和外甥去看望大任。谁知这一去，意外的事情发生了。李的外甥包亲怀，视财如命，看到舅舅每日里支取和拨发那样多的钱粮，垂涎三尺，心眼儿里直痒痒。在和舅舅同吃住的几天里，他偷偷地仿照舅舅的文笔，私造了假公文，盖了舅舅的官印，回京伙同狐群狗党，用假公文冒支救灾款，在朝里骗取了两万两白银，妄图运出京城，隐匿到乡下。没想到出城门不久，就被刑部查获，当场将包亲怀抓捕。刑部把盖有李大任印章的公文和案情禀报了皇上。皇上一看包亲怀咬出李大任的口供，大为震怒。想李大任负朕重托，败坏朝纲，借救灾之便，贪污巨款，这还了得。盛怒之下，立即下旨召回李大任，不由分说，就将他推出午门外斩了；包亲怀也分尸数段扔于郊外，人头挂在城门楼上示众。

李大任的妻子、儿子和随从官员得知凶信，放声痛哭，纷纷将实情申报刑部奏请皇上，进行申辩。皇上悔恨莫及，但已错斩，无法挽回，就在百官面前为李大任追封，并将大任之子委以重任。为厚葬冤魂，朝里请风水先生选择了保定城西一块二十亩的"卧牛宝地"，赐李大任以"金头"柏木棺，沙木套盛殓。埋在三七土打好的地宫里，用白灰、炉碴、青砖筑起了大坟丘，又在周围用三七土筑起了大垣墙。

后来，李氏门中迁来这块坟地的人越来越多，渐渐地成了村庄。叫起了李七店，又叫"李家坟"。人们都说那个大坟里埋的人是金脑袋，因此叫它"金疙瘩坟"。

镇河塔

讲述：赵亮　李明亮
记录：赵忠义
1956 年采录

从前，保定城西南的小清河（即白草沟河）清澈透底，源远流长，西来东去，奔向大海。两岸民众，过着太平安乐的日子。

不知哪一年，东海里窜来了一个人头蛇身的水妖，霸占了这条清水河。它兴风作浪，翻云弄雨，西引山洪，东领龟蟹，毁岸塌桥，涝田淹舍。人们打又打不过，抓又抓不着，没有办法，只好烧香摆供，跪拜祈祷，常常把生鸡、活猪、上好的酒菜、饭食投入河内，以求平息水患。但这恶狠的水妖，贪心无足，它有时变成白胡子老头，拐骗童男幼女，拉入水中吃掉；有时化作英俊的小伙，调戏过路女子，弄进水中糟蹋。它的罪恶行径，可把沿岸的人们折腾苦了。

水妖恣意横行三年之后，被云游天下的太白金星察觉了，并查明它是八百年道行的花蛇小仙，到人间来寻求荒淫放荡的邪趣，因此便禀报了玉皇大帝。大帝降旨，派托塔天王李靖率领金吒、木吒、哪吒三子和众天兵擒拿水妖。他们赶到富冒屯、小汲店之间，遇上了变成青年壮汉的水妖，手持宝剑，指挥着龟蟹兵将前来迎战。双方展开激战，直打得泥沙翻滚，血浪滔天。水妖被打得头昏眼花，难以招架，不得不且战且走，妄图冲出包围，逃奔东海。当退到小汲店村东时，哪吒猛抖神枪，一下刺中了水妖的脖颈要害。只这一枪，就败了蛇妖五百年道行，枪口处喷出黑血，又摆头，又甩尾，将那段河道砸成了一个大洼坑，显了花蛇的原形，上了锁链，被带到天庭。玉帝盛怒之下，命刀斧手将花蛇推出南天门，上断头台斩首。花蛇痛哭流涕，苦苦求饶。此情感动了太白金星，为它启奏玉帝："陛下息怒，依老臣之见，不如将它锁在小清河畔，让其痛改前非，果真变好，还可宽恕；如不悔悟，那就只得怪它自己了。"玉帝准奏，仍派李靖去办。李靖将花蛇牵回小汲店东北、富昌屯东南的高地上，拾起一块坷垃石，照着花蛇头顶一压，说了声"变"，转眼间，坷垃石变成了一座六面九层的大塔，高高地矗立在地上。只是塔顶的偏窗外，留着花蛇的探头孔，好让它看望天地，目击四野，但是整个蛇身却牢牢地锁在塔内，动弹不得。

后来，花蛇伤痛时折腾出的那个大洼坑，总是满坑的清水，人们都管它叫"东大湾"。那座神塔，人们都叫它"镇河塔"。

铜帮铁底运粮河

讲述：赵瑞年 54 岁 农民
记录：赵忠义
1955 年采录于保定大车村

宋太祖赵匡胤，小时好交往，结交了很多小朋友。有一次，他和一群好友去保定城东府河里一个大湾洗澡，几个小孩在水里玩得别提多痛快了，一会儿打水仗，一会儿藏迷唬；有狗刨打扑通通的，有扎猛子的，有仰面朝天露肚脐的，有身子直立踩水举手晃脑袋的。一群光屁股虫折腾了半天，大湾里的水照样是那么清凉干净，一点也不浑。这引起了有心人赵匡胤的好奇。上岸时，他随手在河底抓了把泥，一看河底是铁黑色的硬胶泥，上面浮贴着一层细沙，接着他又一摸两岸，见是铜黄色硬胶泥夹杂着礓坷垃石。把泥向上一抹，泥不脏身，沙不浑水，不用涮脚，只一甩就干净了。他看着看着说："有朝一日，咱小哥儿们得了势，我一定将这长流水，修成宽大通畅的铜帮铁底运粮河。"

后来，他当了大将，又坐了天下，多次派兵来北方，在保定一带打仗。他没忘了家乡情，常令将士们整修这里的河道，既便利了运输，又能浇地、防涝。直到今天，人们常说："这是赵匡胤修好的铜帮铁底运粮河。"

大车村

讲述：苗老旺 78 岁 大车村农民　　孙长荣 女 77 岁 大车村农民
记录：薛保勇
1986 年 8 月采录于保定西郊

保定西郊有个村庄，叫大车。这个村是怎么来的呢？

传说很早以前，大车村一带没有人家，全是荒地。据说，三国时期，曹操带兵追赶身带玉玺的袁绍，经过这里，正赶上连日降雨，曹操无法前进，只得在这一带安营扎寨，埋锅造饭。为了便于管理，就将运送粮草的大车放在一个地方，将小车放在一个地方，马匹放在一个地方。每个安营扎寨的地方，都起土垒墙，建了简易的居室。雨过天晴，曹军拔寨，就留下了三个营寨的废墟。在战乱年代，百姓们不断迁移。三个废墟自然而然地成了人们的安身之处，后来，人们就把曹操存放大车的地方叫成大车村，大车村东北存放小车的地方叫成小车村，存放马匹的地方叫成马厂村。

小汲店

讲述：李国杰 62 岁 小汲店村农民
记录：张金旺　杨爱红
1986 年 7 月采录于保定西郊

古时候，为了防范外敌入侵，在保定城以西，沿着清水河（即白草沟）岸修筑烽火台。每隔三里修一座。第一座称为头台（现富昌乡五里铺村北小桥西边），第二座称为二台（现富昌乡二台村北），第三座为三台（现富昌乡小汲店村），第四座为四台（现富昌乡四台村）……

就在三台村西头大道附近，有几间茶馆酒肆，是通往十三省的来往行人落脚打尖的地方。茶馆门前有一口井，井水甘甜爽口，人们每到这里都停下来，喝碗清凉水，就连朝廷的钦差大臣到这儿也要休息片刻。

有一次，一位钦差又路经此地，他边汲水饮马边自言自语："我时常路经此地，何不给这酒肆起个名字，也好显显我的才学。"起个什么名字呢？他左思右想，对，就以这水为名叫"汲水店"吧！可又觉得有些不妥，井在小店门前，不如叫"小汲店"为好。他把这个想法和众人一讲，大家一致赞同，于是，这个酒店就叫小汲店了。后来，渐渐地人们说顺了嘴，就把三台村称为"小汲店"了。

一亩三分地

讲述：王刚 67 岁 清苑大汲店村人 小学
记录：赵忠义
1982 年 9 月采录

"二月二，龙抬头，皇上耕地臣赶牛……"

这首民谣，唱的是清朝皇帝，每年二月初二，带着文武百官，去宛平县自封的一亩三分地扶犁耕田的事儿。由此，人们常常把"这是我的一亩三分地""在这一亩三分地里我说了算"表示为神圣不可侵犯。

说起一亩三分地，在保定还流传着这样一段故事：庚子年，八国联军进攻北京，慈禧太后和光绪皇帝吓得失魂丧胆，仓皇出逃，躲到了西地长安。然而当他们和洋人签订了卖国的《辛丑条约》后，在回銮北京时，却耀武扬威，沿途接送。銮驾来到保定城西大汲店时，三丈六尺宽的驿道两边，挤满了事先安排的老百姓，鞭炮震天，鼓乐齐鸣，直隶总督府的军政大员和各县的县令毕恭毕敬，作揖叩头，前去迎驾，真是欢声雷动，热闹非凡。就在文武官员山呼万岁，拜见慈禧太后和光绪皇帝时，内有一人，却站在四台小轿之内，张帘叩拜。慈禧见此情景，怒从心起，立即传旨："叫他前来见我！"就见那人还是站在轿内前去见驾。慈禧问道："你为何不落轿，却站在轿内见我？"那人面不改色，从容对答："太后容禀，卑职乃七品小吏，虽钦封县令，但只有蠡县可居。今日前来接驾，也曾几次选地落轿，谁知屡被总督府及其他县大人所阻。可叹我不比他人，一离本县，到这异乡贵土，竟连个站脚容身之地都没有。卑职万般无奈，只好站在自己的小轿内，万望太后明察。"慈禧听罢，方知此人是蠡县县令。心中暗想：小小芝麻官，戏讽于我，竟唇枪舌剑，如此巧辩，真是狗胆包天。可恨可恼！但她那贼脑瓜又一转，立即想到：在这回銮喜迎之日，众官百姓面前，怎能为此败兴。唉！何不就此收场，封给他一亩三分地，论大说多，和天子平封；说小则少，倒和我光绪儿一样，不过是一块站脚之地。于是她尖手一指，香口张开："蠡县县令听旨，在此驿道旁边，封给你一亩三分地，赶快落轿。""遵旨，谢太后。"蠡县县令这才落轿，下地跪拜。

慈禧指的那一亩三分地，正在清苑、满城两县搭界处。从此，大道两边依旧是分别向清苑、满城两县交税纳粮，唯有两县当中夹着的那一亩三分地特殊，却远交蠡县县衙。后来，那里支了几间店铺，专供蠡县行人打尖住宿。如今那儿成了一个十几户人家的小村，人们都叫它"蠡县铺"。

▣▣ **附 记** ▣▣

满城县刘长友同志写了篇《蠡县铺的传说》，故事情节基本相同，只是"蠡县的知县这天来晚了，他的轿子刚到，还没来得及下轿，慈禧太后乘坐的龙驹凤辇已到了他的轿前。慈禧看到驿道两旁的大小官员都跪倒在地，山呼万岁，唯独蠡县知县还坐在轿内，不由得生起气来，问道：'你为何还不下轿。'蠡县知县深知如实禀报，就有杀头的危险。为此，他灵机一动，指着驿道旁边两块相并矗立的界碑，不慌不忙地答道：'太后您看，满城县界碑以西是满城县的地盘，清苑县界碑以东是清苑县的地方，这里没有我立足之地，怎么下轿？'慈禧一听觉得有理，只好消了气，并当下把他的轿子所占之地封给了蠡县。从此，在满城和清苑县两块界碑之间，又多了一块蠡县的界碑，人们管它叫蠡县铺"。

中山王

讲述：赵静波 离休干部
记录：赵忠义　张军平
1987 年采录于满城县

说起满城来，相传，汉高祖刘邦曾在这里设过北平县，后来才成了中山王的属地。

一年初夏，中山王登上北平县城西八里的抱阳山，他往西北一看，但见群山起伏，云烟缭绕，紫气升腾。抱阳山上，鲜花烂漫，果树成荫，山下绿水长流，青苗茁壮。他流连忘返，自言自语：好一派难得的风光，待我百年之后，定在这里安居，也好尽情游乐。

转眼间，中山王年过花甲，他又来巡视北平。当路过城西南一个村庄时，由于地方官的事先安排，那里已是清水泼街，黄土垫道，百姓焚香跪拜在街道两旁迎送。中山王见对他如此尊崇，便美滋滋地说："这真是我的好顺民呀！"后来，该村就因此而改了名，叫成"顺民村"。一日，他微服缓步，上北平大街游逛。走着走着，忽然向亲随问道："三天前我曾让你查清，看城里有多少刘氏宗亲，好一律免除他们的赋税。"亲随争宠献媚赶紧回答："小人早就查清了，现在城里都已姓刘，都是王驾的亲近！"王爷一听，仰面大笑："哈哈！好哇！满城都姓刘，满城都是我的本家，看来，这里就是我的家了！"话一出口，成了金口玉言，北平便更名为"满城"了。俗话说张王李赵遍地刘，这"遍地刘"就是从汉朝开始的。这次王爷不仅上了抱阳山，还观赏了城西南二里的秃山头。这里南北两山馒头形，西山处中间，南北长，平山顶，正对日东升。他站在西山顶上，心事沉重，独自思虑：定州正为我修陵，那里实在不称我的心。若修在抱阳山上，又怕名气大，游人多，日后反出不测，倒不如修在这里；这里看似荒秃，但旺气日盛，可保长久无事，既能西观山景，又能东巡入城中……他看着想着，脸上露出了得意的神色。

王爷回府后立刻发来大兵，屯住秃山周围，封山断路，划定禁区。征调八百名民工，二百名巧匠，累死累活，整天修筑王陵。山上山下，人来人往，忙个不停，眼看着西山顶上长起了九座大坟头。一过多年，总不见王爷踪影，人们才听说王爷死了，埋在定州。秃山的大兵撤走后，那里留下了一条上山道，又叫跑马道，宽得足以行车，但看不见一个工匠下山。可怜他们都在坟头修成之日，被残杀封埋在大坟之中。那九个坟头，都说是朝中九个王爷的陵墓，故称"九王坟"。因有九王坟，那秃山得了"陵山"之名，山下的村子是看陵人最早定居而成，也就出现了"守陵""南陵山""北陵山"三个村庄。兵荒马乱的年月，山上驻过山大王，以为坟中财宝无数，曾多次偷坟劫墓，结果是竹篮打水一场空，什么也没找到。

如今，满城汉中山靖王墓的偶然发现和顺利发掘，彻底揭开了陵山的千古之谜。靖王陵就在跑马道道边，原来中山王就是中山靖王刘胜。定州陵也好，九王坟也好，只不过是他的疑坟罢了。

贤台的传说

讲述：田珍 64 岁 满城江城村农民　赵子全
记录：高树义　赵忠义
1986 年采录于满城县

满城北边儿，立过一块石碑。碑上头写着四个大字——燕南赵北。据说满城到保定廉良这一线的北部，是燕国的疆界。燕国在燕昭王时，一心想富国强兵，就用了老相国郭隗的招贤妙计，在易水边儿上建起了一座又高又大的黄金台，里头堆着黄金，天下的贤士来到这里可以随便取用。燕王招贤纳士的诚意，很快传遍了六国，惊动了天下。

郭隗，是一个大忠臣。他知道，燕国地偏人稀，又被强齐毁灭过，要想让投奔燕国的能人们一来就安下心来效力，光这一招是不行的，还得有更多更好的办法，于是，他离开燕都，扮作商人，来到燕赵边界查访。这一天，太阳落山了，路上也黑了下来，郭隗走着走着，忽然眼前出现了一片红亮儿，他抬头一望，看到西天两座山的夹缝中，透露着通红的落日，喷射着万道霞光，正好照在这个地方。他足足看了半个时辰，那满带吉祥瑞气的红光和余晖才消散在黑夜中。他又惊又奇，心里说："这儿竟有这样的好地方。"他赶紧跳下马来，抽出随身的短剑，插进地里，用双手捧了几捧土撒在上面，留作记号，就又上马赶路了。他走呀走，当走到一个客店时，又累又饿，马也直格劲儿地出虚汗。便进店对主家说："我是过路的客商，带的钱全花光了，求你借给我一些吃的，也给这马喂一些草料吧！"店主特别好客，见这老头儿那累样儿，很亲切地说："行！我就来。"很快弄出了热饭，让马也吃起草来。郭隗吃完饭，马还吃得正香。他又说："主人家，我还想借你一块白绸布和笔墨用用。"那主人又很快拿上来，就见郭隗在灯下画了又写，完了，收起写好的绸布说："谢谢你了，今夜我借的这些东西，等去都城作完买卖，一定回来加倍偿还。"店主连忙说："唉，值不得，值不得，礼当方便，礼当方便。"随后，牵过马来，把郭隗送出门外。郭隗连夜赶回燕都，把在店中画好的图样和写好的奏书献给昭王，昭王非常高兴，让他赶紧按图样去办。

第三天午后，郭隗身穿朝服，后边儿跟着卫士，又来到那个客店，把店主吓了一跳。郭隗捋着胡子笑着说："你是个贤人，今天我以重金还清借你的东西，还请你帮我去做招贤纳士的大买卖，要你为国家出大力。"说着，让卫士送上黄金，又拿出那块白绸子展开，指着图上说："我叫郭隗，我给你出钱派人，你在这插剑的地方筑十丈见方、三丈高的招贤台，台南五里建马坊，用来驯养天下的千里宝马，台北三里建马舍，专为收留来人的马匹，台西三里，建起宴请贤人的大客馆，台西北建许官城。燕王要让天下的贤人，一来到燕国的地面儿，就赐给千里马一匹，骑宝马，登贤台，观夕照胜景，留下来住客馆，大宴款待三日，然后进许官城，封官晋爵，再由人陪着去燕都见昭王。"店主尽心尽力很快办好了相国交代的大事。

燕昭王礼贤下士，先建燕都黄金台，又在东南边界建招贤台，天下名士，慕名而来。从赵国来了剧辛，从洛阳来了苏代，从齐国来了邹衍，从卫国来了屈庸，从魏国来了乐毅，一个接一个，真是能人辈出。燕昭王在这些文臣武将的辅佐下治理国家，燕国很快强盛起来。

郭隗死后，人们怀念这位老贤臣，就把埋葬他的地方叫郭村，把他借东西的村庄叫"夜借"，还亲切地称他为"夜借公"，满城东二十里的贤台胜景叫"贤台夕照"。如今贤台村与那高大的黄土台，以及周围的马坊、留马、待（大）留、许城等村庄，都是当年郭隗建招贤台留下的遗迹。

江城为什么没城

讲述：田宴堂 80 岁 农民
记录：田珍
1986 年采录于满城县

俗语说：遂县没县，江城没城，为什么？这有个奇妙的传说。

古时候，有俩仙女，大的叫仙姐，小的叫仙妹。一日，二仙要去蓬莱岛赴会。来到江城的上空，往下一望，仙姐说："妹妹，你看，这块地势多好，南有候河，北有府河相对。中间修一座城，给它起名叫江城多好！"仙妹听了也很高兴。二仙合计好了，就降落凡尘，动手干了起来。先定好十字路口，修好两条大道。天黑下来，在当中立起两个高杆，高杆上挂上两盏红灯，姐妹二人连夜干。东北角建成了玄门寺、天王殿，西北角建成了奶奶庙、玉皇阁。城西修好了龙王庙，城东立好泰山石。城中是真武庙，内有天井儿、透灵碑。真叫庙宇雄伟壮观，楼阁富丽堂皇。第二天，正准备建城时，突然变了天，西北上黑云滚滚，又响雷又打闪，瓢泼的大雨，一直下了三天三夜，发起大水来。仙姐妹赶紧在城西挖土挡水。江城西南至今还留着像龙脊的大岗子呢！仙姐妹挡了一道大埝，保住了劳动成果。但是雨还是下，仙妹一看，云雾中老龙王在作怪，妹妹说："姐姐你看着堤埝，我去请如来佛祖。"仙妹驾云去西天，请来如来佛祖。佛祖怒责老龙王，老龙王争辩说："二仙修城挡了我的水道。"佛祖大怒说："你要从抱阳山改道往东南归候河通过，他姐妹虽然修了龙王庙，也不许你歇息。"所以江城龙王庙一直无神位。老龙听罢灰溜溜走了。不大一会儿雨散云收，姐妹二人又继续建城，先在城西加固了堤埝，就是今天的卧龙岗。有了这卧龙岗，江城没遭过水患。接着又建起庄严的魁星阁。正在修城墙时，仙姐屈指一算，从开始修城，已有五天了，姐妹俩还要去蓬莱阁赴会，再不能耽搁了。她们望着没有修好的城墙，只好恋恋不舍地离去了。这就是江城没城的缘由，不过姐妹二仙修城的美妙故事，却流传下来。

狗塔

讲述：董双福 45 岁 曲阳东邸村人
记录：田彩琪
1962 年采录于曲阳县

　　曲阳县正南偏东十公里处，现在的穆台北村边，有一座小山包，小山包上有一座塔，这就是当地人所说的狗塔。

　　狗塔是怎么来的呢？相传王莽追杀刘秀时，刘秀逃到小山包一带，急忙钻进草地里。小山包一带，在汉朝时候人烟稀少，大片土地长满了一人多高的蒿草。当时刘秀钻了进去，真够隐蔽哩。

　　再说王莽，当他追到那座小山包时，因不见了刘秀，于是就爬到小山顶上四处寻找，仍然不见踪影。心想：刘秀准是躲进草地了，眼看天就黑下来，这样大的草地如何搜得到他？干脆点火烧死他算了。想到这里，他就命兵士四处放起火来。当时正是深秋天气，草已枯干，可巧又呼呼地刮着西北风，火借风威，风助火势，大片草地顿时燃烧起来。王莽看着燃烧的大火，料想刘秀必被烧死，遂狂笑几声，带领人马扬鞭而去。

　　刘秀自钻进草地后，就狠命地往草地深处跑。可是，由于连日来过度疲劳和饥渴，跑着跑着突然昏倒在地。过了一会儿，他感到身边好像有什么动静，睁眼一看，原来是跟他一起出逃的那条大黑狗在用前爪扒他的手。这是大黑狗发现草地起火，告诉他赶快离开哩。此时，刘秀也已看到火光映红的天空，并已闻到蒿草燃烧的烟味。他意识到王莽点着了草地，但又无力动弹，自知难逃活命，不由长叹一声，又昏迷过去。

　　火从四周向刘秀猛扑过来，正在万分危急之际，就见那条大黑狗忽地蹿了出去，一会儿又蹿了回来，浑身湿淋淋地在刘秀附近的草地上滚动。滚罢了又离开，一会儿又蹿回来。一次一次又一次，大黑狗就这样反复蹿去蹿来地滚动着。

天亮了，刘秀终于醒了过来。让他奇怪的是：四周的蒿草都已烧光了，自己怎么没有被烧死呢？他看了看自己昏倒的地方，附近的蒿草都是湿漉漉的，那条和自己共患难的大黑狗，浑身是水死在自己身边。他心里纳闷，当他转到小山包下时，发现了一个大石坑，坑内积满了水。他完全明白了：原来是大黑狗蘸了石坑里的水，然后滚湿自己附近的蒿草救了自己的。

刘秀面对救了自己性命但却已经累死的大黑狗，心里难过极了。他本想好好发送它，但一想到此处不可久留，只得草草地把大黑狗埋葬在小山包下。后来刘秀当了皇帝，为了报答大黑狗救命之恩。就在那座小山包上建了一座塔，叫做狗塔。

通天河为啥不见了

讲述：李木成 37 岁 曲阳县文化馆工作
记录：尚友朋
1980 年 11 月采录于曲阳县

在曲阳县的城北，有座重镇叫灵山。灵山北面五里地有座山，叫磨子山。磨子山前有条河，叫通天河。这条河从太行山里流出来，流到了磨子山，就突然不见了，直到磨子山东南方向的南振村，才又冒了出来。这是怎么回事呢？原来是这么回事。

以前的通天河，是从磨子山流过来，流经灵山和韩家村，归到唐河里去。当时灵山这一带土地肥沃，庄稼长得很好，打下的粮食人们吃不了。后来王母娘娘到灵山来私访，她变成一个叫花子，拿着要饭碗，提着打狗棒到一家要饭。这家有个中年媳妇在家，王母娘娘就说："大嫂，修修好，给我点吃的吧。"这个媳妇一看，是个要饭的脏老太婆，就没好气地说："没有，刚才有几块饼，都给孩子擦屁股了！"王母娘娘一听就火了，她二话没说，来到灵山北边的磨子山下，拔出头上的簪子，在磨子山地下就插了一个坑，河水就在这里不见了，又从磨子山东南边的南振村流了出来。从此河水就改了道，不再经过灵山，灵山这一带的土地变得荒凉一片，人们的生活再也不那么富足了。

顶戴花翎的传说

讲述：尚红英 女 37岁 西陵工作人员
记录：杨辛生
1980年9月采录于易县

传说，清朝第一代皇帝顺治，小时候，家里常闹灾荒，他的母亲经常背着他串村要饭，走到哪里，要到哪里。白天走家串户讨要，晚上睡破庙。日子一长，人们发现，只要这母子俩睡到哪个破庙，哪个破庙就福星高照；只要顺治在哪里出现，哪里就有紫光在他的头上盘旋。这件事很快就轰动了官府衙门。当时官府本来就腐败无能，又发现了这一怪事，认为这个孩子绝不是凡人，不如趁早除掉，免生后患。于是便派出军队去捉拿顺治母子。顺治母子听说后，吓得连夜逃跑。跑来跑去，眼看天已傍晚，顺治母子一看，这里是前不着村，后不着店的一片荒野，想再往前跑，不行，前面是一条看不到边的大河。这可怎么办啊？眼看追兵就追上来了，就在这万分危险的时刻，只见一群乌鸦像黑云一样铺天盖地而来，顿时把他们母子扑翻在地，用黑压压的翅膀把他们娘俩盖了个严严实实。追兵到此一看，只见一群黑老鸦正卧地休息，便没理睬又继续向前追去。等追兵远去后，他们母子才脱险了。但这群黑乌鸦却不散去，眼睁睁看着顺治呱呱乱叫。顺治迷惑不解，忙把剩余的一袋高粱撒给鸦群，但鸦群仍呱呱乱叫。顺治急忙扶起母亲，抖了抖身上的泥土，向鸦群深深地鞠了一个躬说："众恩鸦，如果以后我能取得天下，我将永远叫你们站在我的头上，随时随地都来陪伴我。"鸦群听后，呱呱叫了两声，一起向远方飞去。

后来，顺治果真取得天下。他没有忘记乌鸦的救命之恩和自己的诺言，当即传旨：凡大清官员，不论职位高低、功劳大小，官帽上必须要佩戴一支羽翎，作为乌鸦象征。所以，清朝官员的官帽上都要顶戴花翎。

赑屃驮碑的传说

讲述：尚红英
记录：杨辛生
1980 年 2 月采录于易县

自古到今，都说王八驮石碑，其实，驮石碑的并不是王八，而是赑屃。

传说龙有九子，各有所好，老龙王根据九个儿子的性格，分别为他们起了名字：老大叫蒲牢，老二叫鸱吻，老三叫螭首，老四叫嘲风，老五叫虬虾，老六叫赑屃，老七叫狻猊，老八叫睚眦，老九叫椒图。九个儿子有文有武，有智有谋，老龙王非常高兴。老龙王因为有九子护驾，性情变得非常傲慢，脾气变得异常暴躁，动不动就要耍一耍威风。

这一天，老龙王带着九个儿子及龟宰相在大海巡视，一块瓦片突然从岸上飞来，正打中老龙王的桂冠。他气得龙须直竖，两眼圆睁，大吼道："大胆刁民，竟敢在龙头动土，这还了得！"即刻派二子鸱吻化作一条小蛇上岸查找投瓦人。查来查去，并没发现可疑对象。老龙王怒气未消，便命令龟宰相即刻点虾兵蟹将，发水去淹两岸百姓。顿时，洪涛滚滚，铺天盖地而来，冲毁了堤岸，淹没了庄稼，两岸百姓哭喊连天，东逃西散。就在这危急时刻，老龙王的六子赑屃和九子椒图忙跪在老龙王面前相劝："父王息怒，请听儿臣一言。照这样下去，要毁灭人类的，请父王三思，不要再发威了。"那老龙王非常固执，不但不听，反命洪水越发越大。赑屃便和八个兄弟商量，准备到玉皇处奏本。赑屃的八个兄弟，各有自己的看法，众说不一，有的支持，有的反对，有的模棱两可。最后，赑屃的三哥螭首、七弟狻猊、九弟椒图，坚决支持了赑屃的做法。

赑屃得到了三兄弟的支持，更加坚定了信心，立刻化作一股青烟，来到灵霄宝殿。见到玉皇大帝，把事情的前因后果——奏明。玉帝说："儿臣的这一行动令人钦佩。但你父亲的脾气你应当比我更清楚，当他的脾气发作时，谁也劝不了他的；等他怒气过后，水自然会退下去。儿臣还是回去吧。"赑屃听后，又启奏道："像我父王这样动不动就要威风，残害百姓，淹没良田，时间一长还不将天下田地全都冲毁，房屋都倒塌，人类怎么受得了？如果没有人类，谁还为我们进奉香火？"玉帝听后犹豫不决，他既不想让百姓遭受灾难，又不想得罪老龙王这个表兄。想来想去，无可奈何，只得将太白金星和托塔天王宣上殿来，商量如何处理这件事情。太白金星献策道："玉皇爷，你要想使双方都不怪你，只有一条妙策可行。"玉帝道："爱卿请讲。"太白金星忙道："玉帝爷难道忘了？在灵霄宝殿的左方有一块长十丈、宽三丈、厚二丈的大石碑，那块石碑还是女娲氏补天时剩下的。如果将它放在个活物的背上，就会抵挡洪水猛兽。但有一条，如果将碑放到谁的背上，它将像长在背上一样，永远也就取不下来了，那样这个背石碑的将永远离开自己的家，永远离开自己的妻儿老小，永远守在那个受洪水猛兽侵袭的地方。"玉帝听后，皱了皱眉头，唤过赑屃说明根由，赑屃稍一考虑，便马上对玉皇说："为了天下百姓的安居乐业，儿臣宁愿舍去个人的幸福。"玉帝听后眼含热泪微微点头，命托塔天王李靖将石碑拉来，放到了赑屃的背上。人们为了纪念赑屃舍己为民的义举，无论修庙造厅均要在庙厅前面立上赑屃驮碑的石像。

人物传说

刘邦和项羽的传说

讲述：老蔡 67 岁 退休工人
记录：任廷山
1982 年春采录于讲述人家中

据说，刘邦和项羽两人都不是凡夫俗子。一个是龙精凤血，一个是龙生虎奶。他们还是一对姑舅兄弟。要说清这件事情的原委，还得从孟姜女哭长城和秦始皇赶山填海说起。

一

孟姜女本是上天王母驾前的一只凤鸟，因为犯了天条才被打下凡尘，来受磨难。所以她从小就没投娘胎，只是包在一个瓜里长成人形。长大成亲时，刚拜过花堂，还没入洞房，丈夫范喜良就被秦始皇抓去修长城，不久被累死，尸体也被填了城脚。孟姜女到城下大哭，没想到把长城哭倒了。

秦始皇听说有人哭倒了长城，立刻前来查看。他见孟姜女长得赛过天仙，就动心了；非要和孟姜女成亲，孟姜女死也不从。秦始皇就把孟姜女软禁在皇宫，并派了好多的宫娥彩女轮换相劝。孟姜女被逼得走投无路，她急中生智，就假装应允了。然后向秦始皇提出三个条件：第一，要高搭彩棚，请高僧高道念七七四十九天经，为丈夫超度亡灵；第二，要秦始皇披麻戴孝，顶丧驾灵，一步一磕头地亲自把范喜良送到坟地；第三，发丧完范喜良，还要陪着孟姜女游海三天，然后才能成亲。

秦始皇只贪孟姜女的美貌容颜，哪还顾什么羞耻，几个条件都答应了。

发丧完范喜良，秦始皇陪着孟姜女游海，没想到刚到海上，孟姜女就跳进了大海。秦始皇一见顿时气得晕了过去，随从们赶紧把他送回宫里。

二

孟姜女跳海后，憋得喘不上气来，很快就晕过去了。过了一会，就听耳旁边有人叫道："小姐，快快醒来！"孟姜女强打精神，睁开双眼一看，见自己躺在宫殿里的一张龙床上，身旁还围着很多宫娥彩女。心想：糟了，准是又被秦始皇抓回来了。这时，有一个宫女对她说："小姐，你不要害怕，如今，你已经来到龙宫了。是龙王大太子救了你的命啊！"

孟姜女正在半信半疑，就见从外面走进一位将军模样的人，来到床前说："小姐，现在好些了吗？"一个宫女赶忙上前介绍说："小姐，这就是龙王大太子，是他在巡海时发现了你，才把你救回龙宫的。"孟姜女一听是救命恩人到了，忙起身下床谢恩。大太子上前拦住说："小姐不必如此，先好好静养贵体，有什么话咱以后再说。"说罢出宫去了。

后来，大太子知道了孟姜女跳海的缘由，很是同情，又见孟姜女容颜美貌，性情温柔，就提出和孟姜女成亲。孟姜女一来看着大太子身材魁梧相貌堂堂，为人忠厚老实，早有爱慕之意，二来为了报答大太子的救命之恩，就答应了。

大太子怕老龙王不同意，就趁老龙王去天宫和玉帝议事的机会，去苦苦哀求龙母。龙母疼儿心切，就同意他们成亲了。

老龙王到天宫一去几天，回来后得知儿子和人间女子成亲了，就大发雷霆，说这是违反了龙宫的纲纪，非要把大太子和孟姜女斩首。多亏龙母苦苦求情，才答应免于死罪，但必须把孟姜女赶出龙宫。

大太子不敢抗旨，万般无奈，只好把孟姜女送出大海，夫妻在海边抱头痛哭一场，只得洒泪而别。

丈夫离去了，孟姜女在海边痛哭不止，越哭越觉得自己命苦，没有活路，最后一狠心，又要跳海。正在这时，就见半空中走来一位道长，口中高喊："孟姜女不要轻生，你腹中早已有身孕，他乃是一朝人王地主。"孟姜女听了，似信非信。但听说自己已有了身孕，又有了一线生活的希望。

　　孟姜女怕再被秦始皇抓去，不敢回家，就流落到外乡。一天，她来到沛县境内，到一个刘员外家讨饭借宿。刘员外见她这样年轻美貌，又是孤身一人，就问起孟姜女的身世。孟姜女没敢实说，只说自己家乡闹起瘟疫，父母、公婆先后病死，丈夫被秦始皇抓去修长城累死了。自己无家可归，才流落异乡。

　　这刘员外岁数不大，刚刚死过妻子，还没另娶。他听孟姜女说出身世之后，很是同情，就想娶她为妻。孟姜女心想，自己身为一个女子，整天飘来荡去，也不是个长法，何况自己已有身孕，将来生孩子都没个地方，所以就答应了这门亲事。

　　孟姜女和刘员外成亲后，几月之后便生下个男孩，夫妻非常高兴。孟姜女想起道士的话，知道这个孩子有可能是一朝人王地主，将来要靠他安邦治国，所以就给他起名叫刘邦。

　　从古到今，人们都说刘邦的父亲是龙王的大太子，生身之母是上天凤鸟转世的孟姜女，因此就说刘邦是龙精凤血。

三

　　秦始皇自那日孟姜女跳海后，一气之下病了好几个月。病好后，余怒未消，发誓要填平大海，把孟姜女永远压在海底。于是亲自拿着赶山神鞭，往海里赶石头。

　　秦始皇这么一赶山填海不要紧，龙宫里可吃不消了，虾兵蟹将纷纷来找老龙王想办法。可龙王也想不出办法。二公主见父王急得直转磨磨，上前说道："父王啊，那秦始皇赶山填海为的是孟姜女，可孟姜女早被你撵走了。要想制止秦始皇填海，儿臣倒有一个主意。"老龙王一听，忙说："我儿快讲。"二公主说："我变做孟姜女去和秦始皇成亲，盗出赶山鞭，秦始皇就没法再填海了。"老龙王本不愿意女儿前去，可又没别的办法，只好同意了。

　　二公主变做孟姜女来到海边一看，秦始皇还在那里举着赶山鞭，拼命地赶石头。忙上前说道："万岁呀，为妻不幸失足落水，你不但不设法搭救，还想用石头砸死我，你的心好狠呀！"秦始皇听说她不是有意跳海，气立刻消了一半，问道："那你是怎么活过来的呢？"二公主说："多亏龙王搭救。这不，由于想念万岁，还没等身体完全养好，就求龙王把我送回来了。"秦始皇听她这么一说立刻转怒为喜，马上把她带回皇宫就成了亲。

二公主和秦始皇做了一百天夫妻，盗出赶山鞭，就又返回龙宫。回到龙宫几个月就生了个大胖小子。

龙王知道后，心中十分烦恼。可由于当初是自己同意女儿去和秦始皇成亲的，也不好怪罪她。只好把满腔怒火往孩子身上撒，立逼着二公主把孩子弄死。

二公主哪里舍得呀！但又不敢对抗父王的旨意。只好偷偷地把孩子送出大海。她把孩子放在海边的山路上，想让行人把孩子捡走。谁知等了半天，却等来一只大老虎。那老虎见了孩子，张开大嘴，叼起来就跑走了。二公主心疼得大哭一阵，只好返回大海。

那只老虎是刚下过小虎的母虎，它把孩子叼进窝里和小虎一样喂养起来。

再说山前有个姓项的员外，老两口年过半百，无儿无女。项员外常为自己无后发愁。天长日久，忧虑成病。请了不少医生，也没治好。后来，有人给了个偏方，说是如果能吃到一只百天的小虎崽儿，不但能治好病，兴许还能得个儿子呢！项员外听说后，马上命兄弟项梁带着人进山找百天小虎。

项梁进山好长时间，才发现这只大虎下崽了。在附近整整守了一百天，才趁大虎不在窝的时候去掏小虎。谁知到窝里一看，有个小孩，惊喜万分，他立刻抱起孩子，一口气跑回家中，把孩子交给了哥哥。项员外有了孩子，心里一高兴，病就好了。

一家人商量给孩子起名字时，项梁说："这孩子遇难没死可见命大，又吃了一百天的虎奶，已有虎威，虎若能生双翅，将来必成大器，干脆就叫项羽吧。"

自此，项羽是龙生虎奶的传说一直流传至今。

四

刘邦和项羽长大以后，正巧又送到同一个书馆读书。

一天，刘邦对项羽说："项羽呀，人家都说你没爹没娘，是你叔父项梁从老虎窝里捡回来的。"项羽一听，回家就去问叔叔。项梁就把真情告诉了项羽。项羽为自己没有亲生爹娘十分伤心，他就一个人来海边大哭起来。俗话说，母子连心，项羽这一哭，二公主在龙宫里坐卧不安了。她来到海边一看，见有个孩子在痛哭。一问才知道这就是当初被虎叼走的那个孩子，正是自己的亲骨肉。二公主想：这孩子虽小，倒有母子之情，我何不把真情讲给他听。于是就把过去的事情对项羽讲了。项羽一听，原来生身之母就在面前，"扑通"一声便跪倒认母。二公主对项羽说："孩子，等到大年三十晚上，你再来海边，为娘赐给你四两洪福，将来你就可以当皇上了。"

项羽回到书馆之后，就把这件事告诉给刘邦。谁知说者无意，听者有心。到了大年三十晚上，刘邦背着项羽，偷偷地提前来到海边。等了一会儿，见一个女子从海里走出，知道这就是项羽的母亲。他赶忙跪倒磕头说："孩儿在此等候母亲！"因为刘邦始终低着头，天色又黑，二公主根本没看清是不是项羽，就口中念念有词，在刘邦头上轻击三掌说："去吧孩子！愿你万事如意！"刘邦赶忙磕头谢恩，匆匆忙忙地返回了书馆。

刘邦刚走不一会儿，项羽也来到海边。他等了大半夜，也不见母亲来给他赐福，不由大哭起来。他这一哭，又把二公主给哭出来了。二公主说："孩子，刚才为娘已经赐福与你，为何又去而复返呢？"项羽一听，知道上了刘邦的当，一定是他先来了。二公主说："看来我儿没有当皇上的福分。"正在这时，大太子巡海到此，二公主就把刚才的情况告诉了他。大太子对项羽说："孩子不必难过，舅舅赐给你千斤勇力，你去打那刘邦，夺过宝位也就是了。"项羽接过舅舅给的千斤力就回去了。

自那以后，项羽真的力大无穷。恨天无把，恨地无环，提着自己的小辫能离地三尺。

刘邦自从背着项羽接受了二公主的福就不敢再到书馆读书了。项羽因为有了千斤勇力也就离开了书馆。

因为刘邦和项羽是姑舅兄弟，又和秦始皇有仇，所以开始二人合作，一起推倒了秦王朝。可是刘邦偷了项羽的福，项羽咽不下这口气，所以后来两人又争战了五年。最后刘邦终于把项羽赶到乌江自刎而死。刘邦当上了皇上。

后来在民间流传着这样一句话："霸王千斤勇力赶不上刘邦的四两洪福。"

王莽赶刘秀的传说

寒号鸟报信

讲述：赵国君 59 岁 河北省阜平县人 干部 初中
记录：孙佐培　李仕相
1986 年 11 月采录于保定市孙佐培家

寒号鸟生在深山老林里，吃粮食、草籽、虫子为生。冬天脱毛，夏天长毛。这是为什么呢？说起来还有一个有趣的传说呢！

当年王莽赶刘秀时，一天，王莽的兵发现了刘秀，就紧紧追赶，眼看就要追上的危急关头，刘秀看见一个正在耕地的农民，急忙跑到跟前施礼说道："大伯，救救我吧！我叫刘秀，被王莽的兵围上了。"农民见刘秀处境危险，附近又都是光秃秃的土地，实在没处藏身，就说："你快躺在犁沟里。"刘秀往犁沟里一躺，农民左耕一犁右耕一犁，把他埋了个严严实实。

刚把刘秀埋好，王莽领兵就赶到了。四面一看不见刘秀的踪影，问耕地的农民，农民说没有看见。王莽想到刘秀没有跑远，就让兵用枪满地里乱戳，就是没戳到刘秀躺着的地方。

这时，天空有一只寒号鸟，看见农民把刘秀埋藏在犁沟里，就在上空左右盘旋，多次向刘秀藏身的地方冲下来，嘴里还"犁沟、犁沟"地叫个不停，意思是告诉王莽，刘秀藏在犁沟里。农民一气之下用鞭子把它赶跑了。

王莽领兵搜查了好一阵子没搜到，只好走了。农民对刘秀说："你出来吧，追兵走了。"刘秀出来后，一边掸身上的土一边出长气。这时，寒号鸟又飞来了，它是想看看结果怎样。农民一扬鞭子又把它赶跑了，刘秀问为什么要打它？农民就把寒号鸟通风报信的事告诉了刘秀。

后来，刘秀打败了王莽，平定了天下，做了皇上，就下旨惩罚寒号鸟。让它千里吃食，一处拉屎，是为了别扭它；让它冬天脱毛，是为了冻它；夏天长毛，是为了热它。因此，每到冬天，它被冻得叫声十分凄惨。好像是喊："冻死我，冻死我，天亮搭窝，天亮搭窝。"可到了白天太阳出来了，它又躲到山坳里晒太阳，嘴里不停地叫："得过且过，得过且过，山旮旯里暖和，山旮旯里暖和。"

"兽中王"的来历

讲述：于炳文 55 岁 高阳人 初中
记录：石林
1986 年 3 月采录于保定化纤厂子弟小学

东汉光武皇帝刘秀，在称帝之前，被王莽的官兵追杀得东躲西藏。这天，他逃到一座草高林密的大山上面，看了看四下无人，这才松了一口气，感到又饥又渴又累。他刚想坐下来歇息，忽见伏兵四起，漫山遍野围了过来，边追边喊：

"刘秀跑不了啦！"

"捉到刘秀，有重赏呀！"

"快追呀！……"

刘秀赶忙向没有追兵的山头逃去。到了山顶，再向前跑就是悬崖绝壁了，崖下黑乎乎的看不见谷底，回头看，追兵们晃动着刀枪已逼到了近前。刘秀心想：我就是摔死也不能叫他们捉去！因此，他把心一横，眼一闭，纵身跳下了悬崖。

到了崖底，"扑通"一声，刘秀全身砸在了一个软绵绵的东西上面，晕过去了。这个软东西是条斑斓猛虎，正在迷迷糊糊地睡大觉，忽觉得背上被什么东西砸了一下子，心说：不好，什么东西这么大劲，得赶紧跑，要不还不把我弄死。

老虎一挺身，爬起来没命地跑。这时刘秀已醒了，骑在老虎背上，用手紧紧抓住老虎的鬃毛，任凭它翻山越岭，垮沟跳涧，就是不撒手。老虎心想：这家伙真厉害呀，我怎么翻腾他就是不松手，看来今天我要完啦！刘秀心想：我一松手，虎不吃了我吗？可是，光在它身上也不是个长法呀，我得想法子逃脱。

老虎跑得实在太累了，当越过一片树林时它才慢了下来。刘秀借着这个机会，伸手抓住一根树杈子，翻身一跃到了树上。

老虎忽然觉得背上轻了，心说：怪呀，怎么没杀我呢？扭身抬头一看：呀！是个小伙子。哈哈，我算上当啦！老虎在树下看着刘秀，想上树又没有这本事。

这时就听刘秀指着老虎说："你救了我的命，今后我要做了皇上就封你为'兽中王'。"老虎好像听懂了刘秀的话，前腿一蹲点了点头，就离去啦。

后来，刘秀做了东汉的第一任皇上。真的就封老虎为"兽中王"了。

朱元璋的传说

讲述：赵镇爷　赵玉岭 87 岁
记录：赵昌治
1963 年 5 月采录于讲述人家中

放牛

朱元璋小时候家里穷得叮当响，吃了上顿没下顿，只得去给财主家放牛，弄口吃的。一天，他同几个小伙伴到山上放牛，玩起了叠罗汉。玩着玩着，大伙都饿了，吃啥？朱元璋眼珠儿一转，胸有成竹地说："吃烤牛肉呗！"他是"孩子王"，小伙伴们都听他招呼。说干就干，大家七手八脚把一头牛捆起来宰了。他们把牛肉拉成一块一块的，点着干树枝儿，用火烤着吃，最后只剩下了牛头和牛尾巴。

吃完了牛肉，一个小伙伴不安地说："财主知道了，那可咋办？"朱元璋笑笑说："我有办法。"说着他把牛头扔在山前的树丛里，把牛尾巴插进山后的石缝里。然后对一个小伙伴说："快回家告诉老财主，就说牛钻到山里去了。"

那老财主来到后山用手抻一抻牛尾巴，山那边的牛脑袋真地"哞哞"地叫了起来，你说怪不？

题诗

传说朱元璋小时候身体瘦弱多病，但他心胸豁达，很有骨气。有一回和财主顶撞了几句，被赶了出来，他就睡在皇觉寺的屋檐底下，望着天上的星星，信口哼道：

> 天为锦被地为毯，
> 星星月亮伴我眠。
> 夜来不敢长舒腿，
> 生怕蹬倒凤凰山。

这诗句碰巧让皇觉寺的老和尚听见了，觉得他出言不凡，将来必大福大贵，就让小和尚把朱元璋让进寺里，安置好床铺，好吃好喝好待承。没过多久，经父亲同意，朱元璋在皇觉寺出家当了和尚。

后来，朱元璋参加了郭子兴的红头军。在一次混战中，被元军冲散，只剩下他单人独骑突围出来，夜间正好投宿在皇觉寺。庙里老和尚化缘未归，两个新来的小和尚看守寺院。大点的叫法明，小点的叫法正。朱元璋在庙里随便吃了点斋饭，躺在床上翻来覆去睡不着，回想起创业的艰辛，一股血气涌上心头。他向小和尚讨来笔墨，在庙内墙上题下一首诗：

> 风断残枝卷巨澜，
> 扬鞭跃马过大关。
> 他年我若登龙位，
> 且看朱家锦江山。

第二天等朱元璋走后，小和尚法明心中暗想：挺白净的墙壁，用墨涂了个乱七八糟，老和尚怪罪下来，那还得了。他就用清水把朱元璋写的诗统统洗掉了。

等朱元璋当了皇帝，一天冷不丁想起了在皇觉寺题诗的事儿，马上派人到寺庙查看。听说早已洗去，不由勃然大怒，立即把小和尚法明解进京城。

法明见了朱元璋，不慌不忙，一字一板地吟出四句诗来：

> 皇上题诗照九州，
> 庙中鬼神日夜愁。
> 故用清水洗御字，
> 尚有余光冲斗牛。

朱元璋听了这四句诗怒气全消，咧开大嘴笑了。

假神

朱元璋离家出走，到濠州参加了郭子兴的队伍。郭子兴见他相貌奇伟，谈吐精深，十分赏识，就把他留在身边当了亲兵。凡有攻城野战的事儿，常常命他前往。朱元璋身先士卒，攻无不克，战则必胜，愈加得到郭子兴的器重。

没过多久，郭子兴又把自己的养女嫁给了朱元璋。到郭子兴自称滁阳王时，朱元璋统帅的兵将已有数万了。这事儿，引起了郭子兴两个儿子的嫉妒和不满，好几次都准备把毒药放在酒里，害死朱元璋。朱元璋早有提防，终未能得手。

一次，他们三人一块儿骑马外出，走着走着，朱元璋突然勒住马头，望着天上拱手便拜，接着凝神侧耳，好像听谁讲说什么。过了一会儿，朱元璋指着郭子兴的两个儿子破口大骂："刚才空中的神人告诉我，说是你们两个浑小子想用药酒毒死我，有这回事儿吗？啊！我和你们无冤无仇，平日里我待你们不薄！"二人以为朱元璋暗中有神人相助，也自知理亏，打那以后，他俩再也不敢谋害朱元璋了。

七块小木块儿的来历

讲述：阮焕章
记录：中流
1987年5月采录于讲述人家中

谁都知道，说评词的手里有块小木块儿，开书之前，用这块小木块往桌上一拍，以引起人们的注意，这块小木块儿叫"醒木"；县官升堂时，桌子上也放着块儿小木块儿，叫"惊堂木"；看病先生手里的小木块儿叫"压方"；和尚手里的小木块叫"戒斑"；老道手里的小木块儿叫"云牌"；就连皇上、元帅也都有块小木块儿。要说起这七块小木块儿的来历，还和朱元璋有关系呢！

传说，朱元璋小时候因为家里穷，整天到地里给财主打草、放牛、拾柴火。村儿里有六个和朱元璋一般大小的穷孩子，都在个八九岁子，不论打草、放牛总是在一起，谁也离不开谁。有一天，七个小伙伴一商量，就找了个背风的地方，插土为炉，对天起誓，拜开了盟兄把弟。拜完之后，按年龄大小排定了顺序。朱元璋年龄最大，当上了大哥。他说："咱们哥七个处得挺不赖，等长大喽总不能长期在一起的，但谁也不能忘了谁。"其余六个小伙伴一听都很赞成。赞成是赞成，可日后以什么做凭据呢？后来，他们找来一根二尺来长的木头棍儿，把它截成七轱辘儿，每人一截儿，将来不管走到哪里，小木块儿作为一个标记，见物如见人。

　　几十年后，朱元璋做了皇上，胡大海当了元帅，其余五个人干什么的都有。有一天，小哥儿五个碰到一起，听说大哥做了皇上，就想去找他叙叙旧。他们来到京城，见一个大汉骑着高头大马，威武地走在街上。老七眼尖，一眼就认出了老二胡大海："哎，那不是胡二哥吗？"胡大海一看，是小时候的五个结拜兄弟，就把他们请进了元帅府。

　　小哥儿五个说明了来意，胡大海摇晃着脑袋说："哎呀，这都是几十年前的事了，如今大哥做了皇上，他要是不认呢？"正说话间，严严儿的皇上病咧，让胡大海给他请先生。老七说："我就是看病的先生，胡二哥带我进宫先给他看病吧。"胡大海点了点头，带上老七就走了。

　　老七给朱元璋看完了病，就掏出那块小木块儿压在药方儿上，不承想被太监看见了，他说："你这块小木块儿为何与万岁爷那块一模一样呢？你要说不清楚，可有欺君之罪呀！"胡大海说："我这儿还有一块呢！"随手也把小木块儿掏了出来。朱元璋见他俩的小木块果然和自己的一模一样，一下子想起了小时候哥儿七个结拜之事。胡大海说："他们哥儿几个都来了，正在宫门外边等着呢。"朱元璋说："那赶紧让他们都进来，咱们哥儿七个也好团聚团聚。"

　　哥儿几个进了宫殿，向朱元璋大礼参拜之后，分坐两旁，都拿出了自己的小木块儿。朱元璋一一验过之后，又问明他们的身份和职业，然后说："咱们哥儿七个几十年不见了。今天能够团聚，全凭这七块小木块儿的作用。趁今天都在，我就给这七块小木块儿起个名字吧。"他捋了捋胡子，笑嘻嘻地又说："我是当今万岁，我的这块小木块儿就叫'龙胆'，也叫'振军威'；胡大海是元帅，他的小木块儿就叫'虎胆'；老三是县官，他的小木块叫'惊堂木'；老四是说评词的，他的小木块儿叫'醒木'；老五是和尚，他的小木块儿因为经常敲木鱼儿，上边有不少斑点儿，就叫'戒斑'；老六是老道，他的小木块儿叫'云牌'；老七是看病先生，他的小木块儿就叫'压方'吧。"

　　皇上说话是金口玉言，说了得算数呀。从此，这七块小木块儿的名称就这样流传下来了。

李艳妃的传说

讲述：卢国珍 78 岁 农民
记录：任廷山
1986 年采录于北京通县讲述人家中

明朝永乐年间，成祖皇帝朱棣，由南京迁都北京，国家还算太平。

一天夜里，朱棣做了个梦，梦见正当午时，有一女子，骑在一个似龙非龙、似虎非虎的动物的背上。她的头被太阳一照直冒金星。手里拿着鞭子边摇边喊："驾！快跑啊！皇上接我进北京，还要封我坐正宫，我要上天喽！"朱棣仔细一看，那女子美貌无比。急忙拼命追赶，边追边喊："美人，当心别摔着！"可他不论怎么使劲，就是追不上。一着急醒了，睁开眼一琢磨，方知是个梦。可他对梦中的美人怎么也放不下。

第二天早朝，朱棣将梦中的经过讲给大臣们听，众大臣都争着讨好皇上，有的说："这是天降美女，乃大吉之兆！"有的说："这般美女子，一定要选进宫来，侍奉皇上！"朱棣一听，十分高兴。立即传旨，让画师将梦中美女画影图形，而后差人带着画像，去寻找美女，并以一个月为限，找不到一定治罪。

选美的官员用了一个月的时间，果真将梦中的那个美女找到了。这就是后来的正宫国母李艳妃。

李艳妃，家住在北京东南不足百里的永乐店镇，镇上有近千户人家，还有不少的店铺门脸，每月开几次大集。每逢集日，挑挑的、担担的、做买卖的、赶集上店的，人山人海，拥挤不动，十分热闹。

李艳妃是个出了名的疯丫头，人虽很美，可长了一脑袋的秃疮，挺让人恶心的。每到集日，她更是疯癫得出奇。在人群中钻来跑去，抢吃抢喝，一点正形都没有。时间一长，不仅本镇人熟悉，就连赶集过路的人也都愿意看她耍活宝，拿她开心取乐。

这一天，又逢大集，李艳妃像往常一样，又上街疯去了。快到正午了，她玩得有点饿了，就跑到一个炸油条、卖大饼的摊点前，也不问价，撕了一块大饼，卷了两根油条，大口大口地吃起来。掌柜的不但没有要钱，还高兴地说："姑娘，多谢关照，一定要多吃点！"李艳妃边吃边说："掌柜的，你真好，不小气，今儿个你的饼烙多少也不够卖！"说来也真怪，那个卖饼的没等散集，早早地就把饼全卖光了。

李艳妃吃饱了，就到一个卖茶水的摊点前，不管三七二十一，端起碗就喝，喝完就要走，卖茶水的拦住她说："唉！你得给了钱再走呀！"李艳妃指着茶水说："你的水有臭味，一个集你也卖不了一碗！"说完撒丫子就跑了。

李艳妃跑到另一个卖水的摊点前，还是端起来就喝，卖水的一见是她，赶忙说："姑娘，坐下喝吧，多喝几碗！"李艳妃喝完水对掌柜的说："你的水真好喝，一定多烧点，要不然不够卖呀！"李艳妃走后，卖水的那儿很快聚拢了很多喝水的人，几张桌子坐得满满的，还有许多端着碗蹲着喝的。

李艳妃哪里知道，她的一举一动，早被一伙陌生人注意上了。这伙人正是宫里出来为皇上选美的差官。这些差官都觉得奇怪，心想，一个疯丫头，怎么说让谁卖，谁就卖得又快又多，说不让谁卖，谁就一点也卖不出去呢？这个人可真有点来头呀！他们为看个究竟，就继续跟着李艳妃。

李艳妃跑出了人群，就来到镇东头土围墙边，顺手从地上捡起一根秫秸秆，用力爬上土围墙，骑在上边，一边用秫秸秆抽打土围墙一边喊："吃饱了，喝足了，天到正午了，皇上接我进京喽，我要当娘娘喽！"差官们一听，都惊呆了。心想：她骑的土围墙不正是似龙非龙、似虎非虎吗？正和皇上梦中的情景巧合了。众人又一琢磨，觉得她这个疯癫劲以及她脑袋上的秃疮和皇上梦见的情景对不上号，又都作起难来。领头的差官数着指头算了算，然后对众人说："皇上给了我们一个月期限，今天正好到期，不如先把她抬回宫去交旨，如果不行，我们只好领罪了。"无奈之下，众人只好把李艳妃从土墙上扶下来，让她坐上轿子，急忙赶奔京城。

众人走了有三十多里路，来到一个村子，轿夫们喊累，差官同意他们歇歇脚。休息的当儿，有一个轿夫大着胆子，偷着掀开轿帘一看，怪事出现了，李艳妃的秃头四周长出了很多黄头发，差官们一看，果真如此，吓得急忙跪倒在轿前，口称贵人说："贵人哪，您的头上长出了黄发，值得高兴，您就给这个地方起个名吧。也好留个念想。"李艳妃也没推辞，顺口说道："就把这个村改为黄发村吧！"自此，这个村就改叫黄发村，直至如今。

众人又走了好一阵子，都有点饿了，领头的差官让大家到前边的村子里歇脚打尖。正好村里有卖大饼火烧的，差官买了后，分给大家和李艳妃，可打开轿帘一看更奇了，李艳妃的黄发变成了闪光发亮的黑头发。这次李艳妃不等别人问，就主动地说："把这个村改叫黑发村吧！"众人赶忙说："是，就照贵人说的办！"

李艳妃被抬进了皇宫，总管太监早已奉旨迎候在宫门，见人们一到，立即派十名宫女，侍奉李艳妃到后宫休息。然后，梳洗打扮，更换朝服，一直忙了一夜，可就是对李艳妃头上的秃疮，怎么也没办法处置。正在无计可施，圣旨到了。皇上命新选美女早朝就要上八宝殿参王拜驾！

李艳妃在众多宫女簇拥下，来到皇上的面前，娇声娇气地说："民女李艳妃参见我主，万岁、万岁、万万岁！"说罢跪倒磕头。这一磕头奇迹又出现了。从李艳妃头上"咣当"掉下个东西，大家一看，原来是一只黄灿灿的金碗。头上的秃疮不见了，一头油光发亮的长发披肩而下。皇上命李艳妃抬起头来，仔细一看，只见她那头、她那脸、她那眉毛、她那眼，跟自己梦里见到的那个美人一模一样，惊得都发了呆。而后，他立即传旨，封李艳妃为贵妃娘娘。封李艳妃的父亲李良为国丈、掌朝太师。自此，李艳妃一家平步青云，一步登天啦！

李艳妃受皇上宠爱，整天和皇上形影不离，一年多时间，就给皇上生了个皇子，不久被立了太子。她就顺理成章地被封为正宫皇后。

谁知好景不长，皇上一病不起，只熬过了一年多的时间，就驾崩归天了。

李艳妃的父亲，太师李良早有异心，纠集死党，待机谋权篡位。皇上一死，他看时机已到，马上行动起来，给女儿李艳妃施加压力，威胁和自己政见不同的大臣，多数大臣都不敢不服。李艳妃怀抱幼主，整天啼哭，无计可施。多亏定国公徐老千岁和兵部侍郎杨大人，挺身而出，携自己儿郎和忠君的将官，一举铲除了野心勃勃的李良奸党，扶幼主登基，才保住了大明江山。

后来，李艳妃派人寻找在战乱中被杀死的李良的尸体，但怎么找也没找到脑袋，她只好为父亲做了个金脑袋，和尸体一块儿装进棺材，运到原籍永乐店，在镇西北为李良修了一座很气派的坟地。

自此，李艳妃就成了大明朝洪熙年间的皇太后。

崇祯的传说

崇祯出世

讲述：王印泉
记录：肖钦鉴
1986 年采录

这事出在明朝万历年间。

在一个山庄里，住着一个姓杨的老汉。杨老汉家里穷得没法说啊！真是走得慢了穷赶上，走得快了赶上穷，不快不慢跳穷坑。杨老汉家里本来有三间破房子，后来被村里的大财主看上了，说占了他家的风水宝地，就派人设法逼死了他的爹，娘觉得无路可走，连急带气，也上了吊。剩下他孤苦伶仃的一个人，就借住在一个好心人家的看场小屋里，农忙做短工，农闲抱着破瓢去讨饭糊口。

虽说杨老汉家里穷，心眼可好呐。他住的小屋前边，有一条河。一到夏天，齐腰深的水哗哗地流着。河边有条大道，来往过路的，走到那儿都得蹚水过河。老婆婆看闺女啦，小小子上姥姥家啦，瘸子呀，瞎子呀，有病的啦，蹚不了水，杨老汉就在河边等着背人。就这样，天长日久，只要有过河的，他就背人家。有的实在过意不去，就给他几个钱；他一个子儿也不花，用绳子穿起来，一点一点攒着。一晃就是十年。

有一天，他对村里的老少爷们说："要在咱们村头河上修座桥，该多好哇！"

"唉，咱们村里的穷人多，修不起呀！财主们拿一文钱都当亲爹，不肯出，难呀！"

杨老汉说："我有钱！"

乡亲们一听，都感到吃惊：一个穷要饭的，哪儿会有钱？杨老汉怕人们不信，就把这十年要饭讨来的、背人过河挣来的钱都拿了出来，一数，还真不少。乡亲们说："你这钱要是不够，我们接着。"杨老汉听了，特别高兴，就跟乡亲们一块儿，请工匠，拉石头，买木料，修起桥来了。

谁知就在这时出了事。他正和石匠一块开山崩石头，可巧一块石头，崩在他的眼上，一只眼给崩瞎了。

有人劝他先别修桥，把眼治好再说，他哪肯呀！不等眼治好，他又和大伙一块修桥了。俗话说："功夫不负有心人。"过了一阵子，桥总算修好了，还修得挺漂亮：桥桩结结实实，石栏杆整整齐齐，桥栏上还雕着花呢！杨老汉和乡亲们在桥上高兴地跳来跳去，跟小孩儿一样。

乡亲们都说杨老汉心眼好，净给大伙办好事，于是商量着给他立一块石碑，好让后人记住他的功德。村子里的人请来了石匠，把杨老汉的事儿都刻在石碑上。立碑这天，乡亲们都来了，杨老汉用手扶着石碑想看看上边刻的啥，谁知"扑通"一声，石碑倒了，把杨老汉给砸死了。

杨老汉一死，村里的老老小小都哇哇地直哭！有的指天骂地抱不平："该杀的老天呀！你真瞎了眼，多好的人哪，先叫石头崩瞎了眼，后叫石碑给砸死！"

人们越骂越有气，特别是村里的老婆婆和孩子们，更是伤心，眼哭得跟桃子一样。老婆婆们拿出铜盆、铁盆，坐在村头，一边敲一边骂，先是骂瞎眼的老天爷，后是骂黑心的财主。骂着骂着，就连那贪官污吏也骂起来了。

黑心的老财主，听到村里人敢骂官府，这还了得，就偷偷地打了小报告，要到官府去告，说穷百姓要反了。

财主们到官府去告密，走到路上，只听嗒、嗒、嗒地一阵马蹄声，一个人手里拿着蓝旗，迎面而来。财主跪在地上，喊道："大老爷，穷人们要造反了，都在一个劲儿地敲铜盆骂官府呢！"

这个人是蓝旗官。在明朝年间，蓝旗官是专给朝内大官送信的。他就把这件事通报给了在这儿巡视的钦差胡大人。

胡大人在明朝皇帝那儿，还真是个清廉的好官儿。皇帝派他出来察看民情，听说有这样的事，就赶快坐着八抬大轿，来到现场，见老乡们一边啼哭，一边诉说杨老汉一生做的好事。

胡大人来到杨老汉的身边，只见他两手张开，浑身是血，死得好惨呀！看着看着也掉下了眼泪。

胡大人叫人把碑给立起来，拿起笔来，在石碑上写了六个大字："作恶好，作善非。"写完后，叫乡亲们把杨老汉入了殓，胡大人亲自送葬，把杨老汉埋了。

把事办完，胡大人回到京城。只见大街小巷张灯结彩，皇宫里更是热闹，宫灯高挂，彩绸飘舞，知道皇家有了喜事。

大臣们见了胡大人，都说："胡大人，你这次见了万岁，要给万岁道喜呀！"

"道什么喜！"

"你还不知道哇！万岁十分喜欢新得的皇子，已传下圣旨，要立为太子了。"

说着，众臣都上了金殿，一齐高呼："给万岁道喜！"

皇上说："众爱卿起来。我问大家一件事，看谁说得对。人生在世，做好事好呢，还是做坏事好呢？"

众臣齐呼："万岁，做好事的好！"

皇上说："众爱卿莫怕，说做好事好的站在一边，说做坏事好的站在一边。"

你想想，当时明朝的官儿，不少都是花钱买的，称做"捐官"，钱越多，做的官越大。他们吹吹拍拍，请客送礼，行贿受贿，什么坏事都干得出来。听说皇上叫"做好事好"的站一边，呼啦一下，都站过来了。

说做好事不好的人，只有胡大人一个站在一边。众大臣都愣了，真成了张飞纫针大眼瞪小眼了。

胡大人抬起头来，笑了笑，说了句："万岁，为臣说做坏事好，做好事不好。"

众大臣一听，吓得面如土色，心想：这回胡大人说了实话，要倒霉了。

胡大人说："万岁，你看，杀人放火的升高官，这不是做坏事好？修桥补路的穷苦一辈子，这不是做好事不好？臣在路上遇到了这样一件事。"接着胡大人就把杨老汉被砸死的事说了一遍。

万岁一听，说："对呀，对呀！传我的话，让太监把皇太子抱过来。让大家看看。"

说着，太监把皇太子抱过来。只见皇太子伸着两只小手，小手上一边写着"作恶好"，一边写着"作善非"。

皇上说："哼，你们身为朝廷重臣，还不如一个不满周岁的孩子！还不给我退下。"

众大臣只得趴下给万岁磕头，齐呼："谢万岁！"

原来胡大人把一路上查贪官的事儿密报给皇上，皇上跟胡大人设计看看有多少忠臣，谁肯说实话。试了半天，竟没有试出个好的来。皇上难过地落下泪来："我儿，天下完了。"

皇太子到底是个不满周岁的孩子，见大伙这么一喊，也高兴地拍起手来，这一拍手，手上的字不见了。

这个小孩子就是明朝的最后一帝——崇祯皇帝。

崇祯测字

讲述：阮焕章
记录：刘正祥
1986年5月采录于讲述人家中

明朝末年，李闯王打进了北京城。崇祯皇帝见大势已去，便换了一身老百姓的衣服，偷偷打开宫门，想夹在百姓中混出城去，找机会东山再起。可后来，他却跑到煤山上吊了。这是为啥呢？咱还得从他测字说起。

崇祯刚出宫门，就见前边围着不少的人，里三层外三层的。他挤进去一看，原来是个测字的先生。这时，有个赶考的举子要测字。测字先生说："你写个字吧。"举子随手写了个"中"字。测字先生问："你想问什么事儿？""我是到京城赶考的，想问一问我能不能得中？"测字先生仔细琢磨着那个"中"字："噢，你是来赶考的，中（一声）中（四声）同音，你必得中（四声）。这两个'中'字要是联起来是个'串'字，串字嘛，就是一连串的升官。说明你一帆风顺，日后必有高官厚禄。"

这时，又站出来一个举子，他见刚才人家一连串的升官儿，眼馋心热，对那个"串"字很感兴趣，便直截了当地写了个"串"字。测字先生问："你想问什么事儿？""我也想问赶考的事儿，看我能不能考中？"测字先生盯了他两眼，说："你可别赶考了，赶快回家吧，必有大难。"那举子一听就傻了："这是为什么？""你想啊，人家这个串字是两个中字联起来的，是无心的；你这个串字可是有心的，串加上心，则成了'患'字，你还是赶快走吧。"

举子半信半疑，刚刚走到街心，就被一辆飞跑的马车轧死了。

崇祯在一旁看得清清楚楚，他想：哎呀，这个测字的真不简单，我干脆也测一测。测字先生见他长得慈眉善目，只是满脸的忧愁，便说："你也写个字吧。"崇祯想：写个什么字呢？咳，干脆问一问大明江山还有没有吧，就写了个"有"字。测字先生说："你想问什么事儿？""我想问问大明江山如何？""哎呀，你要问别的事都好说，要问大明江山嘛，眼看就完咧。"崇祯故意问道："为什么眼看就完了呢？""你写的是个'有'字，有字上边是'大'字缺了一捺，有字下边是'明'字缺了个日。这大明江山缺了一半儿，不是眼看就要完了吗？"

崇祯想：算得真准，闯王都进北京城了，这大明江山可不是丢了一半儿，眼看就完了呗！又一想，不行，我还得跟他搅和搅和，看他怎么说？于是又说："我说的不是有无的'有'，而是朋友的'友'。"测字先生问："你还想问大明江山如何吗？""对！""告诉你吧，朋友的'友'也不行。""为什么？""反字出头为之'友'，反叛出了头，大明江山不就完了吗？"崇祯想：哎呀，他测得可真灵，我再给他搅和搅和："我说的不是朋友的'友'，而是酉时的'酉'。"测字先生一听："唉，酉时的'酉'更不好哇，酉字上边添两点儿，下边再添个寸字念'尊'，尊贵的尊代表皇上呀，皇上要是没了头没了脚，他还活个什么劲儿啊？"

崇祯听了这话，像个泄了气的皮球，差一点没瘫喽：是啊，连大明江山都完咧，身为一国之主的皇上，还活个什么劲儿呢？想到这里，崇祯便有气无力地走上煤山，一咬牙，就上吊了。

康熙皇帝抄索三

讲述：苗洛旺 75 岁 大车村农民　杨全 63 岁 富昌屯退休理发师
记录：赵忠义
1982 年采录

保定西郊，有个大车村。据说过去姓索的满村都是，而今，村中却一家也没有了。要想问个究竟，这还得从前清说起。

相传顺治年间，山东索三，文武全才，是皇太子康熙的老师。他经常进出皇宫，亲近皇族，对太子康熙调教有方，深受顺治和皇后的宠信。康熙有个同胞姐姐，长得花容月貌，性情温柔和顺，比康熙大一岁。姐弟二人，亲密非常，无话不说。康熙七岁登基。在登基大典的前夕，热心肠的姐姐喜庆爱弟坐天下，亲手为康熙穿衣整装，梳洗打扮。她刚为康熙打扮好，就笑着问："看着你就要龙廷高坐，主宰天下，姐有一事挂心，不知你今后选个什么样的女子做正宫娘娘？"小皇上眼望姐姐，喜笑颜开，脱口就说："我看谁也不如姐姐好，要选，我非选你这样的人做正宫不可。"一句话，说得姐姐面红耳赤，臊得她拂袖掩面，急忙跪下呼喊："吾皇万岁万万岁！臣妾谢恩。"封建社会，皇上是金口玉言。此时康熙方觉口出不当，被姐一拜，更为难堪。康熙的母亲和一个老太监就在当场，都面面相觑，束手无策。愣了片刻，太后岔开话题，又支走公主，才暂时解脱了窘境。

康熙登基后，太上皇顺治削发为僧，出家在五台山。摆在太后面前挠头的一件事，就是这正宫娘娘如何选定。当今天子已有言旨，必须遵奉，但姐弟如何做亲？这皇太后又怎当老丈母娘？想来想去，太后想了个办法：决定将公主隐姓埋名送出宫外，认索三为义父，作索家女子，待年龄一到，再选她做正宫。索三自然是满口答应，高高兴兴地将公主接到家中。说也巧，公主和索三的亲女恰似孪生姐妹，相貌如一，真是一对仙女下凡，都有倾城倾国之貌。后来就遵太后安排，将索家女立为正宫娘娘。没想到，索三巧施"调包计"，将义女留下做了家姑老，却把亲女送给皇上。康熙一见她那俊模样儿，早已失魂落魄，怎顾上问那么多，管她是哪个，反正是索娘娘伴驾，成了一国之母。这样一来，索三可就一步登天，既是皇亲国丈，又是掌朝太师。康熙曾封他："没有杀你的刀，没有斩你的剑。"索三重权在握，欺皇上年幼，天下大事，宫廷内外，他说一不二；钱粮俸禄，官职升迁，奖惩杀罚，他点头就算。满朝文武，四方军民，谁敢不敬！文的为其颂德，武的为其效力，阿谀奉承之徒，溜须拍马之事，层出不穷。一时间，天下竞相传知："要做官，问索三。"

俗话说：人心无足蛇吞象。索三又眼巴巴瞅着那龙廷宝座，想当皇帝啦！便在宫内网罗亲信，在外暗结军吏；巧立名目，招兵买马，聚草囤粮，准备有朝一日，好来个王莽还世，篡位称帝。还派了个心腹，走山观水，为他选择了保定大车村这块风水宝地，作为起事地点。他拨了巨款，迁来索家族人丁壮，动土兴工。一年后，索三前来察看，见肥沃的田野庄稼繁茂，新起的大村落高房配绿树，整个村子好像骑在两条青龙的脊背上。一泓泉水从村边流入保定府，两岸稻谷飘香，河中水欢鱼跃。索三看罢，密令工匠，在村东北离桥不远的高地上，修起一座规模宏大的"龙泉寺"。龙泉寺雄伟壮观，气势磅礴，高耸入云，几十里外都能看到。正殿是九九八十一架柃，仅顶盖是三根檩。堂上如来佛栩栩如生，十八尊罗汉似真神下界，四大天王把守庙门，关云长跨马提刀威立当中。为扩充精兵强将，又从桥南深沟起，直至候河桥，开了一条宽阔平直的"放车道"，又叫"跑马道"。有时是战车出沟，向南飞驰，有时是战马嘶嘶，奔腾而过。大道两边改造了数条沟坎，都埋设着箭靶，好在飞车奔马中练习射箭。索三还就大车村地形，摆下"困龙大阵"，筑"小孤山"为阵眼，教亲信兵将操演阵法。

索三揽权，山东三年大旱，百姓饿死不少，他却谎报十成年景，继续征粮要捐，坑国害民。江南富庶，进贡的丝绸钱粮，他窃为己有。为清除异己，索三在大车村东大洼，修了一条车道，道中间造了一座小石桥，连通了京都大路，官吏要员来这里，不对他眼的，一过桥就推入水中淹死；进贡的，夺下宝物，桥下丧生，因此人称那里是"绝命道""断魂桥"。

若想人不知，除非己莫为。索三所作所为，早有人发觉，更有忠君之臣，上报天子。康熙起初不相信，就扮作行僧，私访龙泉寺。谁知一进山门，连降大雨，被困在寺中。他在寺中转来转去，留神细看，看见正殿跟金銮殿一模一样，一旦改朝，即可迁都在此，也可作为行宫……他越看越觉得不对劲，越转悠越感到浑身不爽，头脑发胀。经主持僧指点，才发现"龙泉寺"大匾的背面暗写着"困龙寺"三个大字，这本意是要困住朝廷，要囚禁天子。康熙不由得倒吸了口凉气，赶忙拜求那老和尚摘下大匾，背面涂金。说也怪，隔日就雨停病除，他才爽快地离开了龙泉寺，边走边唱化缘歌："芙蓉香透稻花鲜，龙泉寺紧靠小孤山。清水东流哗啦啦响，我一出山门芦苇遮天。望穿你铜帮铁底运粮河，跨过这千丈长桥、万丈深渊。"

康熙回到北京，深感恶虎吃龙危在眼前。后又乔装改扮，私访了山东、苏州等地。几经风险，才查明了索三的罪恶，经周密谋划，看准时机，一举抄拿了索三。后经索娘娘苦苦哀求，才赦免了索三的死罪，命其拿金碗去山东要饭。家乡人见索三来了，都赶紧躲开，生怕遭受连累脑袋搬家。结果他活活饿死在要饭途中。

索三被抄的凶信，飞进大车村。索家头人，为保性命，四散逃生。族中人等，谁不怕九族抄斩呐，哭爹喊娘的一时慌了神儿。就在这危急关头，天神庙里走出个童颜鹤发的老道，叫住了一个主事的人，耳语了一番，便飘然离去了。这人跪谢之后，火速找来几个顶事的，在庙里商讨筹划……如此这般，分头行动。大车村村民，凡姓索的都更名改姓，文字户籍，可疑之物，均销毁无存。第二天天不亮，朝里就派来了兵马，围住了大车村。领兵的一进村，但见村民扶老携幼，哭跪街头。他拉出一些人追问，个个都哭着诉说："索家逃散一空，我等都是异姓良民，种田为生，万望将爷可怜。"那人派兵搜查，一无所获，遂撤兵回朝交旨，索家人才躲过这场横祸。打那以后，大车村姓索的便销声匿迹了。

西太后垂帘前后

讲述：阮焕章
记录：刘正祥
1985 年 10 月采录于讲述人家中

　　清代咸丰年间，安徽有个候补知府，叫做惠征，满族正黄旗人。只因是个"候补"的，官小职微，捞不到多少油水，整日愁眉苦脸，满腹牢骚。后来，他发狠用几千两银子买了个"正式"知府。到任之后，便拼命搜刮地皮。不承想，他任期未满，百姓们就联名上告，把他给撤职啦！惠征又气又恨，不久，便一命归天了，家中留下一妻二女。那大女儿叫玉兰，正值二八妙龄，长得风姿秀丽，性情乖巧，再加上那双天生会说话的眼睛，看上去让人怪稀罕的。

　　母女三人草草把惠征埋葬后，便动身来到京城。第二年，恰逢咸丰皇帝广选美女。圣旨一下，各地女子犹如惊弓之鸟，有的提前婚配，有的东躲西藏。你想啊，哪个民女愿入宫被囚牢笼呢？嘿，你别说，这样的人还真有，谁呢？玉兰就是其中一个。她从小争强好胜，总想出人头地，这天赐良机，哪能轻易放过呢？

　　经过几次挑选，她终于如愿以偿，被选为宫女，到宫里侍奉正宫娘娘。每天，她给娘娘端茶倒水，洗脚捶背，娘娘稍不遂心，就是一顿斥骂。进宫虽然几个月，连皇上的影子也没见过，这有什么意思？正在她心灰意冷的时候，又把她派到圆明园管理"四春娘娘"。什么是"四春娘娘"呢？

　　原来，大清祖制有个规矩，皇上选妃只能从满族人中挑选。这咸丰皇帝虽是好色之徒，怎敢明目张胆地违背祖制？于是，便秘密挑选了大批汉人美女，偷偷安置在圆明园内，供他享乐。在这些汉女中，最得宠的有四人，叫做牡丹春、杏花春、武林春、海棠春，俗称"四春娘娘"。玉兰来到圆明园，除管理四春娘娘的饮食起居、日常生活，还有一个爱好，一有空闲便对着清清的湖水练唱京剧，她那清脆嘹亮的唱腔在圆明园上空缭绕盘旋，使那美丽的湖光山色显得更加迷人。这天，玉兰刚刚唱完一段《霸王别姬》，猛抬头，见咸丰皇帝正在目不转睛地注视着她，心中七上八下，不知是福是祸，急忙跪地磕头。不料咸丰却和颜悦色地说："你且起来，适才听你唱得有滋有味儿、有板有眼儿的，再给朕唱一段如何？"

玉兰听了受宠若惊："谢万岁爷皇恩。"

咸丰帝听着她那委婉的唱腔，如闻莺歌，似听燕语，顿时心旷神怡。再看她那苗条的身材，俏丽的眉眼，心中更觉可爱。当晚咸丰就宿在玉兰的屋里。第二天，就封她为兰贵人。自此，咸丰皇帝常来这里，尽情享乐。

一次，二人闲谈之中，咸丰偶尔问起玉兰的身世，当听说她是那拉氏的后裔时，脸色突变。这是为什么呢？

原来，爱新觉罗和那拉氏本是两个不同的氏族部落，在互相残杀、相互吞并的争斗中结下了世仇。传到咸丰这一代，虽是年深日久，在感情上总还有隔阂。从此，咸丰一连几个月未曾露面，这可惹恼了兰贵人，她把满腹的嫉妒和醋意一股脑儿发泄到四春娘娘身上，动不动就打就骂，甚至让她们打开裹脚布，光着脚丫子在地板上走路。这四春娘娘本是皇上的金枝玉叶，视为心肝宝贝一般，哪堪忍受这样的虐待？不久，"杏花春"就上吊自尽了。咸丰听到禀报，龙颜大怒，立即招来玉兰责问，玉兰低头不语。咸丰更为恼火，命太监狠狠杖击。太监刚要动手，忽见一个小太监飞跑过来，说道："启禀万岁，千万打不得呀！"

咸丰怒气未消："为何打不得？"

"兰贵人贵体已身怀六甲。"

咸丰一听，忙命太监将玉兰搀起，经过仔细询问，果然如此，咸丰这才转怒为喜。因为小太监的直言禀报才使玉兰免受一次鞭笞之苦，玉兰对那小太监自然是感恩不尽啦。你说那小太监是谁？他便是赫赫有名的安德海。

自从咸丰发现兰贵人怀有身孕后，便将她接进皇宫，派专人侍奉。不久，兰贵人果真不负圣望，生下一个男孩。从此，咸丰一改过去态度，又将她从贵人晋封为贵妃，对她百般宠爱。

一日，正逢五月端午佳节，皇上要与民同乐，便在护城河里竞放龙舟。只见河岸上搭起各色彩棚，真是笙箫悦耳，笛琴悠扬，老少宫监身穿戏服，装扮成各种戏剧人物，尽情取乐。那水中，各色各样的龙舟应有尽有，欢声笑语，连成一片。这时，咸丰皇帝正和正宫娘娘在龙舟上戏耍，忽见一只小舟飞也似的飘来，舟上有一美女边歌边舞，如同仙女下凡一般。咸丰仔细一看："哦，那不是兰贵妃吗？"话音刚落，那小舟已飘到近前，咸丰早被兰妃迷住，正要跳到小舟上去，谁知刚一抬脚，就听"咕咚"一声，把个咸丰皇帝掉进水里去啦。

　　这时，侍女、太监们惊慌失措，乱作一团。经几个太监奋力抢救，才将咸丰拖上岸来。咸丰皇帝顿时大怒，说是兰妃有意惊驾，并命手下人推出斩首。后经大臣们苦苦哀求，才免去死罪，被打入冷宫。

　　不久，英法联军再次挑起事端，气焰十分嚣张。咸丰无奈，只好让六弟恭亲王镇守京师，自己却带领众大臣和大批嫔妃逃到热河行宫避难。

　　到了热河行宫，兰贵妃依然被押在冷宫，多亏了太监安德海经常给她通风报信，送吃送喝，倒也未尝到什么苦头。后来，在众大臣和安德海的劝说之后，咸丰才将她放出冷宫，恢复了自由。

　　由于纵欲过度，再加为国事忧愁，咸丰皇帝已预料到不好的兆头。这天，他将肃顺等八大朝臣唤来，说道："朕自北迁以来，深感体力不支。现太子尚幼，还望众卿尽心竭力，辅佐大清江山，朕百年后在九泉之下也当瞑目了。"这时，他喝退宫娥太监，又说道："兰妃这人十分骄横自信，卿等当多加小心才是。"

　　众大臣跪地齐声道："愿我主龙体康泰，臣等愿效犬马之劳。"

　　俗话说：隔墙有耳。咸丰帝的话早被安德海听了个一清二楚，他立即禀报了兰贵妃。这兰贵妃哪是什么省油灯？尽管她表面上气色平和，可暗地里正在咬牙切齿呢！

　　后来，咸丰的病日渐沉重，没几天便"驾崩"归天了。

　　咸丰死后，六岁的皇太子登基继位，年号改称"同治"。于是，正宫娘娘被封为慈安太后，也叫东太后；同治的生身之母——兰贵妃，被封为慈禧太后，也叫西太后。

　　肃顺等八大朝臣受先帝之托，准备在护送咸丰棺椁回京的途中，刺杀西太后。万没想到，西太后却来了个先下手为强，还没等他们醒过味儿来，早做了刀下之鬼。

　　西太后消灭了朝中异己，更加骄横自信，为所欲为。这天，她和安德海在宫中嬉笑打闹，动手动脚，忽被慈安太后一头撞见，慈安大怒，当场责骂了安德海。西太后嫉恨在心，心里说：真是狗咬耗子多管闲事。本想发作，但转念一想，马上又变得笑容满面了。

　　原来，咸丰临终之时，交给慈安一道密旨，大意是：那拉贵妃如过分骄纵不法，可按祖制处理。西太后虽已探听到慈安得到密旨，但不知是什么内容，故不敢轻易发威使性。说来也巧，这天恰逢慈安感冒，吃了几种药均不见效，她索性不吃了。没想到停药之后，病却痊愈了。她对西太后说起此事，西太后却手捂胳臂笑而不答。慈安见她臂缠药布，不知何故。慈禧说："因见太后连日疾病，痛煞我心，乘煎药之时，割下臂肉，与药同煎锅内，以尽姐妹之情。"

慈安听后，感动得泪如雨下，当即拿出密旨给西太后看后，并当众烧毁。

西太后见她烧了密旨，心中大喜。当天晚上，慈安吃了西太后送去的点心，就中毒身亡了。

西太后接二连三消灭朝中隐患，哪个还敢在太岁头上动土？自此，她大权独揽，稳坐朝纲，大清王朝便开始了垂帘听政的历史。

不久，恰逢西太后的四十大寿，准备派人到南方置办寿礼。安德海早就想去游山逛景，耍耍威风，真是天赐良机。西太后说："内监出京，不合祖制，我看你还是不去为好。"安德海说："别人办的寿礼，太后能可心吗？"西太后虽觉得他说得有理，但因有祖制限制，也不便随意开口。安德海脑瓜一转，乘机说道："你是堂堂的太后，难道还怕谁不成？"

这一激果然见效："你要去便去，只是要秘密行事，一路上更须谨慎小心。"

安德海趴在地上说了声："喳！奴才全记下了。"

得到太后的许可，安德海还管它什么祖制？在他的心目中，西太后是天下老大，他自己就是天下老二。

他的两只太平船满插龙凤旗，沿运河向南方进发。再看船上，一色的红男绿女，伴着笙箫鼓乐，飘然起舞。安德海尽情取乐。沿途地方官吏，大都是趋炎附势之徒，听说是太后的钦差到此，哪个敢不孝敬？还生怕自己送得少呢！这样一来，大批贵重礼品全装进安德海的私囊。

这天，船到山东，安德海嫌济南知府迎接来迟，立即令人将他痛打一顿。这知府挨了打，越想越不是滋味儿，便去山东巡抚丁宝桢那里诉苦，丁宝桢想：大清祖制，内监不能随意出宫，何况安德海这样到处招摇撞骗、任意行凶呢？他立即写好一道奏折，送交北京军机处。当时的军机大臣是咸丰六弟恭亲王。他平日对安德海专权早有耳闻，见到奏折后，立即禀报西太后。西太后听说安德海捅了娄子，哪能承认是她派去的？只好假装不知道。于是恭新王立即命山东巡抚就地正法。这样，安德海这个借着主子权势作威作福的奴才，就被丁宝桢送上了西天。

后来，把安德海的尸体运回北京，西太后一见，不禁"抱头"大哭，心里暗暗痛骂恭亲王。等到装棺入殓时一检查，嘿，真是天下奇闻！惊得人们个个目瞪口呆。原来安德海根本不是老宫，难怪西太后那样喜欢他哩！

袁世凯现原形

讲述：阮焕章
记录：中流
1986 年 4 月 23 日采录于讲述人家中

袁世凯采取欺骗的手段，爬上中华民国第二任临时大总统的宝座以后，有一天，他正在睡午觉，丫鬟梅香遵照吩咐去给他献茶。当梅香轻手轻脚地走进他的卧室时，忽见蚊帐中爬着一个黑不溜秋的东西，仔细一瞅，哟，只见它圆圆的盖子，四条小短腿儿，小脑袋还在探头探脑地四处张望呢！那不是乌龟吗，怎么会爬到大总统的床上呢？梅香吓得"哎哟"一声，手中的茶杯"啪叽"掉在地上，便不顾一切地逃了出来。

袁世凯听到响动，从梦中惊醒，以为有刺客，急忙从枕头底下摸出手枪，追了出来。

梅香冲进三姨太的房间，大喊："夫人救命！夫人救命！"三姨太见她面色苍白，神态慌张，忙问何事？梅香说："大总统拿着手枪在……在追我……"三姨太立即撩起床围子，让她藏在床底下。

不到片刻，袁世凯果真拿着明光锃亮的手枪追了进来："你见到刺客没有？"

三姨太说："光天化日之下，哪有什么刺客？"

袁世凯一听，扭头往别处去追。三姨太把丫鬟叫出来，问她到底为了何事？丫鬟便将在袁世凯房中见到的情况一五一十地说了。

三姨太一拍大腿："咳，敢情是这么回事，这有什么可怕的？乌龟本是龙种，这是大总统有福分，要登基做皇上啦！"随后，她又笑嘻嘻地对丫鬟说："你也不用怕咧。一会儿大总统来喽，说不定对你还有奖赏呢！"

三姨太的话音刚落，袁世凯就怒气冲冲地走了进来。三姨太故意拉着长声娇声娇气地说："哎——哟，想不到大总统还是龙种托生的呢。幸亏刚才梅香亲眼见到啦，不然，我还不信哩。看来，这龙袍加身，登基坐殿的日子就要到啦。"

袁世凯不解地问："此话怎讲？"三姨太便把梅香见到的情况又说了一遍。袁世凯半信半疑："果真如此？"

"那还有假，这是梅香亲眼所见。"

袁世凯又仔细叮问了梅香一番，这才转怒为喜，高兴得大嘴都咧到后脑勺上去啦。

听说为这事，还真重赏了丫鬟梅香呢！

从此，袁世凯茶不思、饭不想，整日迷迷糊糊，总想龙袍加身，尝一尝当皇帝的滋味儿。

民国四年，没想到他的野心真的实现啦。经过精心筹划，袁世凯正式登基坐殿，改年号为"洪宪元年。"

不料，这皇帝的宝座仅坐了八十三天，屁股还没有坐热乎，袁世凯就被席卷全国的"讨袁"怒潮吞没了。

后来，民间到处流传着这样几句顺口溜：

> 北京城里水三洼，深处足有二十一丈八，
>
> 有个王八当中坐，头顶盖子笑哈哈，
>
> 四条短腿走不动，一心要坐大中华。

这几句顺口溜是一首诗谜，前两句是个"洪"字，后四句是个"宪"字，这首诗谜是对袁世凯现原形称帝改"洪宪"这个丑剧的辛辣的讽刺。

廉颇将军的传说

讲述：刘千　崔长义　王瑞生　郅榛
记录：赵忠义
1982年采录于保定市新市区廉良村、高庙村

保定市的西北郊，有东、西、中三个廉良村。相传战国时，这里是赵国大将廉颇的故里，燕赵相争，他又曾在这一带驻军。当地流传着这样一个故事：有一年盛夏三伏，赵军驻地连降大雨。这天清晨，天晴日朗，廉颇对六个精壮的亲随士兵说："天放晴啦，你们把倒头（即河上的码头）那块青石弄上高岗。将我的盔甲好好地晾晒一下。"说完，他走出中军大帐，去四处察看。且说那六名兵士，都是硬硬邦邦、虎虎实实的小伙子，领命之后，兴冲

冲奔向倒头。但见廉将军所说的那块大青石，七尺来长，四尺上下宽，足有一尺厚。士兵们个个摩拳擦掌，齐心协力地搬弄了起来。当廉颇巡察路过倒头时，只见那六个兵士光着黑红的膀子，汗水淋漓，高喊着"一、二、三，来哟"的响亮号子，正手搬杆撬地折腾着。尽管他们费了九牛二虎之力，无奈地潮土软，大青石就是要着赖不愿走，累得六人不得不直起身来喘喘气。廉颇见此情况，大手一挥："喂！你们都歇息了吧！这个东西，我来弄它。"于是，他整了整衣，运了运气，一猫腰，两手插进石下，说了声"起！"刷地一下，就将大青石戳了起来。随后，飞脚踢开滚木，略一定神，便左手扒着石头的上边，右手托在石头的中间，"嗨！"说时迟，那时快，突地一家伙，就将大青石举过头顶。"啊？"兵士们不由喊叫起来。廉颇托着大石，不慌不忙，大步走向高岗。兵士们抢来接放。廉颇喊道："用不着，都闪开！"话音儿一落，大青石平稳地放在地上。六个兵士齐挑大拇指，用惊叹的目光看着廉颇，廉将军是面不改色，气不长出。他们赶紧跑去将他的盔甲抬来，晾在这块大石头上。从此，人们就把这块大青石叫"晾甲石"。只因廉颇用力过猛过大，便有十个大手指印深深地印在了青石上，而且连指纹都清晰可辨。

廉颇死后，人们为了纪念这位历史上有名的忠良将，就管他驻过军的故里叫"廉良"，在晾甲石北建起廉颇庙，庙后是他的坟。原庙旁的"倒头"小村改名叫"庙头"，如今并入高庙村，管倒头那条河叫廉良河。

后来，大概是雨蚀雷击的原因，晾甲石斜着裂开，正好又从裂缝中长出一棵柳树，晾甲石被分成两块。当地人怀念廉颇，赞美自己可爱的家乡，留传了四句话："廉良河铜帮铁底，罗锅地坡连岗上，廉颇庙流芳千古，晾甲石一木二分。"外地人误将晾甲石"一木二分"听成了"晾甲石一亩二分"。致使流传成：廉颇身高体阔，大盔长甲，那一亩二分的晾甲石，还是他一手举上去的。这样一来，使得廉将军和晾甲石更加神奇了。

诸葛亮的鹅毛扇与八卦衣

讲述：阮焕章
记录：刘正祥
1986 年 5 月采录于讲述人家中

提起诸葛亮来，大人孩子没有不知道的，可在一些戏剧舞台上，为什么他一出场就手摇鹅毛扇身穿八卦衣呢？这个缘由未必人人知道。

传说，诸葛亮的老家在山东，小时候，家乡遇到大旱，父母双亡，他便投奔了在襄阳做官的叔叔。他自幼聪明好学，爱好广泛，无书不读。襄阳的东北边有个南阳，南阳有个隐士，名叫黄承彦，年轻时曾拜师学艺，掌握了各种木工手艺，他制作的木牛流马，乍一看就跟真的差不离儿。

黄承彦家里珍藏着不少的历代名书，一有空闲儿，就在家读书练字。此外，这老头儿还有个嗜好，喜好养鹅，每天傍黑子他都要赶上鹅群，到村外转一圈儿，也算是个消遣。

诸葛亮听说黄承彦家里藏着很多名书，高兴得了不得，就打算到南阳去借。可一打听，说这黄老头脾气古怪，把书视为珍宝，从不外借，这可使他犯了难。怎么办呢？他稍一琢磨，心里就有了一个小九九儿。

没过几天，诸葛亮就把家搬到了南阳，找人在郊外盖了几间草房，自己在房前开了一片荒地，种上了瓜果蔬菜。他住的这地方有个土岗，名叫卧龙岗，因此，诸葛亮便得了一个"卧龙先生"的雅号。

诸葛亮到了南阳，便急着要找黄承彦。这天，他正在茶馆里喝茶，忽见门外进来个老头儿，五十出头儿的年纪，身板硬朗，双目有神。茶馆掌柜连忙招呼："黄老先生吗？请里面坐。"诸葛亮一打听，噢，敢情他就是黄承彦，心里真有说不出的高兴。他立刻来到黄承彦的桌前，深深鞠了一躬说："敢问老伯就是黄先生吗？"黄承彦抬头一看，见面前站着一位年轻后生，眉清目秀，仪表不凡："不才正是黄承彦，公子是……""小生复姓诸葛，名亮，新近从襄阳迁来。"说罢，二人重新落座，边喝茶边聊起天来。

俗话说：一回生，二回熟。经过几次交谈，二人觉得很是投机，大有相见恨晚的感觉。

这天，黄承彦邀诸葛亮到他家里做客。说实话，诸葛亮早就盼着这一天呐。等他到了黄家门口刚一叫门，冷不防旁边蹿过来一条黄狗，诸葛亮吓了一跳，仔细一看，咦？这是什么玩意儿？怎么它的眼睛不动呢？来到客厅落座之后，又见端茶送水的丫鬟也和一般人不一样，他正在纳闷儿，黄承彦说："贤侄，你能发现我这狗和丫鬟与一般的不一样，这就好，说明你心细，这是我用木头做的呀！"

诸葛亮一听，大吃一惊："哎呀，原来只是听说老伯会做木牛流马，想不到你做的木狗木人也这样逼真，老伯的手艺真称得上一绝呀。"

二人客气了一番，黄承彦便把制作木牛流马的手艺全盘端给诸葛亮。据

说，诸葛亮当上蜀国丞相以后，用木牛流马驮运粮草，大胜司马懿，就是从
黄承彦这儿学到的手艺。

二人正在交谈，忽然从外面闯进个丫头，诸葛亮抬头一看，吓了一跳，
只见她长得又黑又矬，大脚片子，满脸麻子，心里话：哎哟！谁家的闺女长
得这样丑啊？黄承彦说："来，我给你们介绍一下，这是我的小女阿丑。"又
指着诸葛亮对阿丑说："这位是诸葛亮先生。"

原来，这阿丑是黄承彦唯一的宝贝女儿，自小聪明好学，知书达理，而
且善良温顺，心灵手巧，只因相貌丑陋，虽说十七八了，还没找到合适的人
家儿。她见诸葛亮身材魁梧，一表人才，心里不由得动了下。等诸葛亮一
走，她便向爹爹问起了诸葛亮的详细情况。黄承彦想：看来这丫头对诸葛亮
真的动了心啦，可你也不想想，人家诸葛亮那小伙子有多帅，文有文才，武
有武略，你长得那样丑，能般配吗？其实，阿丑的心里像个明镜儿似的，早
猜透了爹爹的心思，就大胆地说："人们都说郎才女貌，我看应该颠倒过来，
来个女才郎貌不行吗？"黄承彦对女儿这种大胆的精神很是佩服，当下便答
应要给诸葛亮提亲。

答应归答应，真要提起亲来可实在不好张口，黄承彦琢磨来琢磨去，
这才设法找到了诸葛亮的叔叔。叔叔对诸葛亮说："听说黄老先生的女儿
长得丑了些，可人家聪明伶俐，心眼儿也挺好，找媳妇千万不能以貌取人
呐……"还没等叔叔说完呢，没想到诸葛亮却早放了响炮，这门亲事就这样
说定了。

原来，诸葛亮那天在黄家初见阿丑时虽说吓了一跳，但听说她是黄先
生的宝贝疙瘩，又见她谈吐不凡，知识渊博，确实是闺秀中难得的人才，当
时就想，如果和阿丑结为百年之好，对成就自己的事业不是一个很好的帮手
吗？所以，没等叔叔说完，他就痛痛快快地答应了。

结婚这天，黄承彦什么陪送也没给，唯独送给他们一箱子书，诸葛亮见
了着实高兴，刚进洞房便随口吟成一首小诗：

躬耕卧龙岗，
奇缘配裙钗，
深山访贤士，
单为书箱开。

黄阿丑一听，马上应和了一首：

躬耕志士爹爹爱，

嫁女陪送奇书来，

黄金钥匙交与你，

但愿能成管仲才。

夫妻二人吟罢诗，诸葛亮急忙打开书箱一看，嗬，只见书箱里装满了天文地理，各种奇书，应有尽有，但他翻遍了书箱，唯独没有孙子兵法一类的兵书战策。诸葛亮想：本想求助于黄先生的兵书战策来治国安邦，想不到却单单没有这些书，这可怎么办？于是，诸葛亮闷闷不乐地坐在一边。阿丑早看透了丈夫的心思，便说："孙子兵法这类书有是有，只因爹爹不知你将来投靠个什么样的主人，如果你投靠个以天下为己任的明主，他会立刻把这些书交给你的。"

诸葛亮听了妻子的一番话，深深懂得了黄先生的一片苦心。婚后第二天，诸葛亮就拜妻子为师，让妻子亲手交给他排阵布兵的方略。后来，诸葛亮听说刘备手下聚集了不少的贤才志士，便和妻子商量起来。妻子说："刘备是汉室宗亲中山靖王之后，况且他德高望重，可称得上当今的明主，我夫可助他一臂之力，成就一番事业。"

诸葛亮下山之前，妻子特意为他缝制了一件衣服，上面绣满了摆阵布兵的各种阵法，起名"八卦衣"。诸葛亮穿上八卦衣，告别了妻子，来到岳父黄承彦家。

翁婿相见之后，黄承彦见他身上穿的八卦衣，知道是阿丑亲手为他缝制的，便高兴地笑了起来。当听说他要下山投奔刘备时，黄承彦满心欢喜地说："刘备是当今的明主，贤婿前去，可大展报国安民之志，家中有我和阿丑，一切尽管放心。"说罢，他立刻从箱子底下翻出珍藏多年的兵书战策，交给了诸葛亮。诸葛亮视为珍宝，小心翼翼地收藏了起来。

这工夫，黄承彦又从箱子里拿出一把扇子，对诸葛亮说："贤婿，这把扇子叫鹅毛扇，看了它，自然就会摆阵布兵了，也作为礼物送给你吧。"诸葛亮双手接过鹅毛扇，仔细一看，嗬，只见上面有个能转的圆盘，盘上布满了奇门遁甲之类的五行阵法，还有八方八门的八阵图呢！诸葛亮看了，不知道说什么好啦，他恭恭敬敬地向老岳父行了一礼，收起鹅毛扇，下山去了。从此，诸葛亮身穿八卦衣，手摇鹅毛扇，保刘备打下了三分天下。

包公捉妖

讲述：尚洪恩
记录：尚友朋
1978 年 6 月采录于易县北东村讲述人家中

包公十八岁那年，书童包兴随他去定远县赴任，风餐露宿，很是艰辛。这天住在了一个村庄，第二天包公还没起床，包兴便自个儿出去闲逛。走了一阵，看到一处高楼大院，门外拥着一群人，他紧走几步，扒开人群往里一看，原来这里贴着一张告示，说是李员外家小姐被妖魔缠身，谁能降妖伏怪，救了小姐，便将小姐许配给他。人们只是面面相觑，谁也不敢动那告示。这时包兴挤进人群，上去便将告示揭了下来。管家见有人揭了告示，忙上前问道："这位先生能降妖么？"包兴道："我不行，我们公子能够降妖。"管家忙报与员外，员外即刻出来见了包兴。包兴道："我们公子虽能降妖，但他有个毛病，你们要去请他，他必定要推辞的。"李员外道："大凡有学问的人，都是这样。"于是忙命管家去请包公。包公刚起了床，听到门外有人敲门，马上迎了出去。见到请帖，方知是包兴在捣乱，急忙推说不会降妖。管家见包公推辞。更是请得上劲。包公无奈，心里骂着包兴，只得随管家去了。

这天晚上，包公在小姐绣楼旁边的一所房里住下，等着妖魔到来。他心里没底，不能入睡，又看不下书，只是苦苦坐等。第一天晚上没有动静，第二天晚上还是没有动静。到了第三天晚上的半夜时分，突然外面阴风大作，直刮得窗纸哗哗响，门板吱吱叫。包公心想：莫非妖魔真的来了么？这时，门"啪"的一声开了，闯进一个红脸大汉来。这大汉高丈余，宽三尺，进来便跪在包公面前，连忙叩头道："恩人在上，受小神一拜。"包公很是吃惊，一时摸不着头脑，问道："你起来，告诉我，你是什么人？"大汉道："我是一个骨头神，几年前，我死在路边，是您将我埋进土里，我这才成了气候，听说大人到此，我是特来向您谢恩。"包公听大汉这么一说，才放下心来，问道："李小姐的病，是不是你在作怪？"大汉道："正是，我想成全大人和小姐的婚事，并愿意从今以后，跟在大人身边。伺候大人。"包公道："你这么高大的身材，带着你，多不方便！"大汉道："我能变小，您可以装在衣兜里，碰到情况，我会告诉您。"大汉说完，立刻变小了，小得倒像小拇指那么大，包公就把他装进了兜。第二天，小姐的病没有治便好了。员外见包公一表人才，心里甚是喜欢，立即决定给包公和李小姐完婚。

包公成亲以后，带着夫人，继续往定远县赶路。

骨头神告诉包公："今天晚上，我们住在一个寺院里，那里的长老很佩服您的文才，临走时，他要送给您些东西，您什么也别要，只要他墙上挂的那张老鹰图。您要把这张画贴身裹在胸前，让那只老鹰正好朝外。"包公点点头，一一记下。到了天黑时分，果然前面有座寺院，包公就按骨头神的话，住在了寺院里。这里的长老，见到包公，果然是一见如故，热心招待。等到第二天，包公要走，长老拿出银子，要包公带着上路。包公道："我什么也不要，只要这张老鹰图，长老若是愿意，是否送给我？"长老道："不瞒你说，这张画是我们寺院的镇寺之宝。不过，公子既然想要，就带上吧。"包公接了老鹰图，又按骨头神的话，把这张画贴身裹在胸前，谢了长老，和众人一起继续赶路。骨头神告诉包公："定远县多年来没有县官，全都被狐狸精吃掉了，您要到那里，先在衙门外架起两口大锅，灌满了油，再用大火烧，等油锅滚开，您就喊有冤的喊冤，有苦的诉苦。这时有一漂亮女子跑出来喊冤，您什么也别问，便把她投进油锅里炸了，一连九个女子，您都要照样投进锅里，千万不要手软。"包公听了，点头记下。

一连走了几日，来到定远县城里。包公并不轻信骨头神的话，他立即抓紧察访，果然听到老百姓处处喊冤，都说有九尾狐狸，闹得民不聊生。包公还不敢确信，又带差役数人到公堂查看，见这里尘土遍地，四处蛛网，多年无人涉足。猛见到墙角处，有九个美女起舞，见众人进来，眨眼不见了。包公心里想：这定是狐狸精作怪了。方信了骨头神的话确实不假。

第二天，包公按骨头神说的，在衙门外架起两口大油锅，用大火烧了起来。待烧到锅里的油滚开了，包公便对围观的百姓说："各位父老乡亲，本县官刚来贵县，决心要为民除害，有冤的申冤，有苦的诉苦！"话音刚落，只见一妖艳女子，哭喊着跑出来："我好命苦，好冤枉啊……"包公认出这是在公堂里见到的狐狸精，便立即叫人把这女子扔进油锅。到了第九个，刚要往锅里扔，只听得一声尖叫，那女子突然不见了。骨头神告诉包公："这是最小的狐狸精跑了，她一定会来陷害您，为她的姐姐们报仇，你要多加小心。"

再说那个跑掉的狐狸精，躲到一个很偏僻的小山村里，跟一个光棍汉结了婚。这位光棍农夫三十多岁了，才得了妻子，况且人又长得胜似天仙，甭提有多高兴了。他只顾和妻子寻欢作乐，没有心思下地干活，田地也荒芜了。妻子对他说："快别这样了，要惹人笑话的。我有个办法，你带着我一张画像下田，想我的时候就看一眼。"农夫只得依了妻子，他每天把妻子的画像，放在田头，锄一遍地，就看看画像。不巧，这天来了一阵大风，把画像一下刮得无影无踪了。

这张美女像飘来飘去，正好飘进皇宫，落在金銮殿前。皇帝这日上朝，突然发现地上有一张女人画像，拿起一看，心里赞道："天底上竟有这般美貌女子！"于是皇帝立即下了一道旨意，命令文武百官，三天之内，必须找到这画像上的美人，否则，杀头问罪。三天过去了，下去的好几路人都没有找到，为此杀了头，人们十分焦急。一天，在一偏僻山村里，几个官员见井台边一个提水女子，生得面似桃花，上前一看，认出这就是那画像上的女子，立即要把她带走。女子说："我是有夫之妇，你们抢虏民女，是何道理？"官员们哪里还管这些，给了农夫二百两银子，便强行将女子带走了。

女子进宫以后，很得皇帝宠爱，他不顾朝政大事，整天与女子求欢。过了不久，女子突然病倒了，饮食不进，请了无数个医生也治不好，皇帝急得什么似的，对女子说："原想我们两人白头到老，怎奈你患了此病，叫我如何是好？"女子道："治好我的病也不难，只要吃了定远县县令的心就好了，除此没有别的办法。"皇帝听了大喜道："你怎么不早说，吃一个小小县令的心，有什么难的？"于是，立即给包公下了圣旨，要他速速进宫。

包公到了皇宫之后，皇上立即命人将他直接带进女子病房。这女子见了包公分外眼红，不顾一切扑到包公身上，急着解他的衣扣。待敞开衣襟，露出的却是一张老鹰图。霎时，这老鹰变活了，扑拉一下展开双翅，从包公怀里跳了出来，不容这女子躲闪，便用利爪抓住了她，她尖叫一声，即刻现出原形，原来是一个长尾巴狐狸。皇帝一看，吓得晕了过去。老鹰用利爪割开狐狸的肚皮，取出心来，一口吞了下去。

从此，定远县境内太平无事，人们安居乐业。皇帝把包公留在了身边，后来一直升到宰相职务。

包公为什么没能转世

讲述：连金盈 50 岁 农民
记录：任廷山
1985 年 7 月采录于讲述人家中

包公在世时，最恨那些贪官污吏。可是他费了九牛二虎之力也没除尽那些奸臣贼子，在他去世之前还立下志愿说："怨只怨人生终有老，待来世我也要斩尽杀绝那些贪官污吏、恶霸土豪。"但他的志愿没能实现，因为他没能转世，为什么没能转世呢？这里有一段传说。

据说，包公有个儿子，自小就不听他的话。包公让他上东他偏上西，让他打狗他偏骂鸡。因此包公想让儿子干什么事情，都得反着说才行，气得老包没办法。老包想，既然反着说他能正着做，干脆就由他去吧！后来包公病势沉重，眼看就要不行了。他想：我这一辈子为国为民日夜操劳，一心想把那些贪官污吏、土豪恶霸斩尽杀绝，可又没能如愿，要能接着为民执法，除暴安良，就得来世再到人间才行！要想能转世，还得做个木头棺材，可要是让儿子做木头棺材，他非给你做个石头的不可！怎么办呢？他想来想去干脆还照老办法，让他做石头棺材，他准给做个木头的。于是老包把儿子叫到跟前说："孩子，我死后你要给我做个石头棺材。"他儿子问为什么？他说："做木头棺材，我还能转世，可我不想再管那些人间之事，不愿再转世了。你就给我做个石头棺材吧！"儿子一听心想：父亲一辈子，杀赃官、斩恶霸，日夜断案，确实是太辛苦了。自己长这么大，还没听过他一次话，在他临死之前就听他一句话吧！于是就真的给他做了石头棺材。包公一看，傻眼了，他没等说什么就死去了。老包死后，被装进石头棺材，所以，老包想来世为人的愿望未能实现。老包没转世，世上那些贪官污吏，至今也就没能斩尽杀绝。

花木兰的传说

讲述：谷玉凤 80 岁 农民
记录：肖钦鉴
1981 年采录于完县显阳村

保定往西八十里，完县（现已更名为顺平县）城有座木兰庙。庙里有块大理石碑，人们叫它"木兰碑"。一年年，一代代，人们用手摸来摸去，摸得瓦亮瓦亮，像一块大镜子。老人们说，你站到木兰碑前照一照，能望见方圆十里八村，在最晴朗的天气里，还能望见保定府呢！只要你往这一来，人们会给你讲一长串花木兰的故事。

传说，花木兰女扮男装一投军，就在完县西山岗子上瞭敌放哨。一天深夜，天黑得像锅底，人们劳累了一天，正在呼噜呼噜地睡大觉，花木兰冒着寒风，在荒凉的山岗子上转来转去，瞪大两眼，支棱耳朵，察看敌人的动静。忽地听见传来几声"啾啾"的鸟叫声，花木兰觉得有情况，于是，爬下来仔细地听了起来。一会儿，随着鸟叫声，又扑扑地飞来一大群小鸟。木兰放哨，可跟别人不一样，不光机灵，还满肚子心眼呢，她心里想：这深更半夜，为啥会有鸟叫呢！

木兰跑下山岗，把这件事告诉伙伴。

"方才您听到啥没有？"

"几声鸟叫，没啥事！"

正说话间，呼啦啦又飞过一群鸟来。木兰断定有紧急情况，急忙跑下山岗，给元帅报信。

元帅得到木兰送来的情报，大吃一惊，断定是敌人偷营，才惊动了山那边的飞鸟。急忙调兵遣将，把偷营的敌人团团围住，没有一个逃掉，连偷营的敌军头目也给生擒了。

木兰立了头功，元帅看她机灵能干，高兴得了不得，马上提拔她当了将军。

木兰当了将军，接连打了几次胜仗，敌人不服气，派了大批人马攻打完县城。那天，木兰骑着战马，到营地查看。路上，一位白发苍苍的老奶奶拦住了马："将军，将军，替俺报仇，俺的一家子都叫贼兵杀死了。"木兰跳下马，扶起了老奶奶。

又走了一程，见一位白发苍苍的老爷爷拦住了马："将军，将军，替俺报仇，俺的一家子叫贼兵杀死了。"木兰跳下马，扶起了老爷爷。

木兰刚上马，又听见一个小孩在哇哇地哭，木兰跳下马，抱起了小泪人。

木兰问："你爹呢？"

"叫贼兵杀了！"

"你娘哩？"

"叫贼兵抢走了！"

好心的木兰将军，领着爷爷，扶着奶奶，抱着孩子，回到了大营。一打听，才知道她们村子三百口人，被杀被抢得只剩三口人了。

这天元帅点兵：

"敌军北犯，谁去应敌！"

"小将愿往，报国仇，雪民恨，杀不完贼子，誓不回营。"

木兰接到元帅军令，率领众将士，跨上战马，和敌人一场血战。战了三天三夜，全歼了贼寇，生擒了贼王，木兰为国为民又立了大功。

木兰杀敌作战的地方，血流成河，叫血洋村。后来叫得时间长了，叫成"显阳"了，也就是现在的完县显阳村。老人们传说，敌人只要听到花将军的名字，就得倒退四十里。再凶的敌人，谁也休想碰碰显阳村，说是木兰将军在那挡着呢！

完县城有个莲花坑，花是红的，叶是绿的，谁看见谁喜欢。传说木兰当了将军立了大功，还照样牵着马，到坑边饮马。有一回，下了一场大雨，将军打完仗回来，没歇脚，就去饮马了。

谁知莲花坑边太湿，将军一不小心，把一只靴子给陷进去了，拔呀，拔了半天，怎么也拔不出来，这会儿跑过来一个伙伴，用力一拉，唉哟，这可坏了，将军的靴子给陷进泥里，木兰将军的一只女子小脚露了出来。伙伴大为吃惊，这个身经百战，勇猛杀敌，立了十二大功的英雄原来是个姑娘。

一传十，十传百很快传到元帅的耳朵里。元帅对木兰更是赞扬喜爱待杀退敌军得胜还朝之日，木兰不受皇封，恳请留到完县，经乡亲和战将们说情，元帅才欣然同意。

传说，木兰将军死后，就埋在莲花坑边的莲花丛中，有两个大水坑，一个叫马蹄坑，一个叫靴子印，是当年木兰饮马的地方。木兰坟就在中间。传说每年发大水，水长多高，坟就长多高，一点也淹不着。乡亲们想念木兰将军，就在完县城修了座木兰庙。

每年四月初八是完县庙会，可热闹啦。方圆几十里都有个习俗，"四月初八，闺女回娘家"，家家户户牵着毛驴接闺女赶木兰庙会，到庙里看看木兰将军，讲讲木兰将军爱国爱民的故事。

杨六郎大战白石精

讲述：王印泉
记录：任廷山
1983 年春采录于讲述人家中

保定城西有座山庄，叫石井村。据说是由石精村演变而来。提起这个村名的来历，还有一段动人的传说哪。

相传，北宋的时候，三关大帅杨六郎，带领兵马与辽兵作战，来到保定西部山区。正行间，忽听山口内有人高喊："呀呔！兵马止步，休往前行！白石大王在此，快让杨六郎出来答话！"随着喊声，冲出一员战将。杨元帅打马上前，定睛观看，只见来将身高丈余，白面皮、白胡子、白眉毛，骑白马，使白枪。真像一座白塔，好不威武。

杨元帅在马上问道："来将何人，为何拦住本帅的去路？"那将答道："我乃白石大王，想和杨元帅见个高低。我若战败，情愿在帐前听令。若是你败了，就请交出帅印，某家也当几天元帅！"

杨元帅一听，火冒三丈，厉声喝道："大胆草寇，竟敢在本帅面前逞狂，看枪！"说罢抖枪便刺。白石大王急忙挺枪相迎。二人你来我往，战到三十回合，白石大王招架不住，拨马就跑，杨元帅紧追不放。正往前跑，就见前面出现一条大河。那白石大王跑到河边，连人带马，"扑通"一声，跳入水中。

杨元帅命人沿河仔细观察，过了一个时辰，也不见动静。心想，如果淹死，必定有尸体漂出水面。如果没有淹死，他能跑到何处呢？

杨元帅心中十分纳闷，立刻传令三军，就近安营扎寨。接着，命人去到村中请来几位老者问起情由。一位老者说："自从来了这个白石大王，闹得家家户户不得安宁。他每月都从周围村庄抢走一对童男童女，生不见人，死不见尸，不知弄到何方。"又一位老者说："这个白石大王可把百姓们遭害苦了，求元帅快把他除掉！"杨元帅安慰大家说："请各位父老放心，本帅定要除掉此害，为百姓们报仇。"

第二天一早，杨元帅击鼓升帐，亲自披挂整齐，正准备去寻那个白石大王，就见守门军卒跑进中军大帐："报！昨日那个穿白战将在营外讨敌骂阵，点名要元帅出马！"

杨元帅一听，勃然大怒。立刻跨马持枪冲出营寨。见了白石大王，二话没说，就杀在一处。战到三十个回合，白石大王又拨马拖枪败走，跑到河边，又跳入水中。杨元帅无奈，只得罢兵。

一连几日，都是如此。杨元帅冥思苦想，也无计可施。深更半夜，杨元帅仍在营内来回踱步，思谋良策。忽见一位白发道长来到面前，躬身施礼问道："元帅大驾光临，小神迎接迟晚，望乞恕罪！"杨元帅还礼问道："你是何人，深夜到此有何见教？"那道长说："我乃村前大河的河神！"杨元帅一听是河神，忙问："你可知那白石大王的来历么？"河神说："小神正为此事而来，那白石大王本是河中的一块巨石，受千年日月之精华，成了精灵。"杨元帅说："既是石精，你为何不把他除掉？"河神说："小神几次与他交手，但都斗他不过。我去天宫奏请玉帝发兵，玉帝说杨元帅在此，让我助你，共除此精。"杨元帅一听大喜，说："请问有何妙计？"河神说："明日我施展法力，先让大河干枯，待他战败跳河时，你就可以追上去除掉他。"二人计议已定，河神告别杨元帅，飘然而去。

第二天，那个白石大王果然又来叫阵。杨元帅挺枪纵马，分心便刺。白石大王架住大枪说道："杨六郎，快把帅印交出，某家当几天元帅再还给你！"杨元帅说："你能胜得我手中大枪，就把帅印交给你。你若败了，我也得提个条件。"白石大王说："什么条件？"杨元帅说："你若败了，我就让你永远站在河北岸的村边，为百姓站岗，何时有洪水，及时报信！"白石大王说："如果败在你手，甘愿如此！"说罢，二人开战。战到三十多个回合，白石大王又败阵逃跑，来到河边，往下一跳，才发现河床干枯了，心知不妙，正想勒马向别处逃跑，杨元帅已经赶到。说时迟，那时快，杨元帅用尽全身力气，朝白石大王猛刺一枪，就听"咔嚓"一声，犹如山崩地裂，直冒火光。再一看，哪里还有什么白石大王，只有一块巨石倒在河底。巨石正中留下杨元帅大枪扎穿的枪眼。

杨元帅见石精现出原形，立刻命军卒从河底抬出，立在河北岸的村边上。石精村也由此得名。

说来也怪，从那以后，每当闹洪水之前，那块巨石就从中间的窟窿眼里往外滴水。这就是给人们报信呢！

年深日久，那块巨石已经没有了。但是杨六郎大战白石精的传说，还在民间流传着。

少年解缙的传说

讲述：阮焕章
记录：刘正祥
1986年2月采录于讲述人家中

明朝永乐年间，有一年山东大旱，庄稼颗粒不收，百姓们逃荒要饭，四处谋生。难民中有个叫解老忠的，老夫妇俩带着八岁的儿子解缙，随着逃难的人群拥进了京城。那工夫，京城里各省都有会馆，解老忠一家来到山东会馆后，乡邻们听说他有祖传的手艺，就给他凑了点本钱，在东后街租了两间门脸，开了个豆腐房。因为解老忠为人忠厚，童叟无欺，又有一手做豆腐的绝技，所以他的豆腐不管做多少，总是一抢而光。后来，除添置一些必要的家什外，还添了一头小毛驴。每天磨完豆腐，小解缙就去郊外放驴。放驴途中，要经过一个学馆，学馆中学生们背书的声音就像吸铁石一样吸住了他的心。

一天，学馆的老先生在堂上提问，可问了半天，学生们大眼瞪小眼，谁也答不上来。正在这时，忽听窗外传来一个清脆的童音，回答得干脆利索。老先生开门一看，见一个小孩牵着一头毛驴，他吃惊地问："刚才是你答的？"

"嗯！""你背一段书我听听。"那小孩把书背得滚瓜烂熟。老先生又提了几个其他问题，也都对答如流。这使老先生非常惊奇："你叫什么名字？""叫解缙。""上过学吗？""没有。""那你是怎么记住的？""我每天放驴路过这里，在窗外偷听的。"

老先生十分激动："你跟我上学吧！"

"我家里没钱。""回家给你爹说说，我破例免费收你。"解缙一听，高兴得一蹦老高，急忙回家告诉了爹。可他爹却说："免费收你也不行，你上了学，谁去放驴呀？"解缙那热乎乎的心一下子又凉了半截，小嘴撅得老高老高。

几天后，没想到老先生亲自找到解家，对解老忠说："你的小孩挺聪明，我打算免费让他上学，听说你不同意？"解老忠："不是不同意，是家里人手少，缺少劳力呀。再说，穷人家的孩子上半天学有什么用？"老先生说："这你可就说错啦，上了学，长了出息，就是不当官，也可以帮你记记账啊。"

老先生死说活说，解老忠才算吐了口儿。

小解缙终于上学啦，他白天上学，晚上背，如饥似渴，废寝忘食。三年后，什么"四书五经"啦，"诗词歌赋"啦，无一不通，无一不晓。老先生瞅着自己的得意门生，对他说："如今，你算把我的东西全学去啦，将来有了机会，可以考个前程，但须牢记：学海泛舟，不进则退，你当奋力进取才是。"

小解缙啥也没说，只是恭恭敬敬地给先生磕了三个响头，就告辞回家了。不久，十二岁的解缙在县试中就考中了秀才。

一个春暖花开的日子，几个同学约解缙到郊外温习功课，忽然天降大雨，解缙急忙往家跑。当他跑到丞相府门前时，突然脚下一滑，摔了一跤，弄了浑身水，引得相府门前的听差们哈哈大笑。解缙爬起来，顺口说道：

> 春雨贵如油，下得满街流，
> 跌倒解秀才，乐坏一群牛。

几个听差明明知道吃了亏，一时又无言答对。恰在这时，当朝白丞相从府内出来，听得真切，问道："这是谁家的孩童，出言如此放肆？"

家人禀道："回大人，他是卖豆腐的解老忠的儿子，名叫解缙，就在咱们相府的后街住。"

丞相说："嗯，待有机会，老夫要亲自会他一会。"

解家的西邻有个王员外，虽已六十三岁了，却娶了个十六岁的姑娘为妾，解家虽说对此看不惯，但因王员外是他家豆腐房的常客，也只好碍着面子送些礼品，送什么好呢？解缙琢磨了半天，咳，给他送个条幅吧！于是，他找来纸笔，信手写道：

> 二八佳人七九郎，苍苍白发配红装，
> 干柴插入销金柜，一树梨花压海棠。

王员外本来没喝过多少墨水，不知道这首诗的含意，还以为是几句吉庆话儿呢！当下就把条幅挂在了客厅。这时，恰逢白丞相来王家串门儿，看了条幅，暗道：这孩子真够损的，挖苦人还不带脏字，老夫非要会会他不可。

秋去冬来，转眼到了年根儿。这天，白丞相吃罢晚饭，信步来到后花园，见满园翠竹依然葱茏翠绿，心中十分爽快。当他转到花园后门，忽见对面一家门口贴着一副对联，他仔细一瞅，上联是：门对千棵竹；下联是：家藏万卷书。白丞相看罢，不由哈哈大笑：好大的口气，一个平民百姓也敢说家藏万卷书？他立刻让家人把高过墙头的竹子剪掉，心里话，我看你的上联怎么办？

第二天，白丞相来到后花园一看，差点把鼻子气歪喽，原来那上下联只添了一个字，写成：门对千棵竹短；家藏万卷书长。

"好啊，我把竹子剪短了，你只添一个字，我今天把竹子全刨喽，看你怎么改？"

第三天，白丞相万万没有料到，那上下联又各添了一个字，写成：门对千棵竹短无；家藏万卷书长有。白丞相看着添改的对联，就像老太太吃冰棍——闷啦。半晌，他才向家人问道："此联是何人所写？"家人说："就是上次在相府门前跌跟头的那个解缙。"

"什么，原来是那个娃娃？那好，你去把他唤进府来，老夫要亲自会他。"

功夫不大，家人便领着一个十二三岁的孩子来到相府，只见他白净稚气的脸上忽闪着一对大眼睛，一看就是个聪慧精明的机灵鬼。

白丞相问道："你叫解缙吗？"

"不才正是解缙。"

"你父亲是干什么的？"

本来父亲是卖豆腐的，他却说："我父肩挑日月长街卖。"

"你母亲呢？"

"母亲双手晃乾坤。"

两句诗一样的回答，顿使白丞相大惊："看你年纪不大，才学不浅，老夫今天给你出个题目，你与老夫对一对如何？"

解缙说："不才遵命就是。"

于是，白丞相立即吩咐书童拿来文房四宝，由墨童开始研墨。按说，墨童研墨，本该心平气和，但因白丞相急着出题，便几次催促墨童尽快研墨，墨童一慌，一下子溅了他满手墨。白丞相看在眼里，触景生情，马上吟出一个上联：

> 墨童研墨，墨染墨童一脉（音莫）墨。

这时，解缙无意中向窗外一望，见丫鬟梅香正往炉子里添煤，当即对出一个下联：

> 梅香添煤，煤爆梅香两眉煤。

白丞相捻着下巴上的山羊胡子，暗道：这孩童果然出口不凡。他一回头，发现桌案上放的水酒，立即又吟出一个上联：

> 冰凉酒，一点两点三点，①

解缙一沉思，随即对出一个下联：

> 丁香花，百头千头万头。

这时，丫鬟梅香进屋献茶，见丞相和一个孩子正在对诗，马上回绣楼告诉了小姐白玉萍。那白玉萍是丞相的独生女儿，不仅模样儿长得俊俏，而且生性聪明，诗词歌赋，样样精通。听了丫鬟的禀报，立即随她来到客厅，藏在屏风后边偷听起来。

只听白丞相吟道：

> 山羊进山，山碰山羊角；

解缙即刻对道：

> 水牛入水，水漫水牛腰。

对到这里，白丞相对他越来越心悦诚服：小小年纪，看来绝非等闲之辈，但是，堂堂的丞相怎么能败在一个孩子手里呢？他搜肠刮肚，寻词找句，无论如何也要把解缙对下去。他琢磨了半晌，又吟出一个上联：

---

① 上联的"冰凉酒，一点两点三点"，因过去的冰字为一点水儿，而凉字为两点水儿，酒字为三点水儿，故说"一点两点三点"；下联的"丁香花，百头千头万头"，因丁字是百字的字头，香字是千字的字头，花字是万字的字头，故说"百头千头万头"。

南大人向北杀，东征西战；

解缙一听，哎哟，东西南北，他全用上啦，随即眉头一皱，便对出了
下联：

春掌柜卖夏布，秋收冬藏。

白丞相看他对了个春夏秋冬，马上又吟出一个上联：

南雁北飞，两翅东西飞上下；

解缙一听，不禁暗自佩服：东西南北上下六面全说咧，真不愧是绝联，
但他并不着慌，稍一琢磨，就对出了下联：

前车后辙，双轮左右走高低。

这时，藏在屏风后边的白小姐说啥也听不下去啦，心想：小小顽童，竟
敢与我父比试高低，真是不知天高地厚。她从屏风缝隙中见解缙穿着一件绿
色大褂儿，成心想戏弄他，便立即写好一个上联，让丫鬟交给白丞相，丞相
一看，那上联是：

井底蛤蟆穿绿袄；

解缙一听，哟，他倒骂上咧，那好，来而不往非礼也，我穿个小绿褂
儿，你骂我是井底蛤蟆，那你满身披的大红袍呢？好吧，这下联有啦：

河内老蟹着红袍。

白小姐在屏风后一听，怒火中烧，十分气恼，连自己的老父都被他骂
咧，这还了得？但一看老父那若无其事的样子，白小姐怒气顿消，重新又写
了个上联，让丫鬟递过去：

妈妈骑马，马慢妈妈骂马；

解缙"扑哧"一笑，这不是绕口令吗？你来这一套，俺也决不含糊，他
马上回敬了个下联：

妞妞轰牛，牛拧（四声）妞妞拧（二声）牛。

白小姐听到这里，心中暗自佩服，但身为丞相之女，怎肯轻易认输？她稍一思忖，又写好一个上联：

> 姥姥喝酪，酪落姥姥捞酪；

解缙毫不迟疑，立即对出下联：

> 舅舅驾鸠，鸠飞舅舅揪鸠。

白丞相听着两个孩子的对句，心相：仅仅十几岁的孩童，竟有如此奇才，真是乐煞老夫也。他正暗自高兴，忽见爱女又让丫鬟递过来一张字条，上写：

> 太行山再高，难遮天上日；

万万没有想到，解缙的下联一出，却把个玉萍小姐羞得粉面通红，一溜烟似的径自跑上绣楼去了，你猜解缙的下联写的什么？

> 金刚钻虽小，专钻白玉瓶。

你想，玉萍小姐听了这个下联能不跑吗？

自此，白丞相把解缙纳为门生，后来，还将自己的掌上明珠白玉萍亲自许配给他。解缙在相府中更加刻苦攻读，勤奋学习，很快便中了进士。不久，在御试中又中了翰林，升为大学士，为明成祖朱棣编纂了著名的《永乐大典》，成为我国历史上屈指可数的少年天才。

解缙对对联

讲述：赵镇爷
记录：赵昌冶
1956 年采录于讲述人家中

明朝年间，有一姓王的穷秀才，进京赶考路过一座寺庙，但见匾额上题着"留仙寺"三个大字。正在这时，迎面来了一班纨绔子弟，看见王秀才衣服破旧，疲惫潦倒，便对他指手画脚，撇嘴瞪眼，嘴里还不干不净地说些什么。这王秀才心里蛮不是味儿，但又不好发作，怕吃眼前亏，便走到寺里，提起笔来在墙上写下四句俗语：

> 富在深山有远亲，
> 一朝天子一朝臣。
> 穷居街头无人问，
> 只重衣裳不重人。

当王秀才走后，解缙正好到寺中玩耍，见这四句拼成的诗，觉得很好玩，就在这首诗的右侧也题诗一首：

> 秀干奇枝花为魂，
> 顽石粗劣孕黄金。
> 假泅真矣真瞒假，
> 真做假兮假又真。

谁承想王秀才进京赶考，金榜得中，被封为尚书，一时春风得意，回家省亲途中又路过留仙寺，不免想起在寺中题诗的事儿。进庙一看，在他的题诗右侧又多了一首诗。他细一咂磨这诗的口气还不小，字里行间还挂着刺儿，越看越不顺眼。一问庙里的和尚，才知这诗是邻村一个叫解缙的写的，即刻命人把解缙唤来。王尚书一看，原来是一个十几岁的毛孩子，嘴里"哼"了一声说道："你那歪诗还能和我的诗排在一起吗？真是有眼不识泰山。我出三副对联，你若能对上来，还则罢了，若对不上来，可别怪我不客气。"他把当日受的窝憋气都撒在一个娃娃身上。

王尚书出的上联是：

> 秋虫鸣促织；①

解缙对道：

> 春鸟叫提壶。②

王尚书接着又出一联：

---

① 促织即蟋蟀。
② 一种鸟其声似"提壶"。

> 山上杜鹃花作鸟；①

解缙稍加思索，答道：

> 墓前翁仲石为人。②

对过两联，王尚书心想这小子才思还算敏捷。他又低头寻思了半天，瞅瞅身边的和尚，又吟出一联：

> 和尚和尚书诗，用诗言寺；

解缙一扭头见寺门外有一骑马的将官，带领数十骑，飞驰而去。随口吟道：

> 上将上将军位，以位立人。

至此，那王尚书上嘴唇碰下嘴唇，没了词儿，只好灰溜溜地走了。

海瑞吃瓜

讲述：阮焕章
记录：中流
1987年7月采录于讲述人家中

明朝嘉靖年间，有一次，正逢大比之年，海瑞带着书童到京城赶考。走到河南嵩山，见这里人山人海，热闹非凡，一打听，原来是真武大帝庙会。这庙会从五月初一开始，传说谁能在这天早晨烧上第一炷香，谁就有享不尽的荣华富贵。因此，每到四月下旬，十里八村的人们就争先恐后地拥向这里。海瑞自幼好奇，也想亲自去试试，于是，主仆二人便住进一家山野小店。

店掌柜问道："这位公子，也是想去庙里烧香的吗？"海瑞点了点头。

掌柜说："凡是去烧香的人，除了心诚以外，还必须斋戒沐浴三天，然后才能上山。"海瑞一一记在心里。到了四月三十的晚上，他提前换好了布

---

① 杜鹃，一名花，一名鸟。
② 翁仲，墓前石人，石质人形。

装，刚交初一的时辰，便急急忙忙地上了山。到了庙里一看，唉，正月十五贴门神——已经晚咧。不知谁早在香炉里烧上了第一炷。海瑞回到店里，店掌柜问道："你去得不算晚呐，怎么没赶上烧头一炷呢？"海瑞耷拉着个脑袋没言声。忽然，店掌柜发现了什么秘密似的，一拍大腿："嗨，准是你的靴子上有块牛皮脸儿，那东西脏啊！"

海瑞半信半疑，第二天又早早地来到庙里，烧上香，对真武大帝说："小生对大帝一片诚心，本来昨日来得很早，却未能烧上第一炷香。店掌柜说我的靴子上有牛皮脸儿，可你庙里的大鼓是不是牛皮做的？难道你就不嫌脏吗？"

你说怪不？海瑞话音刚落，就听"啪"的一声，牛皮面大鼓立即崩裂了。真武大帝急了眼：好你个海瑞，竟敢说我的牛皮鼓脏，莫非你就没有污点吗？也罢，他立即召来了雷公电母，对他们说："你两个要偷偷跟着海瑞，只要发现他有一点错儿，马上给以严惩。"

第二天，海瑞辞别店掌柜，主仆二人，继续朝前赶路。当时正是五月的天气，热得人们喘不过气来。海瑞和书童走在路上，又热又渴。正走着，忽见前边有个瓜棚，心里话，哼，这可是挖野菜碰上个大北瓜——闹着咧！不成想走进瓜棚一看，却不见人，你说多么背兴？实在没辙啦，只好先摘了个瓜分吃起来。这时，雷公电母看得真切，心想：瓜棚没人，摘人家的瓜吃，这算什么行为？看他二人如何吃法，若有半点不轨，哼，休怪俺手下无情。

主仆二人吃完了瓜，顿觉心清目爽，来了精神。书童站起来，抹了抹嘴，拉着海瑞就要走。海瑞说："还没给钱呢，怎能走？"书童说："公子也太认真啦，连个人毛儿也没有，给的哪门子钱？""那可不行。"说罢，就拿出五两银子，又让书童拿出纸笔，迅速写了一张字条，压在银子下边。书童一看，只见上边写道：

> 海瑞赶考过此地，天热口渴腹中饥。
> 主仆二人吃一瓜，纹银五两表谢意。

雷公电母看到这里，觉得心中惭愧：跟了人家半天，总想找点茬儿，没想到人家如此诚实。他俩只好如实禀报了真武大帝。真武大帝一查生死簿，大吃一惊，哎呀，原来海瑞是个精忠辅佐大明江山的栋梁之材，官职可达极品，职位可列三台哩！难怪他在瓜园里吃一个瓜，还要留给人家五两银子呢！

纪晓岚的传说

巧解"老头子"

讲述：阮玉文 81 岁 退休工人
记录：刘正祥
1986 年 2 月采录于讲述人家中

清代乾隆年间，出了个很有名气的学者，名叫纪晓岚。在朝中翰林院任大学士。由于他才智过人，因此很受乾隆皇帝的赏识。

有一年夏天，天气热得出奇，纪晓岚正在屋内伏案著书，因燥热难忍，便顺手脱去上衣，光着膀子又聚精会神地写起来。

这时，乾隆皇帝和随从人员突然来到他的门前，晓岚抬头一看，不禁大吃一惊，怎么办？如果赤背接驾，对皇帝则是失礼不尊；当下穿衣接驾吧，又已经来不及啦。于是，他将身一闪，躲在书橱后边，想等乾隆走后再出来。

其实，乾隆早猜透了他的心思，想刁难他，心里话：纪晓岚，你不是逞能吗？我看你如何光着脊梁出来见驾！就这样，乾隆在纪晓岚的屋子里一直待了几个时辰。开始，还能听到乾隆和随从人员说话的声音，慢慢地什么也听不到了。晓岚在橱子后边热得实在够呛，就低声向家人问道："老头子走了吗？"

万没想到，就是这句声音很低的话，却被乾隆听了个一清二楚。

乾隆立时火起，大声问："纪晓岚，还不给我滚出来，你赤身裸背，朕不怪罪，你刚才说的'老头子'是什么意思？你要一个字一个字地给我解释，解释得出还则罢了，如若不然，休怪朕对你无情。"

纪晓岚一听，出了一身冷汗，赶忙解释说："陛下息怒，我所以称陛下为'老头子'，实为尊称也。先说'老'字，我主为当今天下有道明君，臣民呼之万岁，为之'老'。再说'头'字，我主为天下万民之首，首者，头也。"

听了前两个字的解释，乾隆摸着下巴上的山羊胡子，从心眼里往外高兴，又说："那第三个字呢？"

纪晓岚不慌不忙地说："最后是个'子'字，我主乃子位星（即紫微星）下转，子位星，天之子也，故臣民呼为天子。三个字联起来，就是'老头子'。"乾隆听罢，不禁龙颜大悦。

又有一次，正值旧历除夕，大雪刚停，红装素裹，满树梅花，傲放枝头。乾隆约纪晓岚到宫门外赏景。正在观赏，乾隆忽吟一句上联："老叟扶杖观梅花，唉！青春已过。"他要纪晓岚马上对出下联。晓岚稍加思索，即脱口而出："幼童侧耳听炮声，哟！又是一年。"

乾隆闻听，甚是高兴。接着他又提议以一百四十一岁为题对句，乾隆上句是："花甲重逢，又增三七岁月。"晓岚一听，马上应合为："古稀双庆，再添一度春秋。"（六十岁为花甲，七十岁为古稀，上下对句各自加起来，都是一百四十一岁）

自此，乾隆皇帝对纪晓岚的聪明才智更加佩服了。

九岁赶考

讲述：赵镇爷
记录：赵昌治
1961 年采录于河北东部

传说纪晓岚年幼时就很聪明，五岁能诗，九岁就进京赶考了。监考官见考场中就数纪晓岚年纪小，很是新奇，便把他叫到身边，出了一个上联：

献县神童九岁；

纪晓岚随口答道：

京城天子万年。

等纪晓岚当上了礼部尚书时，他就经常不离乾隆的左右了。一次纪晓岚随乾隆下江南，游览赤壁古战场，乾隆裁取《前赤壁赋》里的句子合成一联：

赤壁泛舟，七月即望；

纪晓岚略加思索，用王羲之《兰亭集序》里的词句续出下联：

兰亭修禊，暮春之初。①

---

① 禊（xì）古代雨季在水边举行祭祀。

乾隆想到当年吴蜀合力破操的战局，一时来了兴致，又出了一副拆字联，全联有拆有合，十分别致：

张长弓骑奇马单戈战败文贝；

纪晓岚轻轻一笑，应道：

杜土木动重力合手拿住主人。

乾隆听了假装生气地说："大胆狂臣，锋芒竟然朝着朕来了。"纪晓岚慌叩拜："请圣上息怒，为臣不敢。"乾隆笑道："赦你无罪，此乃戏言，何必当真。"君臣说说笑笑，指山说水，好不快活。

唰啦，草丛里蹦出一只小老鼠，朝一座老官堂奔去。乾隆再出一上联：

小老鼠赴老官堂问老官菩萨老老鼠何时老死；

纪晓岚抓耳挠腮想了一阵子，一时未能对出。君臣二人走不多远，路侧钻出一条小青蛇，向山上的长清寺爬去。纪晓岚灵光一闪，道出了下联：

短长虫过长清寺叩长清和尚长长虫能否长生。

有一年朝里工部被火烧毁，乾隆下旨令工部尚书派人修理。工部古时候叫水部，而工部尚书古时候称大司空。乾隆以失火事儿，给群臣出一上联：

水部火灾金司空大兴土木；

这副对联囊括金木水火土五行，要对出来实在很难。金銮殿上群臣面面相看，鸦雀无声。纪晓岚转眼一看，见群臣中有一内阁中书，是南方人。因他的相貌魁梧，倒像北方人。他灵机一动，一副下联就想好了："臣已对出下联，不过屈尊一下中书君了。"乾隆说："但讲不妨。"

纪晓岚从容对答：

南人北相中书君什么东西。

满朝文武听了哈哈大笑。乾隆心说：东西南北中全让他给占了，真是才高一等啊。从此，乾隆对纪晓岚更加看重了，不久，就派他负责编纂《四库全书》了。

无书不读

讲述：王国贵
记录：孙佐培
1986 年采录

清朝乾隆年间，翰林院大学士纪晓岚，聪明好学，才智过人。

有一次，乾隆皇帝派他去江南收集书册。他把书籍收集好后，从运河走水路将书运回北京。走了一程，纪晓岚在船上闷得慌，便看起书来。他看完一本，就往河里扔一本，等到了北京，书全看完了，也扔完了。

回京后，纪晓岚去交差，乾隆问他："纪爱卿，你这次江南之行办了多少书？"纪晓岚回答说："办了很多。"乾隆说："书在哪里？"纪晓岚用手把自己的头一指说："在这里。"乾隆一听，不大高兴，又说："爱卿，你读过多少书？"纪晓岚说："无书不读。"这时乾隆真生气了，把袖子一甩说了声"退朝！"

纪晓岚一见此情，察觉到自己说话过了头，显得对皇上太不尊重了。他想，哼，说不定明天上朝乾隆要考考自己呢。于是，他心事重重地回到了家里。

纪晓岚的老婆一见他这样，便问："每日下朝回到家都是高高兴兴，为何今日这样闷闷不乐？"纪晓岚便把事情的经过对老婆说了一遍。他的老婆也是个很聪明的人，低头一想，计谋来了，对纪晓岚说："你到书房去，什么书也别看，只把那万年历翻一翻就行了。"她为什么只叫纪晓岚看万年历呢，因为乾隆知道纪晓岚读的书多，要考纪晓岚的话，只能考他平时意料不到的书，所以才让他看万年历。

第二天一上早朝，果然乾隆叫他背诵万年历，纪晓岚从头到尾全部背了出来，乾隆高兴地说："纪晓岚真是无书不读，过目成诵呀！"从此，"纪晓岚无书不读，过目成诵"这句话便流传下来。

巧题 "一字诗"

讲述：张在合 52 岁 原籍河北晋县人 工人
记录：夏喜会
1986 年 6 月采录于讲述人家中

清朝乾隆年间，河北名学者、翰林院大学士纪晓岚随皇帝出访江南。一路上，乾隆时常出一些怪题命纪晓岚答对，纪晓岚都一一巧妙的完成。

这天，他俩来到长江岸边的一座酒楼欣赏江景。登临举目，却见那平日的茫茫江水浩浩天宇，此时似气蒸烟裹混虚不清。乾隆不禁摇头自叹，连说失兴。忽然，他眉头一皱，居然问道："纪学士，你可即景作诗吗？"纪晓岚随口答道："请圣上赐题。""我令你即景做一首绝句，但诗中必须包括十个'一'字。"纪晓岚略一迟疑，随身走到另一个临江的窗户。放眼望去，但见秋雨如丝，雾影蒙蒙，江面上往来的船只很少。不远处的岸边泊着一条小船，一个渔人戴笠披蓑，正在垂钓。纪晓岚沉思片刻，随口吟道："一蓑一笠一渔舟，一个渔翁一钓钩。"乾隆见纪晓岚两句诗中便使用了五个"一"字，不觉颔首微笑，表示赞许。谁知纪晓岚做完两句后，后两句却做不出来了。他捻须皱眉、苦思冥想，却怎么也想不出下两句中应如何包括上五个"一"字。乾隆见此状况，不禁把桌子一拍，说道："纪学士，今天你也被难倒了吧。"言罢、哈哈大笑。

这时，纪晓岚连忙跪下说道："启禀圣上，臣有了。"乾隆收住笑说道："那你就讲出来吧。"纪晓岚便拂袖平身，不慌不忙念道："一拍一呼一声笑，一人独占一江秋。"原来纪晓岚从刚才乾隆哈哈大笑的动作中，触景生情，信手拈来，得出了这首绝句的后两句诗，圆满地完成了乾隆苛刻的命题。

少年于成龙的传说

讲述：阮焕章
记录：刘正祥
1985 年 10 月采录于讲述人家中

保定东大街北侧，有一条相府胡同。传说，清朝康熙年间，因直隶巡抚于成龙在此居住而得名。于成龙曾任过两江总督，为官清正，在民间曾有"天下清官第一"的美称，深受百姓们的拥戴。咱们今天讲的，主要是他少年时代的身世和不幸遭遇。

一见倾心

于成龙小名叫于得水，自小聪明伶俐，勤奋好学。在他八岁那年，父亲于天禄升任后补道台，他便随同父母和老家人于福来汉口候"缺"。

那工夫，候缺的很多，如果没有银子，就是出了缺，也甭想摸着。于天禄在汉口人生地不熟，又没有别的进项，没过多久，家里的大件东西都当卖完了，急得他整天唉声叹气，愁眉不展。有心想干点别的营生，又觉得好歹有个道台的身份，抹不下脸来。

这天，老家人于福从外边风风火火地跑了进来："老爷，我看见郭大老爷啦。"

"哪个郭大老爷？"

"就是郭德胜呗！"

"什么，是郭大哥？他来干什么？"

"听说他当了新任湖北镇守使，正在街上夸官呢。"

天禄的妻子张氏听了，直个劲儿撺掇丈夫到街上去看看。谁知天禄一去，直到傍黑儿才回来，张氏见他满脸喜兴，问道："真是郭大哥吗？""那还有假？他不仅答应帮咱想想法子，一半天还要来咱家拜访呢！"夫妇俩像吃了两颗定心丸，甭提多高兴咧。当下，就当卖了仅有的几件衣服，操办了几样酒菜。

第二天，郭德胜骑着大马带着护兵径直来到于家。天禄夫妇急忙摆上酒菜，热情招待。郭德胜见张氏总在厨房忙活，就说："请弟妹一起入席吧！"天禄对妻子说："好，那就一起吃吧，反正郭大哥也不是外人。"

张氏原本不会喝酒，架不住郭德胜死活相劝，只好喝了一杯。本来，张氏不过二十四五岁年纪，正是青春妙龄。加上她那俊俏的眉眼儿，细嫩的肉皮儿，看上去着实水灵。如今杯酒下肚，那鹅蛋形的小脸蛋儿更是红中透粉，粉中透白，真像那粉嘟噜儿的大苹果。郭德胜见了，馋得直流哈喇子，就好像蚂蚱飞进了油锅里——浑身都酥啦。

自打见了张氏之后，郭德胜整天吃不下饭，睡不着觉，一合眼就见那张粉扑扑的苹果脸儿冲着他笑呢！按说，他妻妾满堂长得都不赖，可哪一个能比得上张氏俊气呢？唉，只要能娶了她，就是当牛做马也心甘情愿呐。

从此，郭德胜的腿儿可就勤啦，不管有事没事就跑到天禄家，死皮赖脸地和人家闲聊。张氏除了倒杯茶水，总是躲得远远的。可越是这样，惹得他心里越痒痒。

设置圈套

怎样才能把张氏弄到手呢？郭德胜心乱如麻，理不出个头绪。这天，他和钱如命、铁石心两个师爷一起商量。钱如命说："大帅，这事还不好办吗？俗话说：舍不得孩子套不住狼，你给他点甜头，他必要报恩，难道还怕他不上钩吗？"

"给他点什么甜头？"

"常言道：有钱能使鬼推磨，只要有了钱，啥事不好办？您给他点本钱，我们哥俩陪他去上海跑买卖，然后，您再以'关照'为名，经常过去给她点小恩小惠，您想哪有猫儿不吃腥的？"

郭德胜一听，高兴得大嘴都咧到脖根子上去啦。

第二天，郭德胜便早早地来到于天禄家，以关心的口气说："贤弟，看来这个'缺'一时半晌不易候到，我给你一千两银子做本钱，干脆先跑买卖吧，常言说，致富莫若经商嘛！"

于天禄说："大哥的好意我知道，可我哪懂经商啊？""不懂不要紧，我派两个人陪着你。"于天禄想，为了养家糊口，如今也只有这条道儿啦，反正不能让家里断了顿儿呀？于是，夫妻俩一商量，就借了郭德胜一千两银子，与钱如命、铁石心一起，到上海跑起买卖来了。

郭德胜见于天禄上了钩，就三天两头儿跑到他家，对张氏进行"关照"。开始，张氏觉得丈夫不在家，只好陪他坐一坐，后来，发现郭德胜说话颠三倒四，眼神儿总是带勾儿，就让老于福去陪客。郭德胜几次"关照"，见张氏没一点热乎劲儿，就像泄了气的皮球，莫非这一千两银子就白搭了吗？

正在这时，郭德胜见钱、铁二人回来了，就冲他们没鼻子没脸地数落开了："都是你们闹的，弄得我鸡飞蛋打，人财两空。"

两位师爷见主人满脸怒气，劝说道："大帅息怒，这一计不成，咱们还有二计。"说着，便小声给郭德胜嘀咕了几句。郭德胜说："那样行吗？"钱如命说："唉，俗话说，无毒不丈夫，您趁她来府取尸的机会，将她扣起来，软硬兼施，想吃甜的给甜的，想吃辣的给辣的，不怕她不从。"

郭德胜听罢，立刻转怒为喜："事成之后，必有重谢。"

阴谋得逞

这天，于天禄一行三人又登上去上海商船。钱如命二人在船舱里摆上酒肉，十分殷勤地说："于大老爷，连日来辛苦劳累，请喝碗酒解解乏吧！"于天禄也不推辞，端起酒碗"咕咚咕咚"就喝了下去。几趟买卖下来，虽说赚了些钱，可他的心却憋闷得很。候"缺"没个着落，这跑外经商是个长久之计吗？越思越想越不是滋味儿。两碗酒下肚，工夫不大，便酩酊大醉了。铁石心说："大哥，趁他酒醉，把他扔到江里算咧！"

钱如命说："那可不行，这里离江岸太近，等船到江心夜深人静之时，再将他骗出，然后就……"

俗话说：隔墙有耳，这话不假。刚才钱、铁二人的谈话，早被隔壁船舱里一个人听了个真切。这个人是谁呢？上海洋行的业务员——汪汝海。他三十来岁年纪，长得瘦眉窄骨儿，老成干练。他本想冲进隔壁船舱里问个究竟，又一想，不行，那样太冒失啦，何况自己又没有真凭实据？思虑再三，只好又躺在自己的床上。第二天，他装作借火吸烟，走进钱如命等人的船舱，听说都是去上海的，几个人互道了姓名，就拉开了家常，很快便熟悉起来。就在这天深夜，忽听甲板上有人喊道："哎呀，不好啦，有人失足落水啦！"等船上人员把落水者打捞上来，汪汝海一看，噢，原来如此，可心里像个明镜儿似的。船一靠岸，汪汝海立即赶到上海的衙门去告发，但那些衙门都是为有钱人开的，多一事不如少一事，谁肯为你真心卖力呢？

钱、铁二人返回汉口，立即禀报了郭德胜。郭德胜满脸喜色，第二天一早儿，就迫不及待地派差役到于家去接张氏。张氏听说丈夫失足落水，好像五雷轰顶，立时昏死过去。那差役便趁机让轿夫抬上张氏，直奔郭府而去。

寻母告状

晌午，小成龙放学回来，不见了母亲，便向于福问道："我娘呢？"于福想：这天塌般的大事怎么也不能瞒他，再说也瞒不住哇，就说："刚才郭府来人，说于老爷在外边出事咧，你娘到郭府看你爹去啦。"小成龙一听，脑袋"嗡"的一声，撒丫子就向郭府跑去。于福在后边紧追："小少爷，别着急，我和你一起去。"

二人来到郭府门口，你就是说出大天来，把门的就是不让进。眼看太阳压山了，还是不见张氏的影子，老于福就多了个心眼儿，莫非郭德胜这小子要使坏？这可太缺德啦。

第二天，还是不见张氏回来，主仆二人就来到江夏县县衙击鼓告状。

县官升堂，听说状告新上任的镇守使，吓了一跳。心里话：这镇守使既有权，又有势，是个一跺脚四处乱颤的主儿，你敢告他。那不是蛤蟆蹦进蛇嘴里——自找倒霉吗？没容多说，就让衙役把这一老一少轰出了公堂。

老于福状告不准，小主人又呜呜哭个不停，这可为难啦。他想：自己在于家几十年，人家从来没有亏待过，如今主人有了难，岂能不管？有恩不报枉为人呐！他把脚一跺："走，这里告不准，咱们到京城，豁出我这条老命也要告到底。"于是，主仆二人变卖了家产，一路向京城而来。

那工夫，小成龙还是个孩子，走不多远，就累得满头大汗，老于福虽说七十多了，也只好背着他，一步一步往前挪。盘缠花完了，就沿路乞讨。也不知走了多久，眼看离京城越来越近，这天，忽然飘起鹅毛大雪，纷纷扬扬下个不停。老于福连饿带冻，疾病交加，最后竟被活活冻死咧。

状未告成身先死，小成龙孤苦伶仃，喊天不语，呼地不应。正在这危急的关头，大路上飞过来一匹快马，骑马之人见这孩子守着个老头儿哭得伤心，便下马向小孩问起了原因。小成龙见他没有恶意，就将自己的身世及父母的遭遇如实讲述了一遍。那人听了十分惊讶："哎呀，原来你就是于天禄的儿子？"小成龙感到奇怪："莫非伯父认识我父？"没等那人把天禄被害的经过说完，小成龙早哭成泪人一般。那人又劝了半晌，这才到附近村里买了口棺材，埋葬了于福。

那么，这个人到底是谁呢？原来他就是上海洋行的业务员汪汝海。老家住在保定府，这次去京城出差，恰好路过此地。汪汝海带着于成龙来到保定府的家中，吃饱喝足之后，又换了身干净衣裳。汪汝海见他知书达理，处境又十分可怜，就有意将他认为义子。小成龙一听，真是求之不得的事儿，急忙跪倒在地，口称"义父"，重重地给他磕了几个响头。

誓死不从

再说张氏被轿夫抬进郭府，找不见丈夫的尸体，正在纳闷儿，忽见郭德胜满脸奸笑地走了进来："弟妹，天禄失足落水，乃是天大的不幸，留下你们孤儿寡母还怎么过呢？我看就搬过来吧，我可以经常照顾你们。"

直到这时，张氏才彻底看清了郭德胜的狼子野心，敢情这小子是人面兽心呐："你把我丈夫的尸体弄到哪里去了？我要亲眼看一看。"

"唉，人死如灯灭，还看那死尸有什么用？"

"不行，我今天非要看一看。"

"那咱们就打开天窗说亮话，你丈夫早就喂鱼了，现在我的第一夫人已死，你就给我当个第一夫人吧，保你后半辈子吃香的、喝辣的。"

张氏听了，如同烈火烧胸："姓郭的，我早就看出你心术不正，你就死了这条心吧。"

本来到了手的美人儿，硬是搂不到自己怀里，你说郭德胜能不生气吗？"既然不识抬举，那就给她点厉害尝尝。"眼看张氏被打得皮开肉绽，钱如命说："大帅，心急吃不上煤火饭，这样下去，你打死她也不行啊。""那你说怎么办？"钱如命说。"先派个老妈子好生伺候，等她把伤养好之后，再慢慢劝说，人非草木，岂能无情？"

此时，郭德胜像一条恶狼，眼珠子发红；又像一条蠢驴，无计可施，只好在后花园找了一间僻静的房子，让张氏住在那里，并派刘妈精心伺候。

一连四五天，张氏不吃不喝，眼看不行啦，刘妈劝道："你这是何苦呢，就是饿死了，不也是白搭吗？往后还怎么报仇？你就给他个誓死不从，他也没辙子咯。"张氏觉得刘妈说得不错，就不绝食咧。这天晚上，张氏正在炕上躺着，好像有个小孩在唱歌，细一听，哎，这声音好熟哇！

> 天交一更里，月亮没出来，
> 思想起家中事叫我好伤怀，
> 可恨那贼人心肠狠，
> 害得我一家人好不悲哀。
> 天交二更里，月亮在正东，
> 思想起父母亲叫我好伤情，
> ……

张氏越听越觉得耳熟，对刘妈说："你去打开后门，把那个要饭的小花子放进来，给他点吃的，看他多可怜呐。"刘妈"嗯"了一声，偷偷打开了后门。"小花子"一进来，立刻扑进张氏的怀里，眼泪巴叉地哭成个泪人。

这小花子正是于成龙，他和义父汪汝海来到汉口后，经过了解，才知张氏被囚在后花园里，义父便教给他一首"哭五更"的小调，这才使他见到了久别的娘亲。

于成龙向母亲诉说了家中的遭遇，然后擦了擦眼泪说："娘，我义父正在外边等着，咱们赶紧走吧。"张氏望了望刘妈，刘妈说："既是这样，趁这会儿天黑，你们赶紧逃命吧。"张氏说："那您怎么办？"刘妈说："唉，你就不用管啦。"张氏赶紧给刘妈磕了个头，等她前脚儿一走，刘妈一狠心，后脚儿也跟着逃出了这个虎狼窝。

申冤雪恨

说来凑巧，偏偏有个叫彭玉林的钦差大臣要来汉口巡视。汪汝海听说后，立即写好三张状纸，对张氏说："弟妹，你胆大还是胆小？"张氏说："唉，我连死都不怕咧，还说什么胆大胆小？"汪汝海见她态度坚决，就随手把状纸交给了她。

这天，彭钦差乘坐的虎头船还没靠岸，码头上就挤满了前来迎接的大小官员。只见虎头船上彩旗飘飘，长江两岸鼓乐齐鸣。那高高船台上飘着一面大旗，上写四个大字："如朕亲临"，嗬，好一个威风的场面。虎头船刚刚靠岸，忽见张氏手拿状纸，口喊冤枉，直奔船头，站在最前面的江夏县知县上前接过状纸，见是状告镇守使郭德胜的，随手把状子塞进靴子里。时辰不大，那张氏又口喊冤枉，冲上船头，县官接过状子一看，见还是告镇守使的，又把状子塞进靴子里。汪汝海见两张状纸都到不了钦差手里，急忙向张氏使了个眼色。又把第三张用油纸包好的状纸递给了她。意思很清楚，如果这第三张状纸再递不到钦差手里，就一切都完啦。张氏接过状纸，如同接过千斤重担，深情望了一眼小成龙。她两眼一闭，"扑通"一声，纵身跳入大江。

"不好啦，有人跳水啦。"本来欢腾热烈的场面一下子平静下来，人们把她打捞上来一看，可怜张氏早已闭上了眼睛。小成龙冲上去，抱着死去的母亲哭得死去活来。这事惊动了彭钦差，他问江夏知县是怎么回事，那县官吓得哆里哆嗦，哪敢直说？这时，有人从张氏身上搜出那张用油纸包着的状纸，彭钦差看罢。十分恼怒："郭镇守使，有这事吗？"

郭德胜做贼心虚，心里发毛，却壮着胆子说："那纯粹是刁民的诬告，请大人详查。"

就在这工夫，汪汝海手拉小成龙上前拦住了钦差，把于家被害的前前后后详细讲述了一遍，末了又说："启禀大人，那县官的靴子里还塞着两张状纸呢！"彭钦差要出来一看。三张状纸意思全一样，顿时大怒，立即命差役把那县官拉下去重打了四十，革去了职务，令其回家为民。郭德胜呢？因为是镇守使，钦差一时不好决断。可他回京没过几天，就下来一道圣旨，把这个衣冠禽兽、仗势欺人的家伙给宰啦。

仇也报咧，冤也申咧，小成龙便随义父汪汝海回到家中。从此，他发奋读书，十几岁便当上了县官。由于他体察下情，公正清廉，不久，便荣升两江总督。后来又当上直隶巡抚，长年住在保定府。死后，人们怀念他的功德，便在西关光华路北侧（现派出所址）修建了于公祠。

双"囍"字的由来

讲述：高庆魁
记录：孙佐培
1986 年 8 月采录于讲述人家中

每逢人们举行婚礼，或有什么喜事，总好用大红纸，写个囍字贴在门口或者墙上，说起它的由来，还有这样一个故事。

宋朝年间，有个叫王安石的人，年轻时就是个文才出众的诗人。有一天，王安石去东京（今开封市）应考，来到开封以西二十来里的一个村庄。该村有个老员外，想给姑娘找个如意丈夫，便在自己家的门口张灯结彩，灯笼上写着一句上联："走马灯，马灯走，灯熄马停步。"声言谁能对上这下联，姑娘就嫁给谁。王安石看到这上联后说："好！好！"夸了几句即奔东京而去。

王安石走后，看守灯笼的家人便向老员外禀报了此事。

王安石到了京城考场，所考三篇文章做得都很好。考试官说："还必须对上一句对联才算考中。"此联是："飞虎旗，虎旗飞，旗卷虎藏身。"王安石顿时想到了老员外家门口灯笼上的那句上联。心里说："用那联一对不是很好吗？"于是便写了出来，考试官一看，心中极为满意。便禀报皇上后将他点为头名状元。

王安石考中状元后，直奔老员外家，将考试时的对联去对老员的征联。老员外一看，甚是高兴，当场便将姑娘许配王安石为妻。

王安石考中状元和招亲的事，很快传开，众人纷纷为他贺喜，说他是双喜临门，让他写首有两个"喜"字的诗。王安石提起笔来，把两个喜字一并写成"囍"字，以表双喜临门的意思，并写了一副对联："洞房花烛夜，金榜题名时。"大家赞不绝口。从此，每逢人们结婚或遇上喜事，便用红纸写个"囍"字贴在墙上或门口，表示喜庆。

韩信卖井

讲述：杨全
记录：赵忠义
1984 年采录于新市区富昌屯村

相传，汉室三杰之一的历史名将韩信，小时特别聪明，好动脑筋。

有一次，小韩信去邻村玩耍，见熟人刘二，正坐在门外石头上发愁。他向前便问："二哥！有啥为难事儿？何必愁眉不展，小心伤了身子！"刘二唉声叹气，含着眼泪说："韩老弟，二哥我命苦哇！自从父母去世，和大哥分家各过，他是越过越好，可我，天灾人祸一齐来，正穷得没辙，你嫂子得了重病。家里已没有什么可卖，只剩院中和大哥合用的一口水井，我想把我的半边卖给他，好求医治病。谁知他见死不救，就是不买。他不买，别人又无法买，你说遭难不遭难？"说完，又耷拉下脑袋长叹。韩信很是同情，脑瓜儿一转，计上心来，随手拉起刘二笑着说："唉！这有何难，我给你卖了，还得要大价。"刘二惊奇地看着这小老弟，捉摸不透。这时，韩信嘴贴他的耳朵小声说："你就这么……这么着，我保你如愿。"说完就走，边走还边说："哥嫂保重，回头见！"

刘二回到家中，就在自己的半边井上搭了个过木，接着推土和泥，搬坯调线，忙活起来。他大哥一看问道："老二，你这是要干什么？"刘二并不停手，边忙边说："把我的半口井垒个茅子，好攒粪上地。"老大一听就急了。"哪有这么干的，那还怎么吃水。也没有在正当院垒茅房的，这可不行！""大哥！我是想照顾你用水，可卖给你你不干，这可不能怪我，只好这么办。"当哥的一挨顶，有苦难言。嫂子在屋里哭笑不得，忙出来做好人："算了吧！都是亲骨肉，这点事还值得杠嘴？再说，他二叔也不是那么死心眼，你把井买下，不就得了吗？"老大听老婆说得有理，也转了话题，和弟弟商量起买井的事来。刘二说："我才算了一笔账，要是垒茅子，可比当半边井使合算得多，昨天我关照哥嫂，贱价你们都不要，今儿个可上长五倍。要就要，不要我接着垒。"说着又动起手来。老大心里后悔，有心咬牙不要，可真垒起茅房，自己的一半井就白费了，人来人往，丢人现眼，脸往哪儿搁。要是再败了风水，就更一切玩儿完！看来老二豁出去了……想来想去，也只好按新价买下。

刘二得钱治好媳妇的病，两口子打心眼里佩服韩信。他常对人说："要不是韩老弟出这个主意，俺俩早就人鬼两分了。"

韩信葬母

讲述：尚洪恩
记录：尚友朋
1978 年 6 月采录于河北省易县北东村

韩信的母亲生于一位员外家，员外家里养了一只猴子。这猴子生来聪明伶俐，很通人性，会说话，还会下象棋，一家人都很喜欢它。

员外家有一个姑娘，长得一表人才。这天，一些客人和员外下完棋走了，小姐便招呼那猴儿道："来，跟我下盘棋。"猴儿眨眨眼睛说："要下也可，必得赌个输赢。"小姐道："行啊，要是我赢了，就打你三鞭子，要是你赢了，我做你媳妇。"猴儿很高兴，立即说："一言为定。"

结果下了三盘棋，小姐连输了三盘。小姐一看坏了事，吓得赶紧就跑。到了自己屋里，急忙把门关上，心里很是害怕。晚上，猴儿等员外一家睡下后，就来到小姐卧室外边，用爪子轻轻抓门，小姐哪里睡得着觉，听到门响，知道是猴子来了，也不去开门。猴子还是用爪子抓门，心想："你不开门，我就不走。"小姐害怕父亲知道，定遭训斥，便悄悄把门开了，猴子强行和小姐睡了觉。谁知，这猴子自那一次尝到了甜头，便天天晚上来找小姐，小姐也不再推辞，渐渐的，这人兽之间倒产生了感情。半年以后，不料小姐身怀有孕，肚子越来越大，面黄肌瘦。父亲早有怀疑，便跟夫人发火道："你看看你养的这闺女，一个姑娘家，为何肚子越来越大？定是干了伤风败俗之事，要她还有何用。趁早给我撵了出去！"夫人无奈，去问丫鬟，丫鬟早知是猴子作怪，又怕小姐受罪，只是推说不知。夫人只好直接去问小姐，经再三逼问，小姐才说出真情。夫人把事情前因后果告诉了员外，员外大怒道："好一个猴头，竟敢败坏我家门风！"立即拿了刀子，宰了猴儿，把尸体扔在后花园浇花的大井里，用土填平，又压了一个大磨盘。员外经不住夫人哭求，没有杀女儿，只是给了些银两、衣物，把小姐赶出了家门。小姐离家后不久，身上带的钱物花光了，只好沿街乞讨。这一日，来到一座山神庙里住下，顿觉腹痛难忍，工夫不大，便生下一个男孩儿。这孩子生下来干瘦如柴，小头小脸，一脸猴相。小姐不忍害死他，便用自己的衣服把他裹了起来。小孩子不是别人，正是韩信。

母子俩相依为命，一晃过了几年。这一日，来到一户财主家讨饭，财主见小姐生得俊俏，身体又好，况且他正要寻个女工，便收留了这母子二人。韩信长到七岁，便在财主家放羊，母子俩的日子倒还能将就过去。

一日，韩信正在山坡上放羊，见财主和一位生人来到山前，指指划划说了起来。韩信假装追羊，凑上前来，听他二人说话。原来，这个生人是风水先生，来给财主家看坟地，说他如果扎到正穴，财主家必定功名辈出。风水先生指着脚下的地说，这里就可做正穴。财主不信，风水先生说："不信你埋上一个生鸡蛋，过三七二十一天，必定孵出小鸡来，"财主忙命家人取来鸡蛋埋下。

这一切韩信全看在眼里。等人走后，他偷偷在正穴位置做了个记号，就赶着羊群回家了。回到家，韩信让母亲务必给他拿一个财主家的鸡蛋，煮熟了给他。母亲不知何用，问儿子，韩信只说自有用处。韩信拿着母亲煮熟的鸡蛋，找到那个做了记号的地方，挖出鸡蛋，换了熟鸡蛋重新埋下。

二十一天以后，财主命人去看鸡蛋是否孵出了小鸡。等挖出来一看，那鸡蛋早已臭了。财主大骂风水先生一顿，就此了事。

韩信问母亲："我的父亲在哪里？"母亲说："你没有父亲。"韩信不依，死死追问，母亲无奈，这才把猴儿的事原原本本说了一遍。韩信自知取来猴儿尸体不易，也就罢了。这一日，韩信对母亲说："娘整日在家，从不出门，今日同孩儿一起上山吧，那里风景很好，何不去玩一玩。"母亲依言，便同韩信一起来到后山。

山上确实风景秀丽，花木芳香，韩信指指点点，母亲边走边听，来到那年埋鸡蛋的地方，韩信见母亲只顾听自己说话，趁其不备，一下子将母亲推下自己早已挖好的大坑里。这大坑挖得又深又大，正好埋下一人，韩信不管母亲哭求，硬把母亲活活埋葬了。

过了几年，韩信果真发迹，升了大官。只因为他活埋了母亲，折了他五十年的寿，虽然功名不小，却只活到二十几岁就死去了。

象棋的传说

讲述：赵瑞年　赵子全
记录：赵忠义
1959 年采录于大车村

人们都说韩信特别聪明，他是无师自通。其实他和张良一样，也拜过师，是位世外高人。老师不让韩信透露，说一旦透露，你所学的一切都将白费。人们都说韩信没徒弟，也没给后人留下什么。其实不然，象棋就是他传给徒弟的。

楚汉战争的历史名将韩信帮助刘邦打败了项羽，创立汉室江山。但大功告成之后，竟被刘邦的媳妇吕后设计抓进了牢房。狱官邓孔非常尊重他，知道他委屈、很冤。因此对他的生活特别关照。一日三餐不敢说是山珍海味，但鱼肉荤腥却少不了，韩信十分感激。

一天中午，邓孔给韩信送饭时，忍不住哭了。韩信忙问原因，邓孔说："听说将军刑期不远了，想将军盖世英才，为皇上创立基业，竟如此下场，怎不叫人悲伤？"韩信听后，轻松地说："怎么会呢？邓伯放心，皇上下过圣旨，不斩韩信，因此我死不了。前不久，我还奏明皇上，要写兵书，上献皇上，下传后代呢。"谁知韩信刚说完，饭还没来得及吃，就见一个老太监闯进大狱宣读刘邦旨意："信乃在押罪官，不得擅著兵书！"韩信一听，知道吕后使坏，深知自己命不长。邓孔更难过，哭着跪下。韩信问他："为何如此？"邓孔说："昏君听信那吕后胡说八道，不让你写兵书，就请将军你教我兵法战策，我好将你的雄才大略，流传后代，也好为将军扬名啊！"韩信听后，不住地摇头说："我韩信满腹韬略，还免不了死于毒妇之手。如我将兵法传授给你，恐怕你也难免遭殃，不得好下场。你我好友一场，我怎忍心连累你呀？"邓孔坦诚地说："将军，我不怕连累，请你相信我吧！"韩信想了很久才说："好吧！你决心要学，三天后再谈吧。"邓孔行拜师大礼："多谢师父，请受徒儿一拜！"三天后，邓孔来见韩信，二人席地对坐。只见地上画了个大方格，分敌我两方，各画 36 个小方格，当中一条界河，写着"楚河汉界"。一边布着 16 方小红纸片，分别写了帅、士、相、车、马、炮、兵。另一边 16 方小蓝片，也分别写着将、士、相、车、马、炮、卒等字样。邓孔看后，脸色惊异，很不理解："这就是兵法？"韩信说："对！你可别小看这72个小方格，这是千军万马的大战场啊！这红蓝各16方小纸片，各代表一方，用兵时只要文武结合、融会贯通、全盘考虑，配合有方，就会千变万化，出奇制胜。你精通此法后，用于兵事，便可无敌于天下，你说这玩意奇不奇？"韩信又说："若有人问你，你就说玩奇吧！"邓孔双膝跪拜，再行师徒之礼，从此，终日陪伴韩信，在狱中学习兵法。

韩信死后，邓孔辞官回家，专心致志研究。为了方便，他把方格画在纸上，并削木为子代替纸片。可惜他这只是研究玩奇，不能向师父韩信那样，真的打仗。但也传遍了天下，不光军队里玩，老百姓也爱玩，竟成了一种喜闻乐见，智能高尚的娱乐竞技活动。后来奇子成了木制，人们就把"奇"字改为"棋"。又因用棋子排兵布阵，像打仗，可又不是实战，所以，就把它称作"象棋"。

圣人装病教徒弟

讲述：韩宝廷 70 岁
记录：任廷山
1966 年夏采录于北京通县小务村

孔子门下有弟子三千，要说最拔尖的还得数大徒弟子路。他聪明过人，学业突出，但有个毛病，好胜逞强，高傲自大。孔子发现之后总想找个机会教导于他。

有一天，孔子写了一首诗，其中有两句是，"明月当空叫，黄犬卧花心。"子路看后，暗暗想到：明月怎么会叫，黄犬又怎会卧花心呢？必是老师上了年纪，有些糊涂了。所以也没征求孔子的意见，提笔就把诗改为"明月当空照，黄犬卧花荫"。

孔子发现有人改动了他的诗句，一看笔体便知是子路所为。心想：此徒平时傲气十足，若不及时教诲，就要满足现状，不能继续刻苦用功求知上进，结果必定荒废学业。于是心生一计，便躺在床上装起病来。

子路听说老师有病，前来探望。见了孔子说："老师有病，我去请医生来看看吧？"孔子说："不用求医，也不用服药，只要取来'扬子江心水，蒙山头上花'，用水泡花，我喝过之后，病就会好的。"子路听罢说道："请老师耐心等待，学生即刻动身，为您去取水采花。"

子路拜别老师，来到扬子江边。雇了一只渔船。渔翁将船划到江心，子路正想取水，忽见江心的上空飞舞着一群小鸟，颜色洁白如雪，叫声清脆动听。子路看得出神，但叫不出鸟的名字，赶忙问渔翁，渔翁告诉他此鸟叫"明月"。子路听后大吃一惊，心想：果然有能叫的"明月"，怪不得老师写"明月当空叫"呢！

子路取了江水，又来到蒙山头上采花。一登上山头，就见满地的奇花异草，香气扑鼻，蜂飞蝶舞，百鸟齐鸣。仔细一听，其中有一种汪汪像狗一样的叫声，子路循声找去，原来是一种长得跟芝麻虫相似的黄色昆虫，卧在花心之上发出的叫声。子路觉得新奇，便去找来一樵夫，问此虫何名。樵夫告诉他此虫名叫"黄犬"。子路听后更是吃惊匪浅，方知世上真有"黄犬"卧于花心之上。

不用人说，子路此时已知老师有病是假，要水要花是让自己开阔眼界，求得真知，从中受到教育。于是不敢耽误时间，便急忙动身返回。

子路见了孔子，先将路上所见所闻告诉了孔子，而后急忙跪倒认错说："学生知识浅薄，擅自改动老师的诗句，我已知错，今后一定要虚心好学，刻苦求知，绝对不敢骄傲自满了。"孔子说："你虽跟我学习多年，人称是圣人的门徒，可是，有的事情你还得请教渔翁和樵夫。人们都尊我为圣人，可实际上，世界上的事情我知道的也是屈指可数哇。切记！千万不要因一知半解而满足，知识是无穷无尽的。你今日既然知错，又有决心改正，为师的病也就好了。"

貂蝉出世的传说

讲述：阮焕章
记录：中流
1982 年夏采录于讲述人家中

东汉末年，群雄割据，各国之间，你争我夺，征战连年不断，穷苦百姓陷于水深火热之中。这一年，中原一带又逢黄河水患，成片土地被水淹没，妻离子散，民不聊生。

这惨景惊动了观音菩萨，她来到民间一看，十分惊讶，眼看连树皮草根都被灾民吃光，这还了得？于是，她摇身一变，立时变做一个白须白发的道人，手执拂尘，到一些有钱人家去募捐，想以此来赈济灾民，普度众生。怎奈那些有钱之人大都为富不仁，连个铜板都不肯施舍。这一下可气恼了观音菩萨，她略一沉思，用手一指，眼前立即出现了一条碧波粼粼的小河，河中漂浮着一只随波荡漾的小船，船上站着一个亭亭玉立、美如天仙的少女。这情景很快吸引了方圆几十里内的财主富户前来观看。他们见那少女苗条的身材，艳艳的粉面，长得如同天仙一般。这时，就听那少女用银铃般的声音说道："我在船中站定，如哪位用金银珠宝投中我身，情愿与他成婚……"

未等少女说完，岸上那些富家子弟早就沉不住气了，直馋得手心发痒，口水直流。他们立即令家人取来金银、珠宝，没命地向船上少女投去。就见各种各样的金银、珠宝、翡翠、玛瑙像雨点般地落到船上，不到片刻，便落了厚厚一层。你说怪不，那么多的人向她投掷金银珠宝，却没有一人能够投中。

转眼之间，三天过去了，船上的金银珠宝越聚越多。这时，只见河岸上走来一个眉清目秀、风度翩翩的中年男子，见人们纷纷用金银投向船中少女，十分奇怪，待他问明缘由，圆睁二目一看，噢，原来那少女是观音菩萨所变。他暗暗想到：不妨我也给她送点腻歪。于是，他也掏出一块银元，"嗖"的一声向观音投去，只听"啪"的一响，那银元不偏不倚，正好打在观音身上。观音急忙扭头一看，"咦"，这不是八仙之一吕洞宾吗？他怎么也凑热闹来了？没容观音多想，就见吕洞宾一个箭步早蹿上小船，搂住观音就要和她成亲。观音一看，急忙从水中揪下一朵荷花，"扑"的一吹，那荷花立刻变做一个水灵灵的大姑娘，正在含情脉脉地向吕洞宾微笑呢！这时，观音乘机抽回真身，敛起船上的金银珠宝，赈济灾民去了。

据说，后来吕洞宾真的与那荷花姑娘结合了，还生下一女，取名叫做貂蝉。因貂蝉长得如花似玉，俊美温柔，后来才引出了吕布戏貂蝉的一段故事。

唐伯虎的传说

讲述：李诚元 60 岁 保定二机床厂退休工人
记录：尚友朋
1983 年 8 月采录于讲述人家中

这天，唐伯虎到员外家做客，抬头看见客厅里一副对联，上联是：子
当承父业；下联是：臣不忘君恩。唐伯虎对员外道："你这对联有三处错误，
若不改过来，让皇帝知道了，可有杀头之罪。"员外一听，大惊失色，问：
"这对联挂了好多年了，并没有人提出有误，你倒要说说是哪三处错误？"
唐伯虎道："第一错，子在父上边，臣在君上边；第二错，上下联反了个儿，
应先国后家；第三错，子压臣，父压君。"员外一听，觉得很有道理，吓得
面如土色，对唐伯虎说："这怎么办呢？"唐伯虎说："极好办。"说着，拿笔
蘸墨，只在两条对联上各画了个"S"形，对联念做："父业子当承，君恩臣
不忘。"员外一看，改是改了，但这么挂着有失大雅，再说这上、下联也反
着个儿。唐伯虎问："这对联出自谁手？"员外道："我自己写的。"唐伯虎说：
"你再把它重新写一遍，拿到裱铺裱一下，但要告诉他们，裱得要旧一些。"
于是员外就照唐伯虎的话去办了。

不知是谁泄了密，这件事还是让皇帝知道了。皇帝立即派了一位文官
来员外家查访。这位文官来到客厅，一看这对联并没有错，于是回宫禀告
皇帝，没有怪罪员外。员外一想，真后怕，他十分感谢唐伯虎。想到唐伯
虎小小年纪，竟有这么高的文才，将来一定能成大业。于是找唐伯虎谢恩，
问他有什么要求，唐伯虎说："我别无他求，只要秋香。"员外说："什么秋
香、春香，家里美女多得很，任你挑选。"于是引出一段唐伯虎点秋香的故
事来。

画状元

讲述：李诚元
记录：尚友朋
1987 年采录于讲述人家中

传说，我国明朝出了一个画状元，这个人就是唐伯虎。当时，唐伯虎画画很出名，宰相知道他画得好，便求他给自己画幅画。唐伯虎推辞道："我早已不再画了，已经改行学文。因为只有写文章才能中状元，画得再好，又有何用？"宰相吃了碰，闹了个没趣。

有一次皇帝和宰相在一起聊天，皇帝说："我现为当朝天子，一统天下，你的官位虽仅次于我，也算是一呼百应了。"

"罢。"宰相道，"我求唐伯虎画一幅画，都使他不动，还说什么一呼百应！"皇帝大惊，问其根由，宰相便一五一十地说了唐伯虎不再作画的事。皇帝说："你把他请进宫来，若他画得果真好，我就封他一个画状元。"

过了几天，宰相真的把唐伯虎叫进宫来，皇帝亲自接见了他，说："我给你出个题目，若能画出来，我马上封你为画状元。"

皇帝出的这个题目很古怪，只是写出一、二、三、四、五、六、七、八、九、十，这十个数字要唐伯虎画。

唐伯虎一看，心里凉了半截，这些数字如何画得出来，不禁暗暗叫苦。他在屋里踱来踱去，冥思苦想。过了一个时辰，仍然没个头绪。正在焦急中，一抬头忽见窗外一处山水景色，亭台座座，炊烟袅袅，山路曲曲，鲜花簇簇，好一派秀丽图画。唐伯虎灵机一动，想道：何不画一幅美景图，把十个数字融在画里。于是唐伯虎挥毫而就，一幅绝妙的图画转眼跃然纸上。然后，唐伯虎又在画的右上角题诗一首。诗曰：

> 一去二三里，
> 烟村四五家。
> 亭台六七座，
> 八九十枝花。

题好诗，呈于皇帝过目。皇帝看了大喜，赞道："卿果是高才！"立即封唐伯虎为画状元。

武大郎新传

讲述：夏之昕
记录：韩振峰
1986 年采录于讲述人家中

宋朝年间，广平府清河县城南不远有个孔宋庄（现在叫王什庄）。这孔宋庄有户姓武的人家，两口子带着两个儿子。大儿子叫武天佐，人称武大郎；二儿子武天刚，人称武二郎（即《水浒传》上的武松）。

这位武大郎从小就聪明伶俐，虽然只上过几年学，可比一般人能耐得多。当他长到二十岁的时候，父母二老为他娶了县城南村的一位贤惠媳妇，名叫潘金莲。这位潘金莲从小受家教比较严，不仅容貌出众，处事也很正派，特别是和武大郎成亲以后，两口子和和睦睦，相待如宾，日子过得很红火。

有一年，山东一带考县官，家人们都劝武大郎去试一下。谁知武大郎一试即成，并考取了头名，当上了郓城县官。武大郎做官几年，把个郓城县治理得很富，当地的老百姓对他都感恩不尽。

再说武大郎的家乡清河县孔宋庄，有一位姓徐的先生，曾经做过武大郎的老师。有一年，这位徐先生因为得罪了本村的一位有名的富户恶霸，他的两个孩子和媳妇都先后被暗算杀害，房屋也被放火烧了。在走投无路的情况下，徐先生决定到山东郓城去找做了官的武大郎，想让武大郎帮他出气报仇。他远道跋涉来到了武大郎处。武大郎听说自己的老师来到，急忙相迎，待为上宾。当他得知老师妻儿被杀、房屋被烧的凶信，心里很是气愤，但却没有表露出来，只是每天用最好的饭菜招待老师，并叮嘱他万万不可轻率从事。就这样，徐先生便在武大郎处住了下来。

转眼已过了一个多月，徐先生见武大郎对自己总是每天盛宴款待，就是不提报仇之事，心里好不是滋味。他想问个究竟，但又不愿张口直问，一气之下，便不辞而别，离开了郓城。在返回的路上，他左思右想，总觉得武大郎太没师生情分，是个懦弱无能、忘恩负义之人。于是他借晚上住宿之时，编造了武大郎媳妇潘金莲与人乱情的荒诞故事。然后抄写了多份，一路散发，想借此出出自己的心头闷气。

不知过了多少天，徐先生终于回到了老家孔宋庄。可是，当他走到自己的家门时，不禁愣住了，发现自己被烧的破草房早已变成了光鲜瓦亮的新瓦房，院子也修得严严实实，真像个大户人家。开始，他以为这一定是村里的那个恶霸占了自己的住宅。可是，细一打听才知道，原来这是武大郎派专人来给他修建的，而且还让清河县的官府严刑处置了杀人害命的那个恶霸。听了这些，徐先生悲喜交加、泪如雨下，他心感有愧，连家门也未进就连夜启程往回返，想收回他在路上散发的那些文稿。但是费了九牛二虎之力，仍有一部分文稿没有买回来。这样就使所谓潘金莲和西门庆的"风流艳事"在民间传开了。

后来，明代的一位自称"兰陵笑笑生"的学者，见到了民间流传的这一文稿，就在原稿基础上添枝加叶，编造了更加荒诞离奇的故事情节，这便是流传至今的奇书《金瓶梅》。

黄巢祭刀

讲述：孔庆德 60 岁 保定热电厂离休老干部
记录：石林
1986 年 10 月采录于讲述人家中

唐朝末年，朝政腐败，民不聊生。黄巢在山东一带聚集着数千人马，占据着一座高山。山上有座寺庙，黄巢没事时常到庙里找老和尚闲聊。有一次老和尚问他："将军何时起事啊？""三月初十。"黄巢因为和老和尚熟啦，也就没加戒心，竟把这起事日期告诉了老和尚。

不承想，老和尚偷偷地报告了官府。这事又叫黄巢发觉了，赶紧更改日期，提前到三月初三起事。

黄巢把事情重新安排好了以后，又同往常一样到庙里找老和尚闲聊。老和尚又问他：

"将军起事，不祭祀、祭祀吗？"

"当然要祭祀，我还要杀人呢？"

"将军要杀何人？"

"要借你的人头，祭祭我这口刀。"

　　黄巢是假装开玩笑地说着。老和尚一听吓了一跳，心想：是不是他知道我泄了密？但转念一想，不会，要是杀我他也不会再告诉我了，因此，老和尚又装着没事人一样，口念："阿弥陀佛，善哉，善哉！佛门净地，怎好开杀戒呢！将军休要开玩笑了，你我都是老熟人，怎好下手呢？""是啊，老熟人才对你说。不妨你先躲一躲。"

　　起事的日子快到了，各地造反的人马都向这一带集中。老和尚一看黄巢要提前起事，再向官府报告已经来不及了，只好个人先逃命要紧。向哪逃呢？四周围都是黄巢的兵马，藏到屋里也不保险，想来想去，忽然一抬头看到院里的一棵空心柳树，心说：我藏到树洞里，他不会再找到我吧！因此，他趁着黑夜天钻了进去。

　　第二天是三月三，清明节日，各路兵马都已到齐，单等黄巢发布破敌攻城的命令了。黄巢站在庙门台阶上，拜了天地，拜了四方神灵，然后把刀一举，说："今日清明，要开刀杀人祭祀冤屈的亡灵，杀尽贪官污吏，土豪恶绅，凡是欺压咱们的恶混混，都他姥姥地杀光！为冤死的人们报仇！除尽天下不平事！"黄巢的话音儿刚落，人们不由得高声欢呼："好哇！苍天开眼啦！"

　　最后黄巢把刀磨了磨，说："开刀就要祭刀，把戴佛珠不做人事的狗腿子找来，祭祭我这刀！"

　　黄巢一声令下，人们分头四下里找老和尚，从庙里找到庙外，满山遍野找了个遍，也没找到老和尚。黄巢在寺院里急得来回踱着步，当走到空心柳树跟前时，随手举刀向柳树上咔嚓一砍，只见树身分成两截，鲜血直淌，由树洞里滚出个人头来。人们惊奇地围拢过来一看：呀！正是那个老和尚的人头。

　　黄巢嘿嘿一阵冷笑，说："你在树里也难逃啊！"后来人们把在树难逃，念白了就成了"在'数'难逃了。"

绿林好汉韩复元

讲述：王印泉
记录：肖钦鉴
1987 年 2 月采录

前清时，保定府清苑县有个绿林好汉，叫韩复元，他是杀富济贫的武林豪杰。清政府派人拿了多次，也拿不了他。有一天，在他家里被围住了。外边许多官兵拿着刀枪叫他出来，他也不出来。

他在屋里说："让我出去干什么？"

官兵说："你的案子犯了，来拿你了！"

他说："老子不出去，有本事的进来！"外边的官兵光呐喊，谁也不敢进去，都知道韩复元的本事大。

正在呐喊，韩复元拿着一个被窝卷儿从窗户里往外扔，官兵往两边一闪，他趁着这个机会，从窗户里往外一纵，上了房。

一次次拿不住他，官兵也急了，有一回，听说韩复元他妈死了，县官眼珠子转了转，有了主意："他妈死得好，韩复元是个孝子，打幡的一定是他，利用这个机会，一定能拿住他。"当时清朝有个规定，无论犯多大罪，只要是他爹妈死了，就得让他把爹妈埋了以后，才能拿他。

出殡的那天，多少个官兵衙役在后边跟着，一个个改装打扮，有的扮成看热闹的，有的扮成做买卖的，暗地里却拿着家伙。

谁知一出灵，有十二个打幡的，每个幡不是长枪，就是短矛；拿的哭丧棒不是宝剑，就是单刀。你猜怎么着，这几十口子衙役官兵吓得谁也不敢上前。

等到老人入土为安，大家伙一起磕头，官兵们干瞪眼谁也不敢下手，眼睁睁地看着送丧的人们东一个西一个的全跑光了。

后来，韩复元不幸被捕，被打入死牢。这一天，要行刑了，韩复元戴着手铐脚镣在大街上走，看热闹的人山人海。当走到一家买卖家的门口时，韩复元说："我渴了，要口水喝。"

衙役们说："好吧！掌柜的给他端一碗水来。"掌柜的赶忙端出一碗水来。

韩复元说："呵，掌柜的你这水不开！"

掌柜的说："开呀！"

韩复元说："真开还是假开？"

"真开！"

韩复元说："好！真开！"一跺脚，手铐铁镣断了，他一纵身，又跑了。

县官一看，吓得面色如土。拿不住韩复元，县官急得像热锅里的蚂蚁。还是县官的狗头师爷出了主意，要想拿住韩复元，得这么这么办。

县官找来个剃头的，这个剃头的给韩复元剃了多少年头了，俩人的关系挺不错。

县官对剃头的说："韩复元来剃头，你得杀了他，事办好了，给你一百两银子，要是放了他，你跟韩复元同罪。"

剃头的没法了，等韩复元又来剃头，剃头的一狠心，就把他的脖子给抹了。

韩复元就这样，死在一个剃头匠手里了。

刘伯承爱民的传说

讲述：李盘文 60 岁 省文联干部　　白云生 保定机床厂干部
记录：任廷山
1986 年采录

这是抗日战争时期，发生在太行山区的故事。

赶车

有一年的深秋，太行山的树叶都被霜打红了。

一天，伯承同志拖着有病的身体，坐着地方党组织给他派的一辆马车，从涉县的赤岸，到武乡的王家峪参加总部召开的会议。

走到半路，碰上许多老百姓，正结伴搭伙，扶老携幼，艰难地向前赶路。一问，才知道都是从敌占区逃出来去找八路军的。

伯承同志看着这些流离失所，吃尽苦头的百姓，心里十分不安。他忘了自己有病，立刻让车把式停住车，挣扎着从车上跳下来，亲自把老人和小孩子搀扶到车上。

车把式一看，车上挤得连伯承同志坐的地方都没有了，就着急地说："首长，你是病人啊，不坐车咋行？"警卫员也想说什么，伯承同志急忙捂住他的嘴说："只要乡亲们不吃苦，我走点路算啥呢！"

车上的人一听说伯承同志有病，便不忍心让他在地下走，都使劲的一块挤。可挤了半天，还是没挤出一点地方。一位白发老大爷说："同志呀，你身体有病，不坐车可不中。别看我上了几岁年纪，可身子骨硬棒。来，咱俩换换！"说着就要下车。

伯承同志急忙上前拦阻，同时催促车把式赶快打马起车。没想到车把式不但没听，反而蹲在地上说："你不上车，咱就别走。把你累坏了，可要耽误大事情呀！"

伯承同志心想，等一会乡亲们都要闹着下车，就更没法了。于是，他走到车把式身后，冷不防夺过他手里的鞭子，对车上的人们说了声："乡亲们，坐好哇！"而后抖了一下马缰绳，喊了声"驾"，接着"啪"的一个响鞭，赶起马车，奔跑起来。

车把式和警卫员，两人你看我，我看你，谁也没办法，只好跟在车后跑了起来。

伯承同志赶着马车跑了一阵，豆粒大的汗珠从额角滚落下来。车上的百姓看了十分心疼。一位老大娘哽咽着说："亲人哪，你快挤上来歇一会吧。再这样，我老婆子的心就碎了！"伯承同志擦了擦汗水，乐哈哈地说："大娘，为乡亲们吃点苦，我的心里甜呀！"

当百姓们到了目的地，伯承同志刚想扶他们下车，哪知身体不做主，一下就晕倒在地。警卫员和车把式急忙把他抬到车上。

车把式心疼得热泪直流，用颤抖的声音对大家说："你们知道吗？他就是咱们常叨念的那个'赛诸葛'刘伯承啊！"大家一听，当时都惊呆了，接着一个个感动得流下了热泪。

伯承同志醒来一看，乡亲们都深情地围在自己周围，就微笑着安慰大家说："乡亲们，这算不了什么。等打败了日本鬼子，解放了全中国，我还要为大家开汽车，火车，飞机，驾轮船呢！"

过枣林

有一次，刘伯承同志率领部队，从武安向陵山转移，途中穿过一片枣树林。枣树上挂满了半红半青的大枣，压弯的枝头，直碰脑袋。只要一张嘴，就可以吃到又甜又脆的大枣。

正往前走，就听一个小战士说："青瓜红枣，见面就扰。"说着一伸手，就摘了一把。

这件事，很快被伯承同志知道了。他马上命人装了半袋子小米，写了张道歉的纸条，一起挂到了枣树上。而后，又亲自找到那个小战士，一问才知道是个刚入伍不到十天的新兵。但伯承同志并没有迁就，同样严肃地批评说："毛主席教导我们不拿群众一针一线，一把大枣比一针一线要大多少倍呀！我们八路军是人民的子弟兵，绝不允许违犯群众纪律！"

正说着，就见有人领来一个老百姓。只见他肩上背着一筐大枣，手里提着米袋，急匆匆地来到刘伯承同志跟前说："同志们吃几个枣算个啥呀！要不是八路军来俺这山庄，别说是枣林就是俺这脑袋也让日本鬼子给搬家了！"说着把枣和米袋往伯承同志跟前一放，转身就走。伯承同志本想让他把东西拿走，但知道这工作肯定不好做。于是就把枣和米暂时收下了。并问清了他的姓名住处，然后才把他送走了。

那个百姓见伯承同志收下了大枣，心里十分高兴。谁知他回家一看，枣和米又都放在炕头上。

原来伯承同志等那个百姓走后，立刻派人骑马抄近路，把枣和米又抢先送到那个百姓家中。

挑水

过去，林县以西一带的山村，百姓们吃水相当困难。当地有这样一句话："山高土少多石头，常年吃水如吃油。"这一带的山上，没有泉眼，没有水井。每家都在房前屋后凿一个大石坑，把雨水或雪水积存在里头，这就是全年的用水。

刘伯承同志带领部队驻进这一带山庄后，首先了解到这里吃水困难，所以亲自带头节约用水。

一次，警卫员洗完脸，刚想把水泼掉，伯承同志赶忙上前拦住说："不要倒掉，这里的乡亲们吃水难哪！"接着挽起袖子，用警卫员洗过脸的水洗起脸来。伯承同志还把刷过碗的水澄清后再用一两次才倒掉。

为了减轻百姓的负担，在部队出发之前，伯承同志下令说："路程再远，也要把百姓们积水的大坑全部挑满！"

命令一发出，驻在各村的部队立刻行动起来，都跑到二十里以外的山下挑水。

伯承同志也和同志们一道去挑水，百姓们一见，都抢他的扁担和水桶。伯承同志说："你们的困难就是我们的困难。现在我们的日子是苦点，等新中国成立后，一定让你们和城里一样，吃上自来水。"

许世友的传说

出山

讲述：贾启明　于学水
记录：赵忠义
1977 年采录于北京

听说，许世友将军自幼爱好武艺。但他家穷，请不起教师。长到十七八岁时，许世友心一横，到嵩山少林寺，削发出家当了和尚。他的功底本来就好，上山后又肯用心，能吃苦，又领受了少林正宗真传，两年过后，就学得了一身硬功夫。许世友对母亲特别孝敬，想回家看看母亲，便硬着头皮走进禅堂，拜求老方丈："我已离家两年，我那可怜的老母，如今不知死活，请师父开恩，让我回家看看好吗？"坐禅的老方丈睁开眯着的眼，瞅了瞅许世友说："好吧！明天一早，你还来这里，大家为你送行。下去准备吧！"

第二天早晨，许世友再进禅房，堂前已站满了许多和尚，个个圆睁双眼，直愣愣地盯着他。老方丈一挥手说："今日有人，学业未满，就想还俗下山，按寺中老规矩办！"站在两厢的两个师兄猛地一拉黄布遮帘儿，唰！两壁明光锃亮。许世友一看，原来是兵器架。方丈对许世友说："你在架子上任选一件顺手的家伙，杀下山去，走得了，你就走；走不了，你再回来，去吧！"哗！禅房里的和尚们四散而去。许世友抄起一根齐眉棍，拜别了老方丈，离开禅堂，踏上了出山的路。此时的许世友，真像是下山的猛虎、闹海的蛟龙，一路厮杀，连闯七道关卡，没人阻拦得住。来到第八道路卡，被两个武艺高强的师兄拦住，二话没说，叮当扑哧，就打了起来，心急如火的许世友，一失手，扫堂棍打中了一个师兄的腿，那师兄顿时躺倒在地上，脸色由黄变白，头上直冒冷汗。许世友见伤了师兄，不忍离去，心想：要是这样杀下去，十八道路卡，得伤害多少师兄弟呀！这是罪过。哼！都说我许某人生性粗野，我可得转转弯儿："师兄！我对不住你，什么烂规矩，我不走了，咱们扶师兄回去吧。"于是，他和另一个师兄扶着被打伤的师兄回禅堂，见了老方丈。

到了夜深人静，许世友背了个小包袱，神不知，鬼不觉，悄悄地从没人敢走的山崖小路，施展轻功飞腾术，闯出山来，回家见了老母。此后，经人引见，许世友离开家乡，参加了红军。

神枪手

讲述：贾启明
记录：赵忠义
1977 年采录于北京

有一次，朱老总和彭老总到许世友的驻地视察。他们边走边看，走着走着，彭老总向许世友一伸手说："唉！来支烟吧！"朱老总也伸手说："给我一支。"许世友赶紧从兜儿里掏出烟盒：真可怜，一看就剩一支烟了。彭老总说："老许委屈你点吧！朱总和我来个二一添作五，一人半截儿，你就从当中撅开吧！"许世友说："这好办。"他边说边掏出手枪打开保险，左手将烟向空中一扔，右手"叭"地一枪，那支烟顿时冒起烟儿来，正好从中间分成了两截儿。他不慌不忙，左手一抄，亮出手掌，就把那两截烟平伸到两位老总面前："我给你们点好了，请抽吧！"朱总彭总笑得合不上嘴了，不约而同地赞叹说："你真行！你真行！"然后，便接过烟抽了起来。

忽然，一对鸽子冲头顶飞来，许世友说："两位首长到我这里来，一支烟还得两下分，条件艰苦哇！我打点野味儿，让首长饱饱口福，也算我军对首长的犒劳吧！"说完，他对准鸽子，"叭"地一枪，两只鸽子同时落地，警卫员高兴地叫起来："嘿！一枪两个，真来劲儿！"他欢快地跑上去，捡起鸽子让两位老总看。彭老总伸出大拇指说："嗯！好枪法！"朱老总说："你真是神枪手！"许世友一抱拳："实不相瞒，咱手下的兵，比我枪法好的，还多着呢！"

挑司机

讲述：周建光
记录：赵忠义
1977 年采录

刘邓大军挺进中原之后，我军连打胜仗。"运输队长"蒋介石，不断地给我们添置新武器，新装备。许世友的司令部有了小汽车，增加了司机班。这一天，许世友要挑选一个好司机。

考场上，一个个司机精神抖擞，都想争取被选上。警卫排长提出了第一个人选，喝！小伙子中等个儿，匀称身材，仪表端庄，看上去像上过学的。他稳把方向盘，将车徐徐开来，后边看不见一点烟尘。到了近前，打开车门，他跳下车，一个立正敬礼："请首长上车！"随后左手一让，右手去搀扶许世友，待许世友坐好后，他才上车坐稳，说了声："首长坐好。"慢慢地把车开走，稳稳地绕了一圈儿才返回来。排长心里说："这司机有礼貌，满精神，车开得稳当，也许会被选上。"谁知许世友抬起右手，向前一扬，排长明白，这是在说："去吧！不行！"赶紧招呼第二个。这第二个红黑脸，很粗壮，老实憨厚，没有那么多话和礼节，开起车来稳中有快，结果许世友还是老样子，右手一抬一扬。就这样，新组建的司机班，都是排长精心挑选的好司机，都被许世友给烤煳了。排长心里着急又没办法。班长说："叫警卫班那个大个子去试试。"排长知道那大个子是从步兵挑上来的战斗英雄，力大枪准，好拼刺刀，又急又愣，调上来后，爱摆弄汽车，司机们叫他"二把刀"。事已如此，就叫大个子来试。只见那大个子上车，一踩油门儿，车发动起来，开足马力，车"噔噔"如飞，沙尘大起，来到许世友跟前并不停车，只是减慢了车速，推开车门，大声喊叫："司令，快上车！"许世友赶紧上车，左手刚扒住扶手，右手正往回带车门时，大个子却猛地加快车速，车门连拉带风次，"哐"的一声关了个严实。汽车像离弦的箭，颠得许世友一起一伏坐不安稳，大个子只用了别人的一半时间，就风驰电掣般地赶回来，说了声："司令，下车。"一个急刹车，来得好快。许世友身子向前一抬，就势起来推门下车。大个子也跳下车来。许世友当着排长，照大个子的胸前就是一拳："好！愣小子，我的司机就是你了！军人打仗，战机紧迫，给我开车，怎能像抬花轿那样四平八稳，慢慢腾腾，我又不是新媳妇儿、大姑娘！"说完，大家都哈哈地大笑起来。

力举石狮子

讲述：张军平 工人
记录：赵忠义
1985 年采录

有一年，苏联军事代表团来我国访问。这一天，他们来到南京军区司令部门口，要和军区首长一起去参观那虎踞龙盘的钟山和大浪滚滚的长江。就在等人的那么一会儿，一个粗壮胖大的苏联军官对军区司令部前的两个石狮子发生了兴趣，他招呼人们围拢在右边儿的石狮子左右，只见他俩手一抓，使足全身劲儿，"嘿"的一声，就把右边的石狮子给举了起来。随后，他挪动双脚把石狮子和左边的那个并放在一起。围观的人们都跷起大拇指，齐声称赞；而这位苏联军官更加洋洋得意，哈哈大笑，然后松泛着腕子，哇里哇啦地说开了俄语，意思是说："看你们中国人怎么把它放回去？"

这时，南京军区司令员许世友，大步走出门来，冲友军扫了一眼，二话没说，就走到石狮子跟前。他暗里运好气，来了个骑马蹲裆式，两手抓住两个石狮子的脚，一叫力，"嗨"地一喊，两个石狮子便举上头顶。许世友不慌不忙，迈动武步，绕场一圈儿，又重新将两个石狮子稳稳放好。

两国军官立时一阵喝彩、鼓掌叫好。那个两手举一狮的苏联军官惊得俩眼都直啦，此时被人们的鼓掌声惊醒了过来，赶忙走到许世友的跟前，"啪"地一个军礼，又说了几句俄语。翻译赶紧翻译说："许司令，你真是神力呀！我深感惭愧，惭愧。"

英雄王宪的传奇故事

讲述：王宪 赵子全 杨全
记录：赵忠义

拔掉西大园据点

1943 年 5 月，晋察冀八路军一分区侦察连的战斗英雄王宪，因右臂负伤，暂不适合主力野战部队的工作，奉命调往保（定）满（城）支队，担任一队队长。当时分区杨成武司令员号召军地武装，在保满地区打"小歼灭战"和"拔钉子"等战斗，不断扩大解放区和游击区。经过支队党委扩大会议反复讨论，决定进行化妆突袭，以少胜多，先拔小而弱的据点。

第一次化装突袭的对象，选定了保定西郊西大园据点。经过侦察后，农历八月十四大清早，王宪一行五人由水碾头村出发。王宪扮成一个小地主模样，穿一件毛哔叽夹袍，手里提着一只空酒瓶，其他人也化了装，夹杂在进城的人流中，向西大园据点的栅门走去。

中秋的早晨，有点薄雾，王宪他们走到离西大园据点栅门大约五十米的时候，看到敌人哨兵嘴上叼着香烟，身上披一件棉大衣，懒洋洋地拉开两扇大栅门，接着便开始检查行人。王宪大摇大摆地走到敌哨兵跟前，哨兵见他穿着打扮与众不同，立即满脸堆笑地问："先生这么早进城，是买过节的东西吧！"王宪一边儿笑着应酬，一边儿从口袋里掏出一包金枪牌香烟，抽出一只递过去。同时，王宪那锐利的眼光中，扫看着哨兵的武器在什么地方。原来，这个敌兵的步枪倒挂在右肩，外罩破大衣。所以看不见他带的武器。王宪在和哨兵搭话的空儿，看到敌人住处非常安静，估计敌人可能在睡回笼觉。回头一瞅，身后四位同志也跟上来了，说时迟那时快，王宪把酒瓶猛地朝地上一摔，紧跟在身后的侦察员周小行忽地扑上前，一个锁喉动作，敌哨兵连哼都来不及，就上了西天。王宪让周小行留在栅门，瞭望敌情，把守退路。他率领另外三名侦察员飞速冲进敌人住处。一屋子的敌人正在死睡，有的还打呼噜。王宪他们疾步向前，先把敌人的武器从枪架子上取下，桌子上的电话也拿下来。王宪大喝一声："八路来了，缴枪不杀！"敌人从梦中惊醒，纷纷举手投降，王宪命令三名侦察员把敌人押出房外，他将缴获的三箱子手榴弹搬到房顶，把房中可以燃烧的桌、椅、凳、被、褥等，堆在一起点着，一会儿，连烧带炸，据点成了火海。这时房外的敌人经简短教育早逃散一空，王宪等五位英雄，带着缴获的武器及时撤离了西大园。

巧打伏击战

经侦察，王宪他们发现马厂据点的敌人，经常以一小队的日伪军兵力到满城领给养，由马厂到满城之间，有条一亩泉河，河上有一座月亮桥，是敌人来往保定满城南奇村村西的必经之路，这处咽喉要地，对潜伏非常有利。

农历十月，已是初冬，王宪率领的部队于天亮前进入了月亮桥周围的伏击阵地，天大亮了，路上行人稀稀拉拉，乡亲们的稻草帮了大忙，战士们钻在稻草中，纹丝不动。

大约吃过早饭的时候，仍看不见敌人的动静。战士们有点着急，又忍耐了一会儿，敌人才沿着公路露头儿了，这是一个小队的兵力，队形不整，少数鬼子也把握不住大多数伪军狗子。有的吸烟，有的唱小曲，有的说笑打闹，一窝蜂似的。当敌人进入王宪他们的伏击圈时，只见王宪把手枪"砰"的一点，一个鬼子，就倒在地上。于是，密集的火力网发威，敌人被突如其来的枪弹杀死了一大半，其他敌人见势头不妙，赶紧卧倒在公路两侧，头也不敢抬。有几个鬼子想动，先叫他们见了阎王，接着有的举手喊投降，有的脑袋扎进稻草里，只露屁股在外面，可笑极了。总共二十多分钟，就胜利地结束了战斗。

智夺沈庄炮楼

经过支队作战会议研究，沈庄炮楼应尽快摧毁。一是这里的敌人都是市郊警察，只会敲诈勒索，不会打仗；二是这个地方是保定到满城北部地带的主要通道，拔掉它，保满支队和民兵便可直逼保定城，便于开展市郊工作；三是能更好配合我八路军主力在山区反扫荡，更有利牵制敌人。这次摧毁沈庄炮楼的任务又落在了英雄王宪身上，支队首长们命王宪负责战斗的组织指挥。

王宪挑选了七位侦察员，让他们依照自身的相貌、年龄、身材等特征，在乡亲中借用合适的衣服鞋袜，和便于作战的各种用具。要求贴切自如，得心应手。借用后，还进行了实战演习。王宪他们经侦察得知，进山扫荡的日伪军，在保定征用了很多民工，有的不小心误踩我民兵埋下的地雷被炸伤，有的生了病不能随军。于是，就得用门板将民工抬回保定。或用马车拉回保定。这样一来，就给王宪他们提供了化装改扮的机会。王宪安排四个同志抬门板"担架"，都是像模像样的民工，一个由侦察员假扮的民工躺在担架上，把冲锋枪放在被子下面。王宪扮作民工的长辈，提一把茶壶走在担架前头，以摔茶壶为暗号。还有两位侦察员扮作粮贩子，一个推车，一个拉车，把冲锋枪放在粮食口袋里，时间选在了下午五点，这个时候是人们回城的时候，好"蒙混过关"。

沈庄炮楼的敌人，都是年岁较老的警察，老奸巨猾。炮楼工事很坚固，主炮楼周围是环形深沟，里面有水，能没过膝盖，还钉有梅花桩，只设一座吊桥作为进出的通道。这吊桥通常是晚上七点吊起来，早上七点又放下来，吊桥的收放点儿是这次战斗取胜最重要条件。

农历十月下旬，一天下午的四点多钟，王宪他们按预先安排，由曹庄出发，五里多地，走了近一个小时。四个人抬着一个"病人"，非常吃力，抬担架的人，虽说都是彪形大汉，也累得汗流满面。当接近炮楼时，只见沟内土围墙上面坐着四个伪警察在聊天，桥头有一个警察正在东张西望，当担架抬近吊桥时，这个警察问："怎么回事？"王宪上前说："他给皇军出伏，在山里得了重病，眼看快不行了，不得不接回来。"说着掏出一包香烟送给了他。那伪警察当下就笑着说："干脆把抬的病人放在这儿歇歇再走吧，怪累的……"他这一说，正合王宪的心意，王宪回头一看，后边的人也全上来了。

说时迟那时快，王宪将手中茶壶"叭"一下摔得粉碎，伪警察还不知怎么回事，王宪已将他打昏，夺过了步枪，冲上吊桥。担架上的"病号"及抬担架的人抄起武器，一直冲进了炮楼，两位"粮贩子"，也冲进敌人的住处，毫无防备的敌人，吓得丢了魂儿，都趴在地上磕头求饶。王宪他们一枪未发，就打了一个化装奇袭的歼灭战。战斗结束后，附近村子的群众，立即拿着工具，赶着马车，推着小车，飞快地赶来。拆房的、填沟的、拉东西的，从黄昏到第二天天不亮，把一个铁桶般的据点，扒得干干净净。上午九点，鬼子一个中队和部分伪军赶来支援时，只好望着摧毁的废炮楼哀叹！

三粒子弹

讲述：赵舜花　　赵金泉
记录：赵忠义
1984 年采录

1941 年秋的一天上午，人称"老济公"的中共满城县委书记郄金奎以串村卖针线作幌子，来到小车地下党支部书记兼民兵队长徐存厚家中，传达了县委的重要指示，并让存厚尽快传达给大车地下交通站即寿明寺小学教员曹介休、村教委赵金鸣。分手时，老济公说："别的几个村我顺便传达，环境险恶，你得格外当心，身上光有手榴弹，杀猪刀不行，把我的手枪留给你。记住，枪里只有三粒子弹，除非万不得已，尽量不用这家伙。"说完，老济公就向崔闸村去了。

徐存厚插好手枪，简单收拾了一下，奔向大车村。大小车村之间有座龙泉寺，寺前的一亩泉河穿大石桥向南流去，这座大桥是大小车两村间的必经之地，就在存厚兴冲冲跨上大桥时，他看见桥北河西有四个人，两个女的用扒网扒虾，两个鬼子在看。就听扒虾的那个妇女一咳嗽，俩鬼子扭头南望，正好看到徐存厚刚上桥。"巴格亚路，八路的干活"，鬼子叫喊着，端着三八大盖儿向桥上冲去，脖子后的屁股帘子一蹶一飘。突然的遭遇使徐存厚脑子飞转，"不能给曹老师、给大车乡亲带来灾祸。"他果断地转身下桥，钻进玉米青纱帐。鬼子上桥后，冲着徐存厚晃动的玉米开枪，存厚不幸，左小腿中弹。他忍痛拼命跑动，鬼子穷追不舍。枪声就是报警，惊动了老济公、曹介休，也惊动了马厂炮楼，日伪军狼狗般蹿出来助战。

徐存厚向自己的家中跑去，鲜血滴在地上。敌人没能追上人，但发现了血迹，敌人顺着血迹一直找到徐存厚的家中，找到徐存厚藏身的山药窖前。鬼子逼着一个伪军下窖，那狗子刚进窖膛，一枪矛子插进他的左胸，当下完蛋。鬼子不敢再派人硬下，一个鬼子拉着一个伪军向窖下喊话逼降。只听"啪、啪"两声枪响，这俩坏蛋被窖下飞出的子弹穿身，倒栽葱摔死窖中。愣了一会儿，鬼子伪军又充硬向窖下探望喊话逼降，徐存厚知道枪里只有一粒子弹，但他誓死也不会投降，也决不把它留给自己。说时迟那时快，"啪"一枪，又一个鬼子栽进窖中。鬼子急了，闹不清窖下的实力，不敢再逼降。一个鬼子指手画脚，一群伪军狗子就四处抱柴火往窖里扔，随后点着了满过窖口的柴火。徐存厚这位中华民族的好儿男，被活活烧死在自家的窖里。

河北 保定

中国民间故事丛书

新市区卷

故事

幻 想 故 事

饱暖生闲事

讲述：阮焕章
记录：刘正祥
1986 年 6 月采录于讲述人家中

从前，有个大地主叫饱暖，家中良田千顷，骡马成群，雇的长工、短工不计其数。单说长工里有个叫忍饥的，小伙子精明强干，耕耩锄耪样样精通，整日累死累活，一年到头却连顿饱饭也混不上。

有一天，忍饥去地里干活，走到半路，碰到一群孩子正在打架。只见一个孩子手里攥着一只小鸟，另一个孩子过去就抢，双方扭在一起。忍饥一问，两个孩子都说是自个儿逮住的。这时，旁边的一个孩子说："干脆摔死它，谁也别要。"

"对，摔死它，省着打架。"别的孩子也附和着。拿鸟的孩子正举手要摔，忍饥急忙说："不要摔，好好的一个小生命，怪可怜的。"

"那你说怎么办？"

"我看很好办，把鸟儿给我吧！"

"你想得倒挺美。"

忍饥说："鸟儿我不白要，给你们一人一个饼子，可以吗？"打架的两个孩子一琢磨，反正鸟儿是要不上了，这样还可以白捞个饼子吃，也就同意了。忍饥把鸟儿拿回家后，先用布条把它受伤的左腿缠好，又动手编了个鸟笼子，里边放足了吃食和水，然后才小心翼翼地把它放进去。

　　时间一天天过去了，小鸟的伤也慢慢好起来。这天，忍饥对着鸟笼子自言自语地说："要不是我，你早见阎王爷去了，现在你的伤也好啦，就自由自在地飞走吧！"说着就把鸟笼子的门儿打开，那小鸟好像很懂主人的心情，扑棱着翅膀向他点了几下头，才恋恋不舍地飞走了。

　　忍饥用饼子换鸟儿的事很快在村里传开了。饱暖知道后，逼问忍饥："听说你用饼子换鸟啦？真是吃饱了撑的，你知道不，那饼子可姓我的姓呀。"

　　忍饥解释说："眼看那小鸟要被摔死，我自己舍不得吃，才用饼子换回来。"

　　饱暖说："那也不行，赶快把鸟儿交出来。"

　　忍饥说："鸟儿早就跑咧。"

　　饱暖又气又恨，当下连工钱也没给，就把忍饥辞掉了。

　　忍饥回到家里，只好每日上山打柴勉强度日。这天，天刚蒙蒙亮，忍饥就上山砍柴去了，傍黑才挑着满满的一担柴回到家里，推开房门一看，一下子把他惊呆啦：只见满屋热气腾腾，桌子上摆着白光光的大馒头，盘子里盛着叫不上名字的炒菜，真是眼花缭乱，香气扑鼻。本来他的肚子就"咕噜咕噜"地直劲叫唤，看到这些香喷喷的炒菜，就狼吞虎咽地吃了起来。说真的，忍饥长这么大，还是头一回吃这么丰盛的饭菜哩。

　　第二天，忍饥照旧上山砍柴，傍黑儿回来，屋子里又是热气腾腾，饭菜可口，香气扑鼻。一连四五天，天天如此。忍饥想：自个光知道傻吃，这饭菜到底是谁做的？他决心要弄个水落石出。这天早清儿起来，忍饥又装作上山砍柴，围着村子转了几个圈儿就回来了，刚一进院，见窑洞里正在冒烟，他隔着门缝向里一瞧，哎哟，原来是个水灵灵的大姑娘，长得如花似玉，苗条的身材，齐整的穿戴，这到底是谁呢？他想进去问个究竟，又怕把姑娘吓跑，就偷偷地站在门外，趁姑娘不注意，冷不丁闯进去拉住了她。姑娘见主人回来了，并不惊慌，只是腼腆地笑了笑说："你回来啦，忍饥。"

　　"你是谁？怎么知道我叫忍饥？"

　　"你不认识我啦？"姑娘爽朗地笑了笑，忍饥使劲睁了睁眼睛，仔细地瞅着姑娘，摇了摇头。

　　"还记得那次你放走的小鸟吗？"忍饥点了点头。"那就是我，我原是东海龙王的三公主，三月三蟠桃会，我去王母娘娘那里赴宴，席间喝醉了酒，头昏晕脑涨，多亏你救了我，奉父王的御旨，特将我许配于你。"忍饥一听，心里真像刚出笼屉的糖包热乎乎甜蜜蜜，脸上乐成了一朵花。但又一转念，我房无一间，地无一垄，就像那冬天的泡桐树——光棍一条，自个儿的肚子都填不饱，怎能养活人家呢？姑娘好像猜透了忍饥的心思，笑眯眯地说："不要为难，我们都有两只手嘛！"

忍饥听了，自然高兴，说着，二人在茅草棚里拜了天地。姑娘一看炕上连条像样的被子也没有，便拿手绢儿用嘴轻轻一吹，就见一大摞五颜六色的绸缎被褥，整整齐齐地摆在炕当中。忍饥一见，高兴极了。于是，二人熄灯睡觉，那些甜甜蜜蜜的话语自不必多提。

第二天天刚亮，忍饥就起了床，哟，这是怎么回事？他赶紧揉了揉睡眼惺忪的眼睛，只见破旧的茅屋不见了，出现在面前的是一座深宅大院，青堂瓦舍，富丽堂皇，一夜之间，穷苦的忍饥竟变成一个远近闻名的忍员外。

这消息就像长了翅膀，很快传遍了周围的村庄。饱暖听了，一百个不相信，他一个臭长工哪有那么大福分？再说，盖房子又不是吹气，哪能一夜之间就成了呢？为了探听虚实，他气喘吁吁地跑到忍饥门前一看，把个饱暖惊得目瞪口呆，不由倒吸了口凉气，自己是有名的大财主，可房子哪有忍饥的漂亮？他急着要问个究竟。刚一进门，就被把门的喝住："你是何人？竟敢私闯民宅？"

"我是本村的财东，要见忍饥。"

"大胆，那是我们的忍员外，休要在此放肆。"饱暖正被家人训斥，忽见忍饥从屋里出来，就皮笑肉不笑地说："恭喜你呀，忍老弟。"二人刚在客厅坐定，饱暖就急不可待地问起他发家的原因。忍饥自根儿老实厚道，就把经过一五一十地说了一遍，饱暖听说忍饥还娶了一个漂亮媳妇，馋得口水直流。当他见到忍饥媳妇之后，一下子把他的三魂六魄都勾去了，就像蚂蚱飞进油锅里——全身都酥了。他哪里见过这么漂亮的女子，简直比那九天仙女还要美丽十分。饱暖只顾呆呆地看那姑娘，连主人几次催他喝茶都没有听见。临走时，还再三请求忍饥到他家里做客。

几天后，忍饥按时赴约，饱暖好吃好喝热情招待，并让他的三妻四妾全部出来陪客。酒过三巡，饱暖眨巴着一双小母狗眼说道："忍老弟，大哥我有一句话，不知当说不当说？"忍饥说："有话尽管说。"

"我想把咱们两家的东西换一换，包括房产、地亩、家资、妻小一起换，不知忍老弟意下如何？"忍饥感到十分意外，只好推辞要与妻子商议商议再说。

忍饥回家后，谈到饱暖要求换媳妇一事，妻子问道："你说的是真的吗？""是真的。"

"若要反悔呢？""他说可让证人写下字据。"

妻子说："那你就痛痛快快地答应他。"忍饥红着脸说："可我舍不了你呀！"妻子说："咱们的姻缘只有一百天，等期限一到，我还得回龙宫去，咱们的房子、家具就不复存在了。"忍饥一听，立刻哭成泪人一般。妻子说："我本心也不愿走，怎奈有父王御旨，劝我郎还是从长计议，与他交换的好。"忍饥尽管十分痛心，但也只好如此。

又过了几天，眼看一百天的期限将到，忍饥来到饱暖家中，饱暖说："忍老弟，你们小两口商量得如何？""已商量好了。"饱暖一听，立刻眉飞色舞："咱可一言为定啦。"说罢，他找来了证人，立下了永不反悔的字据。于是，两家的房产、地亩、家资、妻小就全部交换了。

饱暖来到忍饥家中，看着那花枝一样的媳妇，早就魂飞天外。刚刚吃过晚饭，他就铺好被褥，准备睡觉，媳妇一边绣着花一边说："我有个毛病，前半夜不能睡觉，你自己先睡！"饱暖看媳妇不睡，急得如同热锅上的蚂蚁，但又不能强拉硬扯，只好自己先躺在松软的被子里，一连催了三四次，媳妇还是那句话。无可奈何，只好独自做起了美梦。

也不知过了多长时间，饱暖浑身一哆嗦，把他冻醒了，睁眼一看，天啊，见自己正睡在半拉破缸里，身上盖着两片烂荷叶。哪里还有青堂瓦舍？哪里还有绸缎被褥？更不见了那摘心揪肺的艳丽佳人。他急忙从破缸里爬出来，穿上衣服就往家跑，半路上，见很多穷苦百姓都背着粮食用嘲笑的眼光看着他。"天啊，这都是分的我的粮食呀！"饱暖像疯子一样跑到家门口，把门家人却不让他进，饱暖说："我是你的东家呀。""谁承认你是东家，我们的东家现在是忍员外。"

饱暖一听，气得两眼直冒金星，刚要反悔，忽见忍饥拿出了证据，在铁证面前，饱暖自知理亏，耷拉着脑袋，活像个丧家之犬。

宝高粱

讲述：连金盈
记录：任廷山
1986年10月采录于河北易县

从前有这么一家，哥俩，哥哥叫大林，弟弟叫二林。自从父母去世以后，兄弟俩守着有限的土地勤劳耕种，从不偷闲。二人和和气气，相依为命。有饭吃，有衣穿，日子过得还算和美。

几年过去了，大林已经是二十大几的人了，还没娶上一个媳妇。二林以为，婚姻之事哥哥不好说出口，就主动地对大林说："哥，你不小了，也该说个人了。我要是有了嫂子，咱哥俩下地干活，不愁没人看家做饭，缝缝补补的活也有人管，过日子也就不再为难了。"

大林有自己的想法，见兄弟多次动员他成家，就把自己心里话告诉二林："兄弟说得虽然在理，可我就担心摊上个不贤惠的老婆，今儿个抬杠，明儿个拌嘴，弄得咱们不但没福享，还得让你跟着受罪。"二林听哥哥这么一说忙劝解说："哥哥不必担心，坏媳妇虽有，哪那么巧就让哥哥碰上呢？再说碰上个性情不好的，咱平时多忍让着点，人心换人心，也不会出什么大事。"

真是怕什么有什么。大林在兄弟的多次催促下，托人说了个媳妇刘氏，这刘氏从小娇生惯养，长大好吃懒做，要说扎刁撒泼无人能比。十里八村都少见。就这么个人，偏偏就让大林给遇上了。

刚成亲的那阵，一家过得还算和睦，可是没多久，这刘氏就露了原形。整天打扮得妖里妖气，处事油嘴滑舌，不是挑吃拣穿，就是嫌脏怕累。二林实在看不过眼，就让哥哥劝说嫂子，谁知不劝还好，一劝反把刘氏的泼劲给惹上来了。她破口大骂说："姑奶奶过门就是要享几天清福，不是来当使唤丫头的！想让我侍候别人，门都没有！"

刘氏不但不说自己不好，还说是二林挑唆丈夫跟自己过不去，所以就把二林看成眼中钉、肉中刺。整天指桑骂槐，不三不四地甩闲话。二林听了只当没听见，每天总是起早贪黑没死带活地拼命干活，想用实际行动感化嫂子，可到头来，不但没能感化她，反而更凶了，总是故意找碴斗气。三天一小打，五天一大打，把大林气得死去活来，弄得全家日夜不得安宁。

就这样，刘氏还不满足，恨不得立刻把二林撵走，才解心头之恨。一天她对大林说："老二也不小了，该让他自己单过了，要不然等他娶了媳妇，我这嫂子更难做了，不如趁早让他滚蛋！"大林一听要把兄弟撵走，真着急了，但又不敢发火，只是苦苦哀求刘氏说："自从爹妈死后，兄弟跟着我苦巴苦曳、没早没晚地干活，一天福也没享过，无论怎么着，也得等给他说上媳妇再让他单过。"刘氏一听就头顶冒火，一撺三尺高，用手指着大林的脑袋骂道："你这个三脚踢不出个响声儿的窝囊废，五天爬不上河沿的笨鳖！给他娶媳妇，钱得咱们花，成了家，又多一个吃饭货！让他自个单过，咱就扯不着这份淡，操不着这份心！真是傻得你连哪头炕凉、哪头炕热都不知道了！"大林虽被媳妇骂得狗血淋头，但说什么也不同意和兄弟分家。刘氏一见简直气得要发疯，又跳着脚骂道："你这死鬼，是要兄弟，还是要老娘，这个家有他没我，有我没他！"说着就寻死觅活地大闹起来。大林实在没法，只好硬着头皮和二林去说分家的事。

二林深知哥哥的难处，答应自己单过。大林让兄弟把家中吃的、穿的、手使家用的都拿上点，暂时先住在场院的小屋里。可二林知道，别说拿什么值钱的东西，就是拿走一根针，一条线，也像抽嫂子的筋一样。所以提出什么东西也不要，只要自己用过的那把大锄和半升高粱种。

刘氏一听心想，那把大锄，又大又笨，留着它也没人用，趁早拿走。那半升高粱种吗……想到这皮笑肉不笑地说："兄弟年轻力壮，能吃苦，又有志气，还愁以后没好日子过。等着嫂子给你拿高粱种去！"

刘氏急忙来到了上房，点上火，把那半升高粱种上锅炒了个半熟，装入破布袋，连那把大锄一起交给了二林。

二林带着身上的衣服，肚子里的干粮，扛着大锄，提着那半升高粱种，告别了哥哥，远走他乡了。他一路之上帮工打短，一晃几月，眼看春暖花开，二林心想总这样四处飘荡也不是长法，倒不如到深山老林去开荒种地。

二林来到深山，见山前一片草地，土质很肥，他决定把这块地开垦出来。他在附近找了个山洞就算安家了。饿了采摘野果、松子，渴了喝泉水。日子过得虽说苦点，但没人给气受，倒也觉得痛快。

二林没用几天工夫，就把那片草地开发出来了。地整好了，该下种了。二林把高粱种拿出一看，才发现有的都开了花，放在嘴里一咬有香味，才知道是嫂子给炒熟了，这样的种子种到地里也不能出哇，急得他直转磨磨。他恨嫂子心肠太狠，又想起早死的爹娘，不由放声大哭起来。

二林正哭得伤心，就见一个白胡子老头从山下走来，到了跟前问二林说："小伙子，为什么这样伤心啊？"二林把实话对他讲了。老头说："小伙子不要难过，我给你一粒高粱种，你种上就够吃的了！"说罢从身上取出一粒高粱交给了二林，二林见老头给高粱种，就想把那半升熟高粱粒给他。老头说："你把那半升高粱埋在你种的那棵高粱底下，将来有用。"说完老头就不见了。

二林一见有了高粱种，心里高兴。马上扛起大锄，来到地当中，刨了个坑，就把那粒高粱种到地里，又顺便把那半升高粱也埋在旁边。

说来也怪，那高粱种下之后，第二天就长出一棵又粗又壮的高粱苗，第三天就长得像棵小树，还结了个二尺长的高粱穗。有一天，二林睡觉刚醒，突然发现地里有一团红光，照亮了半边山。二林忙起身到地里一看，原来是那棵高粱熟了。

二林连忙用锄头砍倒，没承想砍倒一棵又长出一棵，二林一连砍倒几棵，高粱还是一个劲地往外长。二林觉着奇怪了，心里想，难道老头给我的是一棵宝高粱？他拿起高粱穗一看，立刻惊呆了。哪里是什么高粱，原来是一串串的红中透亮的宝珠。

从那以后，二林盖了房置了地，买了马拴了车，还娶了媳妇，一下子就发了财。

二林想，那个老头给了宝高粱，救了我的命，有福不能我一个人享，天下还有很多穷人，我得把宝珠分给他们。

这一天，二林带着宝珠去接济穷人，就见两个讨饭的人，摇摇晃晃地往前走着。到跟前一细看，竟是哥哥大林和嫂子刘氏。大林也很快认出了兄弟。二人抱头大哭了一场，嫂子刘氏也跟着挤出了几滴眼泪。

原来二林走后，刘氏更无拘无束，整天胡吃海喝，随意地挥霍，大林连大气也不敢出。没多久，家底就被她折腾光了。没奈何，二人只好出来讨饭。

二林听后，十分心疼，立刻领着哥哥嫂子回到自己家中。

到家之后，各叙离别之情。刘氏觉着没脸见人，只是低头不语。二林以为嫂子有悔过之意，忙说："嫂子，过去的事就不用想它了，现在这就是你的家，有我吃的，你就饿不着，决不让你受罪。"刘氏一听，二林不但不记前仇，而且还像以前那样的亲切，话就多起来了。问道："兄弟，你从家里

出来，自己创出了这份家业，实在不容易。不知道你是怎么发的家！"二林
见问，就把实话告诉了哥哥嫂子。

当天夜里，刘氏翻来覆去睡不着觉，心想：怪不得这小子能发家致富，
原来他有一棵宝高粱。假如我把这棵宝高粱弄到手，一辈子也用不着再干
活，就能吃香的喝辣的。干脆我给他挖走。于是，她等丈夫睡熟之后，就偷
偷到地里挖宝高粱去了。

她来到那棵高粱底下，用手狠命地刨，刨着刨着，摸到了一堆高粱粒，
心想，这宝高粱不但上头结籽，地下也结，高兴极了，抓了一把又一把，足
足抓了有半升，放在衣襟里，兜着就跑了，一边跑一边想，你二林有一棵，
我有半升，这要是都种上，得结多少高粱穗呀？

她顺着山沟跑哇跑哇，跑到天亮一看，自己兜的高粱粒都是开了花的，
这才知道，就是当初给二林的那半升高粱，她又恨天，又恨地，更恨自己。
到了现在，自己真觉得没脸再回去见二林了。她眼一闭，心一狠，就跳下了
山涧。

屁屁香

讲述：韩景曾
记录：韩克定
1984 年 10 月采录

从前，有这么哥儿俩，爹妈早去世了。哥哥为人狡猾，外人都叫他精
子；弟弟为人憨厚，外人都叫他傻子。精子娶了个媳妇，更是个光占便宜不
吃亏的人。她见弟弟老实可欺，就挑唆着丈夫和弟弟分家。在分家的时候，
他们两口子把好房、好地、好牲口、好车辆和好家具都据为己有，弟弟只分
了一间破房、二亩薄地，还有他平日养的一只小花猫和一只小花狗。

转眼到了春天，该耕种了。精子家的大骡子、大马突然都病死了。该耕
的地耕不了，该种的作物种不上，两口子愁得什么似的。傻子呢，他自己动
手做了个小犁儿，挽了两副套儿，套上他那小猫、小狗，欢欢喜喜地赶着去
耕地。这小猫、小狗还真听他的话，拉起套来跑得飞快，耕得还挺平整。回
到家里，傻子做熟了饭，一边吃一边喂他的小猫、小狗，虽说有点累，可心
里很快活。

精子见他的地耕得挺好，就过来问："傻子傻子，你那地用什么耕的？"傻子回答说："用我那小猫和小狗呗。"精子听了又惊又喜，嬉皮笑脸地说："好弟弟，让大哥我使使那小猫、小狗吧。"傻子说："行行，你拉去吧。"精子就套上小猫和小狗，赶着耕地去了。谁想到了地里，那小猫和小狗只打转转不拉套，可把精子气坏了，他一顿鞭子，把小猫、小狗都给打死了。他拿铁锹掘了个坑，三下两下，把可怜的小猫、小狗埋了，回家也不告诉傻子一声。等到天黑，傻子去要他的小猫、小狗，他还生气地说："你那小猫、小狗调皮捣蛋，不服我使，我把它们活埋了！"傻子一听可急了，忙问："埋在哪儿了？"精子说："埋在地头上了。"

第二天清早，傻子买了些供品，急匆匆地去给小猫、小狗上坟。到了地头，只见埋小猫、小狗的地方长出了一人多高的一棵小柳树，枝叶茂盛。上了坟，他折了一把细柳条，回家编了一个小篮子，挂在房檐下，工夫不大，就见两只燕子飞来，落在小篮子上。他顺口喊道："东来的燕哟，西来的燕哟，给我这篮子里下窝蛋哟！"他这一喊真灵，四面八方飞来好多燕子，给他下了满满的一篮子蛋。从此，他每天都能得到好多燕蛋煮着吃。精子知道了这事，又眼红了。他让他媳妇去跟傻子说："傻子傻子，你把这小篮借给我们使使吧。"傻子二话没说，就让她拿去了。她把小篮挂在屋前，照样喊："东来的燕，西来的燕，给我这篮子里下窝蛋！"不一会儿，也飞来一群燕子，可把她乐坏了。谁知这些燕子不是来下蛋，而是给她拉了一篮子屎！她摘下一看，肺都气炸了。恶狠狠地把小篮塞进灶膛烧掉了。等到傻子来要小篮，她说："你上灶膛去找吧！"傻子便拿起灰耙去掏，可是哪里还有小篮呢，只不过是满灶膛的柴灰。傻子掏哇，掏哇，忽然掏出几粒焦黄的大豆，他捡起一个放进嘴里，一嚼挺香，便一个个捡起来全吃了。傻子伤心地回到自己屋里，躺到炕上就睡着了。一觉醒来，连着放了两个屁，说也奇怪，这屁不但不臭，而且很香！于是，他就到大街上去喊："屁屁香，屁屁香，谁家让我熏衣裳！"因为那个时候还没有香水精，也没有香草之类的，有钱的人家都争着请他去熏屋子、熏被褥、熏衣裳。这样，他每天除了好吃、好喝、好待承，还能得到不少报酬。

精子的媳妇见傻子发了财，又眼红地问："傻子傻子，你哪儿来的这么多钱呀？"傻子便把怎么吃焦豆，怎么放屁香，怎么给人家熏衣裳，一五一十地都对她说了。她回到自己屋里，赶紧舀了一碗黄豆，放在灶膛里，烧了几把火，没等那豆子烧熟，就急匆匆地掏出来，让她丈夫吃，精子吃了这半生不熟的黄豆，又喝了一大碗凉水，便跑到大街上喊"屁屁香，熏衣裳"去了。他到了一位有钱有势的人家，便觉得肚子不好受，一使劲放屁，不料想拉起稀屎来了，给人家拉得满地都是，屋里屋外臭不可闻，可把人家给腻歪透了。一气之下，把他按倒就打，将他的屁股打肿了还不算，又砍了一个枣木橛子，把他的肛门给堵上了。他爬起来，抱头往家跑。到家天已黑，他媳妇早关门睡觉了，急得他边敲门边喊："老婆子老婆子快开门，枣木橛子钉着人；老婆子老婆子快点灯，人家打了我一屁股青！"

憨三智斗阎罗王

讲述：刘金山 59 岁 沧州人 农民 中学
记录：赵昌治
1984 年 9 月采录于沧州

听说很久很久以前，在太行山下有个村子叫葫芦峪。村里有户人家姓韩，三个儿子韩大、韩二、韩三，都生得虎头虎脑，小日子过得挺富足。说话之间，三个儿子都已成家立业，娶了媳妇。常言道：儿大不由爷。老大、老二媳妇都撺掇老大、老二分家另过。不久，父母双亡，老大请来娘舅当主证人，把家产三一三乘一，分成三份。话是这么说，因老大、老二刁钻，把那好成色的地和骡马硬占了去。韩三分了一头牝牛犊子，三亩薄地。开始，韩三夫妻勤勤恳恳，还能对付着过日子。时间一长，人们都知道韩三忠厚老实，一些朋友都愿到他家摘摘借借。村里那一帮刮金削银的贪利小人，看韩三老实可欺，都想到他身上沾点油水。后来又添了个要嘴吃的孩子，没一两年，把三亩薄地也当了进去，常常是吃了上顿没下顿。有的说韩三憨厚老实，有的说韩三傻，一来二去，人们把韩三叫成了"憨三"。

秋去冬来，进了腊月，年关又要到了。把个憨三愁得唉声叹气，便同媳妇合计：大年三十怎么凑合着吃顿饺子？憨三媳妇说："后天就是年集了。咱不是还有口破锅吗？把它卖了，换两吊钱，称几斤面吧。"憨三听媳妇讲得有理，便点点头。集日那天，鸡叫头遍憨三就起来了，把破锅从灶膛上拔下来，收拾停当，向集镇走去。

半路上碰到一个岔路，憨三心想走小道吧，从小道走近个一里半里的。刚走了二十多步，只听"扑通"一声，憨三被一个东西拦倒了，破锅扔出老远。憨三赶忙爬起来去摸锅，一摸锅上的缝裂得更长了。咳，这真是雪上加霜，再卖也没人要了，心说："是什么东西把我绊倒的？一定找它算账！"

憨三寻思着，回头找到一个软绵绵的东西，身上有毛。他想把它拿起来摔个稀烂，好解心头之恨，可转念又想，不如用破锅把它扣住，等天明看清了是什么再想办法。

抽袋烟吧，他摸出烟荷包，一捏，空空的，烟早抽光了。路旁正好是块棉花地，便捡了些干棉花叶，揉搓碎了，坐在破锅上，"吧嗒、吧嗒"地抽起烟来。

天渐渐亮了，他忽然听到一个微弱的声音："喂，朋友，是谁和我闹着玩呀？"憨三挺纳闷儿，这是谁在说话？细听声音在锅下传出。

他一听这声音，气就不打一处来，便隔着锅缝说："你是什么东西？我年三十这顿饺子让你给搅了。你到底是什么。实话实说，要不我决饶不了你。"

"我说，我说，我是皮猴子，我在一财主家偷酒吃，醉倒在这里了，不想贵君从此经过，望乞恕罪。"

"噢，你是皮猴子？听说皮猴子专门帮助财主坑害穷人，往富人家里运粮食，那更不能饶你了。"

"皮猴子也有好的，我就是专门从富人家弄粮食送给穷人的。这不我又到富人家偷来一口袋米一口袋面。"憨三隔着锅缝一看，见皮猴子拎着手指肚儿大的两个小口袋。憨三挠挠头皮说："听说皮猴子仗着它的帽子隐住身形，你把帽子从锅缝递出来，我才能放你。"皮猴子递出帽子，憨三才把锅掀开。只见皮猴子有一尺多高，和猴子差不多。

皮猴子给憨三磕了三个头，说："咱们拜为盟兄弟吧，日后你有大灾大难，我可以随时帮你。"他们当下便插草为香，结为弟兄，憨三年长为兄，皮猴子为弟。皮猴子把两小口袋米面交给憨三，又拿出一根金条和一根银条送给憨三，让他回家置买些家业。又说："你日后有难，只要大喊三声'猴弟救我'，我立即出现在你面前。"皮猴子戴上帽子，一隐身形，不见了。

憨三把两小口袋米面装在衣兜里回家了。妻子见他回来，忙问："那口锅卖了多少钱呢？"憨三把经过从头至尾讲了一遍，说着掏出两个小口袋。妻子一见没好气地说："人家说你憨，你果真憨，这点米面还不够塞牙缝的呢，三十晚上喝西北风吧。"憨三慢吞吞地说："别着急，慢慢想办法吧。"他找了个碗，要把那小口袋米面倒出来给孩子熬碗糊糊吃。你说怪不，小碗装满了，大碗装满了，大笸箩也装满了，面袋子还是鼓鼓的。再倒那袋子米，同样也倒不完。夫妻俩喜得合不拢嘴。这时憨三又想起皮猴子送的金条银条，便掏出来，让孩子在炕上滚着玩，逗得孩子叽叽嘎嘎地笑。

邻门老大媳妇听见憨三家笑声不断，便蹑手蹑脚地来到憨三家门口，隔着门缝往里一看，啊！憨三哪来的这么多米面？又见孩子拿着金条银条玩，锃明瓦亮的，又嫉妒又窝火，急忙告诉了老二媳妇。两个婆娘一串通，立即报告了官府，县官不问青红皂白，把憨三当盗贼抓了起来，用麻袋装上，扎紧麻袋口，把他放到河边一棵歪脖子树上，只要憨三一动，就掉到河里淹死。

憨三这时想起了皮猴子，便大喊三声："猴弟救我！"皮猴子果然来到他的身边，轻声说："哥哥别心急，过会儿有个盗贼赶着一群猪从这棵树下过，他是个红眼儿又是个罗锅儿，他过来时，你就喊：'闷红眼了摁罗锅儿'他就会救你。"

没过一袋烟的工夫，只听"吭吭"的猪叫声，憨三就喊起来："闷红眼了摁罗锅儿！"那个偷猪的走到树前，问道："你喊些什么？""我原来是个红眼又是个罗锅儿，这不闷了一会儿就闷好了。"偷猪的听了美得像喝了蜜水儿，忙把憨三从树上放下来，见他真是眼不红背不驼了，便让憨三把他装进麻袋，放在树杈上。待了会儿，那强盗稍一动弹，便滚到河里淹死了。憨三便赶着几十口猪回家了。路上，皮猴子又对憨三说："有人问起来，你就说阎罗殿里正好赶上阎王爷分家，这马呀、牛啊，猪的都没人要，数这猪老实，就赶了一群回来。"

走着走着，可巧碰上本村的张财主。他是当地一霸，欺男霸女，杀人不见血，吃人不吐骨头，人称"蝎子屁股"。他见憨三赶着一群猪，便问："听说你到阴曹地府去报到了，从哪儿偷了这么多猪来？"憨三如此这般说了一遍。张财主一听这个便宜得捞，便让仆人把他装进麻袋，也放在那棵歪脖子树上，只听"扑通"一声，张财主也掉在河里淹死了。张财主到了阴曹地府给阎王叩头，嘴里叨念着："听说阎王爷分家，我来捡点儿破烂儿。""胡说，谁说我分家了？""憨三。""又是憨三，他已害了一条人命，真是罪上加罪。红眼子鬼！""有。"两个红眼子鬼由旁边站出。"你们快去捉拿憨三不得有误。""是！"两个红眼子鬼应声去了。

再说憨三回村后，把几十口猪分送给众乡亲，刚刚进家，皮猴子便对他说："哥哥，大事不好，阎王派红眼子鬼抓你来了。""那怎么办？""只可这么着，这么着。"

不大工夫，红眼子鬼来了，喊道："憨三，阎王叫你。"憨三和和气气地说："二位别着忙，我儿子要结婚，是个红眼，得给他治好了再去。""怎么，你会治红眼病？"只见两个红眼子鬼小声嘀咕了几句。那大个儿的说："憨老兄，先给俺俩治治红眼病好吗？"憨三慢慢悠悠地说："好吧，那就得委屈二位一下了。"两个红眼子鬼坐在院子里的条凳上，仰着脸，向着太阳，憨三把化开的鳔胶用刷子往两个小鬼的眼上刷，刷了一层又一层，眼上很快结成两个大疙瘩，两个小鬼儿什么也看不见。憨三见时机已到，拿出钢钻照着那个大个子红眼鬼的耳根子就是一钻，只听"吱哇"一声，那个红眼子鬼倒地身亡。小红眼子鬼一听，说声不好，瞎着眼逃命，东碰西撞，磕得身上青一块紫一块，跑到阴曹向阎王禀报。

阎王一听嗷嗷怪叫："光腚子鬼快去捉拿憨三，快！"两个光腚子鬼领命去了。这时憨三也已准备妥当。

光腚子鬼站在门口大喊大叫，让憨三快走，只是不进门。憨三说："我女儿要出嫁，有点嫁妆还没拾掇好，二位稍等片刻。"话是这么说，只是不肯出来。两个光腚子鬼等得不耐烦了，走到院子里。憨三说："嫁妆已准备好了，二位屋里喝杯茶，我小解一下，咱们一块儿走。"憨三媳妇把两个小鬼让到屋里喝茶，趁这当儿，憨三把准备好的一筐蒺藜撒了一院子。然后招呼两个光腚子鬼快走。光腚子鬼一出屋门，扎了一脚蒺藜刺儿，痛得直叫唤，赶紧坐下拔脚上的刺儿，又扎了一屁股蒺藜。憨三瞅准了机会，"噌！"从腰里掏出一根长把锥子，朝着那个大光腚子鬼的胸膛就是两锥子。当下大光腚子鬼一命呜呼。那小光腚子鬼打了个滚儿，从地上爬起来，挂着浑身蒺藜跑回阴曹去了。

阎王一见光腚子鬼的狼狈相，早已明白了八九分。气得他从座位上跳起来，用惊堂木打得桌案山响，对左右说道："牛头、马面二位爱卿，麻烦你们二位走一遭吧。要快去快回。"这时，憨三和皮猴子也已商量好对策。

牛头、马面到了憨三家，只见憨三正在院子里犁地。憨三拿着长把鞭子，拉犁的却是五六只刚满月的小狗，他打得那几只小狗嗷嗷直叫。牛头马面说："憨三快走，再磨蹭把你捆起来。"憨三央求道："二位发发善心吧，我走了这地谁来耕啊。"说着，又用鞭子抽那小狗，抽打了半天，那只犁却纹丝不动。原来那只犁下面坠着一块几百斤重的大石头呢！那犁头周围又是用夯砸实的，小狗怎能拉得动？牛头马面等了会子，等得心急，便说："这么

磨盘大的一块儿地，我俩帮你耕耕算了。"憨三巴不得他们说这句话，把小
狗卸下来，用双套夹子绳把牛头马面勒得结结实实。用长把鞭子猛打猛抽。
牛头马面一用劲，那犁一动弹。憨三怕时间长了把犁头拽掉，顺手从背后抽
出一把薄刃厚背钢刀，照定牛头的脖子就是一刀，只听"咔嚓"一声，那颗
牛头滚落地上。马面一见吓得一使绝劲，挣断了夹子绳，逃回阴曹去了。

　　阎王听说牛头丧命，两眼都气红了。心说，都是一群窝囊废，连个憨三
都抓不来，看我的！他骑上千里驹向憨三家奔来。

　　听说阎王要亲自出动，憨三把自己那条大牤牛喂上精料，精料里拌上
盐，只是不让它喝水。这样过了两天，把条牤牛渴得直转圈子，口里喷火，
直打响鼻。

　　阎王一到，还没来得及张口，憨三就笑着对阎王说："阎王爷，你有千
里驹，咱这里有头万里牛，不信咱们比试比试。"阎王说："哎，这还用比吗?
我让你先跑。""阎王爷这么着吧。"憨三说："出了门往西走二里地有一条小
河，谁先跑到谁赢。"阎王把手一摆："你先跑吧。"说声跑，憨三掏出长把
锥子向这头渴急了的牤牛屁股上捅了两下子。只见那头牛，四蹄蹬开，像腾
云驾雾似的，一眨眼跑到小河边，把阎王落下一大截子。阎王心想，他这头
牛，真不愧为万里牛，我要骑上它，不是更神气了吗? 便说："憨三，咱们
换着骑好吗?"憨三不紧不慢地说："换倒是可以换，连身上穿的戴的也得换，
要不，我这万里牛欺生。"阎王只得和憨三换了衣、帽、靴子。

　　憨三骑上千里驹，由皮猴子保驾，一阵风似的跑到阴曹地府，坐了阎
王殿的宝座上，厉声喝道："小的们，憨三那坏小子骑着牛就在后头，等他
来了，把他扔到油锅里炸了!"再说阎王骑着那头喝饱了水的牤牛，过了老
半天，才来到阴曹。小鬼不辨真假，不由分说，用钢杈把阎王从牛背上挑下
来，扔到了油锅里。

　　憨三放了一把火，把个阴曹地府烧了个干干净净，骑上千里驹回家
去了。

一瓮银子

讲述：王印泉
记录：肖钦鉴
1986 年夏天采录于大韩将村

从前，在一个庄子上，住着一对老夫妻。天一蒙蒙亮，老婆婆便忙着到野地里去拾柴火、挖野菜。老头儿更忙了，除了拾粪外，还种着二亩多兔子不拉屎的沙滩地。唉，沙地又不打粮食，真是种一葫芦收两瓢，日子过得可紧巴啦。

虽说人穷，志可不短。老婆婆每天出去拾柴火、挖野菜，老头儿总是嘱咐老婆子："出去挖野菜、拾柴火，庄稼地里别偷人家一个穗，柴火堆里别拿人家一根棍儿。"

"记住啦！记住啦！"

"啥光儿也别沾，咱够吃就算啦！"

"你都说了八百遍了，我都记下了，别再唠叨了！"

不管是春夏秋冬，老婆婆只要一出去，老头儿总是这一套话。说真的，这对老夫妻可真够耿直的啦。

一天，老婆婆又去挖野菜、拾柴火。那时秋庄稼都已收完了，野地里除了高粱、棒子茬子外，什么都没有了。老婆婆背着筐，拿着小镐儿，想刨点人家丢掉的庄稼根根，冬天好当柴火烧。刨着、刨着，突然看见一个大高粱茬子在地里长着，根儿扎得好深，老婆婆拿着小镐刨啊刨，刨了半天，谁知越刨越深。只听"当啷"一声，刨不动啦。她用镐一挖，挖出了一块四四方方的青石板。老婆儿用了好大的力气，从青石板下边挖出了一个小瓮。打开盖一看，啊！当下老婆婆的两眼都花了。原来，是满满的一瓮白花花、亮闪闪的银子。老婆婆光听老人们讲过银锭子，自己活了快一辈子了，还没有见过银锭子是啥样儿。

老婆婆把这一瓮银子抱了抱，怎么也抱不动，只好又把银子埋了起来。怕忘了在什么地方，在上面又堆放了三块土坷垃，做了个记号，才放心地回到家里。

到了家里，老婆子喜欢得满脸带笑。

老头子不知她遇上了啥喜事，就问道："老婆子，吃了喜鹊蛋啦！看把你高兴的！"

"老头子！咱们发财啦！"

"你说啥？"老头子有点聋，听不清。

老婆婆用嘴对着老头子的耳朵，大声地说："咱们有银子啦！咱们不喝菜粥啦！"

老头儿把头一摇，说："你说梦话吧！"

老婆婆说："真的！真的！我去地里拾柴火，挖出了一小瓮银子，白花花的银锭子。咱们再也不过这穷日子啦！"老婆婆一边说，一边拉着老头子："走，咱们把它抬回来！"

谁知老头子把胡子一撇，说道："那不是咱们家的东西，我不去！"

"你为啥不去？"

"得外财不富！不是咱们家的财咱们不能要！"

"这外财叫咱们看见啦，就是咱们的，你去不去？"

"不去，不去，一百个不去！"

老婆婆非让去不可，揪着老头的胡子，往外走。

老头儿恼了，"说不去，就是不去，别说是一瓮银子，就是一座金山我也不去！"

就这样，你一句，我一句，抬起杠来。

说也真巧，一个贼爬到他们的院子里，想偷点东西。找了半天，啥也没有，爬到窗户根下一听，老两口正在说"银子，银子"的，就把耳朵贴在窗户边，听了起来。

老婆婆大声说："你糊涂，我可不糊涂！在村东山坡地里，一边有颗高粱茬子，那一瓮银子我都埋好啦，上边还放着三块土坷垃呢！你不去，明天我去挖！"

"你敢？！"

"你看我敢不敢！你呀，榆木脑袋受穷的命，银子都送到手里啦，你都不敢要！"

老头听老婆婆一个劲地嘟囔，火了："要是咱们的银子，你叫它自己跑到咱们的炕上！"

"我不搭理你啦！"

说着说着，老两口翻了脸，一个炕东头，一个炕西头，气囔囔地睡觉去啦。

贼一听，高兴得手心直痒痒，心里说：世上还没有见过这样的大傻瓜，见了银子不动心！他又爬到窗户边细一听，老两口子呼噜呼噜地睡着了，才放了心，蹑手蹑脚地跳出了院子，溜出了村，往村东的山坡地里跑去。

到了地头，就着月光，两个贼眼滴溜一转，嘿！真不错，果然有一个大高粱茬子，一个土堆上边放着三个土坷垃。用手一扒，露出了青石板，把石板一掀，用手一提，就把小瓮给搬了上来。赶紧从口袋里掏出一条红绳子来，拴在瓮上，冲着小瓮就"咚咚咚"地磕起响头来，心里念道："老天有眼，该我发财啦！哈……哈哈哈！"

他一边默默地说着，一边伸手向这小瓮里抓，啊！瓮里怎么软软活活的？细一看，傻眼啦，哪是什么银锭子，里面全是疥蛤蟆，烂长虫，还有一股难闻的臭味。

这一下子，可把那个贼给气坏啦，恨恨地骂道："老婆子，你这老东西！真会胡说八道。"说着，双手举起了小瓮，说："去你的吧！"想一下把这小瓮给摔个稀巴烂。

常言说：贼心不死。他把两个贼眼珠子一转，说道："哼！跑了半夜，这回，我得好好治治你！"于是，他从口袋里拿出一个包袱皮儿来，把小瓮包上，往脊梁上一背，气冲冲地回村找这对老夫妻去了。

这会儿，天还没有亮，这个贼是熟路，背着包袱，顺着墙根，轻轻一翻，翻到了老两口的院子里。扒着窗户一听，老两口呼噜呼噜地睡得正香呢！

那贼生气地说："让你们睡！让你们睡！也得让这烂长虫、疥蛤蟆吓吓你们！"于是举起小瓮，隔着窗户，往屋里狠狠地扔去，只听"咣当"一声，小瓮落在炕上，摔了个稀巴烂。常言说：贼人胆虚，怕人家起来追，扭头跳墙跑了。

老两口听到响声，从梦里惊醒，吓了一跳，把昨晚上吵架的事也忘了，忙从炕上一骨碌爬起来。

"老头子！啥响的？"

"啊！哪儿？！"

"老婆子！有贼！有贼！"

老两口从炕上爬起来，睁眼一看，"啊"的一声都愣了。满炕都是白花花的银子。老婆婆笑着说："老榆木疙瘩，你瞧，你瞧，这银子真的跑到咱们的炕上来啦！这回，咱们可真的不受穷啦！不再喝菜粥啦！"

老头子把手一摆，说："不行，不行，人得外财不富，咱们把这银锭子分给穷兄弟们，让他们也过过好日子！"

"对！对！"

老两口子都笑啦。

月下老儿的故事

讲述：王印泉
记录：肖钦鉴
1986年秋天采录于大韩将村

你知道啥叫月下老儿么？咱就讲段月下老儿的故事。

这天正是八月中秋，月亮像个玉盘，挂在天空，把房子呀、院子呀，照得雪亮雪亮。有个白胡子、白眉毛，穿着白衣衫的老头儿，在椅子上翻书。这时，有一个书生从院子里走过，他从来没见过这样的老人，就走到老人面前施了一个礼，说道：

"老爷爷，请问尊姓大名？"

"我是月下老儿。"

"您在翻啥书？"

"我在翻配姻缘的书。"

书生听说是翻配姻缘的书，知道这老头儿是个专管姻缘的神仙。就问道："您就是管配姻缘的月下老儿？"

"小神正是。"

书生好奇地问道："老爷爷，你看我有姻缘没有？"

月下老儿眯着眼看看他，笑道："你有姻缘啦！"

"配好啦？"

"配好啦！"

"不知是哪家？"

"是你们村东头卖豆腐家的丫头。"说完就不见啦。

书生回到家里，就把这件事告诉了爹妈。他们家是村里有名的财主，听儿子一说就急啦："这怎么能行呢？门不当、户不对，跟一个卖豆腐的成亲家，说啥也不行。"

第二天夜里，书生又从这个院子里过，见那个白胡子、白眉毛的老头又在月光下翻书，书生对月下老儿施了一个礼，说：

"爹妈听我一说，就恼了，说门不当户不对，说啥也不能成亲。"

月下老儿摇了摇头，说："月下老儿配定，红线牵定，走遍天下也得寻了她。"

书生回到家里，就把这事又跟爹妈说了一遍。爹妈一听，恼了："一个穷卖豆腐的丫头，还想和我们成亲，做梦！"

财主想：月下老儿啊月下老儿，你这个糟老头子，想让我儿跟一个穷卖豆腐的丫头结姻缘，这怎么能成？我得想个计策，来拆散这桩姻缘。

再说卖豆腐的这家，有三口人，靠着一盘豆腐磨，起早贪黑，卖了豆腐，到集上买点粮食，日子过得非常艰难。

一天，老头到集上卖豆腐去了，老婆婆买豆子去了，就剩姑娘一个人在家。财主一看是个机会，就叫他的家丁扮成书生的模样，让他袖筒里藏了把刀子，装着去买豆腐。一推门，见姑娘正在做针线，假扮的书生说道：

"卖豆腐的，给我称二斤豆腐。"

姑娘放下手里的活，忙着给他称豆腐，谁知刚把豆腐称完，那个假扮的书生从袖筒里掏出刀来，举刀就向姑娘的脖子上砍去。嘴里还喊着："我是村里的书生，你们一家子要是不走，我要你们全家的命！"说完，就跑了。

姑娘不知道是怎么回事，平白无故地挨了一刀。爹妈回来，看见流了这么多的血，忙问是怎么回事。

姑娘啼哭着诉说了事情的经过。

卖豆腐的老头一听就急了："唉，我们穷人到哪都受欺侮，俺们丫头，人这么老实，惹谁啦，也来害她！"

老婆儿说："告他去！"

老头儿说："告他，他们财主家有钱有势，能告下来？"

姑娘哭着说："爹、娘，俺就白白地挨他一刀不成？"

老头说："咱们一个卖豆腐的，到哪儿也是卖豆腐，咱们搬家。"

说着他们一家子就搬到离这儿几十里远的一个村子里，住了下来。

这个村里有一家子，老两口子，心眼也挺好，见他们一家子可怜，就腾出了一间房子，让他们住下。

这家开着一个小杂货铺，卖个油盐酱醋的。姑娘干活勤快，手儿又巧，经常给杂货铺的老两口做针线活儿，那老两口子非常喜欢她。

再说这个书生。自从月下老儿对他说了姻缘的事儿，他饭也不好好吃，书也不好好念，财主一见，就生了气：

"不争气的东西？你听了月下老儿的鬼话，想跟卖豆腐的丫头成亲，做梦！他们早叫我给轰走了。"

书生想，爹也太狠了，不该派人害人家姑娘。为这件事，整天迷迷糊糊，不能专心读书，气得先生也整天找碴儿打他。回到家里，财主骂他，两头一夹巴，书生没法了，离家出走了。

书生一跑就是几天，口袋里的钱也花光了，饿得没法儿，在一个庙台上一靠，两眼呆呆的，一句话也不说。

有几个闲聊天的老头儿，围着这书生，问这问那。书生是偷着跑出来的，也不敢说实话，只得瞎编了一个地方。其中一个正是开杂货铺的老头儿，见他十分可怜，就对他说：

"小伙子，饿得够呛吧？我看你怪可怜的，跟我回去吧，我给你弄点吃的，在我家住上几天，你看行吗？"

书生一看，这老头儿的心眼挺好，就跟着他回去了。老婆儿见老头子领回来一个小伙子，长得挺顺眼，高兴得了不得，忙给他做饭，又拿出几件衣裳叫他穿上。村里人听说后都来了，知道开杂货铺的老两口没有儿子，就想让他们老两口收个儿子。开杂货铺的老头儿一听，乐啦："咱们愿意，谁知人家愿不愿意？"

有些好事的就去找那书生说，书生一听，也很愿意。就这样，开杂货铺的老头儿收了一个儿子。老两口儿卖货，书生给他们记账，一家子过得挺红火。

老两口收了儿子，也算是个大喜事，就在家里摆上了一桌酒席，把左邻右舍的都请来。乡亲们都挺高兴，东家送件衣衫，西家送顶帽子，书生见乡亲们亲亲热热的，比在家里受夹板气强多啦，也挺高兴，对乡亲们该叫什么叫什么。

卖豆腐的一家见开杂货铺的一家收了个儿子，老头儿老婆儿过去一看，小伙子长得挺好，回来就跟闺女说：

"丫头，咱们的房东收了个儿子，人家都送东西啦，咱们家里穷，没啥可送的，我看你就给他做双鞋，就别送别的东西啦！"

姑娘说："这多不好意思，我一个姑娘家，怎么给人家小伙子做鞋呢！"

老头说："人家开杂货铺的老两口对咱们这样好，给人家做双鞋怕啥？"

"爹，俺又不知道他的脚多大，怎么给他做鞋呢？"

老婆儿说："我的傻闺女，你不会趁他出来，偷偷地看看人家，估摸一下脚的大小，这有啥难的？"

第二天，姑娘用眼偷偷地一看这小伙子，见人家长得又好，人也老实，就有八成喜欢。回到家里，比着样子做了一双鞋，帮是帮，底是底，针线又匀又好，让她娘给送了过去。

开杂货铺的老两口接过鞋来，高兴地对书生说："儿啦，这是住咱们房的大妹子给你做的鞋，穿上吧！"

书生穿在脚上，不大不小，正合脚，高兴地在路上走了走，忙说："谢谢大婶！"

杂货铺的老婆婆说："还得谢谢你的大妹子！"说得书生不好意思地笑了。

书生自从有了这双鞋，白天穿在脚上，到了晚上，把鞋用布包好，放在枕头下，到了睡觉的时候，两眼直愣愣地看着它。

开杂货铺的老两口一开始不知为啥事，问他，他光笑，也不说话，日子一长，这个书生饭也吃不下去，身子越来越瘦，老婆儿说："老头子，你看不出来，咱们那小子得病啦？"

"得了啥病？"

"相思病呗！"

"你咋知道的呢？"

"你没看见他瞅着那双鞋直劲发愣，是想那做鞋的人呢！我看这样吧，咱们托个媒人，叫他们那丫头寻咱们的小子吧！"

老头儿一听，忙说："对！对！对！，我看这是一门好亲事！"

托媒人一说，卖豆腐的老两口也满口答应，跟闺女一说，闺女低着头，光乐。这桩亲事就这样成了。

闺女过了门，小两口儿特别好。一天，新媳妇对着镜子梳头，书生一看，这闺女脖子上有一条大疤，就问是怎么回子事。媳妇说："别提啦，以前俺们家穷，做豆腐卖豆腐，不知哪儿来了一个坏小子，来买豆腐，我给他拿豆腐时，想不到他往我脖子上砍了一刀！"

"你知道他是哪儿的？"

"知道，他说他叫书生。"

书生一听，眼里掉出泪来，说道：

"那个书生就是我。"

媳妇说:"不对,不对,我看得清清楚楚,不是你!"

书生说:"你听我慢慢地说……"他就把在中秋月光下见到月下老儿的事一五一十地说了一遍。

就在这时,他俩见窗外有个白胡子白眉毛的老头,从月亮光下走来,笑着说:"我说得对吧!您两口子得给我月下老儿敬杯喜酒哇!哈,哈,哈……"

月下老儿的故事就讲完了,后来,人们把媒人都称做月下老儿,说的就是这段故事。

皮猴子帽的故事

讲述:赵玉帮 农民
记录:赵昌治
1986 年 5 月采录于海兴县

皮猴子谁也没见过,老人们讲,皮猴子可神哩!据说它神就神在它那帽子上,只要一戴上皮猴子帽,就能隐住身形,谁也甭想看见。

老年间有个懒汉叫侯冒,他听说皮猴子帽可以隐身,做梦也想弄顶皮猴子帽戴戴。这侯冒日思夜想,他想皮猴子帽都快想疯了。

你说怪不,这皮猴子帽还真让他想着了。一天,他喝醉了酒,半路上,和一个黑乎乎的东西撞了一下,醉意醒了大半:"你是什么东西?""我是皮猴子。""噢——"一听皮猴子三个字,侯冒来了精神:"啊皮猴子老弟,今天可算撞上你了,把你那帽子借给咱用两天怎么样?"皮猴子同意了,就把皮猴子帽摘下来,交给侯冒戴在头上。

自打得了皮猴子帽,他可真痛快,想吃就吃,想拿就拿,人们还当是鬼神作怪,丢了东西,也不敢吱声。

一天,皮猴子帽子磨破一个洞,侯冒便找来针线把小洞缝严实。

第二天,他又到一家包子铺去偷包子。卖包子的正招呼来往客人,侯冒乘机到笼屉上去抓,这时,卖包子的突然发现包子上有根白线,便用手去提,这一提,把皮猴子帽提了起来。侯冒一下子现了原形。人们听说抓到了贼,凡是丢了东西的,都拥了上来,你一拳他一脚,把个侯冒打得只剩一口气了。

机智人物故事

张二教书

讲述：阮焕章
记录：刘正祥
1986 年 5 月采录于讲述人家中

从前，有这么个员外，家财万贯，骡马成群。虽说家里有的是钱，可对穷苦百姓却吝啬得很。他自己斗大的字不识半升，长得又窝窝囊囊，人们都叫他窝员外。窝员外有个儿子，已经八九岁了，还没有让他念书，一些亲戚朋友都来劝说。窝员外不以为然地说："唉，念书不念书的有什么关系，我没念过书，还不是照样当财主？"

"话可不能这么说，让他念了书，有了文化，将来记个账儿什么的再不用求人了。"窝员外想了想："好吧，听人劝，吃饱饭，那就顾个先生教他念书。"

第二天，他就在大门口贴了一张告示。这告示一贴，来应考的人几乎要踢破他的门槛儿，这是为啥呢？因为告示条上写得清清楚楚，只要能考上，待遇多少不在乎。这可是破天荒的事儿。十几天来，应考的人成百上千，可考来考去，谁也没考上。

单说东村有个张先生，觉得自己教了几十年的书，什么样的阵势没见过？他不信一个大字不识的窝员外能把自己考住喽？于是，他来到窝家，窝员外问过姓名之后，就开始出题了。只见他画了个圆圈儿，当间儿乩了一点儿，然后说："你说这个字念什么吧？"张先生琢磨了半天，憋了个大红脸，心说，哪有这样的字？只好摇了摇脑袋。窝员外说："既然不认识，那可别怪我不客气了，你请回吧！"

张先生回到家里，越想越窝囊。妻子说："你教喽大半辈子书，怎么连个字都不认识了？"

"唉，他写的哪是字啊。"于是张先生也画了个圆圈儿，当间儿丢了一点儿。"你说这念啥？"妻子一看，也傻喽眼咧。这工夫，恰好张先生的弟弟张二在窗前路过，听见哥哥直叹气，便走进屋里问起了原因。张先生把经过说了一遍。张二说："这有啥难的？我要去喽准能考上。"

"你一个大字不识，怎么能考上？"

"哥哥要是不信，咱们就试巴试巴，别的先生他一年给两口袋粮食，两百吊钱，我要去喽，哼，准能要他四口袋粮食，四百吊钱。"说罢，他穿上哥哥的长袍大褂，戴了个帽盔儿，直奔窝家而去。窝员外一看："哎？你怎么又来了？"

张二说："那不是我，是我哥哥，他食而不化。""你也想试巴试巴？"张二点了点头。窝员外又画了个圆圈儿，当间儿了丢一点儿："你先说说这个字念啥？"张二看了看，说："这个字儿很深，只有我认识，可我要说上来喽，待遇可得比别人高一倍呀。""只要你认识这个字，待遇多少我不在乎。"张二想：这圆圈里面加一点儿念啥呢？他脑瓜一转："唉，这个字念'咚'。""为什么念'咚'？"张二解释说："这圆圈儿好比是口井，一点儿好比是块砖头，砖头往井里一扔，不是'咚'的一声吗？"本来窝员外就不知道念啥，如果说不念"咚"吧，又怕人家反问自己念什么，只好点头说："对，算你猜对了，看来张先生的学问真是不浅，你就留在我家教书吧。"说罢，赶紧让小孩儿过来给张二磕头拜师。

先生请到了，没有书不行啊。第二天是正月十六，窝员外就到集上买回来几本《三字经》《百家姓》之类的书，交给了张二。张二一看，白纸黑字，密密麻麻，一个也不认识，怎么教呢？唉，能拖就拖吧。他脑瓜一转，说："小孩儿上学，得找个好日，找准了好日，将来小孩儿步步升官，辈辈发财。"

"让谁找好日呢？"

"你要有皇历，我就可以找。"窝员外只好答应等下个集上再去买。转眼到了下集，窝员外买回了皇历，张二装模作样地翻来翻去，说："哎呀，这正月里后半月没有好日，咱们就定二月二吧。"心里话，我先白吃你半个月再说。

到了二月二这天，窝公子正式拜师上学。张二一看，这小孩儿长得鬼头蛤蟆眼儿的，倒是挺机灵。第一课，教的是"百家姓"。张二不认识"赵钱孙李"，怎么办呢？他见一句话是四个字，向院里一看，念道："上房三间。"窝公子也跟着念了起来。

念来念去，张二觉得肚子有点饿了，就说："这四个字哪个不认识，趁这会儿问，赶明儿再问，我可不管了。"张二为啥这样说呢？原来他是怕自己忘喽呀！第二天该学"周吴郑王"了，张二一琢磨，随口念道："四间配房。"窝公子刚要念，一想不对呀，怎么这两个"房"字不一样呢？张二说："这有什么奇怪的，你仔细看看，你们家的上房和配房一样吗？上房的'房'（钱）字起着脊呢，配房的'房'（王）字不是平顶的吗？"一句话，噎得窝公子不言声了。后来，张二看见什么教什么，比如"八仙桌子""四腿椅子"都是他的教书内容。

一天，窝员外走到书房窗前，听到张二正在教一二三呢，"怎么，这一二三也是书吗？"第二天，他就跑到集上打听去了。恰好有一圈人围得严严实实正在掷色子呢，嘴里都"一二三、一二三"地嚷个不停。窝员外心想：怎么这集上也有教书的呢？他正在纳闷儿，忽见圈外有个人正愁眉苦脸地蹲在那里，便上前问道："请问大哥，这一二三是'书'吗？"那人没好气地瞪了他一眼："你他妈眼睛长到裤裆里去啦，一二三怎么不是'输'呢？"窝员外虽然讨了个没趣，可对一二三是"书"却坚信不疑了。

一晃到了腊月二十二，该结账过年。窝员外说："张先生，一年来你费了不少的心，明天就要过小年了，今晚请到我屋里坐一坐，让我两个姑爷陪你好好聊一聊。"张二想：让他们陪着可不行，万一被他们问住喽怎么办？便说："不用了，他们都不识字，说不到一块儿，咱们老哥俩坐一坐就行了。"

"你说什么？我大姑爷是举人，二姑爷是秀才，能不识字？"张二听了吓了一跳，和举人秀才聊天，这是闹着玩的吗？可人家既然请了，不去又不合适，他想来想去，眉头一皱，便有了主意。到了晚上，窝员外把他请到上房，桌子上摆着丰盛的酒宴，两个姑爷还没坐稳呢，他便来了个先下手为强。张二说："请问大姑爷，'秦公麦（卖）熟鸡，追而返之'，这个典故是出在秦始皇之前，还是出在秦始皇之后？"大姑爷心想，那《论语》我背得滚瓜烂熟，怎么没听说过这个典故呢？他觉得自己身为举人，若被个教书匠难住喽，不让人笑掉大牙吗？于是便借故去厕所溜掉了。

张二见吓跑了一个，心里话，还是趁热打铁吧，便又一抱拳，说道："二姑爷，鄙人有个问题向您求教。"二姑爷说："不敢当，张先生请讲。"张二说："朱夫子所生九子，三子在堂行孝，四子在朝奉君，二子逃门在外，不知落于何所？请二姑爷告之。"二姑爷一听，丈二和尚摸不着头脑。他想：连举人都溜走了，我这秀才还傻坐着等啥？便说："请张先生先吃着，我也去方便方便。"说完，抬起屁股走了。窝员外见自己的举人、秀才姑爷都被张二吓跑了，老脸都不知往哪儿搁咧。不过，他对张二更加器重了，还暗自庆幸自己的眼力看得准呢！

第二天是腊月二十三，窝员外派两挂大车，装上四口袋粮食，四百吊钱，一直把张二送到了家门。哥嫂见大车上真的装回来这么多钱粮，十分吃惊。张二就把一年来在窝员外家教书的情况详细讲了一遍，大哥不解地问："这'秦公麦（卖）熟鸡，追而返之'，到底是怎么回事儿？"张二见哥哥都不知道，就解释起来："咱们家不是雇了个姓秦的长工吗？去年麦熟前偷了咱家一只鸡，你又派人把他追回来了，这不是'秦公麦（卖）熟鸡，追而返之'吗？我嫂子不是也姓秦吗，我就把她比成秦始皇，这件事是出在秦始皇来咱家之前，还是出在秦始皇来咱家之后？你想，他们怎能知道呢？"哥嫂一听，捂着肚子笑了半天，然后又问："那朱夫子所生九子又是怎么回事儿？"张二解释说："咱们家不是喂着一口老母猪吗？那母猪吃麸子，我就叫它朱（猪）夫子。老母猪生了九个小猪，家里留下三个，卖了四个，跑了两个，一共不是九个吗？我问二姑爷跑走的两个小猪到哪儿去了，他怎么能知道呢？"哥哥笑着说："人家要是知道呢？"张二说："那就毫不客气让他赔我的猪。"

刘二捣鼓的故事

讲述：刘金山
记录：赵昌冶
1957年5月采录于沧州

清朝末年，保定城北有个叫刘二捣鼓的，远近出了名。他生性古怪，长得尖眉细眼，脸长头扁，一龇牙，两眼一耷拉，就是一个鬼心眼子。几个屋里就守着这么一个宝贝疙瘩，爹娘视为掌上明珠，十岁便给他娶了个十八岁的大媳妇。有关他的故事可多呢！

鼓捣老婆

刘二捣鼓的媳妇是个得理不让人、没理搅三分的婆娘，自从嫁到刘家后，刘二捣鼓可没少受气。那娘儿们稍不顺心，就对刘二捣鼓又掐又拧。他只好忍气吞声地过日子。刘二捣鼓长到十三岁，胆子也渐渐大了，他气不过，便想出一个整治老婆的法子。

一天，刘二捣鼓去赶集，天傍黑才回来。一回家，他又是鼻涕又是泪地就哭开了。媳妇问了好半天，他才挤出一句话来："我赶集碰上你表哥了，他说你妈她老人家没了。"他媳妇一听，母亲死了，禁不住号啕大哭起来。"人死如灯灭，死了死了，死了也活不成了。"刘二捣鼓倒劝起他媳妇来了："今日个也晚了，明天咱起早去吊丧吧。"晚上，刘二捣鼓把火柴、火镰、火石都藏了起来，在灶膛的锅底刮了点黑灰，放在他老婆的粉盒里。

第二天天还黑乎乎的，刘二捣鼓就把他老婆叫了起来。他媳妇到处找火柴也找不到，刘二捣鼓便说："摸黑儿收拾收拾算了，赶早不赶晚。"他媳妇往脸上抹了点胭脂，搽了点"粉"，骑着毛驴就往娘家去了。

离刘二捣鼓他丈人家不远，天已大明大亮。刘二捣鼓对他媳妇说："你慢慢走着，我先去报个信儿。"他一气儿跑到丈人家，拉着丈母娘的袖子边哭边说："快出去看看吧，你闺女疯了！"两个老人急忙迎了出来。可不，她女儿正骑着驴哭呢。泪水和着黑灰，脸上黑一道、白一道。刘二捣鼓又跑到媳妇面前说："快跑，你妈诈尸了！"女儿掉转驴头就跑，她妈就在后边追，折腾了好大一阵子。这回刘二捣鼓总算出了一口气，刘二捣鼓的媳妇也比先前老实多了。

鼓捣刁和尚

刘二捣鼓他们家村北有个和尚庙，庙里住着一个老和尚一个小和尚。这老和尚十分凶狠，小和尚整日挨打受骂，饿得皮包着骨头。一天刘二捣鼓出门串亲见小和尚额头上有一个血包，一问是老和尚用木棍打的，便说："大兄弟，别难过，我帮你整治整治那老不死的。"

一天早晨，刘二捣鼓从小和尚那里打听到，老和尚过晌要到南山坡摘

豆角子。趁老和尚午睡时，他偷了一身老和尚的衣帽。午后刘二捣鼓望见老
和尚往南山去了，便把老和尚衣帽换上，脸上抹点黑灰，来到邻村一个井台
边。那里一帮大姑娘、小媳妇正洗衣服。他走过去瞅瞅这个，摸摸那个，嘴
里还不干不净地说："这个小妞还差不离，这个娘儿们简直像个丑八怪。"把
一帮姑娘、媳妇都给羞跑了。刘二捣鼓高声说："你们别跑，我可到南山坡
摘豆角去啦！"说完便悄悄溜走了。

不大工夫，五六个壮小伙子拿棍棒往南山坡奔去，把老和尚狠狠地捧了
一顿。

抬杠铺

讲述：阮焕章
记录：中流
1986 年 5 月采录于讲述人家中

自古以来，有经营吃喝的店铺，有经营穿戴的店铺，谁见过经营抬杠的
店铺？咳，你别说，还真有。

从前，有个姓钱的人就经营过一座抬杠铺，店铺以抬杠为业，自开张以
来，远近闻名的杠头纷纷来到店里抬杠，钱掌柜靠着他那三寸不烂之舌，两
排伶牙俐齿，赢了不少的人，时间不长，钱掌柜就发了一笔横财。

这天，孔夫子周游列国路过此地，看见了抬杠铺的招牌，觉得挺新鲜。
便想上前看个究竟。还真巧，八仙之一的铁拐李也从此路过，两个人寒暄了
一阵，便一起走进抬杠铺。钱掌柜见来了两位客人，热情招呼道："二位先
生想抬杠吗？"孔子想：我是圣人，他是凡人，我难道还抬不过他吗？于是
说道："看你这店铺生意兴隆，我也想试上一试。"钱掌柜说："好啊，欢迎你
抬上一杠。"

孔子说："怎么个抬法呢？"钱掌柜说："以十两银子为赌注，你赢了，
我给你十两，我赢了，你给我十两。"孔子一想："好吧！"就拿出十两银子。
钱掌柜说："谁先抬呢？"孔子觉得自己是圣人，就说："你先抬吧！"

"好？先生贵姓呀？"

"姓孔，名仲尼。"

"啊，原来是圣人呐。""徒有虚名罢了！""《四书》是你写的吗？"

"是啊！"

"'父母在，不远游，游必有方……'这句话你没忘吧！"

"当然，我哪能忘呢！"

"那么你的父母都死了吗？"

"啊？你这人怎么这样说话？他们身体都很健康呀。"

"那你为什么还远游呢？你说的话还算数吗？"

孔子一听，答不上来了，只好认输，把十两银子给了钱掌柜。

铁拐李这时在一旁早等急了，他想：堂堂圣人却输在一个凡人手里，真是个草包。忙说："看我的。"钱掌柜问："谁先抬？"

"还是钱掌柜先抬吧？"

"先生贵姓呀？"

"姓李。"

钱掌柜一听姓李，又见他长得仙风道骨，走路一拐一拐的，便道："莫非你就是八仙之一的铁拐李吗？".

"对。"

"你背的葫芦里装的是什么呀？"

"装的药。"

"治什么病呀？"

"专治世上疑难病症。"

"那为什么不治一治你的腿呢？"

铁拐李一听，就像一只秋后的蝈蝈——哑嗓了，乖乖地交给钱掌柜十两银子。

一个圣人、一个仙人全都输给了一个凡人。两个人唉声叹气地正走着，忽然碰到一个屠夫。屠夫见他们很狼狈，便问道："大仙和圣人准是有什么为难之事，不然为什么那样无精打采？"

铁拐李就把经过说了一遍。屠夫听后，便道："原来是这么回事，唉，你们算白当了圣人和仙人啦！看我去赢他。"

"你怎么有那么大的把握？"

"咳！你们就看好儿吧！只是我手里没钱。"孔子和铁拐李当下就给他凑了一百两银子。"输了怎么办？""嘿，真小气，输了赔你们。"

那钱掌柜一大早就赢了二十两银子，正在那儿美得屁颠屁颠的，一听又来了个送银子的，心里甭提有多高兴啦。

钱掌柜见屠夫拿着一百两银子。便问道:"怎么,敢押一百两吗?""那有什么不敢的!"

钱掌柜说:"好,谁先抬?"

屠夫说:"我先抬。"

钱掌柜说:"可以。"

屠夫问:"你的脑袋有多重?"

钱掌柜蛮有把握地说道:"二斤半。"

"不对,是二斤九两。"

"怎么会呢?明明是二斤半。"

"就是二斤九两。"

"就是二斤半。"

……

屠夫说:"咱们这么争半天也争不出个子丑寅卯来,只能把你脑袋拿下来称称,才能知道个准斤准两。"

钱掌柜一听,这脑袋拿下来人还能活吗?这才知道遇上刺头了。只好乖乖地认输。屠夫轻而易举地就赢了他一百两银子。

智斗吝啬鬼

讲述:孙玉玲 女 40岁 农民
记录:张洁
1986年5月采录于满城县抱阳村

从前,有一个财主,家有万顷地,金银数不清,长工、短工一年四季不断。尽管他富得流油,可对穷人却是十分刻薄。尤其是对长工,总想让他们多干活儿,少拿工钱。人们恨透了他,都叫他"吝啬鬼"。

吝啬鬼特别能算计,每到农闲的时候,他嫌长工们不下地,光在家里干活儿不合算,就把长工都辞退了,只剩下一个最老实的长工,给他干活儿。

一天,吝啬鬼对这个长工说:"你到村东,把那块弯曲的肥地耥直吧,春耕时也方便!"

长工摇摇头说:"东家,地又不比别的东西,怎么能耥直呢?我干不了！”

吝啬鬼什么也没说，哼了一声就走了。长工心慌意乱地待了一天。

第二天长工就主动问了："东家，今天给我什么活儿做呢？"

吝啬鬼一挥手说："你到村外把那口井背回家吧，现在又不浇地，用不着了。"

长工红着脸说："东家，给我点儿别的活儿干吧，这样的事我干不了！"

吝啬鬼一拍大腿，阴阳怪气地说："哈哈，叫你耪地你干不了，让你背井你背不来，天天拿我的工钱倒有你。我这银子也不是偷来的，既然你干不了，就趁早回家吧，我养不起你这白吃饭的！"

长工太老实了，什么话也不敢说，更不敢和财主评理，只好夹着被窝卷回家了。

这个长工的弟弟非常聪明，决不轻易吃别人的亏。见哥哥哭丧着脸回来了，就知道没领回工钱，半年白干了。就不满地说：

"你这人就是软，前怕狼后怕虎！告诉我吝啬鬼使什么鬼点子来，看我去给你收拾他！"

长工知道弟弟有股倔脾气，就把经过如实地告诉了他，并伤心地说：

"他这是成心刁难人，真没办法！"

弟弟满不在乎地说："不就是这点儿小事吗，有什么难的？你在家待两天吧，我去给你领工钱！"说完，就头也不回地走了。

到了吝啬鬼家里，弟弟一抱拳说："东家，我哥今天回去了。我替他干两天吧，有什么活儿您请吩咐！"

吝啬鬼见换了个人，也不放在眼里，心想：你纵有天大的本事，被我难住了也照样得回家。于是，他虚情假意地说："好啊，上次让你哥去村东把那块弯曲的地耪直，他干不了，干脆你替他去弄直吧！"

弟弟不慌不忙地说："可以试试。谁跟我一块儿去呀？"

吝啬鬼万万没想到这小伙子真的答应了。猜想一定是在骗他，就想看个究竟，于是说："我跟你去！"

他又趁长工的弟弟准备家什的当儿，把全村人差不多都喊来了，好让人们看长工的弟弟出丑，长自己的威风。

这正合长工弟弟的心意，他嘿嘿一笑，扛起耪子，挑了点儿木柴，大大咧咧地就到村东去了。到了地里，他把木柴放在地中央，用火点着，看着火苗出神。一会儿，木柴着完了，吝啬鬼和全村子的人都盯着他。他不慌不忙地说：

"东家，到时候了，你去地头夹着，看我把它耪直！"

咎啬鬼摇摇头说："我夹不住！"

"你夹不住我怎么耪？让大伙儿评评理！"长工的弟弟气愤地说。

咎啬鬼这才知道自己上了小伙子的当。当着众人的面又不好发泄，但还是不肯罢休，又说：

"地你别耪了，把井背回家得了。"

长工的弟弟点点头说："既然这样，我就遵命了。你们先到井边等我去吧，我马上就到。"

咎啬鬼巴不得让他出丑呢，赶快到井边等着去了。乡亲们见小伙子给大伙儿出了气，更得去助威了。于是，人们都跑到井那儿去了。

长工的弟弟找来一条绳子，又砍了一些木头橛子，就去背井了。他分开众人，先把木橛钉在井口，又用绳子拴好，背在肩上，装着很吃力的样说："东家，帮我拥一下。"咎啬鬼生气地说："井挖在地里，我怎么给你拥呢？"

长工弟弟把绳子一放，说："你拥不起来，我怎么背呢？"

咎啬鬼一见自己又上了当，正想对长工的弟弟大骂一顿，忽然见看热闹的人都在捧腹大笑，他无话可说，只能怨自己倒霉。懊丧地说：

"你不用背了，先回家吧，我给你工钱便是了。"

长工王老可的故事

讲述：梁平 55 岁 河北安新人 初中
记录：夏喜会
1986 年 6 月采录于保定市机床附件厂

长工王老可身强力壮，聪明过人，十八种农活样样精通，在徐水、定兴一带给财主扛活，巧斗财主留下不少动人的故事。

点灯

王老可给财主吴天良扛长工，当打头的，吴天良是个老抠，外号皮笊篱，长工们住长工房，每天晚上喂牲口，皮笊篱不让点灯，怕费油。王老可对长工们说："不让点灯，好办，咱让他自己拉尿自己坐回去。"他和长工们商量，晚间在门口放一桶水，不点灯，摸黑在屋里说话。皮笊篱听到走过来说："别说话，早睡早起，明早干活，晚上别忘喂牲口。"长工改小声说话，有时一句半句冒出皮笊篱的名字，皮笊篱想听听长工们说他什么，可又听不清，便想进门去近点听，他蹑手蹑脚地往里一迈，"扑通"迈进水桶里，他问："往门口放水桶干什么？"长工们答："饮牲口用的。"皮笊篱说："没个亮弄我一身水。"长工们说："老爷不让点灯哪有亮？"皮笊篱说："点吧。"从那以后，皮笊篱再也不说不让点灯了。

巧打旋风脚

王老可干活总是干干净净。有一天起粪，他穿黑鞋白袜，利利索索，皮笊篱看见很奇怪，一个臭长工起粪穿这么好，就想捉弄王老可一下，他说："老可今天怎么了，看你的打扮像个相公，哪像起粪的？"王老可说："是吗？咱来个像的。"于是脱掉鞋袜赤脚挑粪，他跳进粪坑，装满两筐，带着满脚的尿将粪担出厕所。皮笊篱正在堂屋吃饭，王老可说："老爷看这回怎样？"皮笊篱说："行，这回行。""老爷说行，我老可今天也高兴了，给老爷打个旋风脚吧！"说着，把担子一放，一转身两脚腾空，"啪"的一声打了一个旋风脚，脚上的粪尿四溅，饭桌上、碟碗里，满世界都是，皮笊篱忙说："得了，得了，你可别打了。"

上房揭瓦

王老可有时办的事，让人哭笑不得。皮笊篱还离不了他，因他是打头的，干活还得靠他领班。皮笊篱嘱咐王老可："让你干什么你干什么，不让你干的千万别干。"

有一天皮笊篱去看望老丈人，套上枣红大马车，一个辕马，两个拉长套，非常威风。王老可赶车，不一会儿到了。皮笊篱的老丈人也是个财主，见姑爷到了杀鸡宰鹅，盛宴款待。七碟八碗，正要就席，王老可进来了。皮笊篱见这时候王老可进来就很生气，王老可又啰啰唆唆地说起来没完："老爷可坏了，咱们出来时太急了，没有问明老爷，家里那些长工干什么活？我这个打头的没问老爷，我也没说让他们干什么，他们白白待一天，白吃饭可怎么办？……"王老可还要啰唆，皮笊篱气呼呼地说："回去，让他们上房揭瓦去！"这本来是句气话，王老可也明白，要的就是这句话。他心中暗喜，二话没说出门骑上马，飞快赶回去，召集长工们说："老爷说了，今天的活是让咱们上房揭瓦。"

皮笊篱说完，越想越不是滋味，他知道王老可古怪，说不定他真的回去揭瓦去了，皮笊篱饭吃不下，赶紧派人回家查看。等派的人赶到，王老可领长们工快把三间房的瓦揭光了。来人说："赶快停，可别揭了。"王老可还说："老爷说的让揭。"长工们这一天觉得特别开心。

鬼狐精怪故事

门插官儿的来历

讲述：阮焕章
记录：刘正祥
1986 年 5 月采录

从前，门后边插门的横棍儿叫别门棍儿，为什么又叫成门插官儿呢？据说，是它受了皇封以后，皇帝亲自给它改的名字。

很久以前，也说不清是哪朝哪代了，北京有个姓吴的书生，自幼聪明好学，十二岁中举，十六岁便奉旨到清苑县上任。

这天，吴知县高高兴兴离了京城，一路奔清苑而来。刚刚走出涿州地界，老爷儿①就没了，他只好到一个村里投宿。投宿的这家儿是个庄主，家里挺阔，后花园里有座绣楼，庄主见来了客人，便让女儿腾出房子，把绣楼让给了吴知县。吴知县也不客气，就在绣楼住下了。

三更过后，他正在灯下专心读书，忽听院里"呜呜"地刮起一阵怪风。怪风过后，又听"咚"的一声落下一个东西，直奔绣楼而来。

刚到门口儿，就说道："别门棍儿，快开门儿。"这工夫，别门棍在门后说话了："今儿个不能把门儿开，姑娘走了贵人来。"随后，又听一阵风响，那东西走了。

吴知县十分奇怪，他也随口叫了一声："别门棍儿。"

---

① 老爷儿：方言，太阳。

没想到别门棍马上"哎"了一声，就从门后边走了下来。

知县问道："刚才是怎么回事？"

别门棍儿说："回禀大老爷，刚才来的是个王八精，每晚来这里缠磨小姐，把小姐弄得面黄肌瘦的。"

"能除掉它吗？"

"能。这村村北有个大河坑，这精怪每天藏在那里，只要用白灰填入坑内，精怪自然会被烧死。"停了一下，别门棍又说，"如果庄主要感谢你的话，你最好什么也别要，就要他影碑墙上挂着的那几张八扇屏画就行了。"吴知县听后，暗暗记在心里。

第二天，吴知县对庄主说："听说你家小姐得了病，知道得的什么病吗？"

"不知道呢，每天茶饭不思，磨磨叨叨，眼瞅着瘦成皮包骨头了。"

"我给她治治吧！"

"那敢情好咧。"庄主高兴地说。

吴知县就让庄主派人在村北的河坑内填了十几车白灰。不到片刻，那个王八精就被呛死了。等捞上来一看，嚯，真够吓人的。只见它头如柳斗，眼似灯泡，盖子像个大笸箩。

吴知县对庄主说："你家小姐的病全是它闹的，它一死，小姐的病很快就会好的。"

没想到他的话音刚落，那个小姐又想吃又想喝，工夫不大，全好咧。这下可把庄主高兴坏了，立时拿出好多金银首饰送给他。

吴知县说："这些东西我不要。你要给，就把你影碑墙上挂的那八张画儿给我吧！"

庄主说："咳，你要那几张破画有什么用？边边沿沿都撕了。"

吴知县走到影碑墙下一看，这八扇屏画着八只神鹰，一个个精神抖擞，就和真的一模一样。可不是，有一张真撕了，恰好撕在一只鹰的翅膀上。

吴知县把画儿卷巴卷巴，告别了庄主，刚说动身要走，忽听别门棍儿说话了："让我也跟你走吧。"

吴知县很奇怪："你在这里可起别门的作用，跟我走有什么用？"

别门棍说："说不定你日后会用得着我。"

知县想了想："好吧！"就把它往袍袖里一塞，坐上轿走了。

正走着，忽然来了八个女子，一样的年纪，一样的长相，穿着一水儿的孝服，拦住了县官的轿子。

别门棍儿在袍袖里一抖，悄悄说道："县官大老爷，你可不要信她们，这是八个精怪，见王八精死得冤枉，是来报仇的。"

县官问道："那我怎么办？"

"你只要把那八张画拿出来，往空中一抖就行咧。"

县官见八个女子跪在轿前，直劲喊冤枉，便偷偷拿出那八张画向空中一抖，嘿，真神咧，就见八只神鹰忽闪着翅膀，直奔那八个女子扑去，八个女子吓得一声怪叫，说话间现了原形。

噢，原来是八只肥胖的大兔子。八只神鹰抓住了七只兔子，剩下一只却偷偷地跑了，这是怎么回事？不是有一张画撕了鹰的翅膀吗？你想，鹰要伤了翅膀还能逮住兔子吗？

吴知县见跑了一只兔子，也没在意，便收起古画儿，带上别门棍儿，到清苑县上任去了。

再说跑掉的这只兔子，它一口气蹽出去几十里地，才敢停下来喘了口气。它一想七个姐妹全部丧生，不由得号啕大哭起来，哭着哭着，又觉着自己逃了出来，还得认便宜，心里话，君子报仇，十年不晚。哼，姓吴的，你等着瞧吧。

这工夫，它见前边来了个卖豆腐的老头儿，就摇身一变，又坐在大道上哭了起来。

老头儿来到跟前，见一个水灵灵的大姑娘，穿着一身孝服，哭得怪可怜的，不由得问道："丫头，你为什么啼哭呢？"

姑娘说："唉，只因俺家着了一把大火，把二老爹娘全烧死了，剩下俺孤苦伶仃的，不如上吊死喽算咧。"

"哎，可别，可别，我家中没儿没女，就俺们老俩，你跟着我走吧。"

姑娘随老头儿回到家里，向老两口子拜了三拜，当下就认他们做了干爹干娘。这老俩平时想儿女都快想疯咧，平白无故地从天上掉下个干闺女来，怎能不欢喜呢？

自从姑娘进了家门，干什么像什么，手脚勤快，干活麻利，老头的豆腐生意可活泛多了。

这天，姑娘对老头说："爹，咱们光靠卖豆腐赚不了几个钱，赶明儿你到集上买点颜色回来，我来画画吧。"

老头听了很高兴，第二天就买回来一大包各种各样的颜色。要说那姑娘真有两下子，她画的那花鸟鱼虫，老两口子一看就乐坏了：

"哈哈，没想到俺闺女还有这么大本事，你看那鸟儿像在飞，那鱼儿像在游，哎呀，真是画什么像什么，这不和真的一模一样吗？"

第二天，老头儿拿着画儿来到集上，刚把画儿摆出来就被一抢而光。真没想到，老两口子老了老了倒发了家了。

后来，老两口子想要一张闺女的画像，姑娘就照着镜子给自己画了一张。因为颜色总是不干，就拿到老爷儿底下去晒，不承想刮起一阵风，说话就把画像飘飘悠悠地卷到半空，一会儿就看不见啦。

画像刮到哪儿去了呢？刮到皇宫去啦。这天，皇帝正在宫中和大臣们议事、忽见半空中落下一张彩色画像，他接过去仔细一看，嗬，是一张美女，真像九天仙女似的。皇帝可真红了眼睛啦，他立刻派人找来京城最好的画匠，仿照这张美女的图像画成画，然后散发全国，限令各个州府，十天之内必须将这个美女送进皇宫。

单说清苑县吴知县接到皇帝寻找美女的圣旨，不敢耽误，立即派衙役拿着画儿四处寻找。这天，衙役们找到豆腐房，见老头的干闺女长相和画上的一模一样，不容分说，就把她送进了皇宫。

皇帝一看，嘿，真和画上的不差分毫，不禁龙颜大悦，当下就把她封成了西宫娘娘。姑娘受到皇帝的百般宠爱，事事随心如意，可有一件事总忘不了，什么呢？报仇呗！

这天，她假装有病，卧床不起。皇帝听说后吓得够呛，急忙来到西宫看望。

姑娘满面泪痕地说："我这病很不好治，恐怕今生今世再也不能陪伴万岁了。"

皇帝悲痛地说："莫非爱妃的病真的没有救了？"

"除非吃了活人的心才行。"

"唉！那不是有的是吗？"

"一般人的不行，非得吃贵人的不可。"

"京城里这么多皇亲国戚，你随便挑。"

"万岁的皇亲国戚虽说不少，可惜没有几个真正的贵人。只有清苑县的县太爷才是个贵人，他长的是玲珑心，只有吃了他的心才有救儿。"

皇帝说："吃他的心，如同捻死一个蚂蚁，容易得很。"说完，他立即传旨宣清苑县吴知县进京。

吴知县接到进京的圣旨，心里就琢磨开了，一个小小的七品芝麻官，干吗值得让皇上亲自下圣旨，说不定这里头还有什么故事眼儿呢。于是，就问了问别门棍儿。

别门棍儿说："大老爷此去凶多吉少。当今的西宫娘娘就是跑掉的那个兔子精所变，她要借用皇帝之手，加害于你，万望大老爷多加小心。"说完，它又对着吴知县的耳朵小声叮嘱了几句。

吴知县来到京城，拜见皇帝。皇帝说："西宫娘娘说你长着一颗与众不同的玲珑心，如你肯奉献出来，寡人将重赏于你。"

吴知县说："卑职感万岁龙恩，怎敢不献？不过，我死之前，如能亲眼看一看西宫娘娘，卑职将死而无怨。"

皇帝说："这好办。"他立即宣西宫娘娘上殿。

西宫娘娘刚刚走上金殿，只见八只神鹰忽闪着翅膀"嗖"的一声，一齐向她扑去。可怜那西宫娘娘还没闹清是怎么回事儿，就当场现了原形——一只又肥又大的兔子躺在金殿之上。

皇帝见了，早吓出一身冷汗，忙问吴知县是怎么回事。吴知县就把事情的来龙去脉诉说了一遍。

最后，吴知县又指着袍袖里的别门棍儿说："这事儿还真是多亏了别门棍儿，若不然，那八只兔子精说不定要给人们带来多大灾难呢！"

皇帝忙说："对，对，一定要重赏别门棍儿。"

吴知县问："怎么个赏法呢？"

"封它世代为官。"

"封什么官？"

"封它为门插官吧！"

皇帝说话是金口玉言呐，从此，别门棍就叫成了门插官儿。

哈巴狗的鼻子为什么短？

讲述：阮焕章
记录：中流
1986 年春采录于讲述人家中

世上狗的种类很多，它们鼻子的长短原来大体都是一样的，后来，哈巴狗的鼻子为什么一下子短了呢？这里有段神奇的故事。

早先，太行山下有个小山村，住着一户李氏兄弟，父母早亡，留下不小的家业。哥哥李大，整日游手好闲，娶妻许氏，为人刻薄奸诈。兄弟李二，自幼老实厚道。自从许氏过门以后，经常在李大耳边吹些冷风。起先，李大并不介意，架不住时间长了，这股枕头风终于吹软了李大的耳朵。这天，李大对李二说："兄弟，并不是哥哥嫌你，只因咱家这日子越来越紧巴，如今你也长大成人了，也该出去闯荡闯荡了。"李二明知道是哥嫂要独吞家产，但他什么也没说，牙一咬，心一横，就离开了家门。

满打满算还不到十六岁，举目无亲，到哪里去呢？李二只好一路乞讨，四处漂流。一天傍晚，来到一个村子，他正愁晚上没个住处，忽见村头有个破旧天王庙，便推开庙门，把香台打扫了打扫，躺在上边。也不知过了多久，忽听庙外狂风大作，不一会儿，就听到说话的声音："到了，到了，就是这儿。"

李二很奇怪，黑更半夜，谁到这儿来呢？莫非是强盗来这儿分赃？还是……不行，得赶紧躲一躲。他立刻起身藏在供桌下边。这时，就听庙门"当"的一声，门外闯进一群人不像人，妖不像妖的怪物，借着月光，李二见它们高的高，矮的矮，胖的胖，瘦的瘦，个个青面红发，巨齿獠牙。一个小怪说："大王，这庙里有生人味！"

"哪儿有什么生人味儿，就是你的鼻子尖。"那小怪被抢白了一顿，不敢再吱声了。那个大王说："徒儿们，你们听说了没有？附近村子里出了三桩怪事。"

"哪三桩怪事？"

大王说："第一怪，东庄有个闺女，眼看着肚子一天比一天大，村民们都说怀了喜，家里人又羞又气，咳，其实那是病。"

"那叫什么病？""大肚子病。"

"还能治吗？"

"她家院里有棵大杨树，树上有个老鸹窝，只要逮一只老鸹用香油炸了，让那闺女一闻，她肚里的虫子立时就会爬出来，那闺女的病就算好啦。可咱们不说，谁能知道呢？"

那大王停了停，又说："这第二怪，西庄的张员外有一心爱的金脸盆，是他的传家宝，一天，平地一阵狂风，脸盆不见了，张员外派出好多家丁，整整找了三天，连个影子也没见，你们说怪不？"

"那金脸盆到哪儿去了？"

大王叹了口气："咳！其实那金脸盆就在他家柴火棚子的草堆下边。"

"大王，那第三怪呢？"

"南庄有个赵秀才，有一花枝似的千金小姐，近半月来，忽然茶不思，饭不想，整日卧床不起，请遍先生，谁也治不了，眼看性命难保啦。"

"那小姐的病还能治吗？"

"怎么不能治，只需西庄张员外柴火棚里挂的那张画……"那大王正说得津津有味，忽听一声鸡叫，赶紧随着一阵风走了。

李二在供桌下边听得清清楚楚，心想：他们说的是真是假呢？要说真吧，明明是群怪物，要说假呢，可说得又有鼻子又有眼儿，咳！既然听到了，就去试试呗，万一真能治好呢！

李二来到东庄，老远就看见一棵高高的白杨树上，架着一个老鸹窝，先有几分高兴。当他来到树下，见了那病闺女的爹娘，假称自己是治病的先生，专治疑难大病。病闺女的爹娘一看他小小年纪，穿得破破烂烂，哪像个治病先生？可一看李二的态度却挺诚恳，让他试试吧，有病乱投医嘛，万一瞎猫碰上死老鼠呢？李二被让进屋里，一见那病闺女，哎哟，真和昨晚听到的一模一样：圆鼓溜的肚子，面黄肌瘦，皮包骨头。李二按怪物说的方法一试，嘿，真是灵验，那闺女的病立时就好了，能吃能喝，又说又笑。闺女的爹娘看在眼里，喜在心上，高兴得直滴答眼泪。李二看好了闺女的病，什么也没要，只换上一件闺女爹的新褂子，吃了顿饱饭就走了。

李二到了西庄，打听到张员外的门口，一看，确实是个大户人家，保镖的、护院的一大群。李二来到上房，对张员外说："听说你丢了东西？"

"是啊，家门不幸，平白无故我的金脸盆不翼而飞了，先生如能帮我找到，老朽必当重谢。"

"你的脸盆并没丢，就在你那柴火棚子的草堆下边。"众人进去一翻，果然在此，大家感到十分惊奇。

张员外看到自己的传家宝失而复得，喜出望外，忙命家人拿出银两酬谢李二。李二说："金银财宝我不要，把你柴火棚里挂的那张破画送我就行咧。"张员外感到很新鲜，但也不便多问，就满口答应了。

李二收起破画，迅速来到南庄，老远就发现墙上贴着一张告示：赵家小姐患病，久治不愈，凡有治愈者，年长者赠予金银，年轻者招为女婿。李二一把揭下告示，走进赵秀才家门。

秀才问："你能治我家小女的病吗？"李二说："让我来试一试，今晚让小姐挪个地方，我住在这里。"

当天晚上，半夜子时，就听"呜呜"一阵阴风，随着阴风，只见一个妖精张牙舞爪来到小姐卧室，刚要动手拽他的衣服，李二迅速拿出破画，冲它一举，就见画上那只神鹰忽闪着翅膀，"嗖"的一声向那妖精扑去，只三抓两挠，就把它擒住了。李二一看，原来是只兔子精。

第二天，小姐的病立时就好啦。赵秀才咧开大嘴哈哈地笑着，为他们办了喜事。

李大听说李二又娶媳妇又发财，找到李二，问起他发财的原因。

李二从小憨厚诚实，从不说谎，就把在天王庙遇上怪物的经过一五一十地告诉了哥哥。李大马上回家告诉了妻子。那许氏可不是省油的灯："老二能在天王庙走红运，你为什么不能？"一句话，说得李大眼珠子都红啦。

好不容易熬到天黑，李大也偷偷来到天王庙，正等得着急，忽然也刮起一阵狂风，转眼之间那群怪物就进了庙门。李大一见，早吓了个半死。就听那个大王说："前天晚上咱们说的那三桩怪事，准让人偷听去了，要不为啥三桩怪事都解决了呢？"

小怪说："我早闻着有生人味，你们不信。"

"咱们今天可得搜一搜。"众怪物马上把李大揪了出来，"哈哈，原来你在偷听啊。"只见那大王用两手指紧紧挟着李大的鼻子，用力一拉，把他的鼻子拉得足有二尺多长。

"看你还敢不敢偷听？"说完，一把将他推出庙门。

李大气急败坏地回到家里，许氏一看，吓了一跳："哎哟，我那乖乖，这是怎么啦？"李大哭丧着脸，跟死了爹似的，向妻子哭诉着经过。

"这真是偷鸡不成反丢了米，这么长的鼻子可怎么见人哟！"两口子躺在炕上，翻来覆去，无计可施。

第二天，天刚蒙蒙亮，许氏就来找李二："大兄弟，看在自家哥儿们的份儿上，你可要想个法子哟，要不你哥哥就没法出门啦。"

李二想来想去，到了晚上，又偷偷来到天王庙。刚刚藏好，那群怪物就进来了。还是那个小怪说："今天又有生人味儿。"大王说："还有什么生人味儿？昨天刚把他的鼻子拉了二尺多长，谅他也不敢再来了。"

小怪问道："大王，那么长的鼻子还能缩回去吗？"

"怎么不能？只要吃几个羊肉丸饺子就行咧。但是，饺子必须在午时三刻吃，还必须吃二十个，吃少了，鼻子恢复不到原状，吃多了呢，鼻子就太短啦。"

李二把这些话对嫂子一说，许氏急忙买来羊肉，包成肉丸儿饺子。等到午时三刻，李大吃了一个，嘿，真灵，长鼻子立时缩短了一寸，又吃了一个，又短了一寸，李大一连吃了二十个，长鼻子已经恢复到原状。但是，李大却贪多无厌，他吃着这香喷喷，顺嘴流油的肉丸饺子，越吃越上瘾，明明知道吃够了数儿，又不由自主地夹起一个，刚咬了一个饺子尖，只听"哧"的一声，他的鼻子立时又缩进去少半寸，本来高高的鼻梁成了一个大坑。李大一摸，吓出一身冷汗，筷子一松，剩下的多半个饺子掉在地上。说也巧，李大家养着一条哈巴狗，正围着主人的屁股转悠呢，一看主人赏给它多半个饺子，高兴得摇头摆尾，一口将饺子吞了进去。又听"哧"的一声，只见哈巴狗的鼻子也缩进去多半寸。

从此以后，哈巴狗的鼻子就比一般狗的鼻子短了，直到今天，还是这个样子呢!

吴道子画鹰

讲述：郭永才 30 岁 工人
记录：张今慧
1988 年 5 月采录于曲阳县

吴道子在北岳庙画壁画期间，一日，他为了消除疲劳来到黄山游览散心。他见山上松柏林立、百花盛开，清溪环绕、气候宜人，顿时身心爽快。然而使他更感兴趣的是这山中石：白石（汉白玉）、青石、豆绿石、高粱石、桃花石……"啊，多美的石头呀!"当他看到用这种石头雕出的白色的嫦娥奔月、八仙过海；豆绿色的麒麟送子、狮子滚绣球；青色的磨盘、捶布石；高粱色的石槽、石碾；桃花红色的柱墩、茶桌等各式各样的艺术品时，更使他称赞不已。他不知不觉转到了太阳偏西，才恋恋不舍地往回走。边走边兴致勃勃地自语道："美极了，真是美极了……"当他走到兔山脚下时才感到累了，想坐下来歇歇脚。这时，忽然看见一位青年人在百步远的一块长条石旁急促地走来走去，忽而坐下，忽而又起来走动，还不断地拍打自己的脑门儿。

吴道子见状走过去说："啊，老弟，你为何这般烦躁，莫非遇到了什么为难之事？"

那青年惊奇地打量了一下吴道子，看他穿戴不像普通人，于是说道："不瞒先生说，我是遇到了相当难办的事啊！"

"噢！愿不愿意说给我听听？"吴道子说着坐在了长条石上。

那青年正在一筹莫展，巴不得有人给他出个主意，又见这位先生面目和善，目光诚恳，于是就说："当然愿意。"说着坐在吴道子对面的一块石头上。

原来这位青年叫赵志成，是为了寻找妹妹来到这里。他妹妹长得美貌出众，心灵手巧，是村中纺线、织布、描花、刺绣的能手，人们都称她美丽的巧女。两个月前的一天，巧女送走了来向她借花样子的姑娘们，正准备和哥哥一块儿下地浇菜，突然刮起一阵大风，刮得天昏地暗。只听巧女尖叫了一声，顿时风平浪静。哥哥睁眼一看，妹妹不见了，他就拼命地喊："巧女……妹妹……"

乡亲们进来说："你还喊叫什么，巧女被旋风卷走了！""是，我看见了，朝南山去了。"

赵志成听了，就不顾一切地往南山跑去。跑到山上一看，这一带山连着山呀，什么铁山、穆山、黄山、兔山、骆驼山，到哪个山上去找呢？……他把脚一跺，不管有多少山，不找到妹妹我决不回头。于是他就在这些山上找呀找呀，找了一遍又一遍。

吴道子听到这里，关切地问："找到踪迹了没有？"

踪迹是找到了。今日一早，他又来到兔山后边，两条腿走得酸疼，就坐在一块石板上抽了锅烟，因心情烦躁，就在石板上用劲磕了磕烟锅。突然来了两只小兔，围着他转了两圈，眨眼又不见了。他正在纳闷，忽然听到妹妹喊道："啊！这不是哥哥吗，哥哥！……"一头扎在他怀里哭起来。赵志成惊奇地说："妹妹，你叫我找得好苦啊！"兄妹二人抱头痛哭。

吴道子松了一口气说："啊，这就好了，你可以把她领回去了。"

"要能领回去就好办了。"她是被兔子精卷进山洞的，还生下了小兔子。赵志成磕烟锅时，小兔子听见了响声，出来看见了他，回去告诉妈妈说："外边有人砸咱家的房顶，你快出去看看吧！"这样巧女才走出洞来。正好大兔子精不在洞里，它要在是不让巧女出洞的。当时志成就让妹妹快跟他回家。巧女说："若不把兔子精治死，跑到哪里它也会把我抓回来的，那坏东西早就这么说了。"志成想了想说："那好，为了除掉这个坏家伙，我跟你到洞里去看看！"他跟妹妹进了洞，那洞很深很大，还有大洞套小洞。洞里摆设很讲究。兄妹俩正商量整治兔子精的办法，忽然听见呼呼地风响，兔子精回来了。妹妹忙把哥哥藏在一个小洞里，用烂草堵上了洞口。谁知那妖怪一进来就说："生人气，生人气。"边说边找。

巧女见瞒不过去，就说："是我哥哥来了，我让他在里边休息哩。"

兔子精一听，高兴地说："是大舅子来了，快请，快请！"

兔子精见到赵志成特别热情，拿出好酒好菜招待。赵志成哪吃得下去，为不让它怀疑，应付了一阵子，只好告辞出来了。这不，正在这发愁，怎么才能除掉妖怪救出妹妹呢？

吴道子听到这里说："老弟，不必发愁，我有办法叫它死。"

"什么办法，先生快说！"

"你别急，先帮我铺纸研墨，我画张画送给你。"

赵志成见他取出纸墨，只好帮他把纸铺在石板上，又去研墨，心里却想：我要的是治死兔子精的办法，你送我张画有啥用？虽然有些失望，又不好推辞。

吴道子大笔一挥，画了一只鹰，对赵志成说："老弟，你看我画的是什么？"

赵志成不耐烦地说："一只雄鹰呗。"

"对了，这只雄鹰会帮你的大忙，你把它叠好揣在怀里。"接着又压低声音如此这般地说了一阵。

赵志成疑惑地问："真的能治死妖精？"

"没错，只要你照我讲的去做，保你成功。"说完起身走了。

赵志成追着问："先生，请你留个姓名！"

"我姓吴，你不是叫我先生嘛，那就叫我吴先生吧！"

第二天，赵志成买上肉，提上酒，还给小兔子们买上爱吃的东西，欢欢喜喜地来到洞里。一进去就说："妹妹！妹夫！我又来了，昨儿空手到来，受到你们的热情招待，很不好意思。今儿带点酒菜来，咱们一块儿热闹热闹。"

兔子精高兴地说："哥哥何必破费，我这里什么都有。"

"你们富有，我都看到了，可这是我的一片心意。"又对两只小兔说："这是给你们的。"

小兔子一见苹果、鸭梨、鲜桃等物，急忙接过，说了声："谢谢舅舅！"

就蹦蹦跳跳跑出去了。

兔子精让巧女摆上酒菜，他（它）们就又说又笑地喝起来了，气氛非常亲热。巧女知道哥哥的来意，可是没有机会说话，只好看哥哥的眼神给兔子精斟酒，劝他多喝。几杯酒下肚，兔子精话更多了，摇头晃脑地夸耀起它的财产来，说什么它的钱没有数，这辈子花不清，它们从不吃次粮，连那最好的东西孩子们也都吃腻了。……它越说舌头根子越硬。赵志成想：到时候了。他解开上衣，取出那张画，说道："你来看！"滋啦一声，画面冲兔子精展开了。

兔子精抬头一看，吓得哆嗦起来。只见那雄鹰"刷"的一声，展开双翅，扑了过去，对准兔子精的眼睛"咔、咔"两下，兔子精大叫一声显了原形——一只大白兔子。

赵志成说："雄鹰啊雄鹰，你快把它啐①死！"那鹰又在兔子精的喉咙处啐了两下，那只大白兔子伸开了四肢，不动弹了。

赵志成问妹妹："小兔子怎么办？"

巧女说："也啐死。"

"那咱们和雄鹰一块儿去找！"

雄鹰一听，腾空而起，飞出洞外。当他兄妹走出洞口时，那雄鹰一只爪子抓着一只小兔，把两只死兔放在他们面前。

兄妹二人一看，"扑通"一声跪在地上，磕着响头说："多谢雄鹰搭救之恩。"

雄鹰说："要谢，你们快到曲阳城内北岳庙里谢吴道子去吧！"说完飞走了。

---

① 啐：方言，啄的意思。

动植物故事

鹦鹉的来历

讲述：阮焕章
记录：中流
1986 年 5 月采录于讲述人家中

　　早先，有个姓张的员外，夫妇俩有三个儿子，大儿子叫英杰，二儿子叫英文，三儿子叫英武，三个儿子都很聪明。他们长到十五六岁的时候，一天，老员外把他们哥仨叫到一起，说："你们哥仨都不是小孩子啦，也该出去闯荡闯荡学点本事了。今天你们就走，三年后的今天回来见我，看看哪个最有出息。"小哥仨给父母磕了头，带足了盘缠，就各奔前程了。

　　老大自小喜好练武，不几天就访到一位武林高手，拜师学开了武艺；老二善文，跟一位私塾老先生专心读书；老三呢，从小被父母宠爱惯了，没吃过苦，他在外边晃荡了一年多，什么事儿也没干成，盘缠也花光了。怎么办呢？唉，天无绝人之路，找大哥去。老大见他什么本事也没学到，就说："三弟，你干脆就在我这儿学练武吧。"老三学了几天，累得腰酸腿疼，没几天就偷着跑了。他来到老二那里，见二哥坐得四平八稳，正在专心读书。心想：二哥这差事倒不赖，整天坐着就能学到本事。于是，他决心留下来跟二哥学文。谁知刚坐了两天，那书本上的四书五经一遍还没背过来，就觉得头晕眼花。哎呀，原来这学文的滋味比学武还难受。第二天，他朝老二要了点盘缠又走了。

　　三年的期限很快到了，老大老二都按期回到父母身边。张员外见老大学了浑身武艺，老二学了满腹文才，心中高兴，但见不到老三，心里又很挂念。于是，他让哥俩无论如何也要把老三找回来。哥俩在外边找来找去，终于在赌场里找到了老三。只见他穿着红衣服，戴着绿帽子，吹胡子瞪眼地正在猜拳行令。老大一见，不由怒火满胸，揪住老三就要揍他，老二上前赶忙劝解。老三见大哥二哥都学了一套本事，自己却这样不争气，不由脸红心跳，哪还有脸儿回家呢？他推开众人，扭头就跑，跑到一座山上，见前边有道山涧，他一闭眼就跳了下去。

哥俩来到山涧，往下一看，哎呀，山涧深不见底，哪还有三弟的影子？他俩正在往回走，忽然从山涧里飞出来一只小鸟，红腿红羽毛，脑袋上像戴着个绿帽子。哟？这小鸟怎么和三弟的穿戴一样呢？只听它吱吱叫着，好像在说："别学我，别学我。"叫声凄凉婉转。这时，老大老二忽然明白了：原来这只小鸟是三弟变的。因为老三的名字叫英武，所以人们就把这种羽毛美丽、声音委婉的鸟叫成了鹦鹉。

麻雀为什么只会蹦，不会走

讲述：阮焕章
记录：中流
1986 年 12 月采录于讲述人家中

麻雀是最普通也是人们最熟悉的鸟类，不管它落在哪里，只会朝前蹦而不会走，这是为什么呢？这里有个因由。

在一棵大树顶上，有个云雀窝，窝里住着一对云雀。后来，雌云雀生了四只蛋，雄云雀每天四处找食，雌云雀在窝里孵蛋。慢慢地，小云雀冲破蛋壳，露出了小脑袋儿。这工夫，大云雀分工更细了，一个外出找食儿，一个在家看护，生怕小云雀有个三长两短。

在云雀窝附近有个树窟窿，里边住着一只麻雀，它整天算计着想把小云雀吃喽，就是找不着下嘴的机会。一天，它对两只大云雀说："你们两口子一块儿出去找食吧，还可以多找点，我给你们看家。"两只云雀轻信了它的话，一同飞走了。等它们回来一看，四个孩子全被麻雀吃掉了，心疼得了不得。云雀自知打不过麻雀，就偷偷地到鸟中之王——凤凰那里告了状。凤凰看了状纸，也很气愤，马上派乌鸦去抓麻雀。乌鸦来到麻雀住处，见它正呼噜呼噜地睡大觉，乌鸦叫醒它，说明了来意。麻雀马上赔着笑脸说："哎呀，不知乌鸦大哥前来，未曾远迎，当面恕罪。咱们都是街儿道坊的，你就在大王面前给美言几句吧！"边说边把一条白毛巾递给了乌鸦。乌鸦把毛巾围在脖子上，觉得美滋滋儿的，说了声再见就走了。

乌鸦来到凤凰面前，撒了个谎，说麻雀没在家，没有抓到。凤凰一听，又派喜鹊前去捉拿。麻雀一见喜鹊来了，心想：这下可糟了，喜鹊要比乌鸦聪明得多，再给条白毛巾不行了，就拿出一条真丝裤子送给了它。喜鹊一穿挺合适，黑上衣白下衣，又精神又漂亮。喜鹊回到凤凰那里，也撒了个谎，说麻雀没在家，没有抓到。凤凰一听大怒，立即派老鹰前去捉拿。麻雀想：这下算完咧，老鹰是有名的忠臣，大公无私，给它贿赂肯定不要，只好认倒霉吧。老鹰刚要抓它，麻雀说："你先别抓，我跟你走还不行吗？"老鹰也不言声，它在前边飞，让麻雀在后边跟着。飞来飞去，天黑了，老鹰见前边有棵大树，就落在一个树杈上休息起来。麻雀见老鹰睡着了，本想乘机溜掉，可又一想，不行，我怎么跑也逃不过老鹰的眼睛呀，要是再被它抓回来，还不定怎么惩治我呢！麻雀正在犹豫，忽然发现旁边有个牛角，它心里一亮，马上钻了进去。老鹰一觉醒来，不见了麻雀，就到处寻找。可找来找去，连麻雀的影儿也没找到。这工夫，老鹰一回头，也发现了那个牛角，它用脚踢了踢，觉得里面像有东西，拿起牛角一看，发现了麻雀的尾巴，心想：好你个狡猾的东西，莫非你钻进牛角里就那么保险？它抓起牛角立刻飞到凤凰面前。

凤凰听了老鹰的汇报，大怒，立即让麻雀滚出来。到了这步田地，麻雀还有什么咒念呢？只好灰溜溜地从牛角里钻出来。凤凰说："为什么乌鸦和喜鹊两次都请不动你？"麻雀吞吞吐吐不敢吭声儿。凤凰下令给它动刑，这下可把麻雀吓坏了，只好把全部经过都讲了出来。凤凰听了之后，气冲冲地说："好哇，怨不得乌鸦喜鹊都说你不在家，原来是收了你的贿赂哇。乌鸦，喜鹊，你们两个听着，立即把麻雀贿赂你们的白毛巾摘下来，把白裤子脱下来。"乌鸦吓得浑身直哆嗦，可摘了半天，脖子上的白毛巾再也摘不掉了，喜鹊的白裤子也脱不下来了。至今，乌鸦的脖子上还围着那条白巾，喜鹊还穿着那条白裤子呢！

凤凰越想越气，为了整顿鸟类的纪律，严惩麻雀的不法行为，就下令给麻雀戴上了脚镣子。从此，麻雀再也不能走路，只能一步一步朝前蹦。

狗为什么咬猫

讲述：齐会芝 女 78 岁 蠡县人
记录：石林　李国栋
1986 年 6 月采录于保定市讲述人家中

传说老早以前，有这么一户人家，主人叫刘洛汉，养着一条狗和一只猫，狗看门，猫捉老鼠，全家日子过得平平安安的。可是有一天，家里的一件稀世传家宝——夜明珠，被人偷去了，急得刘洛汉全家人团团乱转，连饭都不想吃啦。狗和猫看到主人这般模样，心里也怪不好受的，自己也感到没尽到看家护院的职责，它俩一商量：一定要帮助主人找回夜明珠。

狗嗅着贼人的踪迹在前面领道，猫在后头紧跟，翻山越岭，终于找到了盗贼的住处。此时，盗贼正在为得到宝贝吆五喝六地庆贺哪。狗和猫借着这个机会，溜进了盗贼的院子。藏到天黑，酒宴散了，盗贼把夜明珠锁在柜子里，睡了觉。狗叫猫由窗户窟窿里钻进屋去，它在外边放哨。猫在屋里费了很大劲弄不开柜子，怎么办呢？它手捋胡须眼珠儿一转，办法来啦——它捉来两只老鼠，瞪圆两眼，凶狠狠地低声说："你俩将柜子咬个洞，把夜明珠拿出来，我就放了你们，要不我就把你们吃喽！"吓得两只老鼠赶紧轮流着嗑柜子，费了好大的劲，终于把柜咬开个洞，取出了夜明珠。

这时，天快亮了，它俩高高兴兴地往回赶路，走着走着遇到一条河，猫不会凫水，狗让猫叼好夜明珠，骑在自己身上驮着它过河。到了河心，猫看到河里有好多鱼，又觉得肚子饿了，赶忙说："狗大哥，停停，捉几条鱼吃了再走吧?！"它这一说不要紧，夜明珠就从它嘴里掉到河里去啦。

狗只好先把猫送到河对岸，又转回身来到河里去摸夜明珠。摸了老半天才把夜明珠叼了上来，累得它一点气力都没有了。猫见狗累得不愿意动弹，眼珠儿一转，趁机说："狗大哥，你歇会儿，我先把宝贝送回家去，要不，主人等急了，该不高兴啦?！"

猫叼着夜明珠连跳带蹦地跑回了家，把珠子放在主人面前，连编带造地述说费了多么大的辛苦，才把珠子找回来，不光一句也没说狗的功劳，还诬告说不知道狗自己跑到哪里玩去了。刘洛汉见到夜明珠挺高兴，捋着"喵儿、喵儿"叫的猫夸奖说："真是个乖猫儿……"说着拿出好东西来叫猫吃。

狗回到家正听到猫在学说，气得"汪、汪、汪"直叫唤。刘洛汉早对狗憋了一肚子气，找了个棍子出来就打，边打边说："养你这个懒东西干什么！？滚！到门外待着去！"

从此，狗就恨起猫来，一见猫就咬。

猫为什么吃老鼠

讲述：齐会芝
记录：石林　李国栋
1986 年 6 月采录于讲述人家中

很早以前，猫和老鼠住在一起，玩在一块儿，还是好朋友呢。后来为什么猫一见老鼠就咬呢？说起来还有一段故事哩。

猫被老鼠骗

有一回，天上的玉皇大帝通告所有的野兽和牲畜，准备选封白天黑夜十二个时辰官，也就是任命子、丑、寅、卯、辰、巳、午、未、申、酉、戌、亥十二个属相时辰官。各地的野兽和牲畜知道这一消息后，都很高兴，只有猫闷闷不乐。老鼠问它："猫大哥，您为什么不高兴呢？"猫说："咳，我平日爱睡觉，怕那一天早起起不来，误了选封的时机！"老鼠接着说："猫大哥，您放心好了！到时候我一定叫您。"

到了选封的那一天，天还不亮老鼠就早早起来了，悄悄一瞧，见猫正在"呼噜、呼噜"地睡大觉。老鼠把小眼儿一挤，心说：这太好了，我不叫它，它去不了，我就少一个对手。老鼠得意地捋了捋胡须，整好了装，一蹦三跳地跑去了。这一下，猫可耽误大事儿了。

选封时辰官

选封的这天好热闹，猪马牛羊鸡兔狗、龙虎猴蛇鼠都来了，又是吼又是叫，又是蹦又是跳，叽叽喳喳吵翻了天。当玉皇大帝宣布选封开始，大家才安静下来。

怎么个选封法呢？首先查点名额，凡是不按时到的，一律取消选封资格，结果飞禽类没有来，鱼鳖虾蟹也没到，还有来晚的也不算数，只剩下牛、虎、龙、蛇、马、羊、鸡、狗、兔、猴、猪、鼠有资格选封。如何安排选封的名次呢？玉皇大帝为难了，就对大伙说："大家先发表意见，谈谈按什么标准来排名次好。"这一下又热闹了，有的说按来得早晚，有的说按本领大小，有的说按个子大小……大伙儿你一言，我一语，争论不休。争来争去，最后玉皇大帝宣布以个子大小为序安排先后次序。老鼠一听，拉下脸子很不高兴，因为这里头它的个子最小，而牛的个子最大。可是，老鼠两只小眼一转，忽然心生一计，它硬说自己比牛个大："谁要不信，咱们到人间问问去？当然我也知道农民种田是要袒护你老牛的，不会向着我，可我偏要争争这个理儿。要是人们都说牛个大，头一个时辰官就是牛的，要是说我个大，头一个时辰官应归我。"别的动物被老鼠这么一诡辩，也都没了主意，心里却说：这不是秃子头上的虱子——明摆着吗？到人间去问，人们也不会说你个大。"好，就请玉皇大帝给大家作证好啦！"

于是老牛和老鼠来到人间，天刚亮，农民刚刚开始下地，老牛摇摇晃晃地走在地里，人们一见都说："这个牛真壮实。"这时，老鼠突然一下子蹿到牛背上，人们不由得一愣，随即喊道："看！好一个大老鼠！"

回到天上，老鼠理直气壮地问大家："你们听清了吧？人们都说'好一个大老鼠'，没说好一个大牛吧！"大家无可奈何，玉皇大帝也只好按照人们的"说法"，把老鼠安排成第一个时辰官了。结果安排的顺序是：子鼠、丑牛、寅虎、卯兔、辰龙、巳蛇、午马、未羊、申猴、酉鸡、戌狗、亥猪。从此，时辰的先后和人们属相的安排，也就按这个顺序确定了。

猫咬老鼠

贪睡的猫一觉醒来，日头已经老高了。忽然想起选封时辰官的事了，赶紧去找老鼠，问道："天上选封时辰官了吗？"

"哎哟，我倒忘了给你说，今个早起，我叫了你半天，你也不醒，没办法，我怕误了时辰，只好自个儿先走了。"

猫一听，气得胡子都撅起来了，"呜"地大吼一声，说道："你不要再骗我了！你这个狡猾的家伙，我非咬死你不成！"说着"噌"的一个纵跳，向老鼠扑了过去。老鼠做了亏心事儿，自知理亏，扭头就跑，钻到洞里去了。从此，猫恨死老鼠了，见了老鼠逮着就吃。

红鹅和黄羊

讲述：孔庆德
记录：石林　李仕相
1986年10月采录于讲述人家中

从前，有两个孩子给一户财主干活，男孩子叫黄羊，管着放羊；女孩子叫红鹅，管着放鹅。财主对他俩很不好，天不明，就叫起干活，晚上不黑天，不许回来。干了一天的活，连顿稀汤剩饭都不给吃饱。黑夜，怕丢失羊和鹅，他俩睡觉也得守着羊和鹅。要是羊和鹅有个好歹，他俩少不了一顿毒打。他俩自幼儿都失去爹娘，同是苦命人，同在一起长大。因此，他俩除了相互同情，相互照料外，只有同羊和鹅亲亲热热了。

两个孩子长到十七八岁，由相互同情照顾，慢慢也就有了感情。这件事儿被财主知道了，说败坏他家门风！打了他俩一顿，还把红鹅关了起来，不让他俩再接近。可是老关着红鹅也不行，鹅谁来放？财主只好又把她放了。黄羊一见红鹅受了那么多的罪，红鹅一见黄羊瘦得不成个样子，两个人就别提多么难受，不由得抱头痛哭起来，从此他俩更加关怀亲热了。

这事又被财主知道了，就把他俩吊起来毒打了一顿。红鹅和黄羊很倔强，他们被打得皮开肉绽，鲜血直流，也不求个饶，气得财主跺着脚儿喊："今后你俩再要接近，我就把你们杀了！"

这天，红鹅到湖里又去放鹅，心说，这世上就剩下这么个亲人，还不能见，我活着还有什么意思？！她越想越伤心，眼望着高山哭喊："哥哥，哥哥！"末了，一头扎到湖里死去啦。鹅见主人死了，也都昂起脖子伤心地喊着："哥——哥——哥！"黄羊听说红鹅死了，他从山上边跑边哭喊："妹妹——妹妹——！"末后，由山崖上栽了下来，也死了。羊见没了主人，也都哭了，还学着主人的声音："妹——妹——妹！"地直叫唤。

后来，鹅为什么都"哦、哦、哦"地叫，就是学它主人的声音叫"哥哥"呢；羊"咩、咩、咩"地叫，也是学它主人喊"妹妹"呢。

好马不卧

讲述：赵金泉
记录：赵忠义
1984 年采录

狡猾的狐狸当着一群小动物得意洋洋地说："刚吃了一只小公鸡，那小嫩肉可真香，我得想办法吃遍天下的美味。"憨厚的小兔子恨透了这个高傲凶残的家伙，存心要教训它一番，便吧嗒着三片嘴说："听老鼠说马肉最香。特别是屁股蛋儿上的肉更好吃，狐狸大哥，您吃过吗？"狐狸不忿儿地说："老鼠能吃，我当然得尝尝鲜，就请老弟帮忙，我一定重谢！"小兔说："大哥可趁马卧地睡觉时，将马尾拴住您的尾巴，扒在马屁股上，专啃屁股蛋儿，就是马知道了，它也没辙。"狐狸轻松地说："好咧！看我的吧！"

狐狸找到一匹精壮的马，等马卧地熟睡时，它把自己的尾巴拴住马尾，轻轻扒住马屁股蛋儿，狠力地啃起来。马屁股蛋看着光亮鲜嫩，但啃吃可不易，马一觉疼，"噌"地蹿立起来，暴怒惊叫，狂奔尥蹶，把个狐狸折腾得死去活来，才挣脱逃命。自知丢脸，不敢声张。马经过这次惊吓，再也不敢卧着睡觉。凡好马，只是立着打盹，这便是"好马不卧，卧非好马"的由来。

金银花的传说

讲述：曹朵文 83 岁 河北省安国市人 中医
记录：孙佐培
1986 年 6 月采录于安国市

金花和银花又叫双花。金花是黄色的，银花是白色的，中药叫做"金银花"。它不仅好看，而且是清热解毒的常用良药，深受人们喜爱。它是怎么成为中药的呢？其中有个神奇的传说。

古时候，在我国西南山区，有个小村庄，村中住着一对姊妹，姐姐十七八岁，名字叫金花，妹妹十五六岁，名字叫银花。父母早亡，姐妹俩相依为命，只好靠采桑养蚕织丝织缎过着苦日子。

一天，金花银花去山中采摘桑叶，忽然天空刮起大风，天昏地暗，不一会儿，雷声隆隆，倾盆大雨下个不停。顿时，洪水从条条山沟滚滚东流，一片汪洋。

姐妹俩正想冒雨回家，猛然听到山坡下有人高声呼叫："救命啊！救命啊！"二人毫不迟疑地朝着喊声跑去，到那里一看，发现一位老太太正抱着一根木头在大浪中挣扎，她们立即跳入水中把老人救到岸上。老太太被救上来了，可再没见到金花银花的踪影！

不一会儿，风停雷止，雨过天晴，脱险的老太太也苏醒了过来。老人想：我今天遇到大难，若不是遇上两个好心的姑娘，我早不在人世了，我得去找她们好好道谢道谢。老太太来到出事的地点。

一看，沟地的泥沙中躺着两具女尸，正是救她的那两位姑娘。她立刻痛心地号啕大哭起来。全村的男女老少听到哭声，也都跑到此地，大家一看，正是金花银花姊妹两个。老太太把事情经过讲了一遍，乡亲们也都跟着痛哭起来，哭声越来越大，人们的眼泪浸湿了脚下的土地。

此时药王老翁正在老土地家中做客，他们听到外面悲声大作，便一同来到这里察看究竟。人们的诉说和哭声深深打动了二仙，便立刻把金花银花的尸体埋葬在一个山头。只见土地爷龙头拐杖朝坟头一指，口中念念有词，坟头立即长得像一个山包。山包上长满深绿色叶子的藤草，并开着许多黄色和白色的鲜花。

这时药王老翁用手指着藤草上的黄、白二色的花朵说："二位女子，好心好心，济世救人，就让这花作为清热解毒的良药吧！"并把它封为金银花，说完二仙就不见了。此后金银二花果真就成了中药。后来村中的人们就在金银花的坟头旁边修起了一座庙宇，起名叫"姐妹堂"。

小麦的传说

讲述：李振国 55岁 原曲阳文化馆馆长
记录：尚友朋
1980年11月采录于河北曲阳县

现在的小麦一株只有一个穗，可是传说很早很早以前不止一个穗，而是有好几个穗。为什么后来变成一个穗了呢？这里有一段故事。

在小麦长着好几个穗的时候，人们的生活很富裕，打下的粮食吃不了。这时候，人们不知道爱惜粮食了，有的把好好的大馒头扔掉，有的用白面饼给小孩子擦屁股。天上的玉皇大帝听到这件事很生气，就派王母娘娘到人间查访。一查，确有这么回事。玉皇大帝勃然大怒，立即下令收回了人间的小麦。从此以后，天下人再也吃不到白面了，人们的生活开始越来越苦了，饿死的人也越来越多。玉皇大帝一看，这么下去也不行，就给天下洒下了荞麦。开始，人们不知道这能不能吃，就先把荞麦面喂狗吃，结果狗吃了没事，人们这才敢吃。可是，人们不能总吃不到白面呀，于是就托狗到天上，跟玉皇大帝求情。狗到了天上掐了一个穗，整整给玉皇大帝跪了三天三夜，玉皇大帝才把麦穗交给了狗，让狗带回来。从此，人们再种麦子，就只能长出一个穗，再也长不出好几个穗来了，那荞麦面，因为先让狗吃了，所以至今不能供奉神灵。

生活故事

事不平有人管，路不平有人铲

讲述：阮焕章
记录：刘正祥
1986 年 12 月采录于讲述人家中

很早以前，有个姓路的员外，四十大几了才生了个小孩儿，取名叫路平。两口子待他如掌上明珠，稀罕得什么似的。可好景不长，路平三岁上，路员外得了个暴病死了，剩下这孤儿寡母的，日子越来越艰难。路家的东邻有个李员外，他见路家的日子不好过，就对路夫人说："路大嫂，干脆到我家来吧，帮助鼓捣点零活，什么缝缝连连、洗洗涮涮的，亏待不了你的。"路夫人虽说心里不大自愿，可又没别的辙，只好答应了。李员外也有个小孩儿，刚刚七八岁子，他爹就给他雇了个先生，教他念书。路平见人家的孩子比自己的年纪还小就上学了，有点眼热，就整天缠着母亲要上学。路夫人说："不行啊孩子，咱们吃的是人家的饭，就得给人家干活儿呀！"后来路平大小空儿就磨叨，路夫人一咬牙就对李员外说了。没想到李员外很痛快："咱们街儿道坊的，这点小事好说，反正是现成的先生，就让他一块儿上吧！"路平上学之后，心眼灵，转轴多，长进很快。一转眼，路平十六七了。这年正是大比之年，路平要到京城赶考，路夫人给他凑足了盘缠，又叮嘱了半天，这才让他上路了。

路平到了京城，没想到一考考了个头名状元。路夫人听说后，就像吃了糖喝了蜜，甭提多高兴了。她想：俺苦扒苦拽拉扯他长大成人，总算熬出来了，也该享两天清福了。可路平怎么想呢？他觉得自己考中了状元，本来是个体面事，可偏偏摊上个不争气的妈，如果把她接来吧，是个给人家当老妈子的，人家谁瞧得起？如果不接呢？又怕别人说闲话。他琢磨来琢磨去，一狠心，把两个当差的叫来，对他们小声嘀咕了几句，每个人打发了二十两银子，才算了却了一桩心事。

两个当差的抬着一顶小轿，来到路平家里。路夫人听说要接她去享福，高高兴兴地坐上轿出发了。路家养着一条大黄狗，很通人性，它看到主人被抬走了，就在后边紧紧跟着。两个当差的走到一条大河边，看看左右无人，就放下轿，对路夫人说："路老太太，你请下轿吧，今天你算活到头咧，你儿子嫌你到了京城给他丢丑，让在这儿害了你，赶快把你头上的簪子摘下来，我们回去还得交差呢！"路夫人一听，吓了个半死，赶紧跪下对差人说："我与你们往日无仇，近日无冤，你们何苦要杀一个孤老婆子呢？"要说这两个当差的还真有点良心，他们听老太太说得在理，当下向她要过簪子，回京城交差去了。

老太太坐在河边哭了半天，越哭越觉得没有活头儿，刚想往水里扎，又一想，不行！如果这样死了，倒便宜了那混账东西。她站起身来，见旁边有一座龙王庙，便走了进去，在庙里坐了会儿，老太太又渴又饿，肚子咕噜咕噜叫个不停。她刚想出去要点吃的，只见那条大黄狗回来了，见了主人，又是摇头又是摆尾，嘴里还叼着东西，后边还跟着个人。那人说："好哇，原来这狗是你养的，你要赔我的饼和菜！"老太太一听，愣了，赶紧给人家赔不是。原来这人每天到地里耪地都带上一张饼，卷上菜挂在小树上。白面饼一连丢了三天，他也不知道是怎么回事儿。这天，他多了个心眼儿，把饼挂在树上后，他一边耪地，一边留心观察着。工夫不大，只见来了一条大黄狗，往小树上一蹿，叼起饼就走。这人急了，便紧跟着大黄狗来到庙里。当他听了老太太的遭遇后，十分同情，便说："既然这样，你还不如到我家去呢，我家里就我们两口子，你每天给我们做点饭吃就行了。"老太太一听，有点活动气儿："你叫什么名字？哪个村儿的？""我叫任铲，就是前边那个村儿的。"二人说着说着，天已黑了下来。这工夫，忽见庙角儿上一个劲放光，任铲问老太太是怎么回事，老太太说不知道，他就用手刨了起来。刚刨几下，就从土里骨碌出一块亮闪闪的东西，他拿起来一看，高兴极了："哈哈，银子，这是老太太您的福分，快把它收起来吧！"二人又搭咕了一会儿，老太太便带上银子随任铲回到了家里。见过任铲的妻子之后，夫妇俩一商量，就认老太太做了干娘，老太太的高兴劲儿自不必说。这天老太太对任铲说："你年轻轻的，怎么不上学？""咳，哪有钱呐！""咱们这不是有银子吗？我看从明儿起，你就上学吧。"任铲上学后，家里又顾了个小做活儿的。这任铲可真聪明，不管是什么书，一学就会，一看就懂。过了几年，又逢大比之年，任铲也准备到京城赶考。老太太听说了有点后怕。任铲说："你老放心吧，我不会学你儿子的。"

任铲一进考场，没想到也考了个头名状元。路平听说了，就到任铲住处拜访新科状元。二人见礼之后，相互问起家中情况，路平说："下官家中只有老母，前几年生病，已不幸故去。"任铲说："既然如此，明日乃是家母的七十大寿，请贤弟无论如何前去赏光。"路平高兴地答应了。第二天，路平来到任铲府中，只见彩灯高挂，鼓乐齐鸣，前来祝寿的宾客来往不断。路平往首座一看，不由一愣，哎呀！那不是自己的老母吗？她怎么到这儿来了？莫非她没有死？路平使劲揉了揉眼睛，浑身上下不由出了一身冷汗。这工夫，路老太太看见路平进来了，便当着众人的面，把路平派差人谋害她的经过讲了个一清二楚。并要路平还她的簪子。路老太太义正词严，越说越激动。路平理屈词穷，死不认账。后来，任铲将此事奏明了皇上。皇上派人查明了情况之后，即刻传下圣旨，将路平削去了官职，贬为庶民。这就是事不平有人管，路不平有人铲的一段故事。

黄半仙

讲述：王志成 66 岁 农民
记录：晓柳
1985 年 5 月采录于八里庄村

清朝道光年间，皇宫里发生了一宗奇案，一颗价值连城的宝珠在重兵把守的皇家仓库里突然不翼而飞。道光皇帝闻听后，十分震惊，他连忙召集亲信大臣共谋计策，并传下旨意，责令刑部限期破案。刑部尚书接旨后，不敢怠慢，立即令手下随员侦察线索，着手破案。古时的破案方法和现在可大不一样，从偌大的皇宫里去寻找一颗宝珠，真如同大海捞针一般。转眼期限已到，案情毫无进展，办案人员白白挨了一顿鞭笞。

这天，刑部尚书正在房中闷闷不乐，忽一手下亲信来报："京城西南三百里有一村庄，庄上有一姓黄的先生，此人能掐会算，未卜先知，人称'黄半仙'，大人何不请他助一臂之力？"刑部尚书一听，即刻传令："速传黄半仙进宫。"

这"黄半仙"原本叫黄半年，家住京南黄陀村，只因生有一条老寒腿，天气稍一变化，他的腿马上就有感觉。有一次，火红的太阳响晴的天，突然他的腿疼得厉害，黄半年告诉人们要下雨了，众人谁也不信，但不到两个时辰，天空果然阴云密布，电闪雷鸣，瓢泼大雨哗哗而下。这样一来，有些人就认为黄半年能掐会算，是个半仙之体。消息传开后，很快就将黄半年叫成了"黄半仙"。

黄半仙应召进宫破案，皇帝闻听，半信半疑，决心要试探一下这个黄半仙到底本领如何。

这天早上，皇帝出得宫来，顺手从枣树上摘下一颗尚未成熟的大青枣攥在手中，说道："黄先生，你既是半仙之体，就该知道朕手中攥的何物。"黄半仙心里明白，这是圣上有意试探自己，猜不猜呢？不猜，那是抗旨。猜吧，又怕猜错，当众出丑不算，还要扣上个欺君的罪名。此时，他真后悔不该贸然进宫来。黄半仙左右为难。黄豆粒般的汗珠子直往下滴。憋了半天，实在猜不出，就顺口说了一句："大清早儿就来憋我。"皇上一听"大青枣"，以为他是猜对了，马上把手张开，连说："先生不愧是半仙之体，果然名不虚传。"说者无心，听者有意，一句"大清早"，救了黄半仙。从此，黄半仙被待为上宾，住进富丽华贵的皇宫里。但他心里总像有十五个吊桶打水——整日七上八下的。他暗自想道：这第一步总算是瞎猫碰上了死老鼠。可第二步呢？侦察破案对自己来说，简直就像擀面杖吹火——一窍不通啊。

俗话说：天无绝人之路，真是一点不假。黄半仙在皇宫里每天天不亮起来，围着那棵枣树转来转去，他这一转不要紧，可吓坏了一个人，谁呢？皇帝的一个贴身太监，姓齐名亮。齐亮见黄半仙总围着那棵枣树不停地转悠，以为他发现了秘密，于是试探着说："黄先生料事如神，想来已经知道宝珠的去向了吧？"黄半仙本来心中无底，又怕露馅，只好含糊其辞地答道："嗯，不才心中已经有底了。"齐亮一听，如坐针毡，生怕黄半仙到皇上面前揭了底，只好一五一十地向他交代了珠宝的下落。

原来这齐亮是皇上的亲信太监，他趁去库房清点珠宝的机会，顺手牵羊，将一颗最珍贵的珠宝装入私囊，但又无处隐藏，只好临时将珠宝埋在枣树底下。齐亮最后说："只要黄先生不道出事情的原委，事后必有重谢。"

第二天，黄半仙兴致勃勃地走上金殿，对皇上说："陛下，小人不负龙恩，经过一番细致周密的侦察，终于查清了宝珠的下落。"皇上一听，喜出望外，忙说："在什么地方？""就在院子里那棵枣树底下。""何人所偷？""依小人之见，宝珠不是谁偷的。它乃是一种稀世珍宝，属于异物，自然会跑，但因皇上洪福齐天，未等它跑远，就被小人发现追回。"

皇上听后，信以为真，忙命人从树下取来宝珠，放到龙案之上，皇上龙颜大悦。随后，命太监取来厚礼，重赏了黄半仙。这正是：

寻遍皇宫无觅处，得来全不费工夫。

画寿礼

讲述：马梦甲 退休工人 小学
记录：肖钦鉴
1986 年 3 月采录于保定棉纺厂

很早很早以前，俺们村有个很出名的画匠，家里很穷，房无一间，地无一垄，全靠耍手艺过日子。穷画匠心眼儿好，别看吃了上顿没下顿的，还是整天乐呵呵的，专爱扶弱济贫，抱打不平。

一天，他见村头蹲着个小伙子，抱着脑袋发愁，一问，是这么回事：小伙子的老丈人是财主，有钱有势，眼看要过生日了，小伙子家里穷，吃一顿借一顿，哪有钱给老丈人置办寿礼？以他的意思，不去拜寿了，可是拗不过他媳妇，俩人闹开了别扭。穷画匠一听哈哈大笑说："这有什么愁的？跟你媳妇说吧，这寿礼我包了！别看你大姐夫二姐夫骑马坐轿，这回呀，得让你们两口子坐上座。"小伙子半信半疑，回家跟媳妇一说，媳妇也直摇头。第二天大清早，穷画匠果然把礼准备好，装了满满的一提盒送来了。当时正是数九寒天，外边还飘着雪花呢，可提盒里装的尽是夏天才有的稀罕物品：歪着红嘴的五月桃，黄澄澄的八月梨，西瓜翠绿的皮儿，紫色的葡萄照见人儿……小伙子往丈人家一送，可把老财主给乐颠了馋坏了，恨不得马上把那梨儿桃儿装进肚里。他仰着笑脸，望着穷女儿穷女婿，可着嗓门喊道："请，请上座！"

好容易盼到客人走了，老财主拿起来一吃，可就气坏了！原来这份鲜桃梨果是聪明灵巧的穷画匠用一筐萝卜雕刻而成的，跟真的一模一样，使老财主上了当。小伙子回来谢画匠，到那间破茅棚一看，他又出去画画了。直到如今，我们那儿还有很多人会刻萝卜花，做蜡果。据说就是那位穷画匠传下来的手艺。

画匠和财主

讲述：李鸿林 65 岁 中学
记录：尤文远
1986 年 5 月采录

保定市南大园乡黄庄村，据说是因黄家大户而得名的。可现在村里连一家姓黄的也没有，有的说："黄家已经绝户五六百年了。"

传说当年黄家家大业大，黄老财却惜财如命，任事非占点小便宜不行，真是腰里揣镰肩上背筐，得骗了就骗，得装了就装，钱都穿在了肋条上，人称老财迷、吝啬鬼。

黄老财有三个儿子，相貌长得差不多。一天，请来个老画匠，要给大儿子画张像，留个纪念。老画匠远近驰名，画鸟儿添翅儿会飞，画鱼着水能游，人称"神画匠"。老画匠深知黄老财的为人，便对他说："私凭文书官凭印，咱得立字为证。"于是讲定五十两银子一副。可黄老财也有他的鬼主意：你有妙计千条，我有一定之规——要赖。

文书写好后，画匠用目对三个少爷环视一遍，提笔就是一张，和真人一模一样。信手题字："相貌堂皇，挂在中堂，有人来问，黄家大郎。"

老财端详了一遍，真乃神工，分毫不差，名不虚传。按道理讲，少废话给钱吧。老家伙可真动了肝火，怎么着这银子也不愿出手。可不给，也得讲出个道道呀，他脑瓜一转，信口诌来："不像大郎，像老三。"他觉得这一赖你有什么说的。岂知画匠早有高招儿等着他呢。提笔在原句上添了俩字儿，改成："相貌堂皇无比，挂在中堂屋里，有人来问是谁？黄家大郎三弟。"老财瞪圆了眼珠子仔细一看，活像老三儿。这回又傻了眼，给钱吧？没那么容易，姓黄的可没干过这种傻事，再给他要要赖，看他还有什么法儿变："不像老三，像老二！"他得意忘形，心想：这下我看你还有什么蹶子尥？画匠从容提笔，又在每句之末加上了俩字，改成："相貌堂皇无比之容，挂在中堂屋里之中，有人来问是谁之像？黄家大郎三弟之兄。"老财一见目瞪口呆，打官司也说不过去了。只好乖乖地拿出五十两白银，这下可把他心疼死了，急上加火，暴病而亡。

有缘千里来相会

讲述：路青梅 女 74 岁 农民
记录：尚友朋
1986 年 5 月采录于易县北东村

从前，有这么一家，娘儿俩过日子，住在山坡前的一间茅草房里。家境贫寒，靠儿子打柴为生。儿子很老实，不言不语，只知道傻干活。

这天，儿子到山上打柴，在草丛里，发现了一个大鸟蛋。他急忙捡了起来，看看柴打得不少了，就背起柴草，高高兴兴地回家去了。

他很喜欢这个大鸟蛋，把它放在热炕头的被子里。每天出门打柴时，总掀起被子看一看，用手摸一摸。打柴回来，也要摸一摸，看一看。这天，他掀开被子一看，只见蛋皮裂开了，孵出一个长满茸毛的鸟儿来。这鸟儿一生下来就会叫会跑，可把娘儿俩乐坏了。不到一年，鸟儿长到半人高，飞到天上，就像一片云彩飘动。娘儿俩给这个大鸟起了个名字，叫缘鸟。缘鸟平时不出门，娘在灶台边做饭，它就卧在一边，看着娘干活。娘一边烧火，想起儿子这么大了还说不上个媳妇，就禁不住长吁短叹起来。一天，娘又叹气啦，突然听到有人喊"娘"。她左右看了看，没有人来，又低下头烧火。"娘，"又叫了一声，她又往门口望了望，还是不见人来。"娘，是我。"娘这回听到了，是缘鸟在说话。娘觉得很奇怪，望着缘鸟问："怎么？是你叫我？"缘鸟说："是我，您有什么为难的事，就跟我说吧，我会有办法的。"娘说："看你傻哥哥，这么大了，还说不上个媳妇，我怎么会不愁啊。"缘鸟说："娘放心吧，我能给哥哥说上媳妇。"娘笑笑说："你要给傻哥哥说上个媳妇，我天天给你好吃的。"

缘鸟说了声："等着信儿吧。"辞别了娘，立即飞走了。它飞呀，飞呀，飞到一个村庄里，看见一所大红门前，围着很多人，吵吵嚷嚷。缘鸟飞了下来，落在一棵树上往下看。原来墙上贴着一张大红纸，上面写着密密麻麻的字，意思是：员外家小姐得了重病，谁要是给治好了，就将小姐许配给谁。人们只是围着看热闹，谁也不敢去揭告示。这时，缘鸟飞进人群，张开嘴咬住红纸一角，一歪头，"呲啦"一声，就把告示扯了下来。人们一看，是个鸟儿撕了告示，顿时乱成一片。管家喊道："快抓这个鸟儿，别让它飞了！"缘鸟说："我要给小姐治病，抓我是何道理？"管家说："你就是治好了小姐的病，小姐也不能嫁给你呀。"缘鸟说："我家里有个哥哥，可把小姐许配给他。"管家说："既是这样，我去禀告老爷。"不一会儿，管家出来了，让缘鸟进去见员外。员外见了缘鸟道："只要你能治好我女儿的病，就马上与你哥哥成亲。"

缘鸟听了员外的话，又飞走了。它飞到一个没人去过的深山里，找到了一棵灵芝草，叼在嘴里，急忙飞回员外的家。小姐吃了缘鸟送来的灵芝草，病立时好了。员外很是高兴，马上订下女儿成亲的日子，告诉缘鸟快回家送信。缘鸟记住员外的嘱咐，欢欢喜喜飞回家去了。

娘听了缘鸟说给儿子找了个千金小姐做媳妇，乐得嘴都合不上啦。看看吉日已到，儿子也不到山上打柴了，在家等着接亲。娘忙着烧火做饭，可没有钱买肉，又叫当娘的做了难。正急得没法，一眼望见卧在灶边的缘鸟，心想：这不是一锅好肉吗？还到哪里去买？反正儿子的亲事也定了，要它还有何用？于是手起刀落，一下就把缘鸟的头砍了下来。缘鸟来不及叫一声，便断气身亡了。

这时村子外边来了一大队人马，前面是一架彩轿马车，后面是一辆辆马车，装的全是金银财宝，绫罗绸缎，还带来了鸡鸭鱼肉大米白面，准备花轿一落，马上开宴，为女儿成亲贺喜。

员外打听到缘鸟的家，娘急忙迎了出来。员外只见到娘儿俩，不见缘鸟，便问缘鸟到哪里去了。娘只好把杀了缘鸟做菜的事说了一遍。员外听了说："我们只认识缘鸟，并不认识你们，只好告辞了。"说完，忙命调转马头，抬起花轿，顺原路，又浩浩荡荡返回家去了。

娘儿俩只和花轿打了个照面，连小姐的影子也不曾见到，空空地欢喜一场，眼睁睁地望着一队人马离了村子，心里说不出是什么滋味儿。这正是：

> 有缘千里来相会，
> 无缘对面不相逢。

不见黄河不死心

讲述：路青梅
记录：尚友朋
1986 年 5 月采录于易县北东村讲述人家中

从前，在北方离城不远的一个小村儿里，住着这么娘儿俩。儿子叫勤桑，每天到护城河里打鱼，卖了钱，养着老母。

在护城河上边，就是王员外的家。王员外有个女儿，叫黄河，长得别提多俊了，谁见了谁喜欢。这一天，黄河心里闷得慌，就叫丫鬟素娟陪着她到绣楼顶上散散心。绣楼的下边就是护城河，河里有好些来来往往的小船儿，黄河站在楼顶上往下看，心里觉得挺高兴。小姐看着看着，发现有个驾着小船儿打鱼的后生正在看她，两个人的眼神儿正好碰到了一块儿。这个打鱼的人就是勤桑。他头上戴着清凉草帽，浓眉大眼儿，脸皮儿白白净净的，长得很好看。黄河看在眼里，动了心，脸儿一红，低下了头，忙叫着素娟回去。素娟见小姐这么急就往回走，像是有什么心事，也不敢问，只好跟着往回走。就打那天以后，黄河心里总放不下勤桑，吃不香，睡不好，慢慢地身体越来越弱，病得起不了床了。王员外老两口见女儿病成这个样子，赶紧请城里最有名的医生来治，结果谁也看不了黄河的病。这下急坏了王员外和老夫人，整天唉声叹气，为女儿的病发愁。王夫人去问丫鬟："你整天和小姐在一起，知不知道小姐有什么心事？"素娟说："那天我们到绣楼上看河里的小船儿，起先小姐还是好好的，后来，不知看到了什么，像有点儿心事，急着要回来。打那天以后，小姐的病就一天天厉害了。"王夫人听了丫鬟的话，觉得这里面必定有缘故，赶紧去问女儿："孩子啊，你有什么心事，不向别人讲，也不该瞒着娘啊，你要有个三长两短，叫我和你爹可怎么活啊。"王夫人一边说一边哭。黄河开始一句话也不说，见娘哭得伤心，她也顾不得害臊了，对娘说了实话。王夫人一听，原来是这么回事，擦了擦眼泪对女儿说："傻闺女呀，那打鱼的是在我们护城河里打鱼，见他还不容易，叫他来他就得来。"王夫人又赶紧去找管家，一来二去跟他一说，管家就立时到护城河边叫勤桑去了。

再说勤桑正在河里打鱼，见员外的管家来叫，就把小船靠了岸。勤桑成年在河里打鱼，管家早就认识他，就对勤桑说："员外家的小姐病了，想吃几条新鲜活鱼，请你把鱼亲自送到府上。"勤桑从船舱里拣了几条又肥又大的活鱼，装进鱼篓里，提着篓子跟着管家来到王员外家大院。管家叫勤桑先等一等，他去通报老爷和太太。一会儿，管家出来了，左手捂着鼻子，右手端着一只碗，不知盛的什么？在管家后边，就是王员外和王夫人。勤桑不知他们要干什么，摘下草帽，忙向老爷和太太施礼。管家对勤桑说："是这么回事，我家小姐病了，医生给开了个偏方，说非得吃一个叫勤桑的人打的鲜鱼，叫他把鱼当面交给小姐。要用这个偏方，还得办到一条，往勤桑头上洒点儿馊粥饭，要不，这个偏方不灵。"王员外说："等治好了我女儿的病，重重谢你。"王夫人也求勤桑："你就修修好，看在我那女儿面上，给她一条活命吧，我们亏待不了你。"说着又哭了。勤桑越听越糊涂，他从没听说有这么治病的。可是见老爷和太太这么求他，想着还是救小姐的命要紧，也顾不得馊粥有味儿，就答应了。管家捂着鼻子把半碗馊粥倒在勤桑头上，又给他把草帽戴上，勤桑手里提着鱼篓子，跟着管家和太太来到小姐绣楼。只见小姐躺在床上，两眼合着，脸色蜡黄，瘦得俩眼窝也陷下去了，看那个样子，好像连出气的劲头都没有了。太太走到小姐床前，轻轻地对女儿说："孩子啊，你看是谁来了。"黄河小姐慢慢儿睁开眼，一眼就看见了勤桑。说也奇怪，就好像吃了什么灵丹妙药，她一下子坐起来了，两眼望着勤桑，脸儿又是一红，变得比以前更好看了，病好了一大半儿。勤桑见小姐看他，心里直扑腾，早忘了摘帽子。管家扯了扯他的衣服，他这才明白过来，赶紧把帽子摘下来，给小姐使劲鞠了一个大躬。那满头馊粥正好对着小姐，从头上啪啦啪啦掉下来，臭味儿难闻。小姐一看，还以为是长了满头秃疮，流下了浓水，忙捂上鼻子，止不住哇的一声，恶心得直吐，使劲摆着手，叫勤桑退下。勤桑早忘了头上的馊粥，不知怎么回事，就叫管家拉出来了。小姐一恶心，吐了半天，连那一半病也好了。她下了床，能站起来了。这下太太可乐了，她叫管家取了十两银子给勤桑，就打发勤桑回家了。

　　勤桑拿了银子，谢了管家、太太，回到河边洗了头，也不打鱼了，想赶紧回家，叫娘也高兴高兴。勤桑回到家，把银子拿给娘看。娘哪儿见过这么多银子，问勤桑是怎么弄来的，勤桑如实对娘说了，娘嘴上没说什么，心里真为儿子难过。

　　自那天勤桑见了黄河小姐以后，心里总放不下小姐，再没有心思去打鱼了。娘见儿子整天闷着不说话，知道是为什么，就劝儿子："孩子啊，咱们穷人家，可别胡思乱想啊，人家想见你说见就见，你想见人家比登天还难，还是去打鱼吧，这十两银子，花一点就少一点，光靠这个，终究不是个长法。"不管当娘的怎么说，勤桑一句话也听不进，一天一天愁得吃不香，睡不下。娘眼看着儿子一天比一天瘦，就急着用那些银子请大夫抓药。结果银子花完了，病也不见轻。勤桑对娘说："娘啊，你就别再给孩儿治病了，儿的病光吃药是治不好的，只怨娘生了一个不孝的儿子，往后谁来给您老人家打鱼换点儿粮食糊口？"说着，抱着娘就哭。儿子哭，娘也哭，就这么哭了三天三夜，娘眼睁睁看着儿子在怀里闭上了眼。儿子死了以后，娘没有钱给儿子送葬，就用破席头把儿子裹了裹，在房子后边挖了个坑，把儿子埋了。

过了不久，有个南方道人从这儿路过，他看见这家房子后边，有一道红光，就好像亮着一片灯。他知道这是宝气，就寻着红光来到勤桑家，敲了敲门，只见有一个老太太在家，两眼泪汪汪的早就哭肿了。道人问这老人："老人家，家里还有什么人呀？"老人说："我只有一个儿子，前几天病死了，没有钱送葬，把他埋在房子后头了。"老人又把儿子怎么得的病，怎么死的，前前后后说了一遍，一边说，又哭了起来。道人一听，心里想：这个宝贝，就在这儿了。他跟老人说："老人家，我买了你儿子的尸体，好不好？"老人一听，这个人要买儿子的尸体，有点儿怪，对道人说："你这人真不通情理，我那儿子活着的时候孝顺我，没享过一天福，到如今死了，我怎么忍心让他离开这个家。不行，卖我儿子的尸体万万不行。"说着，老人哭得更伤心了。道人说："老人家这就不明白了，人死如灯灭，死了还能再活吗？留下尸体，能有什么用？你现在无依无靠一个人，谁来养活您，倒不如我给您一百两银子，全当您收养一个儿子，尽一点儿孝心，让您这辈子也吃喝不愁了，我只借用您儿子的灵光，叫他死了以后，也和那小姐见上一面，那尸体我要用好棺木为他下葬，请老人千万相信，假如您儿子还活着，他也会答应的……"经道人这两片嘴七说八说，还真把个老人心眼说活动了。当下道人就给了老人一百两银子，又花钱从村里雇了几个人，把勤桑尸体从房后头挖出来带走了，勤桑娘又是一阵大哭。

这个道人把勤桑的尸体运回家，就在院里开了一个酿酒的作坊，他把勤桑的心取出来，放在盛酒的大缸里，勤桑的尸体，还真用好的棺木埋葬了。再说勤桑，他虽然断了气，可那心还没有死，还一直想着黄河，心窝总在扑腾扑腾地跳。道人把勤桑的心放在酿出来的酒里，这酒不知怎么回事，不光又香又甜，倒在杯子里，就能看见勤桑驾着小船儿，戴着草帽在杯子里游来游去。要是倒的酒多，人影儿就大，要是酒少，人影儿就小，要是把酒喝完了，人影也就没有了。这一下，道人酿的酒可出了大名。人们说这酒是"神酒"，方圆千儿八百里，没有人不知道这酒的。有钱的大户人家，婚丧嫁娶，都要买这酒，要不就让别人瞧不起。

话说黄河出嫁这天，也买了这"神酒"。这天在酒席上，黄河被请上座，她刚坐下，一低头，就看见眼前的酒杯里，有个人影在游动，再细细一看，她一下认出来了，这不是勤桑吗？他正驾着小船，戴着草帽，划着桨在酒杯里游。勤桑也认出黄河来了，就像上一次在绣楼上看到黄河一样，两个人的眼神碰到了一块儿。勤桑摘下草帽，跟黄河招手，好像一边招手一边还在喊"黄河"，就是听不见声音。黄河早忘了是在酒席桌上，还认为是在护城河边，她也向勤桑招手，突然，勤桑扔下桨，跳下了小船，从水面上向黄河跑来。两个人越来越近，这时黄河看清了勤桑，黑眉毛，大眼睛，白净脸儿，满头的黑发乌黑乌黑的，梳得整整齐齐，哪儿有什么秃疮。她忽然想起来了，当时见到勤桑时闻到的是一股馊饭味儿，记得素娟也说过，那天掉在地上的是馊饭，不是脓水。她这时才明白了，这是父母的主意，不让我和勤桑成亲，故意在他头上倒了馊粥。我想他，说见就见，可是他见了我，不是和我一样，放不下我吗？勤桑一定是不在人世了，他是想我想死了，他救了我，我却害了她。黄河越想越难受，越想越对不起勤桑，越想越恨自己的父母，泪水就像雨点儿一样，刷刷地往下掉，全都掉到了眼前的杯子里，她正想偎在勤桑身上，勤桑的人影不见了，别人酒杯里的人影儿也不见了，黄河这时才发现她是在酒席桌上哭，同桌的人都看着她，不知是怎么回事，黄河也不管这个，还是一个劲儿地哭，越哭越伤心。这时，外面突然下起大雨来了，一会儿地上就成一片汪洋。黄河什么也不顾了，非要往外跑，人们拦也拦不住，她在雨里一边跑一边喊"勤桑"，一会儿就跑得没人影儿了。打那儿以后，道人酿的神酒也失了灵，勤桑再也没有在酒杯里出现过。这就是：

> 不见勤桑不落泪，
> 不见黄河不死心。

王半仙

讲述：杨李氏老太太 富昌屯人
记录：赵忠义
1978 年采录于新市区富昌屯村

保定城西，小汲店东北、富昌屯东南的小清河畔，过去曾有一座古塔，人们都叫它"镇河塔"。塔西邻近的村里有个小贩叫王岸信。整天家挑着一副杂货担，走村串巷，赶集过市。他在买卖途中，常常到塔下躲避风雨，歇晌乘凉。

这一天，他又仰靠在塔底下打盹，正在迷里迷糊的时候，忽觉头上冒清气，周身松软透凉。他如醉如醒，不由得心中惊问："莫非神佛显灵，我怎么如同驾云一般？"于是赶紧跪在地下作揖磕头，默言祈祷，忘了买卖，直到天黑才慢步走回家中。

从此，他不再和妻子同床，特别爱听老人们念颂高僧神道，升天成仙之类的故事，更爱到塔下歇息，享受那清凉之美。一两个月过去了，岸信更加消瘦，饭吃得越来越少，妻子莫名其妙。问吧！又什么也问不出来。可岸信自己知道，在塔下跪得时间一长，不但头上冒凉气，身子还越发轻松。三四个月过去了，他跪在塔下，竟如平地起祥云，身子忽悠悠地离地一二尺，三四尺。他更虔诚了。对修行得道，成仙升天坚信无疑，还不断地清扫塔下，摆设香案，以表敬佛之诚。转眼到了八月中秋节，岸信吃过午饭，拿了些素食，又离家向镇河塔走去。妻子见他老是神神癫癫的，再也沉不住气了，就约同大哥、二哥，暗地里跟上，好看个明白。岸信来到塔下，摆好香供，跪下念佛求神。跪着跪着，就觉得自己的身子渐渐离地，越起越高，忽忽悠悠，升起了一丈多。他快慰地自言自语："看来，今天我就可以升天了。"正在这时，忽听妻子"哎呀"一声惨叫，他"刷"地一下从半空中蹾落下来，当即就摔死过去。等醒后，只觉得腰腿疼痛难忍，自己已躺在家中的炕上，妻子坐在身边，大哥二哥围在炕下。岸信哭丧着脸埋怨妻子："唉！可怜我这半仙体，毁在了你的手中，你穷嚷叫什么？你只怕当寡妇，可我再也不能成仙升天了。"边说，边落下了心酸的眼泪。妻子痛苦地说："别胡说了，你差点成了长虫食，你悬在半空，我抬头一看那塔顶的血口大长虫，也吓死过去，还是俩哥哥把我救活的呢！"岸信摇头不信，两个哥哥相继说了话，原来他们看到塔顶上伸着个碗口粗的大蛇头，口里吐着一尺多长的血红芯子，正在向上吸岸信，他妻子刚喊出声就吓死过去，哥俩急忙捡砖头拍那大蛇，大蛇很快地收起芯子，钻入塔内。这时，岸信才恍然大悟，心里一阵后怕，青黄的脸上滚下豆大的汗珠。岸信伤好之后，成了拐子，人送外号——王半仙。

后来在一个阴云密布，大雨来临之际，大蛇刚伸出头来要吸一个避雨的，忽然一道电闪，"咔嚓"一声霹雳，一股青烟，飞上天空，一阵破砖烂瓦，砸落塔下。大雨过后，只见塔顶被劈下一角，那条大蛇，人们都说是玉皇大帝派雷公闪母将它劈死了。

如今，这座古塔早已荡然无存，但这段故事还在流传着。

败家子

讲述：富昌屯　　杨全
记录：赵忠义
1984 年采录

康熙年间，朝中盐务道有个邹道台，这邹道台可了不得。他祖居河北保定完县（今顺平）杨各庄，已几代富豪，在旗之人，当朝重臣，皇上宠爱。他经管的盐行店铺，遍布全国，所赚钱财，主要为他所占有。杨各庄的宅府，宅舍厅堂连成一片，房基卧元宝，墙内裹金条，钱帖（相当于现在的带钱支票）冲房顶，粮库比山高。

可有一样，他妻妾成群，却后继缺人。过了四十，才得了个独生子。那小宝贝自幼娇生惯养，什么都凭着他的性子来。一次摔碎细瓷金边碗，邹道台见他直笑，便叫奶妈每天摔一筐金边碗哄逗着玩儿。小公子一次划破锦衣，他听着撕裂之声好听，邹道台就让下人常为他撕扯绫罗绸缎。邹公子十二岁时，就已经是邪趣横生，想干什么就干什么，花钱随便。道台望子成龙，到处请名师引教，但改不了公子的邪性和蠢笨。眼看着学业毫无长进，逼得道台大人想了个办法：把公子反锁在书房，要公子苦学苦练，定时间玩乐，为防止公子花钱，将一大箱子钱帖放在屋中说："儿呀！这是为你好，要你静心学习，日后好求取功名。这箱中钱帖，价值万两黄金，都是给你的，等你学好了，出屋再花。"三天过后，道台亲自去公子书房查看，只见公子正躺在床上睡大觉。再看钱箱，空得没有一帖。他叫醒儿子问道："孩子！你不好好学习，怎么躺着睡觉？"公子又是揉眼，又是打哈欠："我憋闷得难受，一看书就眼皮打架，头疼得难熬。""箱子里的钱帖呢？""你不是说是我的嘛，何必出屋花，你看我烧水不用柴火，花钱买了水喝。"道台顺着儿子指的墙角望去，才发现地上满是纸灰，那万金钱帖，早化成了灰末。道台气得本想教训儿子一顿，可一看儿子，蜡黄发呆的脸色实在是难看。道台只得甩袖而去。回到自己的屋里跺脚捶胸，仰天长叹："唉！天绝我呀！，这小子不成器呀！"公子越大越懒，一转眼就是五年，道台为了儿子忧闷气急，一病躺在床上。自知活不长了，就把儿子叫到身边说；"儿呀！我不行了，眼看你不能求取功名，也难接父业，我死之后，你就安分点，老老实实地为民吧！只要好好过，家中财产，足够你富上百辈儿的。我的后事，可不能大办，省下钱财，留着你过日子用吧！"儿子点了点头，算是应下来了。过了一天，道台仍放心不下，又把儿子叫到床前嘱咐："我的儿呀！真要日后有难，变卖家产时，你可千万记住，卖宅地要刨着卖，卖房子要拆着卖，里面尽是金银珠宝哇！"公子眼一亮看了父亲一眼，微微一笑，算是答复。到第三天黄昏，道台忽然觉得浑身有劲儿，就用力坐起来，又把儿子叫到身边，手拉着手，悲凉地说："我的孩儿呀！你以后生活实在没辙了，西厢房有个大板柜，那里边的东西，还够你吃上半辈子。"道台老泪横流，还想再说，突然晕厥过去，魂飞天外。三次叮嘱，老仆人邹福都在场，他把道台主人的重托，牢牢记在心中。

　　丧事办理，自然是新当家的邹公子做主。老仆邹福一再提醒道台大人的嘱咐，他才答应下来小埋小葬。一群狐朋狗友，却极力撺弄："邹大人一世英明，草草了事，怎对得起他！""富贵人家，怎么能那样小气！""公子刚一当家，就这么寒酸，这不让人笑话吗？"……结果，邹公子改定丧事大办。嗬！可了不得！金棺玉椁，银棚高罩，念经拜佛，哀乐震天。只说这纸糊匠，就请了一百二十人。出殡时，和穿白戴孝的人相杂在一起，真是遮天盖地。买路钱大车拉着扔撒，好像大雪飞扬。道台的坟头刚一封顶，纸糊匠业主扑腾跪在邹公子眼前哭诉："老爷，大事已完，小人的买卖可亏了血本，原定工价，远远不够哇！"公子就地一指说："你哭什么，快起来，这好说，拾起这块砖头往前边扔，扔出多远，多远的坟地就归你。"他扔了一次，说还是补不上亏空。公子嘴一撇说："真笨，你不会再扔一下吗！？"结果连扔数次，邹家祖坟被他划去了一半儿，坟地里尽是一搂粗的大柏树，这可使业主发了横财。

丧事一清，邹公子哪管什么孝道丧礼，天是老大，他是老二，更加放荡无拘束，吃的是山珍海味，四个伙房给他做饭；穿的是绫罗绸缎，五个裁缝铺为他忙活。一家之主，钱账懒得理，粮财也不清。家乡玩腻了，就带上仆从，到保定、去北京吃喝嫖赌抽，糟完了，才回家。还常去完县城一家有名的饺子馆去吃喝，可他不用筷子，两手拿尖，只咬饺子中间的一口，便将饺子扔在桌子上。邹家门外有棵病杏树，人们背后指骂议论："邹家这个废物又馋又懒，四六不懂，早晚是个坏杏儿。"这样，这邹公子又多了个"坏杏儿"的外号。

坏杏儿花钱如流水，坐吃山空，三年头儿上，将道台积下的钱帖糟了个精光。不足六年，又将田地典卖一清。长久养成的恶习难以悔改。又是三年过去，房屋越卖越少，东西越卖越光，连自己住的三间正上房都卖出去了，不得不搬进东厢房。闹得众叛亲离，吃穿也维持不下去了，只有那老仆邹福还苦巴苦业地服侍着他，住在西厢房里。

一开春，青黄不接，家里再也没有可卖的东西。这时，他猛然间想起了那个大板柜，立刻来了精神头儿，冲进西厢房，板柜盖死死地钉着，他急不可等地让邹福用斧子撬开，一看，愣了。原来大柜两边，一头是一根枣木棍，一头是一个葫芦瓢。老邹福拿起这两件"宝贝"，颤抖着递给坏杏儿："老爷呀！你已山穷水尽，这是道台大人给你指出的最后一条道，你拿着这两件遗宝要饭去吧！我的一番苦心也尽到家了。"

邹公子再也没有别的法子了，只得拿起宝贝，沿街讨要。这一天，他来到完县城过去他吃过饭的那个饺子馆，一阵扑鼻的香气勾起了往日的回忆。掌柜的细一打量，才认出面前这个披头散发、破衣烂衫的罗锅人，正是过去那个富公子老主顾。就很客气地说："好！您是贵客，请等一等。"就见他走进厨房，不大一会儿就端出一大碗热饺子汤，里边还有剩饺子尖儿，扑噜扑噜地倒进坏杏儿的脏瓢里。坏杏儿狼吞虎咽，几口就吞进肚子里。这以后，他就成了这里的常客，每次来，总要吃到一大碗胜过上好宴席的救命食——热饺子片汤。

这年，腊月初八，坏杏儿哆里哆嗦地来到了饺子馆。这次掌柜的没给他救命汤，给他的却是一碗腊八粥，边倒边说："邹公子，您剩下的饺子尖儿，我都收起来晒干，总共存了整三缸。早就知道你会有今日，现已如数清还，也算我报答你先前的惠顾之恩。这八粮八味腊八粥，正是我的谢绝之礼，请您好好品尝，细细地思量。"说完，掌柜"砰"的一声，关上了店门。

大年三十晚上，破庙里，一手拿瓢，一手拿棍子的坏杏儿僵卧在神像前。人们都说："这准是邹公子沿着道台大人指的最后一条道儿，到地下找他爹要饭去了。"

诗大姐

讲述：王老七
记录：孙洁民
1984 年 9 月采录

过去有个漂亮的大姑娘，平常不爱说不爱道的，可只要一说话就得吟诗，人们都叫她诗大姐。

一天晚上，诗大姐正在灯下做针线活儿，忽然想打个喷嚏，她便把针扎在鞋上，等打完喷嚏再做。可等了老半天也没打上这个喷嚏来，这时诗大姐就以此情景吟诗一首：

> 怒气冲冲冲南怀，
> 憋得女子茶呆呆。
> 钢针扎在绣鞋上，
> 等了半天也不来。

这时正好母亲从窗前走过，听到女儿那句"等了半天也不来"，母亲猜想，女儿定是有了情人，这还了得！如果闹出事来叫一家人怎么出门呐！又想，女儿究竟在等谁呀？越想越不是味儿，气得母亲一宿也没睡好觉。第二天一早，母亲蹶蹶地走进女儿房中，一屁股坐在炕沿上："人家养儿养女顺从爹娘，我家养儿养女空苦一场嗷！"说罢又蹶蹶地走了。

女儿刚刚起床，对母亲这意外的言语很觉刺耳，越想越话中有话。她想，我这成天大门不出二门不迈的没有做不顺从父母的事儿啦？母亲一早就说出这种话来真是冤屈，只惹得头也没梳，脸也没洗地哭了半天。哭来哭去，心想，这老哭也没用，反正肚里没病死不了人，身正不怕影子歪，自己又没做不好的事情干吗老哭呢？真才傻哩？不哭了！到街上散散心去。主意已定，迈步就走，刚出大门，可巧一个放学的学生迎面走来。诗大姐想，我这蓬头垢面的不叫人家笑话吗？便连忙退了几步掩在一扇大门后边。

这学生名叫张二小，是东庄人，从小就没有爹娘，跟着哥嫂过日子。今天放学回家，见对面来了一个姑娘，又忙缩了进去，他料定准是诗大姐。人们都说诗大姐长得俊，口才强，这回得要见识见识，便急走了几步，来到门前等了多时不见人影，仔细又看，只见门下露着一双小小的金莲，二小不由哈哈地笑了几声，便吟诗一首：

> 双扇门子单扇开，
> 门后遮掩女裙衩，
> 为何不露桃花面？
> 只把金莲献出来？

诗大姐一听，嗬！这学生真会寒碜人！"只把金莲献出来"真是骂人不带脏字儿，这回得狠狠地骂他几句：

> 白面书生读圣贤，
> 不爱书文爱金莲，
> 你家嫂嫂金莲俊，
> 只许偷看莫嘴馋！

这学生叫诗大姐骂了顿，便面红耳赤地走了。回到家中，嫂子给饭也不吃，送水也不喝，躺在床上装起病来。嫂子问了半天才说是叫诗大姐骂了一顿。嫂子说："骂你什么啦？"二小怎么也不说，越是不说，这嫂子就越问，后来没有办法只得说了实话，嫂子一听："好哇！这小女子真不要脸，我又没惹你，你干吗骂我呀？我非想法治治她不可！"嫂子的小坏眼儿一眨巴，就又开了腔："常言说，打是喜欢骂是爱，诗大姐八成是爱上你了，要不就把她给你说说，你看怎么样？"其实二小早就有这个意思，只是不好讲明，见嫂子这么一提他那病马上就好了。嫂子见小叔子没有意见，就托了个媒人前去提亲。诗大姐的母亲正盼着这档子事哩，所以三言两句地就成了。过门之后小两口儿和和美美，经常对诗取乐。就是嫂子记着被辱骂之仇，老想拿诗大姐出出气，每天使唤得诗大姐手脚不停，把脏活累活都推给诗大姐去干，自己干轻的。有一天妯娌二人去推碾子，嫂子不使劲推，只是抱着碾棍空走，这时诗大姐便说：

碾棍碾棍是根柴，

能工巧匠做得来，

它不是你亲丈夫，

为何把它抱在怀？

嫂子一听："嚄！这小老婆子真是骂人不带脏字儿啦！算啦！你是我娶
的，我非得把你休了不可，省得老骂人。"诗大姐轻微一笑："我也早就不想
在你手里当奴才了，这用不着休我，我自己会走，不过今后要有遭难的事儿
叫我我还来。"说罢，拾掇了拾掇夹起个小包袱就走了。

事隔半年之后，眼看到了腊月二十头，又要过新年了，东邻母老虎大娘
家一只大虎狸猫来偷嘴吃，被嫂子一棍子打死了。这下可捅了马蜂窝了！母
老虎大娘可不饶了，在房上没完没了地骂呀，什么"我那猫儿，前像狼儿，
后像虎儿，身灵爪巧会拿鼠儿，银子能值五两五儿"。再往下就对不的牙了。
这母老虎大娘有个怪脾气，谁要惹着她了，她敢连着骂你一年。眼下就要过
年，这事如不解决怕是连大年初一也过不安生，可把嫂子难坏了，托过多少
人前去说和就是不行，人家非要原物不可。这时嫂子忽然想起诗大姐来了，
她想诗大姐临走时不是说有什么遭难的事就叫她回来吗？眼下这不是个遭难
的大事吗，何不去叫她一趟哩？再说眼看就要过年，怎么也得接回来过年
哪？以前都怪我不对，谅她不记前仇才好哩。

嫂子亲自去接诗大姐，不多时就接来了。这时母老虎大娘正在房上破口
大骂哩，诗大姐忙问嫂子，她家与咱家有什么亏欠没有？嫂子说："没有大
亏欠，只是在三年前他家借过咱家一个旧马勺（过去盛饭的勺子）没有还，
现在早用烂了。"诗大姐说："这也可以。"说罢诗大姐就上了房，诗大姐说：
"大娘，打死你个猫你直骂，你还用别人不用呀？"母老虎大娘说："我不用
别人，我和你家没有亏欠。"诗大姐说："过去你不是借过俺家一个马勺吗？"
母老虎大娘说："一个马勺算什么，能值几个钱哪？哪如我那猫儿啦！我那
猫儿，前像狼儿，后像虎儿，身灵爪巧会拿鼠儿，银子能值五两五儿。"

诗大姐说："俺那马勺比你那猫可值钱得多，俺那马勺——

柳木把、柳木片，

鲁班爷爷亲手旋，

不着米儿盛稠饭，

银子能值十两半。"

母老虎大娘一听，二话没说就偷偷地溜下房去了。

才女巧对先生

讲述：王印泉
记录：刘正祥
1986 年 5 月采录于讲述人家中

早先，有个教书先生，虽然学问不深，却有满肚子的歪才。这天，他吃了早饭，准备去学堂教书。那工夫，讲究穿长褂儿，腰里抽上个褡包，两头儿耷拉着，先生低头一看，觉得怪有意思。到了学堂，就给学生们出了个上联：

六尺兰绫三尺缠腰三尺系；

说完，就让学生对下联。学生们你看看我，我看看你，谁也对不上来。有个叫大海的学生，顺手将上联抄下来，想回家以后再对。

大海回到家里，姐姐见他手里拿着一张纸，便问他纸上写的什么。大海说："这是先生给我们出的上联，让我们对出下联。"

姐姐问："你对上来了吗？"

大海吐了吐舌头，做了个鬼脸儿，又摇了摇头。

他姐姐当时身体不痛快，正在炕上躺着，接过上联一看，稍一琢磨，就对出了下联：

一床锦被半床遮体半床闲。

大海拿着下联让先生一看，先生不由吃了一惊："这下联是你对的吗？"

大海不敢撒谎："不是。"

"那是谁对的？"

"是我姐姐对的。"

先生一听，又仔细看了看下联的每一个字句，心里可就琢磨上了。工夫不大，他又出了个上联：

竹本无心节外又生枝叶；

大海将先生的上联拿回家又交给姐姐。他姐姐一看，粉面"腾"的一下就红了，嗯，没想到一句下联却惹出了麻烦。她当时正在吃饭，见到桌上摆的藕菜，立刻就对出了下联：

藕虽有孔体内不染尘泥。

大海将姐姐对的下联又交给先生，先生看后不由问道："大海，你们家在哪儿住哇？"

大海用手一指："就在学堂的南邻。"

这天，放学以后，先生见学堂里冷冷清清的，就搬了条板凳放在南墙下，他站在板凳上隔墙向南院一望，哎哟，见一个大姑娘正向北坐着洗衣裳。先生仔细一看，只见她长得柳眉杏眼，如花似玉，粉嘟噜儿的脸盘像朵花似的，"嗯，这肯定就是大海的姐姐了。"先生正看得入迷，忽见那姑娘抬起右手抓痒痒，于是，他灵机一动，又出了一个上联：

抓抓痒痒，痒痒抓抓，越抓越痒，越痒越抓；

第二天，先生又将这个上联交给大海，大海拿回家让姐姐一看，气得她粉面通红，她强压怒火，又对出一个下联：

生生死死，死死生生，先生先死，先死先生。

大海将这个下联交给先生，先生看罢，心里一动：哈哈，这小娘儿们还挺难对付，来不来地先咒上先生了。好吧，那就请尝尝先生的厉害吧。于是，他又出了个上联：

江河湖海这几水无风因何浪动；

大海将上联拿回家中，姐姐一看，顿时气得脸色煞白，心里话，好你个杂毛先生，竟然三番两次不怀好意，那就休怪姑奶奶无礼了。她对照上联稍一寻思，马上对了个下联：

稻粱黍稷这杂种你算什么先生。

大海的姐姐对完了下联，余怒未消，怒冲冲来到学堂，向校长诉说了上述情况。校长听后很生气，认为这先生败坏学堂的风气，当下就要开除他。那先生却不以为然，要开了二皮脸，说道："既然如此，让我再出个上联，她如果能对上来，我马上就走，如果对不上来嘛，那校长也就不必再撵我了。"说完，他就出了个上联：

> 池内鱼涌使渔人怎不垂钓；

校长看了这上联，也认为这先生确实不是东西，就拿着上联找到大海的姐姐，向她说明先生的意思。姑娘一看上联，顿时怒火升腾，她牙关一咬，就对出一个下联：

> 豪鹰骏犬逐野兔赶快离窝。

校长一看下联，不由暗喜，心里话，这真是名不虚传的才女呀。

先生正在那里美滋滋儿地等着看笑话儿呢，没想到校长很快就拿来了姑娘的下联。他一看，气了个半死，就像大雁吃麻秸秆儿——一下子直喽脖儿咧。先生没有办法，只好卷起铺盖卷儿，离开了学堂。

其实，这先生并不想远走高飞，生气归生气，他心里仍然在打着姑娘的主意。后经人介绍，他又到邻村的学堂当起了教书先生。

过了几年，姑娘出嫁了，婆家离这儿不远，但必须从这个先生的学堂门前经过。后来，先生听说姑娘生了个双胞胎——一对白白胖胖的大小子，不由醋性大发，心里酸溜溜的。这天，他打听到姑娘满月后要回娘家，大车要从学堂门前经过，心里不由喜滋滋的。他想，这个千载难逢的好机会决不可错过。工夫不大，姑娘乘坐的大车便来到了学堂门前，先生三步并作两步赶上去，见那姑娘端坐在车上，怀抱两个大胖小子，虽说结婚生子，但风姿仍不减当年，便嬉皮笑脸地说："你这两个胖小子，哪个是先生的，哪个是后生的？"

姑娘仔细一看，又是那个赖皮先生，心里不由一阵恶心。听到他的问话，知道他没安好心，又想占便宜，便针锋相对地说："不管哪个先生，哪个后生，都是我儿。"

先生一听，立刻闹了个大红脸，不但没有占到便宜，反被人家骂了个狗血喷头。自此，他只好彻底认输，灰溜溜地走了。

文姐

讲述：李金池 48岁 清苑县魏村镇张庄村人 初中
记录：王树林
1982年采录于张庄村

从前，在清苑县境内的唐河边上有一个小镇，有位外乡人在镇上开了个塾馆，当地人都称他先生。

一日清晨，先生漫步在唐河岸边，眼见河水清明，缓缓东流，一叶轻舟迎着朝阳，顺流而下，不禁触动了文思。

日上三竿，先生乘兴讲学。几篇诗文读毕，便写出一联的上句：

空舟顺流迎日去，

先生让弟子们把这句上联带回家去，对出下联，午后交卷。单说弟子中有一人姓文名弟，父母双亡，跟随姐姐相依度日。姐姐名文姐，自幼勤奋好学，读过不少诗书，很有一些才气。这天，文弟带题回家，向姐姐求教。文姐看后心想，十几岁的弟弟怎答得上这样的诗句呢！稍思片刻，便挥笔对出下句：

货船逆水载月归。

下午，先生看过文弟诗稿，十分高兴。所对下句，虽算不上妙词佳句，倒也清丽工整。但仔细一瞧，不觉有点疑惑：字迹清秀刚劲，绝不是文弟所书。几经盘问，文弟才讲了实话。先生非常惊讶：一个乡间女流，竟有如此诗才！于是又出了一句，作为试探：

唐河有柳鱼上树，

先生将上句交给文弟，嘱他转交姐姐速速对来。文姐看过上句立即续出下句：

官道无草马踩花。

先生从文弟手中接过下句，细读深思起来：道旁的野花芳草，被斜阳一照，影子投于路面，马踏官道，岂不是"官道无草马踩花"吗？这同鱼绕树影正好成对。先生在感叹之余，提笔又出一联：

闻其声，公鸡不鸣母鸡鸣。

文弟回家，文姐接过上联一看，不觉一愣，这先生好生无理，无视女子，出言不逊！随手写出下联：

思其状，母鸡未惊公鸡惊！

先生看后，更觉文姐才华不凡，文笔厉害。心想我这个教书先生，男子汉大丈夫，如不压下女辈，日后怎留教于唐河边？先生决定登门会一会文姐。

次日，先生来到文姐家中，见壁上挂一幅中堂画，是蔡文姬的肖像。转眼见一少女，体态丰盈，仪表端庄，穿戴简朴。不用问，便知是文姐了。先生手指中堂画，开口说道：

看此画，佳人倩影心内动，

文姐心想，一张薄纸，一幅肖像，稍做观赏罢了，怎会在心内"动"起来？莫不是指桑道槐，借题发挥，有意戏耍于我？待我回敬一句，再作道理。于是指着另侧墙上的三花脸戏画，对先生说：

观此图，恶少厌状意中留。

先生听后，文姐果然是出口成章，才智不凡。心想，你虽多才，可惜是个女流，纵有奇才，有何用场？想到此，笑对文姐说：

满腹诗章岁虚度，空将经纶伴裙姝。

文姐想，你说我女子才华无用场？我还想寻机报国呢。顺口答道：

难仿木兰征戎马，欲效文姬续汉书。

先生内心相讥：哈哈！一个黄毛丫头，好大的口气，真是异想天开！便对文姐说：

女大当嫁澜尿布，只把诗经奶孩童。

文姐听罢，双颊绯红，气愤难消。确实，这句联语触到了文姐的痛处：女孩家空怀壮志，历朝历代，总把女子视为卑贱，可人世间繁衍后代，养育人才的重任，哪能离得开卑贱女流？她愤然看了先生一眼，答道：

男婚女嫁寻常事，奶大孩童当先生。

先生见话越说越僵，不便再留，遂辞行道：

不速之客告辞走，

文姐答：

未约之宾恕不留。

先生扫兴出门而去。

文姐讨厌这位重男轻女的先生。从此，文弟不再去塾馆读书，留在家中，由姐姐亲授。

数年后，文弟进京赴考，得中进士。文姐闻讯赶回娘家，流着两行热泪向文弟祝贺。

四个姑爷对酒令

讲述：瑞来
记录：苑战国
1988年9月采录

乾隆年间，有个财主，他有四个女儿，都已出阁。大姑爷是举人，二姑爷是秀才，三姑爷是教书先生，只有四姑爷没文化，是个老粗。

这年正月初二，姑爷们都来给岳父拜年。酒席间，三个有文化的姑爷想寒碜四姑爷，说："咱们出个题，对得上才能喝酒。"他们出的题是：四面不透风，什么在当中，把它推上去，什么喝一盅。要求说的是字，而且要有道理。

大姑爷说："四面不透风，十字在当中，将十推上去，'古'字喝一盅。"他说完喝了一盅。

二姑爷说："四面不透风，口字在当中，把口推上去，'吕'字喝一盅。"

说完，他也喝了盅。

三姑爷说："四面不透风，木字在当中，把木推上去，'杏'字喝一盅。"他说完，也喝了一盅。

四姑爷本来就不识几个字，不由着起急来。他虽然没有文化，但肚里净是鬼点子，想了片刻说："四面不透风，一字在当中，把一推上去……"其他姑爷奇怪地说："那是什么啊？"四姑爷大笑着说："一口喝一盅。"说完得意地喝了一盅。

傻女婿回门

讲述：边木森 离休干部
记录：边守道
1986 年冬采录

从前，有个姑娘寻了个傻女婿。第三天回门去，他媳妇怕他出丑，就说："去了该叫什么，就叫什么，少说话。吃饭的时候，坐在靠窗户的地方，先把辫子从窗户眼里送出来，我在外边抻一下你的辫子，你就吃口菜，免得叫大伙看不起你。"

第二天去了，他媳妇指示着，叫爹，叫妈，叫哥，叫嫂，都没漏破绽。中午吃饭的时候，就坐在靠窗户的地方，把辫子也送了出来。他媳妇在外边抻着他的辫子，听见他爹说："姑爷，吃菜！"他媳妇就抻了一下辫子，他就夹口菜吃。老丈人一看，心里很高兴："谁说俺姑爷傻，看吃饭多懂礼节，多么斯文。"这么着吃了一会儿，他媳妇要去撒尿，怕松了手辫子爽回去。顺手拿了几穗高粱，绑在辫子上就跑着上茅房。这时，来了一只鸡啄高粱粒子，鸡啄一下，辫子一动，他就夹口菜吃。转眼之间跑来一大群鸡，这个鸡一啄，那个鸡一啄，他以为是媳妇催他，就连三并四地夹菜往嘴里送，那双筷子就像织布梭一样，在菜盘和嘴之间来回飞舞。老丈人一看，赶紧说："姑爷，别着急，慢着点。"他说："还不着急？这还赶不上点儿呢！"

仨女婿拜寿

讲述：孙守忠 79 岁 安国市 农民 小学
记录：孙佐培
1940 年 9 月采录

从前有个姓王的员外，在庆贺自己的八十寿辰时，特邀他的三个女婿前来赴宴。席间，老员外说道："今天把三位姑爷请来，不光是品尝美味佳肴，还要请你们赛诗。"

大女婿听罢，认为自己是秀才，作诗不在话下。二女婿也认为自己颇有一些文才，作诗不费吹灰之力。因此二人傲气十足，打算就此机会戏弄一下识字不多的庄稼汉——三姑爷，叫他在岳父面前丢丢人。

这时三女婿不慌不忙地说："岳父大人，请您出题吧。"王员外说："今天的诗不同一般，所说之句字数要相等，还必须合辙押韵，而且最后的三个字要同首同旁，又得有意思有说道。"

王员外的话音一落，大女婿忽地站起来说："我先作。三字同首官宦家，三字同旁绸缎纱，要想身穿绸缎纱，还得我这官宦家。"

员外说："好！吃酒，吃酒！"

二女婿紧接着说："三字同首大丈夫，三字同旁江海湖，要想稳坐江海湖，还得我大丈夫。"

老员外又说了声"好"，让二女婿喝酒吃菜。

此时三女婿便动开了脑筋。大女婿和二女婿一看，认为是他卡了壳，便冷言热语地耻笑三女婿，三女婿心中有点恼火，便说："三字同首屎尿屁，三字同旁谈论议，你们在这谈论议，就是一堆屎尿屁。"

员外听后不得不点点头说："好！"弄得大女婿和二女婿目瞪口呆，十分狼狈。

但他俩并不认输，尤其是老二女婿更是狡猾，他不耐烦地说："这次不算，咱们再重新作。"大女婿抢着说："再作必须是一个字的，要求和岳父所讲的一样。"

老二说："这次我先作。姓吕的吕字两个口，一个口喝茶，一个口喝酒。"

老大说:"朋友的朋字两个月,这个月下霜,那个月下雪。"

老员外又照例夸上两句。

老三说:"爻卦的爻字两个叉,一个叉你,一个叉他。"

这次连老员外听了都呆若木鸡,感到老三有两下子。

这时,老员外想:如果再作下去大姑爷二姑爷还会丢丑,于是便说:"咱们不再作诗了,到后花园去走走吧!"想找机会给老大、老二女婿捞捞面子。

来到后花园,老员外指着树上的苹果说:"姑爷们快来看,这些苹果为啥一面青一面红?"

大女婿和二女婿一齐回答:"这个道理很简单,红的那面因有阳光晒,青的那面见不着阳光,所以有青有红。"

三女婿说:"你们讲得不对,它生成的就是那玩意儿。"员外说:"怎见得?"

三女婿说:"胡萝卜成天不见太阳,为什么它是红的。"

老大、老二女婿又打了败仗。紧接着老员外又指着池塘中的鸭子说:"这些鸭子为何能游在水上?"

老大、老二女婿又一齐说:"因为它们身上长着羽毛。"

老三女婿说:"不对,它生成的就是那玩意儿,不信你看船没有长羽毛,为什么也能漂着?"

大女婿二女婿又没词了。

仨姑爷对句

讲述:李瑞来 69 岁 清苑县农民 小学
记录:苑战国
1988 年冬采录于清苑县

有位告老还乡的知府大人,有三个女儿。大小姐许配给本州的州官,二小姐许配给本县县官,三小姐许配给本村的一个庄户人家。

知府七十寿辰,三个姑爷全来祝寿。酒宴间知府要考考三个姑爷的学问，便出了个题目：翅碰翅，翅碰翅，什么长着四个翅，是什么变的。

大姑爷说："翅碰翅，翅碰翅，蚂螂^①长着四个翅，都说是水蝎子变的，不知是不是？"大家说："是。"

二姑爷说："翅碰翅，翅碰翅，知了长着四个翅，都说是知了猴变的，不知是不是？"大家说："是。"

三姑爷怎么也想不起什么是四个翅，一着急看到州官、县官头上的纱帽翅，便说："翅碰翅，翅碰翅，你们哥俩长着四个翅，都说你们是草籽变的，不知是不是？"州官、县官听了，气得直喘粗气。

喜奉承

讲述：梁纪平 54岁 河北安新人 小学
记录：夏喜会
1986年6月采录

从前，一个庄上住着一个十分富有的大户，主人有一个很特别的嗜好就是喜人奉承。

这一天，正值主人六十大寿，门庭若市，张灯结彩，前来祝寿的人大包小礼，阿谀逢迎，真可称是一声一长寿，一拜三顿首；把个主人捧得神魂颠倒、忘乎所以，乐得那凸胸大肚颤悠悠的。忽然他眉头一皱想到，乘此寿日良辰，我何不让相面佬给我相上一面，也可在大庭广众之下抖抖我的威风。于是，派人请来一位相面先生道："我说相面的，今天让你来给我相面也是你的福分，这一两白银先赏给你做个见面礼。如若相得好我定要加赏。"可他哪里知道，这位相面先生生性古怪，从不肯奉承人。为此弄得衣不遮体，食不果腹。你看他脸上的皱纹上紧下松，腮边的胡子左卷右翘。两只眼睛一张一闭，颈边长着一个大包。身上的长袍前长后短；足下的一双鞋露着两个脚趾，不时还要翘上几翘。相面先生近前一步对主人说："再下姓白名相，自幼随父学艺造诣颇深，若论予事观相那是十有八九眼到神来。"这主人闻言说道："那你就快相吧。""好"……

相面先生把主人打量一下便道："贵相清秀，绝非凡品，耳长头小，眼

---

① 蚂螂：方言，蜻蜓。

大无神；红线盘睛，唇开齿露，好像一个……"说到这，相面先生就不往
下说了。主人急待听下去像个什么，便追问道："像什么？快说，到底像什
么？"先生说："像个兔子。""什么，""像个兔子。"主人气得一下从椅子上
跳起来。指着相面先生吼道："你这个混账，竟敢在此取笑于我，我非治你
一治。"说罢，便命家人把相面先生绑了起来，吊在树上。

过了一会儿，一位家人看相面先生被吊得直翻白眼。便上前劝道："哎，
这位先生，你是何苦呢？我家老爷喜欢奉承，你就奉承两句吧。说不定还
真赏你几锭银子呢。"相面先生被吊得实在受不住了，便说："那就求二爷你
给我求个情带我上去再给主人相一相吧。"那家人便禀告主人道："方才那位
相士说：相面时被老爷的虎威吓蒙了，一时害怕相得不对，求老爷宽恕让他
再相一相。请老爷开恩了。"主人听后心想，今日是我寿辰吉日，树上吊着
人也不吉利，况且这相面人托人求情，众目睽睽也有失体统。不如让他再相
上一相，也可挽回初相之丑。于是便点头道："好吧，看你的面，饶他一命，
你将他带来重相一面。"那家人领命而去，不一刻便将相面先生带到主人面
前说道："我们老爷开恩放了你，你可再好好给我们老爷相相，别再胡言乱
语了。"相面先生听后，连连点头说道："好，好。"言罢，他把那闭着的眼
用手撑开，张着的眼眯成一条线，左看了右看，上看了下看，前看了后看，
端详了许久才说："二爷！求你老人家还是把我吊起来吧。我不管怎么看他
还是一个兔子。"

镇海丹

讲述：门玉英 女 40 岁 高中
记录：石林
1986 年 8 月采录于保定化纤厂讲述人家中

从前，有这么一家子，母子二人，儿子叫邢好，是个非常英俊的小伙
子，整日里辛勤劳动，孝敬老母。娘儿俩依靠纺线织布，种地、砍柴维持生
活。有一天，邢好带着干粮去山上砍柴，路上碰见几个小孩正用木棍打着小
花蛇玩，眼见那小蛇两眼流泪，好像是在求情。邢好不由得动了心，连忙对
小孩们说："别打了！你们把蛇放了，我给你们逮个小鸟玩。"小孩们一听，
高兴地放了蛇，跟着邢好逮小鸟去了。

日到晌午，邢好打柴累了，也觉得肚子饿得慌，就找了个背风干净的地方，放下镰刀，拿出糠窝头和咸菜吃了起来。吃着吃着，忽然听见"咯噔，咯噔"的响声。这声音从哪里来的呢？向四处望望也没发现什么，再仔细听听，仍然有"咯噔，咯噔"的响声，好像这声音不是在空中，而是在附近的地面上发出的。他站起来仔细察看四周的地面，终于发现在石堆的左侧的一块空地上有两个铁球，总沿着一定的轨道来回相碰，发出了"咯噔，咯噔"的响声。邢好走到跟前捡起两个铁球，用手一磨蹭，再看那铁球锃明瓦亮，银光闪闪。可是又一想：为什么它们能自个滚动，相互碰撞、发出响声呢？他又迷惑不解了。他把铁球放回原处，两个铁球仍然如此，放在别的地方也是这样。哎呀，这可真怪了！对，拿回家让娘看看再说！于是他收拾起柴火，赶快回到家里。

到了家中，邢好就拿出两个铁球问他娘："娘，您瞧这是什么？"他娘接过一看，也说从来没见过此物，不知道是什么东西。只好把铁球放在桌子上的一个空盘里。俩铁球在盘子里仍是来回碰撞，发出"咯噔，咯噔"的响声。伴随着邢好他娘纺线开心解闷。邢好依旧每天上山砍柴。

有一天，村里来了一个买古瓷器的老头，又渴又累想找口水喝。正好来到邢好家，就说："打扰大娘，请您给我碗水喝吧！"邢好他娘热情地把老头让进屋里坐下，给倒了碗开水。老头忽然发现了这两个铁球，在盘子里连续不断地碰撞并发出响声，就问："大娘，您这两个铁球卖不卖呀？""这是俺小子上山砍柴捡来的，要卖能值多少钱呀？"

"您说卖不卖吧？要卖您就要个价儿。"

邢好他娘多了个心眼儿，心想：我真不知道能值多少钱，他让我要价儿，我要得多了，他可能不买；要得少了，万一是什么宝贝呢，嗯，这里头可能有什么事儿。就对老头说："这两个铁球是我小子捡来的，等他砍柴回来以后，我和他商量好了，才能卖哩，如果我现在卖了，他回来想要，我怎么办呀？"老头一听觉得有道理，就说："大娘说得对，您娘儿俩先商量商量，过两天我再来。"老头说完话，喝了水，起身走了。

这天晚上，邢好砍柴回来，他娘就把老头再三想买两个铁球之事给儿子说了一遍。邢好对娘说："既然咱们不知道这两个铁球能干什么用，也不知道能值多少钱，应该想办法问问老头他买了去做什么使，恐怕直接问他不说，咱先把两个铁球包好，不让它们发出碰撞声音，然后藏起来，等老头再来了，您就说丢了，看他说什么。""行呀，就依你说的办吧。"娘儿俩立刻做好了准备。

过了两天，老头果真回来了，问两个铁球之事商量得如何。邢好他娘回答说："唉，别提啦，俺小子不愿意卖，非要带着它上山砍柴，慌里慌张地给丢了，还没找回来哩。"

"哎哟，真是耽误呀！"

"耽误什么？"

"大娘，您不知道，那可是两个宝贝啊！"

"那是什么宝贝呀？那么两个铁蛋子，既不能吃，又不能穿的。"

"那是两个镇海丹！把它们扔到海里，能使海干了，到龙宫里去，什么金银财宝都能捡到。"

"是吗？原先我们不知道它们有什么用，没当回事，现在知道了也晚了。"

老头听了，只好叹了口气，很失望地走了。

这天中午，邢好一回家就问："娘，老头来了没有？"

"来了，咱幸亏没卖了它，你猜那是什么？那是两个宝贝，叫镇海丹，把它投到海里，海能干，可以去龙宫捡金银财宝。你抽时间去试试吧。"

邢好听娘一说高兴极了："我现在就去。"说着拿出镇海丹，就向海边跑去。一口气跑到海边上，使劲将一个铁球投到了海里，一刹间，海水就咕嘟咕嘟地像开了锅一样，眼瞅着海水见少。一会儿工夫，就见龙宫渐渐地露出了水面。

此刻，老龙王在龙宫里觉得越待越热，从来没有热得这么难受过。就赶紧派虾兵蟹将出去看是怎么回事。虾兵蟹将走出龙宫一看：好家伙，外面热气腾腾，仅剩不多的海水像开了锅似的，热得更厉害，就赶忙回宫禀报："大王，不好了，外面海水快干啦，岸上还有个小伙子蹲着哩。"

"你们再去给我打听打听，这小伙子是干什么的？"

虾兵蟹将又连忙来到邢好跟前："请问，你是干什么的？为什么你非要把海水弄干呢？"

"我想去龙宫，找老龙王算账去。"

"有话好说，有事好办，你找我们龙王干什么呢？"

"你们龙王太可恶了，为什么它不让下雨，造成连年大旱，把老百姓都饿坏了。它再敢不出来见我，我就把另一个球投进海里！"蟹将一听，吓了一跳，赶忙阻挡说："你千万可别让海水干了，不然我们就没命了！我领你去见龙王。"邢好听罢，也就同意了。

邢好在龙宫里受到龙王的热情款待，天天给他好吃好喝的，还让他参观各种各样的金银宝贝。只要他说一声要什么，就立刻给他什么。可是，邢好什么也没要，什么也没拿，还是不停地转着看。突然遇上了那条小花蛇，偷偷地对他说："恩公，我是龙王的三女儿。"说着摇身一变，竟成了个非常漂亮的姑娘。邢好一见此情倒不知道如何是好了。还是龙王的三女儿说："我爹要问你要什么时，你甭要别的，只说要龙王床头上的梳头匣子。""我要那个有什么用？"

"那可是个宝贝，在你困难的时候，你要什么就有什么。"

"好，就听你的。"俩人越说越亲近，还真有点难舍难离了。

又过了两天，邢好准备回家了，去和龙王告别，龙王说："我知你是个非常善良的小伙子，我答应你的要求，按时给人间布雨。你这次来也不容易，现在要走了，你想要什么就随便说，只要我有的，我一定给你。"

"龙主，只要您按时降雨我就高兴。我不想要别的，只要您床头上的梳头匣子。"龙王一听顿时脸上失去笑容说："你是不是换个别的东西，其他金银财宝都行。"

"别的我不怎么喜欢，就是看着这个梳头匣子挺好。"龙王越不想给，邢好就越想要。

龙王思索片刻，心想：自己已当着大伙的面有言在先，身为龙王怎能言而无信呀。只好答应道："你真愿意要这个梳头匣子，我可以给你，但是，这是我三女儿离不开的梳头匣子，现在只好让她跟你一起去，你一定要照顾好她才行。"

"请龙王放心好了，我一定照顾好三公主。"

到临走，龙王又大摆酒筵为他们送行。

再说邢好他娘在家早就等不及了，一连几天，天天去海边好几趟，真怕儿子有什么三长两短的。这天中午，她吃了饭，又准备去海边时，突然见儿子回来了，身后还跟着一个身材苗条如花似玉的"仙女"。没等她弄清是怎么回事，儿子对"仙女"介绍说："这是我娘。"两人紧接着磕头给老人请安问好。老人心里甭提多么高兴了。

当天收拾一番，老人让两个青年人拜了天地入了洞房。从此以后，小夫妻互相恩爱，双双孝敬老母，一家子过着幸福的生活。又因为天已降雨，大旱解除了，黎民百姓都过起了安居乐业的日子。

　　然而，好景不长。有一天，此地的县官坐轿路过邢好家门口，恰巧碰见邢好妻子出门打水。县官一见就迷住了，他真没想到在这山野乡村还有这般绝色的女子。县官走向前，躬身施礼，厚颜无耻地说："我是此地的县太爷，我那里有享不完的荣华富贵，何必守着个穷家过苦日子！"邢好妻子一听，气得"呸"了一声，扭头就跑回了家。县官紧追不舍，来到邢好家里，说明来意，婆母说什么也不同意，儿媳无论如何也不去，这可把县官气火了："再说不去，都给我绑起来带走！"邢好妻子一见要绑婆母，赶紧阻拦说：

　　"叫我去也行，但得依我一件事：等我丈夫回来，让我们夫妻见上一面。你再定个吉庆的日子，吹吹打打地八抬大轿来接我不是更好吗？"

　　县官一想，也有道理，要是来硬的，她真要是死也不从，弄出人命来，对我这个县官脸上也不光彩，不如依了她，就说："也行，我限你三天时间，如不去，我就把你们一家子都带走。"说罢带着人马就走了。

　　到了晚上，邢好回家听说此事，气得火冒三丈："狗官敢来抢人，我就和他拼了！"妻子忙劝丈夫说："光着急没用，咱们应赶快想个对策才是……"

　　到了第三天早晨，邢好和妻子一起将梯子搭在房檐上，先把老娘扶到房顶上，再拿了两把雨伞，两件棉衣，两把铁锨上去，又搬上来一把凳子让老娘坐着……一切准备妥当，单等县官到来。

　　果不其然，县官等了两天没见媳妇来，第三天就派人抬着花轿来接人啦。官兵进院一看，发现一家三口都在房顶上，就让随从上房抢人，只见邢好举着大铁锨大声喊道："哪个该死的敢上？敢上就先吃我一铁锨，保送他见阎王！"与此同时，邢好妻子拉开梳头匣子第一层小抽屉说了声："下雨。"随即乌云四起，下起了倾盆大雨。官兵们躲又没处躲，一个个成了落汤鸡，吓得哆哆嗦嗦，哪个也不敢爬梯子上房了。很快雨水涨得淹没了官兵的脖子，邢好妻子又拉开梳头匣子的第二个小抽屉说了声："停雨冻冰。"一眨巴眼的工夫，雨水结成了冰，把官兵都冻在了冰里，只剩下一个个七扭八歪的脑袋瓜露在冰面上了。

　　邢好夫妻从房上下来，挥动铁锨，对准官兵脑袋，一锨一个，铲了个痛快。铲下县官的脑袋，又使劲拍打了几下子，把他拍了个稀巴烂。

　　夫妻俩又回到房上，打开梳头匣子第三个小抽屉说："化冰流水。"

　　流完了雨水，夫妻俩将娘从房顶上扶下来，送到屋里。又把官兵尸体运到村外一个大坑里埋起来。

　　从此以后，这一带的人们重新过上了幸福美满的生活。

杨赵两府结良缘

讲述：冉赵氏 86 岁 曲阳县赵家庄人
记录：童友
1985 年 10 月采录于讲述者家中

杨府、赵府的两个官非常要好，他们的夫人又都有了身孕，他两人说定：如果两家生了一男一女就结为亲家。几个月后，果然杨府生了一男，赵府生了一女。杨、赵二官同到宝石店买了一对刻有龙凤的白玉簪，一人拿一个，就算定了亲。以后以白玉簪为证。

十七年后，杨府的官被奸臣陷害而死，家境一落千丈。儿子杨秀文拿着白玉簪，由堂侄杨孟陪同到赵府去投亲。叔侄二人行到半路，又累又热，见路旁有棵大柳树，树下有一口井，杨孟建议在树下歇会儿再走。杨秀文同意，脱去外衣坐在井边柳树下乘凉。杨孟一见叔叔坐在井边，正合他的心意，就伸着脖子往井里一看，装作惊讶地喊道："叔叔快看，井里有万道金光忽闪！"杨秀文扭过身来往井里看时，杨孟用力一推，杨秀文掉进井里。起了歹心的杨孟穿上叔叔的衣服，拿上白玉簪和包裹冒充杨秀文投亲去了。

赵府的官见了白玉簪自然相认。可是和杨孟一攀谈，又觉得他既无知识又不懂礼节，就埋怨亲家在世时对儿子太溺爱了，缺少管教。他只好安排先生教杨孟读书、学礼。

杨秀文掉进井里不沉底，坐在水面上喊救命。正巧过来个老道，听见喊声奔到井口，问明来由后对杨秀文说："你不要动，待我拧个草绳把你拉上来！"杨秀文被拉上来了，老道却不见了。杨秀文自知是仙人搭救，就朝西北角上磕了三个头，并许诺说："感谢仙人救了我，今后我要得了好定来酬谢。"说完就起身往前走。天黑下来了，他到一个庙里去投宿。刚看好一块地方躺下，忽然进来两个叫花子，一个叫张狼，一个叫李狗。他们一见庙里躺着个人，就想敲竹杠发洋财，很蛮横地逼着杨秀文给钱，杨秀文身上分文没有，只好把自己的来历实话相告。

张狼摇摇头说："你瞎说，你要是杨秀文，在我的鼻子里灌上三碗老陈醋。"李狗说："你要是杨秀文，在我的鼻梁上打上三油锤。"他俩诈唬了一阵，见捞不到油水，就把杨秀文的衣服脱下来穿上走了。杨秀文只好穿上他们的

"衣裳"，前吊狼皮，后挂狗皮，护不住羞臊。他怕天亮了叫人看见，就趁黑夜奔到丈人家，悄悄地进了丈人家的后花园，在花丛中呆到了天亮。

当夜赵府的小姐玉兰做了一梦，梦见一位夫人告诉她到后花园里去迎亲。她把做梦的事告诉母亲，母亲不信，她就带着丫鬟亲自去了。到花园一看，见一位青年身披狗狼皮坐在花丛旁。那青年见她走来神色慌张。她问："你是何人？到这里干什么？"

"我是杨府的公子杨秀文，前来投亲。"

丫鬟惊奇地说："你是杨秀文，这就怪了，昨天来了个杨秀文，今天又来个杨秀文，那杨府到底有几个杨秀文呢？"

小姐忙制止了丫鬟的话，自己问道："你来投亲，可有凭证？"

杨秀文将自己被害经过说了一遍，并说："那杨孟不仅穿去了我的外衣，带走了我路上的盘费，还拿去了我定亲的凭证白玉簪。昨日来者，定是杨孟。"

小姐见此人眉清目秀，文质彬彬，不像坏人，也就相信了一半。她对丫鬟说："你快领他到前厅去见老爷！"

杨秀文一听慌了神："啊，我这身上前狼皮后狗皮的，怎好去得呀？"

小姐仔细一看，赶紧掩面，羞涩地说："那你就在这里等着，待我回去禀报。"

赵府的官听女儿讲了在后花园见到杨秀文的情况，立即对身边的侍从说："你去向夫人要身衣裳让他穿上，快将他带来见我！"

不多时，侍从带着杨秀文来到赵府的官面前。赵府的官问明了真情，气愤地吩咐："快把那个杨公子和张狼、李狗带上来！"

杨孟兴高采烈地来见老丈人，心里想着好事。一进门看见叔叔穿戴整整齐齐地坐在一旁，自知事情已暴露，没等审问就如实招认了陷害叔叔的罪过。姓赵的官下令拉出去打他四十大板，暂关在后院听候处置。后来他从狗道里钻出去逃跑了。对张狼、李狗，就按他们自己说的，给张狼鼻子里灌了三碗老陈醋，灌死了；在李狗鼻梁上打了三油锤，也打死了。

此后，杨府的公子杨秀文和赵府的小姐赵玉兰拜了花堂，结为良缘。

包子姻缘

讲述：王李氏
记录：刘继敏
1986 年 5 月采录

相传在很早很早以前，在古运河东岸，有一个繁华的镇子，叫蔡桥镇。由于这里水运条件比较方便，上通京城，下连江南，所以，开店铺经商的人很多。其中有一个精明干练的李掌柜，开了一个杂货铺，经营一些土杂百货，生意做得也还兴隆。李掌柜的妻室早年下世，膝下只有一个女儿，十七八岁，父女相依为命。

有一天，李掌柜打发完客人，双手托腮趴在柜台上，两眼看着店铺前的大街。大街上人来人往，很是热闹。突然，他看到在众人的脚下有一个圆圆的、闪闪发光的东西，很像是块金子。可是，来往行人踩来踩去，谁也不低头去捡。李掌柜很快走出店铺，来到街上，伸手把那个圆东西拿了起来。他托在手上细一看，原来是一块晒干的、圆圆的鸡粪干。他丧气地往地上一甩，又走回店铺。可当他在柜台前站定，那个东西就又发亮。他随身又走过去，再次捡了起来，仍是鸡粪干，又扔在地上。

李掌柜很是好奇，明明看到是块金子，拿起来却不是，这是怎么回事。他索性生意也不做了，目不转睛地看着那个发光的神物。

不一会儿，三三两两的耪地的庄户人，肩扛着锄头，从店铺前走过。这些说说笑笑的庄户人谁也没弯腰去捡那个东西，都是从上面一踏而过。李掌柜心想，难道他们都没看见。这时，人群后边走过来一个人，他小名叫来运，虽说起了这么个吉祥的名字，二十多岁了也没来什么好运。整日是种那一点河滩地，而且父母早已在灾荒中故去。来运为人忠厚老实，还长了一副五大三粗的好身板。

当来运走到店铺前，忽然发现了这个闪光的东西，弯腰捡了起来，嘴里还自言自语地念叨着："谁把金子丢在这儿了。"

李掌柜看到此情此景，心中暗暗称道："这是福星人哪。"想到这里，他三步并做两步，走出店铺，喊道："来运，慢走。"来运把手一伸，说："金子是你的？给。"

　　李掌柜连忙摆摆手，意思是说不是我的，我没这福分。随后，二话不说，双手将来运拉到店铺中，说："来运，今后你不要再下地干活了，留在我铺子里做事吧。"

　　来运憨厚地摇摇头，说："我不会做买卖。"

　　李掌柜好说歹说，总算留下了来运，让他做了铺子里的伙计。每日里，李掌柜像得宝贝似的，脸上总是笑眯眯的。铺子的杂活重活，都由别的伙计干，李掌柜把来运像敬佛似的供着。来运每天吃饱喝足没事干，憋得他里走外转。李掌柜不派来运做事，可他女儿翠喜却经常使唤来运。今天挑担水，明天去买米。天长日久，两人的话也多了，感情也深了，慢慢产生了爱慕之情。

　　夏去秋来，过了八月十五团圆节，该张罗置办冬货了。这里的商人们有个习惯，从水路去京城置货，都搭帮结伙。过完团圆节，镇上又是一番忙碌。修船的，租船的，备金银盘缠的，各个店铺都在做着进京的准备。

　　这次，李掌柜备好了船和银两，决定派来运带着两个伙计到京城置货。他心里盼望来运给他带来好运气。来运呢，觉得吃人家的饭，受人家的用，硬着头皮应承了下来。李掌柜被翠喜闹得心烦，非要去京城不可，也只好答应她随船一同去京城。

　　各家的商船把古运河挤得满满的。等到开船的日子，众家掌柜一看李掌柜派了个种地的憨小子去置货，而且还让闺女陪着，都用鄙视的目光看着这条船，污言秽语，暗中取乐。

　　经过几天航行，到达了京都。各家店铺老板争抢购货，买珠宝的，置绸缎的，探朋访友的。来运初到京城，人生地不熟，更不知从哪里下手。串街走巷还得让两个伙计指点，在街上盲目地瞎转。翠喜只顾看稀罕，置货的事她不关心，爹说来运行就一定能行。

　　各家店铺的货办得差不多了，返航的日子眼看就要到了。来运的船上还是空空的，几个人还在街上胡转。

　　这天，他们来到京城最繁华的市场，忽然看到一家包子铺前围了很多人。挤过去一看，原来是掌柜的手里拿着一根棍子，正怒气冲冲地打一个厨子。这个厨子滚在地上喊爹叫娘。来运看不下去，上前抓住了掌柜的手，问道："凭什么打人？"掌柜的没好气地说："客官你哪知道，他一下子蒸了三十多屉肉包子，一个月也卖不完，全得臭了，这不是毁我的买卖吗。"说完，把手中的棍子往地上一扔，一屁股坐在地上号啕大哭了起来。

来运是个硬汉子，却也是个热心人，把心一横，说："掌柜的别着急，这肉包子我全要了。"一句话把个掌柜的说傻了，他立刻停止了哭，直愣愣地看着来运。

返航的日子到了，等各家的船只一打齐，众掌柜听说来运趸了一船肉包子，无不笑语嬉戏。就连本店的两个伙计，也都嘟嘟囔囔，埋怨来运。这船肉包子不过五日，就得烂在河里。只有翠喜不难为来运，还一个劲直安慰。

船行一日，突然刮起了弥天大风，所有船只任凭风吹浪摆。为了避免翻船，大小船只都驶入了一个很拥挤又很偏僻的避风处。大风一刮数日不停，可苦了这些生意人，首先就是没吃的，一个个饿得饥肠辘辘。无奈，都前去到来运的船上买肉包子。翠喜早就恨这些烂舌的人了，就高价出卖。结果，这一船肉包子赚了大钱。

看着这一船金光闪闪的金银，翠喜高兴得不知用什么方式表达自己的心情，竟想不到今日发了包子财，于是，便大胆地以身相许，和来运以包子为媒，在船上做了夫妻。

风停浪住，商船回到了镇上。李掌柜看到这一船金银，乐得岔了气。当听说翠喜和来运私成夫妻，气得炸了肺。一病不起，很快离开了人世。

此后，翠喜和来运把杂货铺改成了包子店，夫妻二人经营得红红火火。

王小五住店

讲述：赵王军 27 岁 曲阳县赵家庄人
记录：张今慧
1985 年 2 月采录

有个大财主，开了个骡马店，经营过路客商的食宿。

一天，十五岁的王小五骑着毛驴走亲戚，回来路过这里的时候天色已黑，就来住店。抬头看了看门旁挂着块牌子，上边写着："吃好的睡在炕上，吃赖的睡在地下。"

王小五心想：怪事，还没听说过这样的店。他拉着毛驴进去一看，果然是吃白面大饼的躺在炕上，吃玉米面窝窝头的蹲在地下。他自言自语地说："这老东西，太欺侮穷人了，我非得想个办法治治他不可。"他琢磨了一会儿，就这么办。于是他买了一份大饼，一份窝窝头，把那份大饼当着众人喂了驴，自己吃了窝窝头。吃完了，他把毛驴牵到炕上，自己睡在地下。

老财主进来一看，大发雷霆，指着王小五跳着脚骂道："你这个小浑蛋，为什么把驴弄到炕上去?!"

王小五瞧了瞧老财主那副凶样子，满不在乎地说："这是你定的规矩呀!"

"胡说，我什么时候说过驴子可以上炕?"

"你门口挂的牌上不是明明写着'吃好的睡在炕上，吃赖的睡在地下'吗? 我这驴子吃的可是白面大饼啊!"

老财主听了这话，不由一愣，刚才他听人们议论，有个傻小子，买大饼自己不吃喂了驴，他也说"真是傻得出奇"。可是这时候，他瞪着眼前的王小五，无言答对。他自知理亏，又仗势欺人地说："那……那也不能让驴子上炕啊! 外边又来了睡炕上的客人了，你快把驴子给我牵下来!"

王小五说："把驴牵下来也不难，你得先在你那块牌子上改两个字。"

老财主不解地说："改哪两个字? ……"

"把上字改成下字，把下字改成上字。"

老财主想了好大一会儿才明白，为难地说："那怎么行呢?"

"你不改，我这吃白面大饼的毛驴就得睡在炕上。"

老财主心想：这小子，人不大还很难对付。他抓耳挠腮，没有办法，最后只好把牌子上的字改成"吃赖的炕上睡，吃好的地下睡。"

这一来，店里像炸营似的吵闹起来，那些睡炕上的有钱人都不干了，有的揪住老财主的脖领子要揍他。王小五拉着毛驴笑嘻嘻地出了店门。

三个女婿对句

讲述：冉赵氏
记录：童友
1985 年 10 月采录于河北曲阳县赵家庄村

从前，有个老秀才，他有三个女儿，大女儿和二女儿都嫁给了读书人，三女儿嫁的是庄稼汉。因为三女婿没有读过书，家里又穷，老丈人总是看不起他。

有一年老秀才过生日，三个女婿一同来给老丈人拜寿。老秀才就想寒碜寒碜三女婿，于是摆好酒菜说："今天是我的寿诞，你们一同祝贺，我很高兴。我准备了一坛好酒，可是不能随便喝。我让你们仨对诗句，对上来的喝酒，对不上来的看着。"

大女婿和二女婿异口同声地说："好，请岳父大人出题吧！"

老秀才说："不用多，只对四句，第一句是天上飞的；第二句是地上跑的；第三句是饭桌上放的；第四句是你家里使用的。就从大姑爷这开始吧！"

大女婿面带笑容，摇头晃头地说：

> 天上飞着凤凰，
> 地上跑着绵羊，
> 我的桌上放着文章，
> 我家里使着个梅香。

二女婿神气十足，比比画画地说：

> 天上飞着斑鸠，
> 地上跑着犁牛，
> 我的桌上放着本《春秋》，
> 我家里使着个丫头。

三女婿见他们说得都挺顺口，自己不知说什么好，急得老搓手，他一抬头，看见两个挑担端着酒杯用讥笑的眼光看着他，他"忽"地一下站起来说：

> 天上飞着鸟枪，
> 地上跑着老虎，
> 俺桌上放着一盆火，
> 俺家使着个小伙叫二百五。

老秀才皱皱眉头说："你这说的是什么呀？"

三女婿回答说："你老不是说对句吗？俺这四句可都对得上。"

老秀才不耐烦地说："那你讲给我听听！"

三女婿说：

俺的鸟枪打他们的凤凰和斑鸠，

俺的老虎吃他们的绵羊和犁牛，

俺的那盆火烧他们的文章和《春秋》，

俺的二百五娶他们的梅香和丫头。

老秀才听了以后笑了，说了声"来，大家同饮！"三个女婿同时喝了老丈人的酒。从那以后，老丈人和两个挑担再也不敢小看三女婿了。

四兄弟对酒令

讲述：李诚元
记录：尚友朋
1983 年 9 月采录

从前，有四个朋友，经常在一起喝酒。这四个人，有三个人是秀才，一个姓蒋，一个姓葛，一个姓苗，另一个人是大老粗，叫杨林标。这个杨林标虽是大老粗，可是他常常白喝酒，不出钱。这天，三个秀才在一起商量，一定要杨林标请一次酒喝，于是他们提议每人做一首诗，做不上来就请客。这首诗要求：第一句是三字同头，第二句是三字同旁，第三句落在第一句上，第四句落在第二句上。

老大姓蒋，他先说：

三字同头官宦家，三字同旁绫绸纱。
只有官宦家，才穿绫绸纱。

老二姓葛，他说：

三字同头大丈夫，三字同旁江海湖。
只有大丈夫，走遍江海湖。

老三姓苗，他说：

三字同头庙廊厢，三字同旁柱檀樑。
要盖庙廊厢，必须柱檀樑。

最后轮到杨林标，他说：

> 三字同头蒋、葛、苗，三字同旁杨林标。
> 要吃蒋、葛、苗，只有杨林标。

三人无奈，只好又请杨林标喝了酒。

中国民间故事丛书

河北 保定

新市区卷

笑話

麻木不仁的故事

讲述：于波 45 岁 黑龙江宾县人
记录：刘广郁
1973 年 5 月采录

从前，有两个神经麻痹症患者，一个叫木二，一个叫麻三，他俩都不愿让人家议论自己的短处。

这天，木二与麻三在路上相遇了。木二说："麻弟，这阵儿我的皮肤特别敏感——那天有根头发掉在身上，嗬！砸得生疼！"麻三更不示弱，眼珠子一瞪："木兄，你要跟我比可差远了，虱子在腿上爬——我不是吹呢，是公儿是母儿能觉出来！"俩人越吹越邪乎，满嘴唾沫星子乱飞，一直到太阳落山，去一家小客店买了一斤老烧酒喝，就住下了。可巧当晚客人多，被子紧张，木二麻三便挤在一个被窝里。

大概是喝了酒的缘故，木二睡着睡着，感觉大腿发痒。这个异乎寻常的感觉，使他又惊又喜，于是摸着大腿就抓起痒来，抓了足有半个时辰，还是痒得很。他干脆坐起身来，双手一起干"哧——哧"地狠抓狠挠。

一会儿，麻三叫尿憋醒了。一翻身觉得褥子上湿漉漉的，什么东西热乎乎地弄了一手。心想：木二这小子，怎么尿炕啊！张口就骂了一句粗话。

"胡说，你才尿炕呢！老子抓痒痒，抓了半宿了，我尿炕？"就这样，你一句"姥姥"，他一句"妈"，吵闹声惊动了大伙。点灯一看，咳！原来木二抓痒抓了半天，抓的不是自己的大腿；把人家麻三的大腿抓得流了血——猴子吃麻花全拧了！

"哈哈！一对浑蛋哪！"客人都哄笑起来。木二麻三又羞又恼，索性动起手来，最后被店主送到县衙门去了。

县官老爷连夜升堂，正为甜梦受扰而不快，闻听此案，更是又气又好笑，喝令左右各赏五十大板，轰出门去。麻木二人一听要打，撒腿就逃。急切中，两个人一齐冲到水道跟前，趴下就钻。巧了，俩脑袋一块儿，刚好齐肩卡在洞口那儿。衙役们追到了跟前，挥起板子，噼噼啪啪，照着木二麻三露在外面的身子和屁股，好一顿猛打。

听到后面的打人声，水道眼里的两位老兄还在挤眉弄眼：

"麻弟，幸亏咱俩跑得快。"

"是啊木兄，你听，不知谁又挨揍呢！"

傻小儿学俏

讲述：范俊肖 女 53 岁
记录：张永红
1989 年 5 月采录

从前，有夫妻俩，只有一个儿子。因为儿子长得呆头呆脑，人送外号"傻小儿"。

傻小儿一天天长大了，什么事儿都不懂，愁得他父母没办法。

这天，老两口给了傻小儿三两银子，对他说："你整天傻里傻气的，给你三两银子到外边去学俏吧，学俏了再回来！"

傻小儿接过银子就走了。走着走着来到个村庄，这村庄正在闹地震。只听一群人在说："不好，不好，房子要倒。"

傻小儿急忙走上前，问道："你们刚才说什么来着？"

这群人一看是个呆头呆脑的傻小子，就都不想理他。傻小儿又说："你们说什么来？再说一遍，我给你们一两银子。"

一个年纪较大的人就又说了一遍，这回傻小儿可记住了。

他又往前走，走着走着又碰上一位老农赶着两头猪，这两头猪一头往东跑，一头往西跑，老农说："公猪、母猪往哪儿跑？"

傻小儿又急忙问："你说什么？你再说一遍，我给你一两银子。"

老农就又说了一遍，傻小儿记住了，又往前走去。

走了不一会儿，看见一个老头儿领着小孙子，小孙子向爷爷要糖吃，老头没给买，小孙子上去就打他爷爷。爷爷气愤地说："世上哪有孙子打爷爷的哩！"

傻小儿又问："你说什么？再说一遍，我给你一两银子。"

老头儿又说了一遍，傻小儿又记住了。傻小儿想：把银子花完了，我也学俏了，就很得意地回来了。

还没进家门，他就高声喊："不好，不好，房子要倒。"

他父母正在家里干活，一听房子要倒，就急忙往外跑。

傻小儿又说:"公猪、母猪往哪儿跑?"

他父母一听非常生气地说:"把银子花完了,你学的这是什么话呀?"按住他就打。

傻小儿又说:"世上哪有孙子打爷爷的?"

他父母一听,气上加气,一下子晕了过去。

教子

讲述:阮焕章
记录:刘正祥
1987年6月采录于讲述人家中

很早以前,张家庄住着张李两户财主,他们走动频繁,交情甚厚。两个财主各有一子,年龄相仿,均有十一二岁。张财主的儿子叫福生,和他老子如同一个模儿里刻出来的,脑子快,转轴多,从小爱耍小聪明。李财主的儿子叫福友,这小子头脑愚笨,八个心眼丢了七个半。

这天,李财主来找张财主。"咚咚咚",连敲几下大门,院里没有动静。原来,张财主新近买了一头毛驴,福生非常喜爱,此刻,正在聚精会神地给毛驴刷洗。"咚咚咚",又是几下打门声,这才惊动了福生:"门外何人击户?"

"我呀,请开门。"大门打开了,福生一见,连忙双手抱拳施礼:"不知伯父到此,小侄未曾远迎,当面恕罪。"

李财主见福生如此知礼,很是佩服。当他看到福生刷洗的毛驴又整洁又干净时,又连夸数声。福生说:"小小毛团,何须伯父挂齿?"李财主问:"你父亲呢?""我父与东庙和尚下棋。""何时回归?""不一定,早则回归,晚则与和尚同榻而眠。"

李财主看到桌子上摆着四部奇书,问道:"这书是你读的吗?""这是我父所用之物,小侄不敢多览。"

李财主说:"明日中午,让你父到我家去,有要事相商。"说罢,挥手告辞。福生送到门口,双手抱拳:"伯父再见!"

李财主回到家中,看到自家福友正光着脚丫子和泥玩,浑身脏污,不由叹道:"看人家福生知书达理,出口成章,再看看你,整日玩耍,多不争气。唉,只怪我没给祖上多烧高香。"李财主的老婆说:"孩子小,也不能光怪他,你要耐心教才行，可闻'养不教，父之过'吗？天下哪有生而知之的呢？"

李财主一想也对，于是决心要教福友学会福生说的那几句话，也好为他争口气。他把福友叫到跟前说："明日你张大伯来家找我，你要如此这般地答复，如答得好，晚上让你吃饺子。如答错半句，小心你的屁股。"

于是，李财主一遍一遍地教，福友一遍一遍地背，一直背了半晌，总算背熟了那几句话。等吃了饺子再一问，又全忘啦。无奈，晚上老子又一遍一遍地教，儿子又一遍一遍地背……

第二天清早一问，又全忘咧，李财主只好耐着性子再教。看看天近晌午，福友也背得差不多了，李财主这才把自家的毛驴牵到院里，又仔细叮嘱一番，才故意躲避了。

福友哪里会给毛驴刷洗？只是用刷子往毛驴身上胡乱抹了几下，正在此时，"咚咚咚"，有人敲门了，福友刚要开门，他娘在屋喊道："傻东西，先问话，再开门。"于是，福友问道："门外何人击户？"

你道敲门的是谁？原来是张财主的老婆崔氏，来向李财主家借东西的。崔氏听到问话，忙说："傻小子，快开门，你啰唆个啥？"

门一开，福友也双手抱拳施礼："不知伯父到此，小侄未曾远迎，当面恕罪。"

崔氏一听，哭笑不得，忙问："你爸爸在家吗！""小小毛团，何须伯父挂齿？"

"怎么，你爸爸成了毛驴啦？你妈呢？""与东庙和尚下棋。"

崔氏半信半疑："什么时候回来？""早则回归，晚则与和尚同榻而眠。"

"什么？你妈还要在和尚庙里睡觉？"

福友妈一听，气得从屋里蹦出来，拿起擀面杖就要打。崔氏忙拦住说："你妈明明在屋里，你怎么说她找和尚下棋去了？"福友说："那是我父所用之物，小侄不敢多览。"

仨近视

讲述：阮焕章
记录：中流
1986 年 11 月采录

有这么一家子，哥仨儿，都已娶妻生子，各立了门户。

有一年夏天，吃过后晌饭没事了，哥三个都到院子里来乘凉。

老大说："咱们哥仨这眼自小都不行，三个人一对半近视。可话又说回来，这眼也得练，不练不行。你们看我这眼就练得不错，跟好眼差不多咧，什么东西都能看得清清楚楚。"

老三一听笑了："大哥你先别吹，就是跟你走个对面，你也看不清是谁。"

老二也附和着说："你说你的眼好，为什么前几天还跟老槐树碰头呢？"

哥三个都说自个儿的眼好，谁也不服谁的气，说着说着就要比试比试。他们村里有个老爷庙，三个人都听说明天有人要到庙里去挂匾。

老大说："我看这么办，咱们哥仨儿明天一早儿都去观匾，谁看得最清楚，就是谁的眼好。"

老三说："谁的眼最不行谁请客，谁的眼最好谁白吃。"

老二说："好吧，咱们一言为定咧！"

说罢，哥三个各自回屋睡觉去了。

老大躺在炕上，说什么也睡不着了。因为他深知自个儿的眼不行，第二天比赛又怕输喽，就想抄个近道儿，找个窍门儿。他翻来覆去地想，想来想去，突然眼睛一亮，咳，我何不提前到老爷庙问问和尚，不就一清二楚了吗？真是聪明一世，糊涂一时呀！

刚刚打了二更，老大就神不知鬼不觉地来到老爷庙，一打门，看门的和尚问："什么事呀？"

老大忙说："我想问个事，明天是不是有人来庙里挂匾呀？"

和尚说："是有人要来挂匾。"

"匾上写的什么字呀？"

"还是老样子呀！'义气千秋'。"

老大一听，一块石头落了地。

谁知老大刚走，老二也来了，他除问清匾上的字外，还问了匾和字的颜色，和尚告诉是黑匾金字。

老二刚走，老三又来了。和尚打开门，心说，这哥仨今天是怎么啦？像走马灯似的。

老三赶紧双手抱拳表示歉意："打扰师父了。我想问问明天挂的匾是什么颜色的，上写何字，有没有上下款儿？"

和尚看他很懂礼貌，只好说："这匾是黑底金字，上写'义气千秋'。上下款是红字，上款是年、月、日，下款是弟子×××顿首拜上。"

第二天天刚亮，老大就急不可待地叫起老二、老三，去老爷庙观匾，离庙还有半里地呢，老大就说："咱们不用上跟前去了，站在这里，那匾上的字我就看得一清二楚，你们说我这眼怎么样？"

老三说："那大哥就说吧，匾上写的何字？"

老大故意往那里看了看，说："匾上所写四个大字：'义气千秋'。"

老二问："那匾和字都是什么颜色的？"

老大本来正在暗自高兴，没想到老二出了这么个难题，一下傻眼咧。

于是老二兴冲冲地说："大哥不吹了吧，那匾是黑底金字。"

老三看老二在那里得意洋洋，便说道："二哥不要高兴得太早。你说那匾有没有上下款儿，上下款写的何字，什么颜色的？"

老三这一问，老二也成了老太太吃冰块——闷起来了。

老三说："看来二哥要比大哥的眼力好，不光看清了匾上的四个大字，还看清了匾和字的颜色。但是要跟我比，你们可就差远了。我看今天这客应由你们俩请，大哥眼力最差，拿六成，二哥的眼力稍好，拿四成，我眼力最好，应该白吃。"

老大老二心里不服，便说："这客咱们先别请，到庙里问问和尚再说吧！"

三个人来到庙里，把挂匾的事儿一说，和尚禁不住笑了："你们哥儿仨都输咧，都应该请客。"

哥儿仨不明白和尚的意思："那是为什么？"

和尚笑着说："我那匾还没挂呢，你们怎么会看清了匾上的字？"

哥儿仨一听，一个个都耷拉了脑袋。

弄巧成拙

讲述：杨李氏老太太
记录：赵忠义
1965年采录于保定西郊

从前，保定城西江城村有妯娌俩，大嫂很勤很巧，兄弟媳妇又懒又笨。

一天哥哥出门，大嫂请兄弟两口子过来一起吃饭，煮面时，无意中掉落了一条细丝面条，眼看就要着地，哪知大嫂用脚一挑，将面条弹入锅内，兄弟连声称赞，大嫂说："这叫'金钩钓鱼'，常擀面，不算啥！"兄弟媳妇心想：这算什么，你个该死的，这不是当着面寒碜我。

第二天，兄弟媳妇就把哥嫂请过来吃饭。煮面时，故意将一把大粗条放到脚面上往锅里踢，没想到，面撞墙落在锅外，大鞋却正巧落入锅中。兄弟埋怨她："你不行就别逞能，何必贴着房山倒水——冲墙（强）。"媳妇说："你就会胳膊肘向外扭，怎么只许她'金钩钓鱼'，就不许我'鲶鱼喝汤'。"

一毛不拔

讲述：王印泉
记录：张今慧
1986年4月采录

有这么个人，叫一毛不拔，又叫他白吃。因为，无论是谁家，只要有吃饭喝酒的事，他是必到，二话不说，坐下就吃。村里人都讨厌他，谁对他也没有办法。大伙一商量，决定在大街中心挂块匾，匾上写着"聖賢愁"三个字，为的是寒碜他。

匾做好了，大伙刚把它挂在街中心的大树上，一毛不拔就走过来问："你们在干什么？'聖賢愁'是什么意思？"

有人说："你还不知道？这就是说连圣贤对他都没有办法呗！"有的说："这是专为你挂的，你可真光彩呀！"

他听了也不言声儿。看匾的人越来越多。这时八仙从空中路过，看见下边很多人挤着看一块匾，匾上写着"聖賢愁"三个字，都感到奇怪，一般匾都是四个字，什么"有求必应"啦，"心诚则灵"啦，为什么他们写三个字呢？吕洞宾对铁拐李说："咱俩下去看看！"于是两位大仙变成两个过路人来到了人群，问匾上为什么只有三个字，"聖賢愁"是怎么回事？

有人向二位大仙进行了解释，说明了挂匾的用意。

吕洞宾对铁拐李说："我就不信没有办法，今天咱俩喝酒，来治治他。"两个仙人拿出自己随身带的酒，摆在一块平展的大石板上就喝起来。

一毛不拔过来说："嗬，你们喝上啦？"

"喝上啦。"谁也不让他。

"你俩喝酒不觉得闷得慌吗？"

"俺俩人喝还闷得慌什么？"

"俩人不如三个好！"

"三人有什么好呢？"

"孔子不是说过，三个人同行必有我师嘛！"

两个仙人想：哼！拽上圣人啦，仍不答他的话茬。他见不让他，端起碗来就喝。

吕洞宾说："慢着，慢着，我们的酒不能白喝，得有个说法才行。"

一毛不拔说："说法？我是走遍天下道，交遍天下友，吃遍天下饭，喝遍天下酒，还没有听说过有什么说法。"

两个仙人一听，嗬，他真是抢吃夺喝还有理。

铁拐李指着那块匾对一毛不拔说："你看，那是三个什么字？"

"'聖賢愁'呗！"

"你们村的人为什么挂这三个字？"

"嗨，他们闹着玩呗。"

"闹着玩还有挂匾的呀？"

"那有什么法子，他们愿意这么干吗。"

吕洞宾说："这么着，根据匾上这三个字，咱们三人一人做一首诗，做上的喝酒，做不上的别喝。"

一毛不拔说："行啊，你们先做吧！"

吕洞宾说："我出的主意，我先说那个'聖'（圣）字。聖是圣人的聖，一个'耳'字，一个'口'字，一个'王'字。口耳王，口耳王，壶中有酒我先尝，碟中无菜难下酒，拉个耳朵拌酒浆。"他是仙人，会使法术，拿起刀子把耳朵割了一个下来，拉巴了拉巴说："酒菜一个，吃吧！"

铁拐李说："你添了菜，我也得添一个呀。我说那个'賢'（贤）字。它是一个'臣'字，一个'又'字，下边一个'贝'字，臣又贝，臣又贝，壶中有酒我先醉，盘里没菜难下酒，我割个鼻子把菜配。"抬手就把鼻子割下来了。

一毛不拔一看他俩人一个拉了耳朵，一个割了鼻子，自己怎么办呢？……管他呢，端起来又要喝。

吕洞宾说："慢着，你还没有添菜哪！"

"好，我这就添。我说那个'愁'字。它是一个'禾'字，一个'火'字，下边是个'心'字。禾火心，禾火心，壶中有酒我先斟，桌上缺菜难下酒，我把汗毛拔一根。"拔了根汗毛放盘里。

两个仙人说："你倒会找便宜，俺们哥俩一个拉了耳朵，一个割了鼻子，你才拔一根汗毛啊！"

"嗨嗨，这是遇到了你们二位，要是和别人喝酒，我连这根汗毛也不拔哟！"说着端起酒来，把脖子一仰喝起来了。

县太爷落水

讲述：宋毅 62岁 曲阳县干部
记录：张今慧
1985年10月采录

有个县太爷，最喜欢那些会溜须拍马的人。县衙内有个小衙役，专会看县太爷的眼色行事，县太爷下床，他马上过去提鞋；县太爷饭后一坐，他立刻上前双手捧来茶水；县太爷审案时把惊堂木一拍，他很快扬起棍子。因此，县太爷非常赏识他。

有一天，县太爷转到河边，想试试水有多深，能不能到河那边观赏一番。他刚要猫腰脱鞋，这个小衙役急忙蹲下背起县太爷就蹚水过河。走到河当中，县太爷高兴地说："本县衙里像你这样忠于职守的人太少了。回到衙内本官对你一定要提升重用。"小衙役一听，喜出望外，把县太爷一放，急忙弯腰作揖说："谢谢县太爷栽培！谢谢……"

他还没有谢完，县太爷已经被大水冲走了。

"赵白吃"对诗饮酒

讲述：李瑞来
记录：李庆恒
1985 年采录

乾隆年间，镇上有个姓赵名四的泼皮，无论谁家婚丧嫁娶或请客设筵，他都不请自到，且大吃大喝，因此人送外号"赵白吃"。

这天，张、王、李三位秀才在桥头"太白居"酒馆小聚，酒菜刚上桌，就见赵四远远地闻着味来了，三人互使眼色，心领神会。

赵白吃一到，随即摆了个板凳凑了过来。李秀才说："三位，今日喝酒，不可无诗，你们以为如何？"张、王二人急忙赞成，他们以为赵白吃会知难而退，谁知他也拍手同意并说："李兄出题吧！"李秀才说："咱四个人，每人一句，第一个人说五个字儿，第二人也说五个字，第三个人就说七个字，最后一个人说的字越少越好。""好！"三人异口同声。

李秀才："远看绿水鸭，"

张秀才："近看小桥斜。"

王秀才："行路君子怎么走？"

赵白吃赶忙接口："爬！"说完就要喝酒，李秀才急忙制止："慢着，还得作一首。"赵白吃问："又有什么规矩？"李秀才说："前面三个不变，最后一人说字越多越好。"说着他第一个吟道：

"桃园义气高，"

张秀才接着："三人称英豪。"

王秀才看了一眼赵白吃说："周仓手中持何物？"他想，如果他说个刀字，那就有理由不让他喝酒了。哪知赵白吃不慌不忙地说道："大破黄巾兵百万、酒未寒时斩华雄、虎牢关前战吕布、斩颜良、诛文丑、过五关、斩六将、古城相会斩蔡阳、单刀赴会的那口九九八十一斤青龙偃月刀。"说完抓起酒杯。

三秀才无计可施，只得让他白吃了。

你不知道我是谁

讲述：段春红 57 岁 满城人
记录：边守道
1987 年采录

过去，人们有这么个传说：五月初五那天日头没出来的时候，摘下白杨树的正尖那片最高的叶子，顶在头上，别人就看不见你了。这本来是哄小孩子们玩的笑话，可是爱占便宜的王老贪却信以为真了。

五月初五那天，天还不明，他就搬起梯子，上到自己院里的那棵白杨树上，把树正尖那片最高的树叶儿摘了下来，顶在头上，到屋里问他老婆子："你还看见我喽呗？"

老婆子一看，见丈夫头上顶着个树叶儿，正对着她傻笑，就开玩笑说："看不见咧！"

王老贪以为真的看不见了，就高高兴兴地跑到集上，去偷人家的烧饼吃。

烙烧饼的是他的西街坊李老实。李老实见王老贪拿起烧饼来就吃，觉得街坊四邻的，吃个烧饼也算不了什么，平常就不爱说话，这回什么也没说，还是忙着烙他的烧饼。

这下可乐坏了王老贪，以为别人真的看不见他了，胆子也就更大了。

他又跑到布店去偷人家的布，整匹布扛起来就走。伙计发现了，急忙跳出柜台，抓住王老贪就是一拳。别的伙计也都赶来，把王老贪围在当中，七手八脚地臭揍了一顿。

王老贪还以为他们只看到布看不到人呢，就满不在乎地说："反正你们看不见，别看你们打我，打半天你们也不知道我是谁！"

哥仨学剃头

讲述：刘凤山 35 岁 满城城内人 小学
记录：边守道
1987 年采录

从前，有这么哥仨，都学剃头，各自拜了自己的师傅。一个马杓一个柄儿，三个师傅三个性儿。

大哥找的这个师傅拿来一只葫芦放在桌子上，叫老大每天刮那葫芦上的茸毛，既要刮下茸毛，又不伤葫芦皮，这才算出师。徒弟们摁着各自葫芦，刮呀，刮呀，成天阶刮。等一说"吃饭了"，徒弟们把剃头刀子往葫芦把上一砍，就吃饭去了。

三年以后，老大出了徒，开始剃头。一天，老大正剃着头，忽然听到有人叫他的孩子吃饭，他不由得把剃刀往剃头人后脑勺儿上一砍，刚要走，忽听剃头人惊叫一声，立时鲜血顺着脖子流到胸前，老大一看，剃头人后脑勺儿上还插着把剃头刀子呢。

老二的师傅对徒弟们可不这样，他对老二说："你给人家刮脸的时候，要是拉了口子，就用扶脑袋的这只手的指头摁住口子，等一会儿就不出血了。"

这天，老二开始刮脸，半个脸没刮完，就拉了七八个口子，他急得一个手指摁一个，还有三个口子没法摁，只好大声喊："师傅快拿手指头来。"

老三的师傅对老三说："你给人家刮脸的时候，口袋里要装块棉花，要是脸上拉了口子，就捻一个棉花球儿摁在口子上，等止住了，再把棉花球儿拿下来。咱们的行话叫栽棉花和摘棉花。"

这天，老三开始给人刮脸，不一会儿就拉了好几个口子，老三慌了神，忙喊师傅。师傅一边剃着头一边说："你嚷什么，快栽棉花。"

老三赶紧把棉花球儿一个一个地摁在口子上。拉一个口子栽一点棉花球，半个脸刚刮完，脸上已有十几个棉花球。

剃头的顾客对着镜子一照，忙对老三说："这半个脸不要栽棉花了，我还留着种高粱呢！"

打着灯笼也难找

讲述：李瑞来
记录：苑战国
1986 年 5 月采录于讲述人家中

清朝时，张庄有个王二混，是个赌棍。这年，他输了钱没法还，就偷偷跑了。

他一跑跑到了深山老峪，可怎么谋生呢？他听说这里的人都不识字，就想，我不妨冒充是教书先生混碗饭吃。

他到了一个只有二十户人家的小村，向村民说明来意，村民一听都乐啦，原来他们正在四处请教书先生。当下双方讲好，管吃管住，教一月还给二两银子。

吃完上工席，就要开学。王二混犯了愁。本来就认不了几个字，又没有书，教什么呢？上课了，十几个小学生大眼瞪小眼，等着他讲课。他一抬头，看见门前有三棵大柳树，房后有四棵大槐树，心说有了，便讲起来："门前三棵柳，庭后四棵槐。"这套话他一讲就是一个月。

该讲算术了，他便讲："幺二三，二三四。"有的学生问："先生，这是书吗？"他说："是'输'。幺二三是小鞭子，二三四老痒痒（指赌博时骰子打出的点），这么小点还不是'输'吗？"

村民们发现他是骗子，便在晚上去打他。他发觉后撒腿就跑，村民们打着灯笼在后边追赶。他跑到村边，爬上了一棵大树，等躲过追赶的人群，便连夜向家乡逃。回到家里，乡亲们问他去了哪，他说到山里去教书了。大伙都笑起来："你小子还能教书？"他说："别看先生不强，打着灯笼都找不到哩！"

"吝啬鬼"赴宴

讲述：韩春 55 岁 清河县黄庄村农民 小学
记录：韩振峰
1986 年 5 月采录

从前，有个人称"吝啬鬼"的财主，什么事都吝啬得要命，弄得人们都不敢同他来往。

有一次，远村的一位富户人家结婚，给"吝啬鬼"送来了一张请帖，这可把他乐坏了。他匆忙从封套里把请帖抽出半截，见"初"字后边是一个横道，以为是初一。因此，他在初一前两天就不再吃饭，准备到时候饱吃一顿。可是到了初一这天就是不见有人来请，于是他又把请帖抽出来一截细看，见初字下边不是一道而是两道，他不禁自言自语地说："咳！原来是初二呀！"于是，他紧了紧腰带又饿了一天。到了初二，"吝啬鬼"等了半天仍不见有人来请，这时他已经饿得起不来床了，只好咬着牙爬到桌旁把请帖抽出来细看，原来在二字后边还有一道，帖上写的竟是初三。

看着请帖，"吝啬鬼"气得再也说不出话了。等初三这天人们来请他赴宴时，他已经饿得筋疲力尽、奄奄一息了。

站着吃

讲述：熊国强 33 岁 市招待所工人 初中
记录：要志明
1986 年 9 月采录

从前，有个老汉正在道边晒大粪。恰在这时，县太爷乘轿过此处，脱口而出："好臭，好臭！"老汉闻听，计上心头，上前说："老爷不知，没有大粪臭，哪来五谷香。不信你拿两个烧饼来，我站着吃。"县太爷一听，稀奇，世上烧饼还能蘸粪吃？哪有不臭之粪，今天倒要看个究竟。吩咐差役，买来两个烧饼，递与老汉："你马上蘸着吃，如若骗本官，重责四十！"老汉接过烧饼，大口大口吃起来，转眼一个落肚，刚要接吃第二个，县官大怒："大胆刁民，竟敢欺骗本官。来呀，给我重打……"众差役刚要动手，老汉说道："老爷息怒，我这不是站着吃的吗？并没坐下吃呀。"县官听后，只好作罢。

学懒

讲述：熊国强
记录：要志明
1987 年 5 月采录于讲述人家中

从前有个人很懒，衣来伸手，饭来张口。但他还嫌懒得不够，想投师"深造"一番。他妈想：不管学什么吧，反正跟着师傅总有碗饭吃，便托人请了个师傅，学开懒了。

一天，他妈把他领到师傅那里。懒师傅看徒弟还在院里站着，招呼道："徒儿，进屋来吧。"他说："师傅，你不给我掀帘子我怎么进去呀！"懒师傅只好给他掀起门帘，进屋后，师傅看他半天不坐下，便问："徒儿，你怎么不坐呀？"他说："师傅，你不推我一下，我怎么坐呀！"懒师傅闻听，不住地摇头摆手："行了行了，你根本不用学就毕业了！"

朽木难雕

讲述：李瑞来
记录：李庆恒
1986 年 5 月采录

早年间，张村张员外家请来个教书先生，专教他儿子张百万对对子。这百万并不笨，但没有正形，光是一些歪毛淘气儿。如先生出上联：雀走双足跳；他对：狗尿单腿跷。先生出：皮鞭打牛背；他对：枣棍扎狗牙。先生出：牛头焉能生龙角；他对：狗嘴何曾长象牙。先生出：沙马走沙，沙碰沙马腿；他对：草驴驮草，草压草驴腰。先生将这些情况告诉张员外，张员外还护犊子呢！他说："我的儿子这不挺聪明吗？"

为了教育张员外，让他对儿子多加管教，先生把百万领到员外屋里让他对对子。先生出的是：午朝门外，尽是些文文武武；意思是让他今后当官，启发他对上富贵荣华之类的下联。张百万思考了一下，对道：十字街头，叫了声爷爷奶奶。张员外拍手叫好，先生无奈，辞职回家了。

踢屁股

讲述：瑞来
记录：战国
1986 年 5 月采录于讲述人家中

从前，有个教书先生，人品很次，他跟一个道士学会一种法术，只要得到别人的头发或胡须，就能在晚上用咒语把这人拘到他身边。

这天，他看到一个学生的姐姐长得非常好看，不由起了邪念。他对这个学生说："明天，你必须拿你姐姐一根头发来，不然，我要打你手掌。"

第二天，这个学生没拿到姐姐的头发，很害怕。边走边想怎么对先生说，走到关帝庙跟前，突然想起了周仓的胡子，便进庙拔了一根，当做姐姐的头发，交给了先生。

这天半夜三更，先生手拿胡须，口中念起了咒语。时间不长，狂风大作，门帘一掀，周仓大步走进来。先生登时给吓得魂不附体，连滚带爬钻进了炕洞。周仓看他把光腚露在外边，哈哈大笑："先生叫我来，是让我踢屁股啊！"

屁股贴纸条

讲述：瑞来
记录：战国
1986 年 5 月采录于讲述人家中

从前，保定有个人名叫张三，这人好逸恶劳，尤喜赌钱。一年秋天，他输得只剩下上身的破大褂和下身的破单裤。有人可怜他，送给他几块钱。张三看自己的破裤露屁股，实在不雅观，便到南关成衣铺买了一条新纺绸裤子穿上。他到穿衣镜前一打量，新裤子让破大褂盖着，人们难以发现，赶紧求掌柜的给他写了个纸条，上写："内有纺绸裤一条"，贴在自己的屁股后边。

他往街上一走，见者无人不笑。走了一段，他一摸纸条没了，赶紧回头去找。南门内西边背静处，贴有警察局"不得在此大小便"的字条。张三发现后骂了一声："谁把我的纸条拾来贴在这里？"随即把纸条揭下来又贴在自己屁股后边。这回见他的人都乐得前仰后合了。

吴大人口下含天

讲述：边仁山 农民
记录：边守道

从前，有个姓耿的孩子，在大比之年去赶考，做的文章压倒全考场，名列第一。主考官姓吴，他对这个十三四岁的孩子发生怀疑，于是，就把姓耿的这个孩子叫来：

"这文章是你做的吗？"

姓耿的孩子点了点头。

"那我出个上联，你对下联。对得上，说明文章是你做的，对不上，就回家继续读书，等下次再考。"

姓耿的考生说："大人请吧！"

主考官指着他说：

"耿相公耳旁生火，"

他稍一思索，马上回答：

"吴大人口下含天。"

主考官一听，笑逐颜开，马上点了他个第一名。

三句话不离本行

讲述：熊国强
记录：要志明
1986 年 5 月采录

早先，靠河岸边有个小村，村里有四个人都挺能说会道的。这四个人当中，一个厨师，一个裁缝，一个车把式，一个使船的。谁家有个红白喜事、抬杠打架的，都请他们四个当中的一两个去当"说和"。

有一次，本村有老哥儿俩闹分家，由于家中人多、嘴多心眼多，分了几天也分不清。他们就请这四个都去当说和。这四个人也觉得这事有点棘手。没去之前，先在厨师家里开了个"碰头会"，商量商量解决的办法。厨师说："我看哪，咱们去了要快刀斩乱麻，别锅啦、碗刀了的分不清。"裁缝说："咱们办事不能太偏了，要针也过去，线也过去才行。"赶车的也接过话茬儿说："嗨，咱们原先又不是没管过这事儿，前头有车，后头有辙，别出大格儿就行。"使船的听着不耐烦了："我看咱们别在家啰唆了，不如到那再见风使舵，怎么顺手就怎么给他们划啦划啦得了。"

厨师的媳妇听着他们说完，"噗"的一声笑了："我看你们真是三句话离不开本行，卖什么的吆喝什么。"

她的话刚说完，引起全屋子人的大笑。原来，厨师媳妇是个做小买卖的。

"三句话离不开本行"这句话从那时就传开了。

后记

　　新市区地处保定市西部，东与北市区和南市区毗邻，北与满城县贤台乡、要庄乡连接，西与满城县南韩村乡接壤，南与南市区五尧乡相邻。全境面积 139 万平方公里，人口 42 万，其中城市人口 31 万，辖 6 个乡 5 个办事处。全区位于北纬 38° 51′ ～ 38° 56′，东经 115° 21′ ～ 115° 25′。

　　新市区属太行山东麓海河流域平原，西高东低。西依太行山，东邻冀中平原，西北 20 公里是太行山低山丘陵区，北偏东距首都北京 137 公里、东北距天津 155 公里，南偏西距省会石家庄 134 公里。

　　华夏民族文化源远流长，中华民间故事灿若星河。古人云：以铜为镜，可以正衣冠；以史为镜，可以知兴替；以人为镜可以明得失。在学习中感悟，在继承中光大，是炎黄子孙不可推卸的责任。今年是不平凡的一年，诸多大事、要事，继往开来，我们谨以此文集作为献礼。

　　中华民间故事是文化瑰宝，千古生辉。

　　新市区由弱小到强大，由平淡到辉煌经过了一番拼搏、一番奋斗。在这个光荣的历程中离不开传统文化的熏陶和渲染。几年里，民间故事的收集者不怕严寒、不畏酷暑，足迹踏遍了这块热土的每一个角落，采访了几百位，甚至上千位老人，把流传在当地的民间故事进行了广泛收集，并从中筛选出精华，用文字记载成册，用心之细，用心之苦，用心之累，确属不易。民间故事得以保存和流传是幸中之幸。虽然在整理中，或许不能包容所有的流传故事，并且语言和笔力也难以完美地表现故事的生动性，我们的目的是再现民间故事的原貌，把它"原汁原味"地呈现在读者面前，让大家看到传统文化的光亮和作用，深挖文化底蕴，发扬正气，鼓舞今天的事业再造辉煌！

本书在编写过程中，虽然经过种种努力，仍有不尽如人意的地方。通过阅读此书，如果能使读者认识到抢救非物质文化遗产是新时代赋予我们的重要历史使命，保护这些"原生态"的珍贵文化资源，就是在保护我们的"民族之魂"，从而激发出一种民族自豪感和奋发向上的精神，我们将甚感欣慰。

同时，在编写过程中，我们得到了区委、区政府以及乡、办事处和区直有关部门的大力支持，也得到了市文联有关同志的指导帮助，在此致以诚挚的谢意！

我们相信民间故事的魅力无穷，中华民族的文化长河永远跳动着鲜活的生命！

编者

2008 年 8 月

图书在版编目（CIP）数据

中国民间故事丛书·河北保定·新市区卷 / 罗杨总主编 . —北京：知识产权出版社，2016.3
ISBN 978-7-5130-1748-0

Ⅰ. ①中… Ⅱ. ①罗… Ⅲ. ①民间故事—作品集—保定市 Ⅳ. ① I277.3

中国版本图书馆 CIP 数据核字（2016）第 031786 号

责任编辑：孙　昕　　　　　　　　　装帧设计：研美设计
文字编辑：王一之　　　　　　　　　责任出版：刘译文

中国民间故事丛书·河北保定·新市区卷
中国民间文艺家协会　组织编写
总 主 编　罗　杨
本卷主编　朱立文

出版发行：知识产权出版社有限责任公司　　网　　　址：http://www.ipph.cn
社　　址：北京市海淀区西外太平庄 55 号（邮编：100081）　责编邮箱：sunxinmlxq@126.com
责编电话：010-82000860 转 8111　　　　　　发 行 传 真：010-82000893/82005070/82000270
发行电话：010-82000860 转 8101/8102　　　经　　销：各大网上书店、新华书店
印　　刷：北京科信印刷有限公司　　　　　　　　　　　　及相关专业书店
开　　本：720mm×1000mm　　1/16　　　　印　　张：19
版　　次：2016 年 3 月第 1 版　　　　　　　印　　次：2016 年 3 月第 1 次印刷
字　　数：321 千字　　　　　　　　　　　　定　　价：48.00 元
ISBN 978-7-5130-1748-0